U0447634

娘

上册

彭学明 —— 著

山东文艺出版社

图书在版编目（CIP）数据

爹 / 彭学明著 . -- 济南：山东文艺出版社，2023.12
ISBN 978-7-5329-5789-7

Ⅰ.①爹… Ⅱ.①彭… Ⅲ.①长篇小说-中国-当代 Ⅳ.①I267

中国国家版本馆CIP数据核字（2023）第222874号

爹
DIE

彭学明　著

主管单位	山东出版传媒股份有限公司
出版发行	山东文艺出版社
社　　址	山东省济南市英雄山路189号
邮　　编	250002
网　　址	www.sdwypress.com

读者服务　0531-82098776（总编室）
　　　　　　0531-82098775（市场营销部）
电子邮箱　sdwy@sdpress.com.cn

印　　刷	山东临沂新华印刷物流集团有限责任公司
开　　本	710毫米×1000毫米　1/16
印　　张	47.25　插页/4
字　　数	660千
版　　次	2023年12月第1版
印　　次	2024年5月第3次印刷
书　　号	ISBN 978-7-5329-5789-7
定　　价	98.00元（全二册）

版权专有，侵权必究。如有图书质量问题，请与出版社联系调换。

献给

  我的湘西父辈

楔 子

爹，在我们湘西叫嗲（diā）。

我的记忆里，叫嗲和爹都是一样的，嗲和爹都只是一个虚幻的符号和虚无的概念。连个称谓都不是。因为我无人可叫，无处可喊。我是一个没爹没嗲的孩子。

然而，就是这样一个虚幻得像空气的符号或虚无得像空气的概念，却在我生活中真实得若一座高耸入云的大山，压得我几十年透不过气来。他不在我的生活与生命中，却一刻都没有离开过我的生活与生命。他不在我的人生与人世里，却一直都在影响着我的人生与人世。他是一张看不见的网，把我网在他的世界里。我怎么飞都飞不过他的影子，怎么逃都逃不出他的掌心。他既是我生命中一块不死的骨，与肉连成一片，与髓融在一起，也是我生命中一根坚韧的筋，怎么割舍都根筋相连，无法割断。

几十年来，我与娘的战争，是看得见的战争。有看得见的战线，看得见的对手，和看得见的硝烟。而我与爹的战争，却是看不见的战争，在看不见的战线，有看不见的对手。我既像一只被打瘸的狗，无所适从地疯狂想象爹的模样，寻找爹的气息，渴望爹的抚慰，又像一头蛮横无理的牛，倔强固执地埋怨爹，仇恨爹，抵抗爹。我自觉不自觉地把自己投入了一条看不见的隐蔽战线，与爹顽强地进行了一场旷日持久的隐蔽战争。我在一条看不见的战线里，与一个看不见的对手，交锋了几十年，转战了几十年，不但连对手的模样都搞不清，还最终败下阵来，不知不觉地爱上了这个对手抑或敌人。爹是一个站在制高点上的隐形将军，来无影去无踪，却时时掌握着主动权，招招出奇，招招制胜。而我是一个一心想过河的小卒，求胜心切，却又心绪不宁，方寸大乱，结果，只能乖乖地举手投降，接受事实——爹就是爹，儿就是儿，小石头永远打不了天。

我几十年顽强地对爹漠不关心、充耳不闻，是因为我尚未出生，爹就把我抛弃了。我恨爹。从牙根里恨。从骨子里恨。从骨髓里恨。我没喝过他一口水，也没喰①过他一颗饭，也就是讲：他没养过我一天，他的一切和我都没有关系。

所以，每当娘或者他人在我面前提起爹，我就会极不耐烦地，甚至火冒三丈地制止，不准提。直到有一天，偶然在老家的一个叔叔家里看到彭氏家谱，我才对爹产生了浓厚兴趣，才极力想知道爹的故事。

在彭家的家谱里，爹只有寥寥几笔：彭家云，男，1916年生，1971年卒，湘西保靖县复兴镇熬溪村人，人称彭木匠。参加过淞沪会战、常德保卫战和雪峰山保卫战，当过土匪，又剿过土匪，并随万余名土匪参加志愿军抗美援朝，是英雄、功臣，却被打为坏分子和特务。娶过两个女人，前妻杨莺莺，后妻吴桂英。生有三子一女，长子杨见好，次子彭学兵（小名四龙），三子彭学民，长女彭米香。

寥寥几笔记述，像几道令人晕眩的闪电，把我尘封多年的心，撕开了几道巨大的口子，有电火熊熊燃烧，雷霆隆隆滚动。土匪、坏分子、特务和英雄、功臣，这些敌对而矛盾的身份，是怎么混搭在我爹身上的？我爹怎么会是土匪？又怎么会是抗日英雄和志愿军战士？这抗日英雄和志愿军战士，又怎么折腾成了被批斗的坏分子？怎么会成了反动透顶的特务？

很长一段时间，我都沉浸在对这几种身份的想象和复制里。一会儿我爹是电影电视里经常看到的烧杀抢掠无恶不作的土匪，一会儿我爹是冲锋陷阵视死如归的英雄战士，一会儿我爹是勤劳善良简朴敦厚的农村

---

① 喰（qī）：湘西方言（本书湘西方言较多，下文注释中不再一一注明），吃。

老汉，一会儿我爹是游手好闲好喰懒做的二流子和水老倌。

这些形象就像灵魂附体，时不时地闯进我的生活，把我的日子撕破、打乱。我无色无味的日子，变成了一卷电影胶片，把这些形象轮番上演。放映的是爹。主演的也是爹。而我，是那个迟到和缺席了几十年的观众。散场后还不肯离去的观众。

我走进爹的村子，听乡亲们讲述爹和父辈们的一生。

一

对爹的了解,是从五叔那里开始的。

我们湘西把叔叫满满、幺幺,或佬。佬,儿化音。是对叔最亲的称呼。把叔叫佬时,就表示是骨肉至亲。按照兄弟排行依次叫二佬、三佬、四佬。五叔当然就叫五佬了。

为了叙述的顺畅,我还是随大流把佬叫叔吧。

五叔叫彭文明,是爹的亲弟弟。四十多年前见五叔时,五叔还年富力强,是县电影院聘请的美工,这是他从县砖瓦厂下岗后找的第一份工作。这是一份让很多人羡慕的工作,衣食无忧,风雨无碍。用我们湘西人的话讲:肩不挑两斤,手不提四两,日不晒雨不淋。那时的五叔,写得一手好毛笔字,画得一手好画,所以,县文化局把他从乡里请进城里,在县电影院做美工。每当有新片来时,五叔就会画一张大海报,然后提着糨糊瓶,贴在县电影院门口。想想看,一个县那么多人和人才,单单请了没有任何来头与背景的农民五叔去做美工,可见五叔当年是多么的风光和满足,也可见当年的用人是多么的不拘一格。

四十多年不见,五叔早已回农村耕田务农了。一个老农民怎么能占尽城里人的好处和风光?用五叔的话,是做牛的命,就得套上牛轭,回到田里土里。田里的泥、地里的土、风里的沙和山上的石,已经把五叔摧残成一个干瘪的小老头。本就矮小精瘦的五叔,变得更矮更小更瘦,像一颗剔了壳的核桃。八十多年的风雨和岁月,把五叔结成一颗风干的核桃,缩成一粒核桃仁了。身上皱皱巴巴的衣服,像晾干的核桃壳,而脸上磕磕绊绊的皱纹,像脱水的核桃肉,一点滋润的水分都没有。偌大一个寨子,五叔走到哪,都像一颗核桃抛到哪,矮矮的,小小的,还团团的，有棱有角，有模有样。

五叔张嘴述讲时，那两片年久失润而极度干裂的嘴唇，就像核桃挤破的模样，漏风，漏雨，漏碎屑。爹的一个个故事，像一片片细碎的核桃仁，从五叔干瘪的核桃唇里一点一点地漏出来。

五叔说，你婆婆爷爷本来生了我们八个兄弟姐妹，就五个活了下来。你婆婆爷爷米①得文化，给我们取的名字好像还有文化。你爹大名叫彭文科，小名叫家云，后来你爹学了木匠，有的人叫他小木匠。你三叔叫彭文乾，四叔叫彭文坤，我叫彭文明，你嬷嬷②叫彭灵芝。名字还好听吧？

我笑，还行。

五叔说，跟你比，那肯定文化差远了。我晓得，你恨你爹，我也不想叫你原谅你爹。你爹扩实③对不住你和你娘。我们这个家务堂④都对不住你和你娘。你莫恨你爹。你爹不是良心不好的人。是好人。是天下第一好的人。米有你爹，我也活不到现在，早都死了。我和你三叔、四叔，还有你嬷嬷，都是你爹养大的。

你小时候命苦，你爹小时候命更苦。你跟你爹，一个是根嫩苦瓜，一个是根老苦瓜。再怎么讲，你有个拼死拼活都要把你养大的娘，你比你爹命好得多。你爹十二岁时，你婆婆爷爷就在同年害病死了。那时候都穷，都是早死夜埋。两个土坑把你婆婆爷爷一埋，你爹我们兄弟姊妹就成了孤儿。你婆婆爷爷死的时候，我才两岁，都还不晓得话，你三叔八岁、四叔四岁，嬷嬷才六岁。

我问，你们哪门⑤岁数相差那么大？

五叔笑，我也不晓得，你婆婆爷爷就这么生的。本来你婆婆爷爷一共生了我们五兄弟，你爹、你二叔、三叔、四叔和我。你二叔米捡起

---

① 米：没。
② 嬷嬷：姑姑。
③ 扩实：确实。
④ 家务堂：家族。
⑤ 哪门：怎么。

来，也就是米养活，生下来米得几天就死了。那样的年月，医疗技术是瞎子撞到米头子，孩子生死有命，富贵在天。做爹娘的，根本主宰不了小孩的命运。风里生下来，雨里长不长，霜中活不活，完全看各人①的命大命小。

你爹养我们，是用命在养。你想想，一个十二岁的小孩，要养四个比他还小的，不用命用什么？十二岁，虽不是狗屁不通的年纪，却是骨头还没长硬的年纪，各人的嘴巴都糊不了，还要糊另外四个嘴巴，哪门糊？只有用命。拼命。

你婆婆爷爷死后，寨上的亲戚也可怜了我们几天。送喰的，送穿的，洗衣的，补衣的，都有。亲巴亲，骨巴骨，再硬的心肠，都看不下几个小孩一夜间无依无靠，变成孤儿。可是，再好的肉煮烂了都得离骨，再好的亲戚也不会时刻想着我们、可怜我们，更可怜不了我们一辈子。各有各的家，各有各的事，本来人家的日子就穷，哪还记得我们几个孤儿的穷日子？只有各人硬爬。

你爹个子也不高，跟你差不多。我们家都是小种鸡，米有大种鸡。但你爹是雄鸡，是天上飞的磨鹰。他像鸡和磨鹰一样到处找食，找到后，各人一口都舍不得喰，全部叨来喂我们。

你爹讨喰的第一门手艺是木匠。你爹米读过一天书，你爹聪明，看什么会什么，什么东西只要到他眼睛里一过，就像背书一样记住了。你爹要是像现在这样能考大学，肯定考到联合国去。你现在的聪明，还不及你爹一点眼屎角角。

我惊讶地问，我爹就那么聪明呀？

五叔说，当然。

五叔是一脸的庄严与自豪。

我说，那你先讲讲我爹哪门聪明？

五叔说，不急，书要一册册翻，饭要一口口喰。到后面自会讲到你

---

① 各人：自己。

003

爹哪门聪明的。还是先讲你爹哪门养大我们几兄弟的。

五叔说，你爹十二岁就跟人学木匠。在农村，有一门手艺，等于多了十双手脚。会种田的，靠力气喰饭；不会种田的，靠手艺喰饭。你爹就是靠手艺喰饭。人家学木匠学几年学不出师，天天只会刨刨花，你爹学几个月就学出师了，十八般武艺样样精通。你爹弹的墨线不用像人家瞄来瞄去瞄老半天，你爹是一弹一个直。你爹刨的板子比人家又平又光，做的榫头比人家又紧又牢，刷的油漆比人家又厚又亮，特别是你爹雕的那些窗花枨画，简直就是独门绝技。你爹雕的那些鱼鸟花草和人，比真的还真，比活的还活。我爱画画，就是受了你爹的影响和熏陶。熬溪好多家，都有你爹雕的画，你有时间可以一家一家看看。

那时候的手艺人不是做买卖和生意，就是混饭喰。木匠这门手艺更不好做生意和买卖。铁匠可以开铁匠铺坐地经营，弹匠可以开弹匠铺坐地经营，木匠和瓦匠一样，不可能开一个木匠铺和瓦匠铺来坐地经营。木匠和瓦匠都是要上人家屋里去做。东家盖屋了，请你去你才有事做。西家嫁女打嫁妆了，请你去你才有事做。米盖屋，米打嫁妆，就米有事做。而且米有什么报酬，都只是供饭喰，工完了，打发点钱米表示感谢。

正因为只供饭喰，米有报酬，湘西人在喰的问题上，对匠人是特别的好，生怕匠人喰不好讲主人不好客，也生怕匠人喰不好偷工减料，更怕匠人做手脚报复。所以，宁愿各人喰糠咽菜，也要每餐给匠人单来一点酒肉。

开始你爹也是在主人家喰饭，每次喰时，他都讲米有时间喰，让主人把饭菜装上大半篓子，带转屋喰。带转屋的目的，是给我们几兄弟姊妹喰。蛋和肉，他各人一口都米喰，连试①都米试。

那时，只要你爹外出做木匠，我们几兄弟每天晚上都等过年一样等你爹转来。你爹一转来，我们就有好喰的了。你爹每次背着背篓转来时，总是先抱起我洗脸洗手，我跟着你三叔四叔玩了一整天，地上爬得

---

① 试：尝。

满身灰尘。洗完了才从背篓里拿出大海碗，给我们每人装一小碗，坐在板凳上喂我。常常是，你爹左腿上坐的是你四叔，右腿上坐的是我，旁边站到喰的是你三叔。你四叔四五岁了，本来可以不要你爹抱着喂，看你爹抱着我喂饭慈爱的样子，你四叔就也撒娇，要坐在你爹腿上让你爹喂。你嬷嬷要给他喂，他也不要，只黏你爹。你爹一只腿上坐一个抱着我和你四叔喂饭的情景，现在我想起来都会哭。这个温馨和心酸的场景，不但我记得，跟我们一样大的熬溪人都记得。那分明不是一个哥哥，而是一个老子①，一个各人都米有完全长大却含辛茹苦抚养我们几兄弟姊妹的老子。

如果路程近，你爹每天天一黑就会进屋；如果路程远，你爹天黑一阵了就会进屋。不管打雷下雨，落雪落凌，你爹都会赶转来。有次打了一天的雷，下了一天的雨，我和你三叔四叔还有嬷嬷等到半夜也不见你爹转来，都吓得哇哇哭。你嬷嬷煮好了饭，我们都米喰，我们习惯了跟你爹一起喰，我和你四叔更习惯了坐在你爹腿上让你爹抱着喂。所以，你嬷嬷和三叔哪门哄你四叔和我喰饭，你四叔和我都不肯喰。只是一个劲地哭着喊你爹。哄不了我们，你嬷嬷和三叔也只好伤心地跟着大哭。我们几兄弟姊妹的哭声盖过了雷声雨声和风声。

其实，你爹那天也哭了。一天的暴雨，到处是汹涌的洪水。路上的小河涨了大水，你爹蹲在河的对岸过不来。那条小河，平时都是可以挽起裤脚过的，那天却洪水滔天，根本无法过。你爹只能在岸上干着急。泪水一串一串地往河里掉。你爹不但担心我们挨饿害怕，更担心豹虎子冲进屋里把我们喰了。那时，我们熬溪到处是原始森林，树有几抱大，走进去，黑漆漆的，看不到一点光。老虎和豹虎子常常偷喰山上的牛羊，岗狗子②也常常晚上跑进村子偷鸡。所以，你爹急得哭。大半夜了，河水小一点了，但还是大得吓死人。你爹顾不了那么多，找来一块木板，扔掉背篓，跳进河里，往这边游。那河水大啊！你爹一跳进河里，

---

① 老子：父亲。
② 岗狗子：豺狗子。

人就米有了。水一直把你爹往下冲了两三里路，你爹才死里逃生地爬上了岸。全靠了那块木板。米有那块木板，你爹那次就被阎王爷收进阎王殿了。

你爹一身水一身泥地撞开家门时，看我们几兄弟还点着灯等着他，抱着我们，久久不肯分开。

就此，你爹再不出远门做木匠。

就是在寨上做木匠，你爹也不到主人屋喰饭，要转来喰饭。你爹不到主人屋喰饭，是为了跟主人要米。一天三五斤米，我们几兄弟姊妹就可以糊日子了。你爹是不想他一个人天天大酒大肉弟弟妹妹们却天天挨饿。

有年冬天，你爹到你文祥二叔屋里做椅子板凳，我跟你四叔在屋里守屋，向火①时，我不小心滚进了火坑，把手疤②到了。幸好不是明火，只有一点炭火灰灰，疤得不重，几天就好了。你爹的心却被疤痛了。你爹对人讲，爹娘米有了，不能再把弟弟妹妹搞米有了。你爹就此不敢离开我们半步，走到哪把我们带到哪。有时候前面抱着我，后面背着你四叔。有时候左手牵着你四叔右手牵着我。当然，你嬷嬷和三叔有时候也背我，可我不认你嬷嬷和三叔，只认你爹，有你爹在，打死我也不要你嬷嬷和三叔背。你嬷嬷还好，一讲到这些，就笑。你三叔却记仇了，记得狠呢！有什么事找你三叔，你三叔就讲，莫找我，找哥去！

我问，那你哪门不要嬷嬷和三叔？

五叔说，我也不晓得哪门不要，这是命吧，命里注定，我只跟你爹亲。也许是自小就习惯了你爹的肩膀、胸膛和脊背，离开了你爹的肩膀、胸膛和脊背，我就觉得不安全。习惯久了，就成了依赖。

你爹不出去做木匠时，就给大户人家打短工，种田土。那个时候，虽然打土豪分田地了，还是有不少大户人家。只要世界上还有穷、富这两个字，穷人富人就永远存在。种完田，就打草鞋卖。你爹打草鞋又快又好，一个夜工可以打几双。你爹打的草鞋为啥比人家的好看、结实、

---

① 向火：烤火。
② 疤：烫。

禁穿？是你爹有诀窍。每次打草鞋前，你爹都是把稻草用棒头锤了又锤，不结实的稻草都锤断了，剩下的就是结实的。锤过后的稻草，皮都米有了，只留下筋；皮的枯萎米有了，只留下筋的坚韧。锤过的稻草，颜色发亮，金黄金黄的，闪着金光。一片片金黄的稻草在你爹手中搓动成索时，就像一缕缕金黄的阳光在你爹手里翻滚跳跃。打成后，你爹把草鞋再锤了又锤，那些断茬碎屑又锤掉了，顺溜得像一块铁板，稻草的香味，飘散出来。锤好后，你爹把草鞋在桐油里一过，草鞋就更亮更结实了。

那时，除了寒冬腊月，穷人们穿一双布鞋都很了不起，基本上都是一双草鞋过春秋。所以草鞋好卖。你爹每隔十天半月就会背着几十双草鞋到保靖街上赶场卖草鞋。卖了草鞋就给我们买糖买肉，扯布做衣服。所以，每次你爹把打好的草鞋一双双挂在墙上时，就像一条条鱼和一块块肉挂在我们心上。

你爹比你长得乖，用你们现在的话讲，就是比你长得帅。但你爹命不好，喰不像喰，穿不像穿，被我们几兄弟拖苦了。在世人眼里，你爹就不是我们的哥，而是我们的爹和娘。哪能不是呢？喰的穿的，洗的补的，哪一点不是你爹在做呢？你爹真是既当爹又当娘。那么帅的一个大男人，为了我们，不得不学会洗洗补补。

我们屋门前就是一个大水井，大水井周围都是古树。每天都有很多婆婆客在那洗衣洗菜。那些洗衣洗菜的婆婆客们开始看你爹洗衣服时还取笑你爹，讲你爹是假妹妹。你爹也就红着脸让那些婆婆客们笑。一些做嫂子的，还老挑逗你爹。讲，家云，你莫洗了，嫂子给你洗，你陪嫂子困一夜，嫂子天天给你洗。只要你肯陪嫂子，你想洗哪里就洗哪里。你爹被那些嫂子挑逗得不好意思，就再也不敢白天去洗衣服，改成晚上洗。反正只几脚路，我们在屋里咳一声，你爹都听得到。想想看，月黑风高的夜晚，你爹孤独地在水井边给我们几兄弟洗衣服的时候，那孤独的背影，是不是比夜色更深比寒风更冷？

为了我们几兄弟能穿上布鞋，你爹还学会了做布鞋。做布鞋可不像打草鞋那样容易。那针线在你爹手里不会像稻草那样老实听话。糊布壳容易，剪鞋样容易，纳鞋底、上鞋边，可就不那么容易了。那些针线天生就是男的变的，只有女人才使唤得动，男人使唤不动。那锥子在女人手里就像是女人的一根手指，灵巧得想弯就弯想直就直想硬就硬想软就软。在男人手里就是一把刀和刺了，一扎一个血眼眼，一扎一个血窟窿。昏黄的油灯下，你爹的手指手掌，不晓得被扎了好多血眼眼和血窟窿。雪白的鞋底上，那点点滴滴的血痕血迹，就像雪地上开放的梅花，细碎，鲜艳，刺眼。那是你爹血染的心。

讲到这，五叔终于忍不住哭了起来。五叔说，你米看到过你爹的手，那手，被扎得千疮百孔，像起的麻子点点。

我没有落泪。但心却被打湿了。一层一层的泪水，慢慢出来，漫过我的心底、心间和心尖，盈在了眼眶。顺着五叔的指引，爹的形象渐渐清晰。那个做木匠早出晚归的爹。那个一只腿上坐一个兄弟喂饭的爹。那个蹲在河边默默流泪的爹。那个赶场卖草鞋的爹。那个夜晚偷偷洗衣服的爹。那个灯下做布鞋的爹……全在我的眼前复活起来。

我想象着爹做木匠时，那背篓里背着的锯子、斧头、墨斗、角尺、刨子、锉子、砂纸等木工用品。沙沙的刨子声里，爹刨出的一层层刨花，薄薄的、卷卷的，从刨子眼里钻出来，又长，又宽，像三指大小的面片。那面片薄呀，薄得像透明的蝉翼和绸缎。一杆烟的工夫，爹的脚下就是白花花、黄灿灿的一片刨花了。一团团像卷饼一样卷起来的刨花，在爹的脚下开放，踩起来沙沙有声。有时候刨子刨松了，爹就停下来，习惯性地往刨子上吐两口口水，用斧头把刨子敲紧。刨花，散发着一阵淡淡的木香。

爹雕窗花、棂画和梁画时，精神是那样的专注，眼神是那么的明亮。爹雕的图案太好看了，以至于主人家的猫、狗和鸡都围在爹身边看热闹，赶也赶不走。那些鸡们，还"咯咯咯"地一个劲地评头品足，热烈讨论。天上的阳光，也禁不住诱惑，一层一层地涌进堂屋，看爹雕刻。爹就顺势把猫、狗和鸡雕进去了，猫、狗和鸡的身影和叫声，是那么的灵动和好听。那阳光的光、阳光的芒、阳光的色，也镶进了木头，与云，与雨，与雪，与虹，一同落进爹的雕刀，成为爹的图画。

爹雕着风光、刻着日月时，我又想象爹是不是也偶尔开了小差，想他的几个弟弟妹妹。想爹怎样不好意思地从主人手里接过一大篓子饭，猴急鸟急地往屋里赶。然后，把两个弟弟抱在腿上坐着，一口一个地喂两个弟弟。如果饭菜没冷，还烫，爹还得用嘴吹凉了，喂给弟弟。太硬的话，爹还得嚼碎，喂给弟弟。也想象着爹不好意思地红着脸跟主人开口讲不喰饭，要米，带回家给弟弟妹妹。爹是给人做木工活的木匠，更是他几弟兄生命中的木匠。更确切地讲，爹是他弟弟妹妹的一根救命稻草，爹在本能的求生过程里，救活了嬢嬢、三叔、四叔和五叔，救活了一个家庭家族，并且让这个家庭和家族繁衍壮大。

在老家逗留的日子里，我看到了爹在老家留下的很多得意的作品。这不是大师的作品，却是大师的作品。这不是卖钱的作品，却是无价的作品。熬溪这个水井湾里，不少房屋都是以前爹帮着修的。不少人家都留下了这个民间工艺大师的木刻。半个世纪了，爹的这些木刻图案不但没有被岁月和风雨磨砺掉丝毫美丽，反而愈发显出时间淘洗过后的艺术光泽。房梁上的图案大气宏阔，奔腾的马、飞翔的鹰、腾云的龙、筑窝的燕、捞月的猴、嬉戏的狗、觅食的鸡、牧归的孩子，都和谐地雕刻在一根横梁上。而窗户和门板上的图案，则精致、细腻得纤毫毕现，生动、灵动得栩栩如生。

你看那枝头跳来跳去的几只鸟，它们脚爪子上细细的筋络和爪子壳都看得见。它们引吭高歌时，那弹起或伏着的雀舌都看得见。那燕子嘴里衔着的春泥、那小狗舌头滴出的涎水、那鲤鱼身上细密的鱼鳞、那蝴蝶身上粉状的绒毛、那蜻蜓翅膀透出的光亮，我们都摸得着，看得见，数得清。

爹的这门木匠手艺，是跟我隔房的一个四爷学的。

四爷心眼好，看爹一个娃娃带着四个娃，可怜爹。他对爹说，家云，你愿不愿跟四叔学木匠？爹当然愿意。爹说，我没钱交师傅费。四爷说，不要你交师傅费，帮我们干点家务活就行。

四婆是一个极为强悍、凶横的女子。她一脸的横肉本像一坨坨疙瘩一样硬，一生气，就硬得挤在一堆，更怕人。她开始以为四爷收了爹的学徒费，得知没交，就坚决不让四爷再教爹。

四爷虽然心好，但懦弱，见四婆脸上的肉一抖，就不敢再教爹。

但有一个人从不怕四婆。这个人就是四婆四爷的儿子彭胜虎。彭胜虎比爹小一岁，自穿开裆裤起，就跟着爹一起玩。

彭胜虎见四婆不准四爷教我爹学木匠，就去质问四婆，娘，你为什么不准爹教我家云哥？

四婆说，他米得钱交学费。

彭胜虎说，他一个人拖着几个弟弟妹妹，哪里来钱交学费？

四婆说，他拖着弟弟妹妹关我们什么事？要学手艺就得给师傅交学费，天经地义。

彭胜虎说，见人不帮，见死不救，就是天经地义？你这是钻到钱眼眼里，不仁义。

四婆骂，你这个吃里爬外的！我要收学费就是钻钱眼眼里、不仁义了？仁义能当饭还是当钱？

彭胜虎说，你这就是不仁义，米得良心。

四婆听彭胜虎这么说她，气不打一处来，拿起扫帚就追着彭胜虎打，你才是米得良心！养你这么大，你为了一个外人讲我米得良心，你良心被狗喰了！

彭胜虎根本不躲，把头一迎，说，你往我脑壳上打，把脑壳打破起来。

四婆的扫帚就狠狠地落在了彭胜虎屁股上。

打了几下后，彭胜虎问，你打好了没？娘，打好了，该我了。

四婆怪怪地瞪着彭胜虎，什么该你了？你还要打娘？

彭胜虎笑，我哪敢打娘。

彭胜虎走进四爷的房间里，把四爷的木匠行头全搬出来，扔了出去。

彭胜虎家门前是一片竹园。青葱茂密的竹子，见证了锯子、刨子、斧子和卷尺、锉刀、墨盒等木匠行头扔进竹园的经过。风吹来时，摇头晃脑的竹子好像在迎风歌舞。

四婆见状，又捡起扫帚追着彭胜虎打。

彭胜虎大笑着跑到了我爹那里。

我爹问彭胜虎，你哪门把四叔的木匠家什都甩丢了？那是讨饭喰的本钱呢。

我不甩，我娘不晓得我厉害。彭胜虎说。

爹说，你甩木匠家什也冇有用啊。

彭胜虎说，我娘打我，我又不能打我娘，只好拿木匠家什出气喽。

爹说，你对哥的好，哥都记到的，但莫跟四婶娘硬碰硬。她是老的，我们是小的。

爹说着，就硬着头皮去竹园里把木匠家什一一捡起。

爹对四婆说，四婶娘，对不起，我攒得钱了，一定补上师傅费。

四婆说，你都攒得到钱？你攒到钱了，钱瞎眼睛了。

四爷对四婆说，你这是讲什么呢？三穷三富不到老，莫闭起眼睛讲瞎话。

四婆说，那些穷的，哪个不是穷一辈子？

这话被赶上来的彭胜虎听到了。彭胜虎说，娘，你莫看不起人，好像你富得很一样，你不就是鼎罐里多了二两米，你凭什么看不起人？还口口声声穷人。你莫这样踩红不踩绿，我家云哥这么肯做，不会穷一辈子的，到时候富了红了，你想巴结还巴结不上呢。

四婆说，哎呀，你快点让你家云哥富了红了，我巴不得。

彭胜虎说，你以为我家云哥不会富不会红？真是绿豆比苞谷，越比越吃醋。

四婆说，你左一声家云哥，右一声家云哥，你和你家云哥过算了。

彭胜虎说，好啊，我巴不得！你讲的啊，讲话要算数啊。

四婆谅彭胜虎不会去，说，讲话算数。

彭胜虎就真的搬了被窝往爹家里走。

011

四婆赶忙扯住彭胜虎，骂，给你脸了是不是？你还真搬。

彭胜虎说，你自己喊我搬的，自己讲讲话算数的。

四婆不耐烦地对彭胜虎说，好，你赢了，我不跟你一般见识了。

四婆转脸对爹说，家云，你要学木匠可以，我跟你立个规矩。

爹说，四婶娘，只要你让我跟四叔学艺，什么规矩都可以。

四婆说，一，以后不准在家里白吃，要带着盘缠。二，出师了，三年内得的工钱，都交我。三，以后不管我们做什么，只要需要，随喊随到。还有，胜虎对你比对他各人还好，你不要忘了胜虎对你的好，要一辈子对胜虎好。都做得到不？

爹喜笑颜开，满口答应，做得到。

彭胜虎一把拉住爹说，讲什么做得到做不到，我娘这是剥削。

四婆说，要是认为我剥削，就不学，可以不被我剥削。

爹说，这哪里是剥削，是天经地义，侄儿感谢都来不及呢。

这样，爹继续跟着四爷学手艺。

为了少被四婆白眼，让爹尽快出师，四爷打破所谓是徒看三年的规矩，把一身手艺竹筒倒豆子，全部倒了出来。

四婆说的盘缠，那自然是白说，都是在外干活学手艺，哪个还带盘缠？不但没有带盘缠，四爷还常常把人家给的工钱，偷偷地分爹一点。

彭胜虎更是经常悄悄从家里拿米拿菜，送给爹几兄弟姊妹。有时候免不了被四婆发现。

彭胜虎和爹都免不了挨一顿打。打彭胜虎时，总是那么一句，你这个吃里爬外的败家子。打爹时，也总是那么一句，你也好意思白吃白拿，脸皮有城墙转拐厚。

只要能把技艺学下去，只要几兄妹能够活下去，打点打点，骂点骂点，爹都能忍受。

正是有了四爷和彭胜虎父子的关照，爹才得以把日子过下去。也正是因为学到的这门高超传奇的木匠手艺，爹的命运与土匪紧紧连在了一起。

二

爹的命运与土匪紧紧连在了一起，是因为爹的木匠手艺被一个土匪伯父看上了，让爹和一个土匪伯父结了缘。

土匪伯父与爹是拜把子兄弟，有生死之交。

土匪伯父本来跟爹八竿子都打不着。一个是保靖县复兴镇熬溪村的彭，一个是古丈县红石林镇断龙山彭家寨的彭，用湘西人的话说，是半天云里吹唢呐——呐里呐（哪里哪）。

土匪伯父与爹的结缘，是因为爹的木匠手艺。爹闻名四乡八里的高超手艺，传到了土匪伯父的耳里，土匪伯父便差人前来请爹给他打一套家具。于是，爹和土匪伯父，就像两块大小一样的木板，被岁月的榫头紧紧地拼在了一处，夯在了一起。

其实，在乡亲的眼里，土匪伯父并不是土匪。他们从没把土匪伯父当作土匪。

既然乡亲们不把土匪伯父当作土匪，我也不能再叫他土匪伯父，而是叫伯父。

五叔说，其实，你应该叫他干爹。他跟你爹是拜把子兄弟，得叫干爹。

那我就叫他干爹。

干爹叫彭武豪。

这样一个豪气的名字，的确让干爹一身的霸气和豪气。乡亲们说，武豪干爹一身霸气，好像是天生就有的。武豪干爹出生时，天上就有异象。武豪干爹出生时，太阳黄黄的，突然一个炸雷落下来，把村口一蔸活了几百年的大柏梓树劈开了。有人看到，炸雷劈开柏梓树的瞬间，一个火球在地上弹起，滚了几十米，直冲柏梓树，柏梓树立刻溅出巨大的火焰，轰的一声，即燃即灭。已被炸雷开膛破肚的柏梓树，立刻黑乎乎一片。

人们以为这棵柏梓树会死，谁想，不但没死，反而越来越枝繁叶茂，蓬勃旺盛。那一截被开膛破肚烧得黑乎乎的树蔸蔸和树杆杆，反而成了它老资格老不死老历史的象征。天雷和天火都整不死还活得旺的树，很快成了乡亲们心中的神。于是，这棵古树就成了乡亲们心中的树神，不断有人朝拜。谁家有什么三病两痛，会来烧几炷香，祭一匹红，祈求树神去痛除病。谁家有什么人出远门，会来烧几炷香，祭一匹红，祈求树神保佑平安。谁家生了孩子，会来烧几炷香，祭一匹红，祈求树神庇护孩子健康成人。反正，有什么想不开的，有什么想满足的，都会来到这棵树下烧几炷香，祭一匹红。那些祭了树神满足了心愿的，更会把所有的功劳都归于树神，带了鸡鸭前来还愿。久而久之，这棵树冠高达几十米的巨大的柏梓树，挂满了红布条。远远望去，就像一座巨大的绿冠下张灯结彩的小红楼，或者是一个巨大的红灯笼。

这树的异象和奇观，就自然而然地与武豪干爹的命运连在了一起。人们从小就看出了武豪干爹的与众不同。

武豪干爹四岁前都不会讲话，怎么教都不会讲。甚至连爹娘都不会喊。人们都以为他被天雷打哑了，他却突然会讲话了，而且一讲就似乎什么都会，好像老人教了他几年的话，都装在身体某处的一个坛子里，一旦开窍，就竹筒倒豆子一样，噼里啪啦，全蹦了出来。武豪干爹的聪明才智，也在瞬间迸发。六岁不到，他就会背几百首唐诗，会打一手好算盘。十来岁时，骑马射箭，打猎放枪，百步穿杨，百发百中。

武豪干爹的爹娘喜出望外，喜极而泣。几年来，他们一直以为养的是一块岩头①，没想到是一个宝贝。武豪干爹的爹娘得意地说，哪门会

---

① 岩（ǎi）头：石头。

是个岩头嘛？我们又米害人，米做亏心事。

武豪干爹的爹娘之所以这样讲，是因为武豪干爹屋里家大业大，是典型的大户人家。有良田千顷，养牲千头。屋里养有佃农、仆人和拿枪的家丁。这样的家境里，武豪干爹过的当然是饭来张口衣来伸手的日子。武豪干爹家所有的时光都是为着武豪干爹一个人磨。讲风就是雨，指东就是西，成了武豪干爹尊严的象征。知书达理而又飞扬跋扈，善良厚道而又刁钻凶狠，这些极度对立的特性，奇妙地统一在武豪干爹的身上，使武豪干爹成了一代枭雄。

武豪干爹差人来找我爹时，已经是一个英气逼人的大小伙子，爹也同样出落成了英气逼人的小小伙子。那时武豪干爹二十岁，爹十五岁。五岁的年龄差，隔着的是五层厚重的天。贫富的差距，不可能有一把梯子，让爹从最底的泥土里爬上去，让干爹从最高的云端里走下来。但二十岁的富家子弟，却与十五岁的穷家孤儿，在八十多年前的一个黄昏里相遇。那个黄昏的霞光，照在爹身上时，爹补疤重补疤的背影里，落满了太阳的余晖。

家丁传话说，武豪干爹这个二十岁的富家公子，找了一个如花似玉的官家小姐。富家公子要穷家孤儿去给他打一整套家具和嫁妆。

一笔天上掉下的大买卖。

爹拒绝了。爹不是嫌钱少工大，而是没有办法丢下他的几个弟弟妹妹。爹的寨子和武豪干爹的寨子，相差几十公里。爹没有办法每天走个来回。

当家丁把爹拒绝的消息带回给武豪干爹时，武豪干爹很不高兴，也很不死心：这个彭家云，敢不给我面子？我要他做是看得起他，他还神气？武豪干爹越想越气，带着人马，往爹的住家——熬溪，策马飞奔。两个素不相识的人，就这样阴差阳错地交集了。

狗辈儿的！还请不动？老子把你绑起去！

等后来我跟武豪干爹见面，听武豪干爹讲到这些时，武豪干爹突然快活地大笑起来。嘴里，一排整齐的牙齿。

武豪干爹说，我本来对你爹一肚子气，我想，长那么大，还米有人敢对我讲不，你爹一个小木匠居然敢讲不，我要看看你爹是个什么铁脑壳。

见到你爹，我一肚子气就像气球放了气，噗的一下米有了。你爹正一只腿上坐着一个小孩，给他们喂饭。那个场景，我现在都还记得清清楚楚，现在都还心软得想落泪。

我跳下马，不容你爹问我是什么人，就单刀直入地问你爹，你就是小木匠彭家云？

你爹有些疑惑地边给他两个弟弟喂饭边讲，是。

我问，你哪门不肯去给我打家具？怕我少你工钱，还是怕我不送你工钱？

你爹讲，不是，你看，我几个弟弟都小，丢不得。

我讲，这算什么事？这还不简单吗？一起去。不就是多了几双碗筷嘛！这么几个鬼崽崽，喰得了好多？一餐二两米，把他们屁眼都胀翻悬！

我自作主张惯了，根本不管你爹哪门想。

你爹一脸的不好意思，又急又感动地讲，那哪门好意思？那哪门好意思？哪有拖家带口去人家屋里做工的？

我用鞭子一指你爹，讲，什么人家屋里不人家屋里，一笔难写两个字。都是彭家人，有什么不好意思的？

我霸道又豪气的样子，是想让你爹晓得，我是个大气的人，跟我做事，不会喰亏。其实，我也是真心的。你想，四个锤头大的小孩，一天喰得了几颗米？我家几百亩田的粮食，还怕他几兄弟姊妹喰垮？

你爹这时才问我，你一笔难写两个字，你是断龙山彭武豪大哥？

我故意得意地讲，米听讲过吧？

你爹笑着讲，你是天上的雷公，哪个不晓得？稀客，稀客！

你爹放下两个坐在腿上的弟弟，热情地搬来几个椅子板凳让我们坐。怕板凳不干净，还用衣袖把板凳抹了抹。

我很欢喜你爹的那种表情，热情却米有巴结之相。

我坐下来，问，现在可以去了吧？

你爹摇头，讲，不合适。

我问，什么不合适？

你爹讲，带着几个弟弟妹妹不合适。

我一听，气就来了，我这个人不喜欢一句话讲几遍。我讲，不是跟你讲了吗，你几个弟弟妹妹喰不穷我！

你爹讲，那不行，我们无亲无故，白喰白睡，担待不起。

你爹真是敬酒不喰喰罚酒，我就不信你爹是铁脑壳。我玩笑中夹带威胁：狗辈儿的！还请不动？老子把你几兄弟绑起去！

你爹也有了脸色，看不出是害怕还是愤怒。你爹讲，你莫跟我充老子，老子是不能乱充的。讲完就丢下我们，走到屋里去了。

你爹从屋里拖出一把铆头①，蹲下来，磨。你爹边磨铆头边讲，绑也不去。

我晓得你爹磨铆头，有点给我颜色看的意思，但又怕他几个兄弟吓着，就话里有话地回击。几个小家伙听不懂，我听得懂。

按我以前的脾气，肯定会先上去扎实踢他几脚！那天我却出奇地米有脾气，反倒一下子欢喜上你爹了。你爹要死不活、以柔克刚的脾气，对我路。我欢喜。我那里正缺这样的人。

我走到你爹旁边，也蹲下来，讲，米想到，你还有脾气啊？

你爹头也不抬，还是边磨边讲，闷声闷气地讲，在你面前，哪个敢有脾气，还不被你喰了？不是我脾气大，是你牌子大。

我哪门牌子大了？

不去就绑。

这就算牌子大？

还不大？

---

① 铆头：斧头。

我一时无语。晓得岩头碰到牛皮糖了。想，这家伙还真是个铁脑壳。

我讲，我这不是为你好，替你想吗？又不是害你几兄弟姊妹，你哪门不干？

你爹讲，我们无亲无故。

不能硬来，我心气低了很多，声音也软了很多。我讲，那打个商量，你把弟弟妹妹都带到，跟我做上一年半年，我丈佬①和我都看上了你手艺，就算你帮我个忙好不好？你不帮的话，我太米有面子了，我打的家具、办的嫁妆不能比人家差啊！

你爹看我求他，心软了下来，答应了我。只是觉得还是不好意思把几个弟弟妹妹都带去。

我讲，你实在不好意思的话，到时再讲，大不了你看到跟我付点伙食。不过，你不要讲我小气，坏我名声哦！

你爹笑了起来。我发现你爹笑的时候特别好看。

就这样，你爹带着你的几个叔叔和嬷嬷，上我们屋做了整整三年的家具和嫁妆，后来，就跟我住到彭家寨了。你爹跟我这所谓土匪头子，也就是这样结缘的。

人家是沾了别人的晦气。你爹是沾了我的匪气。

武豪干爹讲到这，咧了嘴笑。武豪干爹笑时，我惊讶地发现，他的牙齿居然还那样整齐，一颗都没掉。面色也红润红润的，没有一点菜色和斑点。只是，风霜和岁月，把他的额头刻上了好多道皱纹，头发和胡子也几乎都白了。我特意盯着武豪干爹额头上的皱纹数了数，一共六道。他满头银发蹲我面前时，真像一只瘦美的仙鹤。我不带任何奉承地讲，干爹，你真是仙人下凡啊，这么大年纪了，还这样神清气爽。

武豪干爹笑，哪是什么仙人下凡，我是托了你爹的福，占了你爹的寿筵。

爹到了武豪干爹家，才第一次体会到什么是穷人，什么是富人；体

---

① 丈佬：丈人。

会到什么是天堂,什么是地狱。穷人的房子都是木板的,更穷的甚至是竹篱笆夹的、茅草搭的。武豪干爹家的房子是巨大的石头盖起来的。那石头垒起的墙,每一块石头都有七八米长,三四米高,而且还刻了细密的纹路。地上的石头,也大块大块的,磨得光滑闪亮。石头做的门楣雕刻了很多精美的花鸟图案。石头做的门板上,一扇是龙图腾,一扇是凤求凰。一对巨大的石狮子,镇守在门前,好不气派和威严。屋顶上,还整齐蹲着几十个小石狮,吊了很多风铃。石狮静默,风铃清唱,青山绿水里的深宅大院,尽显着一个大户人家的威仪和庄严。一面大旗,插在楼顶,上书大大的"彭府"二字。

十几个仆人,每天都赶场似的在干爹家出出进进,忙个不停。

武豪干爹给爹几兄妹单独腾了两间房子。爹和他的弟弟妹妹就算是暂时背井离乡在这里安了家。

爹是懂礼节的。爹去见武豪干爹的爹娘时,特意在商铺里给武豪干爹的爹娘买了烟酒和点心,还跪在地上给武豪干爹的爹娘请了安。武豪干爹的爹娘看爹这么懂礼数,很是高兴,特意给爹几兄妹一人一套半新不旧的衣服。爹再三推辞不过,打心眼里觉得干爹这一家人心善人好,得好好对人家。

第一面,爹跟武豪干爹一家彼此都留下了好印象。

武豪干爹上面其实还有一个哥哥,下面两个弟弟,只是哥哥跟他不是同一个母亲,是大娘生的,大娘生了哥哥后就驾鹤西去。大爷只好再娶,生了武豪干爹和两个弟弟。

武豪干爹的哥哥,爹没见过,听说是当兵去了,再也没有回来,全家人都以为他战死了。爹也不便多问,就安安心心地给武豪干爹打起家具和嫁妆来。爹对武豪干爹讲,他要给武豪干爹打天下最好的家具和嫁妆。

春风和花朵摇过的时候,爹打完了衣柜、桌柜、台柜和顶柜,每一个柜子上都有春天的气息和味道。

蛙声和稻浪起伏的时候,爹打完了壁橱、书橱,壁橱和书橱飘出的是殷实人家的饭香和书香。

当第三年的春天来临时，爹打完了两架气度非凡的滴水床，滴水床的气度和华美，远远超出了干爹一家的想象。

在我见到这两架滴水床的今天，爹和干爹都不会想到，这两架历经八十多年不老的滴水床，会有人每架出价几百万，成了爹留下的不朽杰作。

滴水床是湘西土家族男女青年结婚时最豪华的家具。滴水床并不滴水，只是仿土家民居屋檐排水的层进结构，层层叠叠。一般三进，最多七进，形状上好像屋檐的滴水一样，所以叫滴水床。滴水床有一道滴水和两道滴水之分。两道滴水床，又称为"出一步"床。一道滴水和二道滴水之间为踏板，宽六市尺零半寸，深四市尺零半寸，左右设床头柜，可当坐凳，主要木雕在二道滴水上，如八仙过海、金瓜垂吊、龙凤呈祥以及各种花纹的"芽饰"，加上漆工艺术处理，显得斑斓绚丽。床的尺码，均不得用整数，必须加半寸，意为"床不离半"，"半"即"伴"。打这么大的豪华滴水床就是为了有另外一半。找另一半的目的，是传宗接代、生儿育女，所以滴水床只能给新婚夫妇睡。不是新婚夫妇不能睡，寡妇、没有生育的男人更不能睡。因此，滴水床又叫牙床。"伢"与"牙"同音，喻生伢儿之意。新婚夫妇入洞房时，要叫一个小男孩在新婚床上打几个抛，也就是期望新婚夫妇能生一个或几个这样的男伢子。

滴水床最见功夫的当然是雕工。雕刻时，小户人家，是有选择性地雕，而大户人家是满床雕。深雕、浅雕、浮雕、阴雕、透雕，各种雕工，一应俱全，面面俱到。雕完后，还得经过刷样、打轮廓线、脱底、分层次、分块面、细坯雕、修光、打砂纸、细刻等九道磨艺工序，和镶嵌、堆漆、犀皮等七道漆艺工序，做工特别精细和复杂，往往需一两年工夫才能做成，因此滴水床又叫千工床。

爹给武豪干爹家打的两架滴水床，是上等的紫檀木打的。七进宫的。每一进，每一宫，都是爹用时间、智慧和对干爹一家的爱与感激雕刻而成的。那气象万千的美，不是美妙绝伦几个字能够形容的，只有时间和岁月，才能代代诉讲，代代溢美。

武豪干爹说，你干娘不是被我迷醉的，而是被你爹的滴水床迷醉的。你干娘一看到那两架滴水床，兴奋得大呼小叫，我不嫁给彭武豪这个水老倌，我嫁给彭木匠的滴水床。

滴水床是爹看世界的眼睛，听世界的耳朵。爹把他看到的世界和听到的世界，都凝聚在一把雕刻刀上，刻进时光岁月。

滴水床也是爹闯世界爱世界的心。爹把他对这个世界的每一点心愿和爱，全都汇聚在一把雕刻刀上，刻进世道人心。

爹不是写意大师，但爹的每一幅作品都写出了诗意，写出了情意，写出了意义。爹的雕花滴水床，是民间工艺大师的大手笔、大写意。床的上沿雕刻的是渔樵耕读、八仙过海、五子登科、一路封侯，每幅图案都自成一体又寓意相连。勤奋学习，就有本事，有了本事就八仙过海各显神通，显了神通就五子登科、一路封侯。床的两边门扇，一边是描绘美好爱情的举案齐眉、鸳鸯戏水、紫燕双飞、龙凤呈祥，一边是祈望人生幸福的金瓜垂吊、五谷丰登、松鹤延年、福禄寿喜。每一幅、每一笔、每一线，都寄托着爹的美好愿望和情意。这不是爹一个人的愿望和情意，是干爹一家的愿望和情意，是整个中国乡村和民间的愿望和情意。所以，爹的愿望和情意能够接通地气和日月，能够直通世道和人心。

爹也许并没有追求完美，但爹的每一处勾勒、每一抹颜色、每一个意境却都极为完美。你看那"一路封侯"，一只悠闲吃草的鹿旁，一只调皮捣蛋的猴子，正在用一根竹竿捅一个悬挂在树上的马蜂窝，真正的一鹿（路）蜂（封）猴（侯）。那刀法也细腻得如同工笔，那个金黄的南瓜，皮上几缕断断续续、若隐若现的绿色纹路都看得一清二楚。那一对正跳龙门的鲤鱼，满身的鳞甲和鳞甲上的水珠水痕都惟妙惟肖、活灵活现。

爹是一个无意的乡村书写者和文化传承者。爹在本能的求生过程里，毫无意识毫无准备地为一个乡村书写了历史，传承了文化，缔造了传奇。爹当年雕刻这些时，是雕的生活，刻的日子，谋的生存，不可能想过要为这个乡村留下点什么。爹至今也不会想到在本能的求生过程中，会为一个乡村预备了一份财富，保存了一份殊荣，让一种民间文化悄无声息地活了下来。如今，来自全国各地的艺术收藏者都跑到这个乡村，高价收藏旧门板、旧窗棂和旧房梁，收藏年深月久的滴水床，这不但是对爹的最高褒奖和肯定，更是对即将消失的乡村文明与乡村文化的推崇和追忆。爹的这些木刻，不但是爹的遗作和遗物，也是乡村的遗作和遗物，是一个乡村历史文化即将远去和消失的表情与背影，是乡村文明和乡村文化永恒的碑帖和墓志铭。爹也毫无意识、毫无准备地成了这个乡村的碑帖、这个乡村的表情、这个乡村的墓志铭。

我知道，中国的乡村和民间，有许许多多爹这样的民间英雄和草根，我不能太得意，但，我却还是忍不住，扬扬得意。

三

  武豪干爹给了爹一大笔工钱。武豪干爹的爹娘又给了爹一笔小费。武豪干爹的爹娘说,这家具是他们见过的最漂亮的家具,给多少工钱都不为过。

  爹坚决不要那笔小费。工钱也是一天多少就是多少,不肯多要。既然武豪干爹和武豪干爹的爹娘都那么仁义,爹就反过来拿出一半的钱给了武豪干爹的爹娘。

  爹说,大叔大婶,我在这里做了这几年,你们照顾了我们兄妹这几年,我们喰得好穿得好,有家有样,这是我孝敬你们的,你们一定要收下。也是我们几兄妹这几年的伙食费。

  武豪干爹的爹娘一听伙食费就来气了,说,家云,你在屋里坐了几年了,不是亲的也是亲的了,你看我们是那样的人吗?快收起来,不然我们生气了。

  武豪干爹赶忙把钱抢来往爹的怀里塞,你这是干什么呢,你这是干什么呢!我们还缺这点伙食费吗?

  爹说,我来的时候讲过要给伙食费的。

  武豪干爹说,你那是放屁。

  爹说,那我哪门都得表示点。

  武豪干爹的爹娘说,表示什么?你已经表示了,心意领了。

  爹突然跪下来,说,叔,婶,你们或多或少都要收点,你们不收,我就不起来。你们帮我养了几年弟妹,我不晓得感恩的话,就不是人。

  武豪干爹的母亲站起来,走到爹面前说,好,我收一张,你起来。说完,武豪干爹的母亲就从爹的包裹里,抽了一张。你这样有孝心,我们就领下。武豪干爹的母亲边抽边说。

拿了工钱，爹就往老家熬溪赶。他记得对四婆四爷的承诺，要把三年的工钱给四婆。

四婆四爷都没想到，爹真的会拿了一包银钱去找他们。

四爷说，你四婶娘当年的话你不要往心里去。

爹说，不会呢，心里想的都是你们的好。

四婆也说，你四婶娘见识少，你莫记恨。

爹说，米记恨呢，四婶娘要是不同意我学手艺，我拿不到这么多钱，讨不到饭喰呢。

四婆四爷说，你米记恨就好，你胜虎弟弟走的时候，还念你，埋怨我们对你不好。

爹问，胜虎去哪里了？

四爷说，胜虎去县警备大队当大队长了，有出息了。

爹说，胜虎这是喰上皇粮了，我去看他。

到了县警备队时，彭胜虎正好外出巡逻回来。

爹欣喜地看着彭胜虎说，弟穿上这身衣服，就是威风啊。

彭胜虎说，再威风也是你弟。

彭胜虎本就浓眉大眼，方方正正的脸，浑身朝气蓬勃。穿上那身青蓝色的警服，更是神清气爽，英勇标致。

彭胜虎告诉爹，他能到县警备大队，纯属命好。

那天他正在河边放牛。一队人马从远处慌乱地跑过来。有的手里提着鸡，有的枪尖挑着鱼。彭胜虎一看就知道是抢劫的土匪。他赶忙把牛往隐蔽处牵。土匪看见，牛就没了。接着，又看见一群穿警服的人从山梁上冒出来。彭胜虎一看就知道是警察在追土匪。

彭胜虎从骨子里恨死土匪了。他家的鸡鸭和牛羊都被土匪抢走过。见警察在追土匪，他不知道哪里来的勇气和胆略。眼看土匪要从一个岔路口跑开时，他故意放开嗓子大声喊，张二张三，土匪往你们那边来了，快架枪拦住。然后又变了声音自己答应，好！大队长！枪架好了！

土匪一听，后面有追兵，前面有埋伏，还架好了枪，只得放弃岔路，往山顶上窜。可山顶上不去，跑几步就是悬崖绝壁挡在眼前。随后赶来的县警察，便把这一股土匪瓮中捉鳖。

县警备大队的大队长一下子就喜欢上了彭胜虎，说，小伙子，有勇有谋！我那里正缺个班长，愿不愿意跟我干？

彭胜虎说，愿意！我做梦都想当警察呢！

彭胜虎就这样到了县警备大队。招他的是大队长杨家昌。

彭胜虎调到县警备大队后，杨家昌见他又机灵又忠诚，还勇敢，就推荐给县党部的书记刘雨来做勤务兵，让他鞍前马后伺候刘雨来。

彭胜虎心眼实在，做事又勤快牢靠，深得刘雨来喜欢。刘雨来先是把他送到耒阳受训，之后，把他派到县警备大队，接替杨家昌，当了大队长。杨家昌则当了副县长。

彭胜虎对爹说，你莫看我穿这身虎皮威风，我心里不安得很呢。一天到晚就是抓丁、抽税、剿匪、维持治安，不得休闲。抽税、剿匪和维持治安，都是职责所在，可抓丁实在是祸害乡亲，缺德。抓一个壮丁，我就欠一笔血债呢。

爹说，话讲重了，哪门抓一个壮丁就是欠一笔血债呢？

彭胜虎说，抓到前线当炮灰，十个九死，不是血债是什么？

爹说，快莫这样想，又不是你要打仗，又不是你要抓壮丁。

彭胜虎说，不是我要打仗和抓壮丁，但人的确是我抓走的啊，人家不把账都记我头上呀？人家是积德积善，我是积仇积恶。

爹说，觉得难受就不干了呗。

彭胜虎说，干还是要干，你不干总有人干，要干的人多的是。我干的话，还可以保护一些人，是不是？

爹说，那也是。那就好好的，注意安全。多栽花少栽刺，莫因公事结了仇家。

彭胜虎说，生逢乱世，国不太平，民不聊生，土匪猖獗，盗贼横行，家云哥，你们手无寸铁，更要小心。

在山里，在街上，一群壮丁被一根绳索绑着、牵着押上前线，成了那时特有的风景。

在湘西，很难抓到壮丁。一是湘西民风彪悍，只要有人来抓壮丁，要么一个寨子和一个家族的人都溜进深山野岭了，要么一个寨子和一个家族的人都拿起刀枪跟你战斗。二是湘西各种势力各占山头，每股势力都养有民团和家丁，都是保境安民的巨大力量，谁也不敢小视和轻举妄动。

湘西抓走的壮丁，都是那些交不起壮丁税或者落单的人。

国民党政府不断发动内战，民不聊生，国库空虚。为了弥补国库的空虚，不当壮丁也可以，那就交壮丁税。交了壮丁税，就可以抓别的人替代。

为了交各种各样的税赋，种鸦片就成了湘西财富收入的密码。

那个年月，只要走到湘西大山深处，就会发现一片片美丽的罂粟花在风中摇曳。

有大户人家雇请人种的。有小户人家悄悄种的。大户人家用鸦片卖钱买枪，扩充地方势力。小户人家用鸦片交壮丁税，消财免灾。

这些民团或地方武装，大多各自为政，相安无事。但也有不少民团或地方武装，在本地是保境安民，在外地却常常是无恶不作。抢劫、强奸、杀人放火，什么都干。这类民团或地方武装，实际上彻头彻尾地演变成了土匪。

湘西最大的土匪，就是盘踞在白云山的田平。

田平是湘西远近闻名的匪首。彪悍、骁勇、残忍，既是杀富济贫、英勇善战的好汉，又是无恶不作、杀人如麻的土匪。因为凶狠可怕，没人敢惹，又因田、天同音，人称天老爷。土家语叫墨铁巴。

湘西有民谣这样传唱：天见田平，日月不明；地见田平，草木不生；人见田平，九死一生。

田平兄妹几个没有一个是善茬。弟弟田地，一身武艺，刀枪拳脚样样厉害，人称地老爷。土家语叫里铁巴。

一个佃户因为不满这个里铁巴的横行霸道，对着里铁巴背影吐了一泡口水，被里铁巴听见了，硬是被他拉到河边，按住头颅，活活闷死。

田平还有一个妹妹叫田杏，长得美若天仙。可这个田杏却也碰不得、惹不得，谁要是得罪了她，她也跟她两个哥哥一样凶狠。邻村的一个男人喝多了酒，痞里痞气地想调戏她，她一枪就把人家打断了腿。"喝了二两马尿，就敢调戏老娘，想死了！"这人的哥哥找她评理，就说了一句"喝多酒了，又米把你哪门样，至于把他打断腿吗"，田杏一听，又是一枪，把他的腿也打断了。"你还想把我哪门样是不是？米把我糟蹋了不服气是不是？"一家两兄弟，就这么残了。他们的父母得知两个儿子残在了田杏手里，因畏惧这窝土匪，强忍悲愤，反而托人向田杏赔不是。田杏见两个老人不但没有怪罪她，还托人赔不是，不禁起了怜悯之心，给两个老人送去足够银两，让两老好好养老，并说，以后有什么困难，她都负责。这样，人们对田杏又怕又敬，给她也送了一个大号：人老爷。土家语叫糯铁巴。

这一家，有了天老爷、地老爷、人老爷，墨铁巴、里铁巴、糯铁巴，谁还敢惹？只要提起这一家，乡民个个闻风丧胆。乡间小孩一哭，只要一喊天老爷、地老爷、人老爷来了，小孩马上就不敢再哭。

至今，湘西有人家的小孩不好哄时，还会用天老爷、地老爷、人老爷来吓唬小孩。时不时听到有家长喊：你再哭，墨铁巴来了！或者喊：你再不听话，糯铁巴来了！里铁巴、墨铁巴都来了！

那小孩就大气不敢出，乖乖地听话了。

至今，一个县的人，还有不少能记得关于这家人的民谣：

    田家有个墨铁巴，杀起人来好如麻
    加上兄弟里铁巴，喰起人肉眼不眨
    还有一个糯铁巴，鸦片开花毒性大

田家的恶势力,可知影响多大。

跟武豪干爹家不同的是,武豪干爹的家产和财富是靠自己的智慧经营和辛苦劳动,一点一滴攒来的。对佃户和乡亲都像对待家人和亲戚一样。佃户租种干爹家的田土,都是很低的租子。若逢荒年,再减免租子。谁家若有三病两痛交不起,武豪干爹一家不但会减免租子,还会出手接济。

武豪干爹说,我们不靠这租子,靠桐油、茶叶,还有盐。

武豪干爹的桐油和茶叶生意做得很远很大,用乡亲们的话讲,不晓得好远好大,反正比天还远比天还大。所以,一个寨子甚至十寨八乡的人,都敬武豪干爹一家。都讲武豪干爹家是一屋的观音一屋的菩萨。用官话讲,就是乡贤乡绅。

田平一家恰恰相反。田平一家的家产和财富,都是靠欺压盘剥和打杀得来的。欺压盘剥的是乡邻乡亲,打杀的是大户商旅。谁家欠债还不起,先用田抵,田抵完了再用地抵,地抵完了再用人抵。如果谁家的肥田肥地被他看上了,就直接抢来。周边有大户或者殷实人家,只要田家听到风声了,就去抢,名曰杀富济贫。稍有抵抗就杀人。来往做生意的客商,更是他下酒的好菜。只要有人前来密报有往来客商,田平就会带人拦路抢劫。若有抵抗,同样放血杀人。所以,商旅经过田平的地盘时,不是阎王路就是断头路。人们无可奈何,只寄希望于真正的天老爷,让天杀了这一家,收了这一家。可这一家就有一个叫天老爷的,哪门天老爷会收拾天老爷呢?只能胆战心惊地躲着这一屋的活阎王。

湘西的土匪,主要是这两种性质的土匪。一种是像武豪干爹那样,养着家丁保一方平安,并为乡亲造福一方的所谓土匪。一种是像田平这样,真正鱼肉百姓的土匪。当然,另外还有一种,就是像我爹那样老实巴交、讨一口饭吃而成为家丁或民团的所谓"土匪"。

多年的征战、绞杀,湘西富豪与富豪之间、匪首与匪首之间,很长一段时间内,渐趋平稳。各拉各的旗,各占各的山,各做各的王,井水不犯河水。虎狼总得打盹,毒蛇总得冬眠,何况是人?总得有偃旗息鼓、修身养性的时候。

田平这条蛇却似乎没有冬眠过。他总是盘踞在一处，高昂着蛇头，吐着蛇芯，只要商旅路过，就猛咬一口。或者四处乱窜，见着猎物就下死口。

爹从彭胜虎那里转来没多久，又被武豪干爹请回去，继续住在他家，帮他家干活。武豪干爹说，你转熬溪也是讨一口饭喰，还不如就到彭家寨跟我们一起。爹的弟弟妹妹也习惯了在彭家寨与武豪干爹一家在一起的日子，爹就带着弟弟妹妹留在了武豪干爹家。爹就这样成了武豪干爹家的长工。

在武豪干爹家做长工的日子，爹跟武豪干爹经历了"野狼"出没的一场浩劫。

武豪干爹家是很多土匪垂涎的肥肉。不用谁点水，都知道武豪干爹家大业大，富甲一方。但谁也不知道武豪干爹的家业到底有多大，钱财到底有多少。就觉得他的家业大得可以买下一个世界。谁想点水也点不出什么水。不少土匪都想在这里打启发。点水和打启发，都是土匪的黑话，点水就是告密、出卖，打启发就是打主意劫财。可是，没几个土匪敢轻易动手。武豪干爹本身英勇善战，武豪干爹的家丁也是个个英勇善战。关键是，武豪干爹家平时只有几十人常驻，而一旦事起，只要号手站在山坳把牛角号一吹，一个寨子连着一个寨子的牛角号就会连着吹响，一个寨子连着一个寨子的乡亲都会拿了武器从四面八方飞奔而来，殊死捍卫武豪干爹。那一寨一寨的人奔来，就是一天一天的黑云压来，一山一山的雷霆滚来，满山的人，满山的吼，吓都吓死一半的敌人。

这些人，都是武豪干爹的武装家丁。平时在家务农，战时拿枪战斗。他们都租种着武豪干爹的田土，即便不是租种武豪干爹的田土，也都蒙受过武豪干爹家的恩泽。他们的心和命运都是与武豪干爹家连在一起的。武豪干爹家好，他们就好；武豪干爹家难过，他们就难过。他们的生死荣辱都与武豪干爹家连在一起。

武豪干爹的武装家丁们，之所以英勇善战，靠的是平时的操练。

在那个群龙无首、群雄混战的乱世，到处都是拖棚子的人。拖棚子就是拉队伍。不拖队伍，不拿枪，根本无法保命。你不惹人，人会惹你。饿癫了的狗，会吃人。

男人最大的本事，就是拿枪去守国家，用心去孝父母，舍命去保妻儿。家好人安，是男人的本分。

武豪干爹是这十里八乡能把大家凝聚在一起的保护神。如果神被人推没了，其他的人就都会鸟兽散，变成鬼了。

一直想打武豪干爹主意的田平，神经终于搭错了地方，变得错乱，咬牙切齿地要打一回武豪干爹的启发。

田平在武豪干爹家前后踩了多次点后，纠集六百多人枪，号称神兵天降，浩浩荡荡地开进了断龙山。

既是神兵，就得装神弄鬼。

前面几个法师，左手挥司刀，右手摇铜铃，念念有词，以示神谕，神兵下凡。六百多人马，头裹红巾，身穿马褂，拿枪的拿枪，舞刀的舞刀，异口同声，念念有词地喊着"刀枪不入"，往武豪干爹家挺进。张牙舞爪的样子，像一大片恐怖的黑乌鸦。

武豪干爹闻报，立刻叫顶天管家跑去关了寨门，叫号手从后门跑出，到山坳吹响牛角号，给其他村寨报信，叫我爹迅速带领老人孩子躲进地下密室。

武豪干爹则立即带领几十号人枪，直奔楼顶，各自占据有利位置。

武豪干爹院子上的楼顶，就像一个四方形的城垛，有掩体，有隘口，可架枪炮，可躲枪弹。

顶天管家也拿出一把牛角号，躲在箭楼后吹响。

武豪干爹迅速叫人架起了一门自制的台炮，把炸药、铁耙齿、铧口碎片、小石头等灌进台炮，迎战来犯之敌。

武豪干爹院子的前面是一道美丽的河湾，河湾呈美丽的弧形，弯住了村庄，增宽了河面，也留下了很宽的一个河滩。

武豪干爹喊，大家注意了，先不要开枪，太远了，打不到，浪费子弹。先用炮轰，不能让那些狗日的过河，一过河就一炮把他狗日的祖宗八代都打死。

大家都做好了殊死一战的准备。

武豪干爹又喊，他们来了这么多，看样子，是把他们祖宗八代的命都搬来和我们拼了，他们是想绝后了。他们想绝后，我们今天就做好事，让他们绝后。一炮两炮是轰不绝他们的，他们上了岸，不要急着开枪，等近了再打，来一个打十个，来十个打一百！叫他们有去无回。

田平的一群爪牙一上岸，武豪干爹的炮就响了。

"轰！"一炮飞去，落进敌群。铁耙齿、铧口碎片和石头，立刻射的射进脑袋、心脏，削的削掉皮肉，把敌人打得成群后退。

田平喊，谁后退，给我打死谁。

部下只好继续往前冲。

填炮装炮的速度毕竟较慢。等填好装好第二炮，敌人已经冲上来不少。

武豪干爹只好一面命令炮手继续轰击远距离的敌人，一面和枪手点杀冲上来的敌人。

武豪干爹双枪杀敌的身影，实在潇洒迷人。

我爹不放心，从密室里跑出来，想为武豪干爹助战。

武豪干爹怒吼，快回密室，照顾好我爹我娘和你的弟弟妹妹！

顶天管家也喊，这里没你的事，你枪都不会打，快走！

我爹喊，我可以帮着装炮！

武豪干爹吼，你装什么炮？炮装你还差不多。莫啰唆，亲戚朋友都靠你呢。你出来了，哪个管他们？

爹就乖乖地回到了密室。

爹焦急地在密室里边转圈边自语，我算个什么？东家到那拼命，我到这里躲命。

武豪干爹的母亲一听，就喊爹上去，说，你上去帮忙，这里安全得很，不怕。

爹大喜过望，边跑边喊，那好，你们躲到里面千万莫动。好了，我来喊你们！

上得楼来，战斗正酣，干爹也没有注意到爹又来了。

爹蹲下身，帮着装炮弹。

"轰！"又一发台炮飞过去，在敌群里开花。

一发子弹把顶天管家旁边家丁的脑袋打开了花，那家丁一声不吭倒在了地上。

顶天管家看到了爹，连声大喊，家云，快过来，帮他包扎下！

爹就奔过去，扶起倒在地上的家丁，摸摸，已经没气了。

顶天管家问，还有气米？

爹摇头，米有了。

顶天管家喊，米气了，把他的枪捡起来，跟我学打！

爹赶紧捡起枪。

顶天管家停止射击，拣最关键的要领，简单地给爹教了几下。

顶天管家喊，对着敌人打就是！他们多如牛毛，闭着眼睛，都能打死几个。

爹就对着敌人，一枪一枪乱打。

瞎子打天，对着天打就都是天。蚂蚁一样的敌人，爹真的是闭着眼睛也打倒了几个。

一来二去，武豪干爹的人马凭借有利的工事，没有太大伤亡。田平的队伍却倒下了一片。武豪干爹的院子前尸横遍地。

田平恼羞成怒，命几十个弓弩手，把熊熊燃烧的松香火把射向武豪干爹家。

立时，武豪干爹家的房子熊熊燃烧起来。

顶天管家和我爹赶快跑进密室叫人救火。

武豪干爹的父亲母亲也投入了救火行列。

楼上楼外，枪弹横飞，武豪干爹和田平在决一死战。

楼下楼里，浓烟滚滚，烈焰腾腾，我爹和顶天管家在跟火神赛跑。

突然一根房梁烧断，塌了下来，眼看就要砸到武豪干爹的母亲，我爹眼疾手快，大喊一声，快躲开！一下把老人推往一边。老人得救，我爹却被房梁砸住了右腿，动弹不得。

顶天管家和几个人拼死抬起房梁，拉出我爹。

眼看田平就要砸开楼门了，乡亲们呐喊着、怒吼着从四面八方赶来，对田平形成了包抄之势，田平只好且战且退，择路逃跑。

乡亲们一部分人奋力追赶，追杀田平众匪。一部分人及时拿桶拿盆，端水救火。

田平被击溃。大火被扑灭。

一场恶战下来，武豪干爹死了一个号手、两个家丁，毁了一栋房子，留下一片废墟。想打武豪干爹启发的田平，不但没抢到一分钱财，还留下了上百具尸体。

战斗，以武豪干爹的大胜而告终。

湘西的冬天，本就很冷。一场战斗，把原本葱绿诗意的湘西，涂上了厚重的阴影。干爹并没有因这场战斗的大胜而大喜，而是忧心忡忡，一阵一阵的冷。

狼既然出没了，没咬到肉，肯定是不会罢休的，后续来的将是更凶恶更庞大的狼群。

冬天的夕阳，在山头的天际上，燃烧着悲壮的美。

四

我说，干爹，田平可是湘西最有名的土匪，我小的时候就听说了。你哪门会跟他结仇？你跟我爹哪门成了土匪？

武豪干爹说，我与田平其实不是什么世代冤仇，是我们那一代人才结的仇。

武豪干爹家世代乡绅。从武豪干爹的曾祖父算起，就每一代都出秀才、举人和文武官员。都督、提督也出过两个。

武豪干爹家本也没有地方武装或者说地方民团，但在匪患盛行的湘西，武豪干爹还是不得不组建起了地方武装和民团。

最直接的原因，还要从田平的发迹史说起。

田平的父亲田大富本来名副其实，大富大贵，家有良田百亩，还开有一个钱庄，田平三兄妹的日子过得无忧无虑、风光富贵。田平的父亲本来老实、厚道，名声很好，却偏偏染上了赌博的恶习。

田平的父亲也想着儿女有出息，不惜高价，把田平、田地和田杏三兄妹都送到省城读书。遗憾的是，三兄妹都不爱读书，都是进了教室就头疼、看了书本就打瞌睡，即便田杏那么聪明，也天性贪玩，像小男孩一样野。田平的父亲只得把田平、田地送去当兵。妹妹田杏，就待在家里，天天疯玩，做一个疯丫头。

田平是在凤凰陈渠珍那里当兵，田地是在花垣也就是永绥当兵。不爱读书的田平，对兵器却天生喜爱。大刀、枪炮，都是爱不释手。当兵训练时，特别能吃苦。比武大赛时，常常是第一。陈渠珍对他宠爱有加。对一个军事指挥官来说，谁不爱肯吃苦、能战斗、不怕死的战士呢？陈渠珍有意培养田平，新兵集训一结束，就让田平当了副排长。

本来可以在陈渠珍的国民政府军里顺风顺水、一路高升的，田平家里发生的一件事，惊天动地，彻底改变了田平的人生。

区公所所长和乡保安团团长知道田平的父亲田大富是个赌鬼，两人便联手天天约田大富打牌赌博。不到两个月，田大富就把家里所有的积蓄输了个精光，再不到两个月，家里的一百亩地，也全被输掉。

赌博本身就是个陷阱和魔鬼，何况在陷阱和魔鬼边还站着几个挖陷阱的、比魔鬼还魔鬼的阎王，田家的江山就被一天天挖空了。输掉了最后一条底裤时，田大富把自己的老婆和女儿田杏也输给了区公所所长和乡保安团团长。

当田平知道自己的母亲和妹妹如此羞辱地惨遭蹂躏时，那个火，从心里烧到眼里，从胆边烧到肺叶，痛下决心要杀了两个狗日的官员和自己的父亲！田平连夜从陈渠珍的兵器库里偷了两支枪，用军大衣裹着背出城外，又连夜赶回高望界乡区公所所在地高望坪，把区公所所长、乡保安团团长和不成器的父亲，一一枪杀。

一个当兵的年轻人，在光天化日下枪杀了堂堂两个官员，真是没有王法！并且还枪杀了自己的父亲，真是大逆不道！

国民政府立马下令通缉，大街小巷贴满了田平的画像。

田平只得带着母亲和妹妹，拖枪上山，躲进了重峦叠嶂的白云山。

他的弟弟田地听说，也在训练时偷了一支枪跑到白云山，跟田平一起啸聚山林，反抗官府，保护母亲和妹妹。

田平、田地各自的患难兄弟，还有田平、田地的几个亲戚，也跟着上了山。

田平兄妹与官府的仇，就这样结上了。

与官府结仇的田平兄妹，开始只是小打小闹，抢老百姓的鸡鸭，偷老百姓的粮食，后来，就抢官府的粮仓，劫商贾的钱财，绑富人的肉票，抢来的财物，全部分与跟他们一起上山的人。这样田平兄妹的动静越闹越大，从原来的越货不杀人，变成了既越货又杀人，由原来的劫财不奸淫，变成既劫财又奸淫，可谓是烧杀抢掠，无恶不作。

强奸民女，那是田平的家常便饭。谁家姑娘，只要田平看上了，没有能逃过的。提到田平，人人闻风丧胆，个个谈虎色变。

田平兄妹，被国民政府作为土匪，重兵围剿。

最大的一次围剿，是国民政府派了一个旅的军人，由邓青松旅长带着，上山围剿。田平知道凶多吉少，让田地带上十几个人把妹妹田杏和母亲送到远房的一个表舅家躲藏起来。自己带着一千多人马，与装备精良的国民政府军进行周旋。

一个多月的周旋，双方都打得精疲力竭，伤亡惨重。邓青松知道田平的队伍是一帮亡命之徒，长期下去，自己的一个旅会被拖垮，不得不偃旗息鼓，宣布撤退。但邓青松没有想到，在撤退的过程中捡了条大鱼。

邓青松撤退到白云山脚下的栖凤湖时，栖凤湖乡的何乡长告密，说田平的母亲躲在她远房的表弟家。邓青松如获至宝，马上带人到栖凤湖边抓走了田平的母亲和田平的表舅。

邓青松知道田平是孝子，放出话来，只要缴械投降，就放了他的母亲和表舅，否则，格杀勿论。

田平手下都说，政府军摆的鸿门宴，劝田平不要去投降。但田平救母心切，说要是一个儿子，对母亲都见死不救，那这个儿子枉为世人；要是儿子自己犯的错，让母亲以命去背，那更是猪狗不如。

于是，田平挑了几十条人枪下山，大摇大摆地走进县城投降。他对手下说，要是政府军讲信用，不杀他，他可以东山再起；要是政府军杀了他，他以命换母，死而无憾。

邓青松见田平真的为了母亲深入虎穴，慷慨赴死，很是感动。又见田平相貌堂堂，一表人才，就有心彻底招安。邓青松不但好吃好喝款待田平，还要把田平送到随营学校去深造。邓青松还特地给田平的母亲买了一些金银首饰，摆了一次长桌宴，拜田平母亲为干娘。

田平深受感动，完全接受了国民政府军的招安，把打仗剩下的七八百人，全交给了政府军进行改编。

田平在母亲接受了旅长的跪拜之后，只提了一个条件，就是杀了出卖母亲的栖凤湖乡的何乡长。

邓青松当然不允许。但田平是个睚眦必报的狠人，邓青松不允许，田平就不死心塌地接受改编。田平说，我娘现在都是你干娘了，你干娘被人这么出卖，你能忍吗？他有一次，就会有第二次，此人不杀，我誓不为人。

邓青松转念一想，何乡长一个人可以换取田平几百人，有什么不可以呢？邓青松嘴上还是坚决不许，心里却默许了田平。所以，当田平带着人闯进栖凤湖乡，猎了何乡长人头示众时，邓青松和政府都装聋作哑，没有追究。

田平名义上接受了政府军的改编，实际上还是独占山头，自立为王。只是他不再抢政府粮仓、杀政府官员。他知道这是跟政府作对，自己找死。

那些湘西过往的商人和湘西的大户人家，就成了田平最重要的抢劫目标。若有反抗，就成了田平的刀下鬼。

作为大户人家的武豪干爹家，自然成了田平眼里都会流出涎水的肥肉。

田平和武豪干爹，就自然成了死对头。

田平第一次与武豪干爹家作对，是劫杀武豪干爹的两个叔叔。

武豪干爹的两个叔叔都是红军，跟着贺龙在湖南湖北交界地带闹革命。被国民党"围剿"多年的贺龙红军，严重缺粮，武豪干爹的两个叔叔带了十多个红军化装成乡亲来武豪干爹家拉粮食。走水路太明显，武豪干爹的两个叔叔，就特意选了一条鲜为人知的山路。

武豪干爹的两个叔叔来拉粮食，等于是拉自己家里的粮食。这几年，两个叔叔没少从家里拉粮食。

武豪干爹不放心，还派彭武定和彭武生两个弟弟带着十来个佃户跟着护送。

十几匹马驮着几百斤粮食，从武豪干爹家出来时，就被田平看得一清二楚。田平到武豪干爹家已经踩了几次点了。今天，正好撞个正着。

田平一路跟踪到永顺县的不二门时，山重水复，曲径通幽，那一座座宝塔一样的小山峰、一堵堵铁壁一样的小铜墙和一片片遮天蔽日的小森林，像迷宫和八卦阵一样绕来绕去，如果不熟悉，走不了多远就会迷路和迷魂。

田平就选了这样一个隐蔽所在设伏，袭击武豪干爹两个叔叔的运粮马队。

借助不二门地形的掩护，运粮的马队虽然跟田平一直战斗到黄昏，但寡不敌众，武豪干爹的两个叔叔和战友及佃户都壮烈牺牲。只有武豪干爹的两个弟弟彭武定和彭武生，跟着一个红军跑了出去。

这个带着彭武定和彭武生跑出去的红军，叫龙光烈。彭武定和彭武生就这样跟着龙光烈走上了革命道路。

自武豪干爹懂事起，两个叔叔就很少在家，一直在外奔波忙碌。每次到家都是匆匆忙忙。每次回家都不会少了武豪干爹的糖果和玩具。还会跟武豪干爹玩一会。在叔叔背上骑马，在叔叔怀里撒娇，在叔叔肩上飞翔，还有在叔叔腿上荡秋千，都是武豪干爹最喜欢的。武豪干爹对两个叔叔有一种刻骨铭心的依恋。

开始，他知道叔叔在外忙着做生意；后来，他知道叔叔在外闹革命。他要跟着叔叔去，叔叔说太危险，每天都可能会死，不让他去。叔叔其实就在离家不远的桑植和大庸闹革命，翻过那一串连绵的大山，就是他神往的地方了。

他敬重的两个叔叔，一夜间被田平打死，几百斤粮食被田平抢走。本性善良的武豪干爹立刻有了猎杀田平、为叔叔报仇的执着意念。叔叔的被杀，粮食的被劫，让武豪干爹痛感这个社会的混乱和邪恶。武豪干爹祖祖辈辈都与人为善，世世代代都广结良缘、广播恩泽、厚积福报，但太多的事实告诉他，这个社会就是个弱肉强食的社会，就是个你不惹他他会吃你的社会。两个叔叔和二三十个人的血的代价、死的代价，让武豪干爹痛感没有自己枪杆和武装的危险性，武豪干爹痛下决心，要建立起一支保卫自己家园和亲人的队伍。武豪干爹对父母说，爹，娘，我们得买一些枪，得养一些人，得用枪和人保卫自己，不然，哪个想欺负我们就欺负我们，我们的家、我们的财、我们的命，都会像两个叔叔一样说米有就米有了。

武豪干爹的父亲说，好！十根手指头，比不过一根打狗棍，爹娘支持你。

武豪干爹就这样一次买了上百杆枪、几百把刀，发给家人和乡亲，建立起了一支保家为己、保境安民的地方民团。

武豪干爹找到龙光烈，请他秘密派人训练自己的民团和武装。白天拿起锄头下地，晚上拿起刀枪练武。这断龙山和彭家寨，本就崇文尚武，有人带领自己习武，有人组织大家抱团保卫家园，实在是大受欢迎。四面八方的人，都踊跃报名，申请入伙。武豪干爹的队伍一下子就有了上千人。

被龙光烈带人秘密训练好的这支地方民团和地方武装，第一件事，就是找上田平，为死去的两个叔叔和十几个红军战士、十来个佃户报仇。

武豪干爹的这支复仇队伍，是第一次上战场。为了鼓舞士气，打出威风，武豪干爹求助龙光烈派兵助阵。武豪干爹带人为死去的红军报仇，龙光烈哪有不助一臂之力之理？龙光烈秘密带了几十名红军，协助武豪干爹作战。武豪干爹的几百号人都是第一次打土匪、上战场，龙光烈秘密带来的几十名红军却是身经百战，异常机智骁勇。田平的那些散兵游勇，尽管人多势众，但最终被武豪干爹的人马追杀得人仰马翻、四处散逃。

武豪干爹的队伍第一次就打败了接受国民政府改编的田平。田平本就威震八方。第一次出征就打败了田平的武豪干爹，更威震八方。田平跟武豪干爹的梁子，就这样死死地结上了。

武豪干爹跟田平的一次次争战，成了国民政府嘴里的抢山头、狗咬狗，是土匪跟土匪的火拼、势力跟势力的争雄。

在国民政府眼里，田平是国民政府收编的地方游杂武装，是自己人，武豪干爹是纯粹地方民团和地方武装。武豪干爹跟田平作对，就是跟国民政府作对，国民政府自然把武豪干爹的队伍划为地方土匪武装进行围剿。武豪干爹和我爹，自然而然成了国民政府嘴里的土匪。武豪干爹是匪首，我爹和那些乡亲，是匪徒。

湘西，除了田平那样一直作恶的真正土匪外，很大一部分土匪，就像武豪干爹和我爹一样，莫名其妙地被定性为土匪。有的是因反抗了腐败官府的压迫和剥削而被定性为土匪，有的是因跟与腐败官府勾结的地方势力有过殊死较量和争斗而被定性为土匪。

武豪干爹从来没有因为家大业大而仗势欺人、鱼肉百姓，却因为拿枪反抗了跟国民政府势力有勾结的真正土匪而被定性为匪首。爹和那些老实巴交的乡亲从没在地方作恶，却因跟着武豪干爹抱团自卫、保境安民而被定性为匪徒。

历史，总有这样的时候，真相被砂砾湮没，事实被假象掩盖，需要风雨的一层层冲刷，需要流水的一次次过滤，才能看见真身，露出真容。

五

武豪干爹家的前山、后山都是桃园。

浩浩荡荡的桃园里,桃花浩浩荡荡地开了。

湘西的春天,是不需要用季节装扮的。因为湘西的一年四季都有花、山花、野花、果木花,一趟一趟的花朵、花魁和花姑娘,都会川流不息地、热烈多情地来湘西做客,来湘西安家。有花的天,就是春天,花开的季节,就是春天的季节。哪怕落着大雪,结着厚冰,只要漫山遍野有花开着,就是春天。

不过,这时的湘西,是真正的春天,是与季节同步的春天。这个春天的信息,就是桃花闹的。

那一树树的桃花,从武豪干爹家的门口开起,一路开过坪坝、草地、沟壑、山坡、洼地,把整个断龙山都变成了浓墨重彩的胭脂。那些桃花,一朵比一朵开得灿烂,一树比一树开得鲜艳。小的像孩子粉嘟嘟的小嘴,大的像姑娘红扑扑的脸腮。

在桃林的中间,还有一大片金黄的油菜花。密得连风都插不进三寸金莲的油菜花,仿若上天铺就的一层厚重的黄地毯,醉人的浓香,飘得到天堂。

爹坐在武豪干爹家的门前,就像坐在一幅画里,也像坐在一罐香里。满眼的景色和满鼻的馨香,让爹神清气爽。

爹被房梁砸伤后,武豪干爹给爹请来了最好的医生龙光烈。

龙光烈加入红军之前,是湘西有名的苗医。划一碗水,可以治好你的病。扯一把草,可以治好你的病。扎一根针,可以治好你的病。捏一捏你的关节,可以治好你的病。甚至念几句口诀,做几个手诀,也能治好你的病。很多医院治不了的病，在他这都治好了。人称龙华佗、龙神医。

龙光烈大武豪干爹两三岁，英俊，清瘦，挺拔，干练。有的人清瘦了就弱不禁风，龙光烈却清瘦中有硬朗刚烈。正如他的名字一样，光鲜、刚烈。龙光烈最吸引人的地方是鼻子，鼻头大如草莓，鼻梁挺如香蕉，鼻肉厚实性感，男性的荷尔蒙都在鼻子上妩媚地呈现。

武豪干爹虽然雄霸一方，威震四方，却对龙光烈敬重有加。龙光烈跟武豪干爹相识好几年了，龙光烈起死回生的高超医术，是武豪干爹一辈子都无法企及的。武豪干爹佩服那些比自己更有本事的人。龙光烈从不收穷人一分钱的菩萨心，更是让武豪干爹感佩。

龙光烈治好了武豪干爹母亲的一场大病。武豪干爹的母亲长了一种民间叫缠腰龙的带状疱疹，可恶的疱疹蛇一样箍紧了武豪干爹的母亲，把她箍得奄奄一息，死去活来，是龙光烈妙手回春，把武豪干爹的母亲从阎王殿上拉回来。一来二去，龙光烈和武豪干爹成了朋友。何况，武豪干爹的二弟彭武定、三弟彭武生还跟着龙光烈去闯天下了。

我爹为了救武豪干爹的母亲，被砸成重伤，武豪干爹自然请来了湘西最好的医生龙光烈给我爹治疗。

龙光烈当然是悉心治疗。

房梁是椿木做的，很沉，从那么高的地方砸下来，着实不轻。幸好，房梁砸下来时，是一头先落地又弹起，才砸到我爹腿上的，减轻了太多的力道，要不，爹的腿就砸断了。

躺在床上的爹，俨然成了武豪干爹家的英雄和功臣。

全家上下都把爹当月包子一样伺候着。

龙光烈使出暗力给爹捏了几下，又取了几片草叶烧成灰，放进一碗水里，嘴里念着口诀，手里做着手诀，开始给爹治病。

他闭目念口诀的样子就像到了神界，似乎正在跟神对话，在跟神通报病情，讨取秘方。

而他做手诀时，那一双灵巧翻飞的手，就像一对精灵在跳舞。那十根本很普通的手指，在他的指挥下，如此柔美而不舍地相互纠缠、相互缠绵、相互亲热。光滑而赤裸的手指，仿佛在跳舞，缠绵不舍的舞步，仿若手指的窃窃私语。那手势优美柔软得不像是龙光烈的手，而像是神的手。

做完这一切，龙光烈将划过的水涂抹在爹的腿上，爹的疼痛立马轻了起来。不知道龙光烈的手诀和口诀是对这碗水起了作用，还是对爹的心理起了作用，爹的疼痛真的一下子减轻了，气色和脸色也明显地好了。

龙光烈说，米有事，我保证你一个月下地走路，几个月就离地飞跑。

爹和武豪干爹都松了一口气。

武豪干爹说，我就晓得你是神仙和菩萨，哪有神仙和菩萨做不好的事。

龙光烈说，吉人自有天相，家云老弟好人好报。

爹说，托龙医生的福，大恩日后再报。

顶天管家说，咱们一屋的好人，都好人有好报。

龙光烈开好药方后，把武豪干爹叫到一边，说，带我去你房里。

到了武豪干爹的房里，龙光烈从包袱里拿出个东西，递给武豪干爹，说，有样东西，你先替我收好，我现在四处行医，放在家里，随身带着，都不方便。

东西用红布包着，里三层外三层。

武豪干爹问，这是什么？

龙光烈说，这个东西很宝贵，你不要打开，好好收着。到时候，你自然会晓得。

武豪干爹问，不能看？

龙光烈说，想看也不要紧。不过嘴巴一定要紧，不能漏半点风。不要让任何人看见和晓得。

武豪干爹从没见过龙光烈这么严肃，问，什么东西，这么神秘？

龙光烈觉得跟武豪干爹有多年的交情，再说，都已经交给武豪干爹保管了，没有必要对武豪干爹隐瞒，想瞒也瞒不住，就说，你打开看看就晓得了。

武豪干爹说，要是不能打开，我就不打开了，我帮你放在箱子里锁好，把钥匙交给你自己拿着。

龙光烈说，既然交给你，就放心你，打开看看，早看到早安心，不然你老想着。

武豪干爹说，那我打开了。

武豪干爹把红布一层层打开时，露出了一本书皮有些发黄的书——《共产党宣言》。

武豪干爹惊奇地翻着书，问，《共产党宣言》？你们都看这个书？

龙光烈说，是的，我们都看这个。

武豪干爹说，我可以看不？

龙光烈说，当然可以。不过要悄悄看，不能让人看见，更不要让政府的人看到，不然会惹祸上身。

武豪干爹点头，说，我晓得了，我一定替你保管好。

说着，武豪干爹又找来一块土家织锦把书加包了两层，放进箱子锁好。然后把钥匙交给龙光烈，说，这么重要的东西，我怕忍不住偷看，钥匙你自己拿着，最好最放心了。

龙光烈连连摆手，说，钥匙你留着，我天南海北地跑，不方便。只是一定记住，万一有什么紧急情况，你先当紧把这个箱子收好。

武豪干爹说，好，你放心。

交代完，龙光烈给武豪干爹的父母请安辞行。

武豪干爹说，龙哥，你喰口饭再走。

龙光烈讲，我还得去其他地方看病，战祸不断，百姓遭殃，受伤的多，得病的更多，忙不过来。

武豪干爹知道龙光烈心中有事，不再挽留。

每次都是这样，俩人也习以为常了。

顶天管家也知道他俩的默契，说，那你等等，龙医生，我给你拿几个蒿草粑粑带上。

蒿草粑粑，是湘西人用糯米、野蒿草和黄豆粉做成的一种小吃。

春天了，湘西漫山遍野的野蒿草。嫩嫩的野蒿草，绿茸茸的，油亮亮的，一掐满手春天的绿汁。湘西人把糯米和野蒿草一起磨碎，捏成一个个小孩拳头大小的粑粑，里面包上黄豆粉、芝麻粒和红糖，用桐树叶或者粽叶包上，放在锅里蒸。一锅绿莹莹的大自然的美味，就香甜无比地呈现在面前了。

拿了一大包蒿草粑粑，龙光烈边吃边上路了。

武豪干爹一路送他。穿过油菜花。走过小河湾。再过桃花林。兄弟俩到了桃园尽头。

过了桃园，龙光烈就要翻山越岭去那边了。

这个大家族里，只有武豪干爹知道龙光烈这个"那边"是哪里。

桃园尽头，俩人坐了下来。

武豪干爹从口袋里摸出六根金条递给龙光烈，龙哥，这个你拿着，一点心意。我晓得你那边当紧要用。

龙光烈也不客气，接过，边装进包袱边讲，兄弟，你为我们做的一切，我们都记着的，贺胡子也记着的。我代贺胡子谢你了。

武豪干爹说，看哥讲到哪里去了，哥的事不就是老弟的事吗？哪个喊我有两个弟弟跟着你呢？这是上辈子就命中注定的。其实，我也想跟哥走的。

龙光烈说，你不能再跟我走了，武定、武生在我那边就可以了，你再去，两个老人就米有人照顾了。我们那边，时刻都有被杀头的危险，你不能再去了。你在这边，一样可以为我们做事，关键时刻，起的作用和做的贡献比到那边还大。

武豪干爹说，我听哥的，你和武定、武生到那边都要注意安全啊。

龙光烈说，不怕，走上这条路，生死不由自己了，哪里有黄土，哪里埋忠骨。不过你放心，我会照顾好两个弟弟的。倒是你们，我很不放心。现在湘西群雄混战，局势很乱，你又是出头的椽子，国民党、土匪都盯着你。平时睡觉，多长双眼睛。

武豪干爹说，你放心，我会处处小心。

龙光烈说，乱世出英雄，也出狗熊，哪怕天塌下来，我们都不要做狗熊，不要做对不起祖宗的事。

武豪干爹说，这点，哥永远把心放到胸口里，我彭武豪成不了英雄，也不会是狗熊。

龙光烈站起身，说，有什么事，一定记得带信来。

武豪干爹也站起身，说，你也一样，有什么事，带信过来。

那我走了，兄弟。

嗯，注意安全，龙哥。

走了几十米，龙光烈想起了什么，停下，对武豪干爹招手，喊，你过来，兄弟。

武豪干爹跑过去，问，还有什么交代，龙哥？

龙光烈想了想，说，我看这个家云跟顶天管家一样可靠，是吧？

武豪干爹说，龙哥眼睛毒！米看错。可靠得很，比亲兄弟还可靠。

龙光烈问，家云是做木匠的？

武豪干爹说，是的，一手好手艺，远近闻名。

龙光烈说，他现在跟着你，不做木匠了？

武豪干爹说，不到外面做了，屋里有什么要做的，还是做。哪门？你们要做木匠活？

龙光烈说，米有，做木匠的手艺人方便，适当的时候，你要多放他出去揽工揽活。

武豪干爹说，那米有必要，家里又不愁喰穿。

龙光烈说，我不是这个意思。晓得你不愁喰穿，还养不起一个家云？何况还米要你养。我是讲，现在世道这么乱，他可以借做木匠手艺为名，多给你注意些外面的事。

武豪干爹点头，说，嗯，有道理，生逢乱世，得多长双眼睛。把家云放出去，他走到哪里，我的眼睛就到了哪里。

龙光烈说，人生难得几个可靠的兄弟和知己，好好待他们，遇事多和他们商量。

武豪干爹说，你放心，我会好好待他们，会和他们商量。你跟武定、武生在那边多加小心。

龙光烈走上前，轻轻拥抱了下武豪干爹，转身走了，渐渐消失在武豪干爹的视线里。

武豪干爹和龙光烈说的"那边"，是湘西永顺县的塔卧，与保靖、古丈、龙山和张家界，山水相连。

塔卧是中共湘鄂川黔革命根据地，贺龙正在那里闹革命。那里是湘西红色革命的大本营。

武豪干爹一直严守着两个弟弟都在那边闹革命的秘密。就连武豪干爹的父母都不知道另外两个儿子究竟在干什么。彭武生跟龙光烈学的医，在部队跟龙光烈一起救死扶伤。彭武定是贺龙部队的通信兵和宣传员，写得一手好字，也唱得一口好歌。武豪干爹知道，他的嘴只要漏一丝风，父母和所有亲人就要流一地血。

回得屋来，顶天管家正给我爹做拐杖。

武豪干爹笑着表扬道，我这管家啊，天下第一好，万事比我想得周全。

顶天管家笑，天下第二就够了。

爹笑，他不天下第一，哪门好意思叫顶天？都好得顶天了！

武豪干爹说，是好得顶天了！不过他名叫向顶天，是向得顶天了。

说完，武豪干爹和爹都哈哈大笑。

顶天管家辩解，我哪里向了？

武豪干爹笑，哪里都向。

向，在湘西方言里是狡猾的意思。向得很，就是狡猾得很。武豪干爹开玩笑说管家向得顶天，就是狡猾得顶天。

顶天管家满不在乎，笑道，向就向呗，反正姓向。说着把拐杖递给我爹，说，下地走走。

爹就拄了拐杖，由武豪干爹和顶天管家扶着，在院子里走。

走到武豪干爹父母的房门口时，武豪干爹的母亲笑嘻嘻地招手喊，呀！家云可以走了。快，武豪，你们三个到娘屋里来，娘有话讲。

武豪干爹和顶天管家，就扶着爹进了老人的房里。

进得屋来，武豪干爹母亲说，武豪，我跟你爹商量好了，把顶天和家云收为干儿子，你看好不好？

武豪干爹闻听大喜，想也没想就答，好啊，娘，爹！我就想要这么两个兄弟呢！

武豪干爹的父亲说，你娘就晓得你会欢喜。

武豪干爹的母亲又问顶天管家和我爹，顶天、家云，你俩愿意不？

我爹和顶天管家当然一百二十个愿意。

顶天管家拉着我爹的手，要他给二老跪拜。

武豪干爹的母亲说，家云，我的命是你救的、捡的，我今天也还你一条命，你就是我生的、养的，你从此就是我儿子，我就是你娘，你大叔就是你爹，武豪就是你哥哥。

我爹惊喜得连话也不会说，人也不会喊了，只会连连点头。

顶天管家催促我爹，赶快喊娘，喊爹，还有哥。

我爹居然老半天喊不出来。

武豪干爹的父亲倒是理解我爹的心情，慈祥地安慰道，喊不喊，都一样。

武豪干爹的母亲接着对顶天管家讲，顶天，你十几岁就到了这个家，把这个家上上下下打理得比哪个都好，真是把这个家当家了，把我们当家人了。我们也一直把你当自己的家人，我和你大叔，也一直把你当自己的儿子。今天，也就跟家云一起正式认了。从今天起，我也就是你娘，你大叔是你爹，你武豪弟就是你亲弟弟。

顶天管家眼泪一下流了出来。顶天管家流着泪说，我早就想有这么一天了，早就想喊你们爹娘了，可我不敢。我名字叫顶天，可我头上从来米有一个天，从此你们二老就是我的天了，我会做你们一辈子的儿子，好好照顾弟弟、孝顺爹娘。

说着，顶天管家就跪下，喊着爹娘，给两个老人请安、跪谢。

爹也赶忙扔了拐杖，想双腿跪下，无奈只能单腿跪下，喊着爹娘，久久不愿起身。抬起头时，已泪流满面。

爹和着泪水说，我爹娘死后，就不晓得有爹娘的滋味了，我一个小的带着四个更小的，日子真叫难受，那种米有爹娘管的日子就像打烂仗，米有爹娘的日子真是心里空得像无底洞。到了府上后，你们对我像亲人一样，我又有了靠山和主心骨，现在有了干爹干娘，我就不再是篱笆棍杵进烂泥田——越杵越深，而是篱笆墙靠到大后山——越靠越稳当了。

说着，又是深深一跪。武豪干爹赶忙扶着爹。

武豪干爹的母亲笑着叫几个孩子站起，一人给了一个十两的银锭。

十两的银锭，太贵重了，爹和顶天管家说什么也不肯要。

武豪干爹的母亲笑道，嫌少了？少了叫你们干爹给你们每个再拿十两。

武豪干爹的母亲总是这样，一句话就能点中穴位，让你无从动弹。

爹和顶天管家只好千恩万谢地拿了。

转了身，武豪干爹和顶天管家扶了爹走到屋外，满园的桃花满眼的惹人。

武豪干爹自己端来酒和酒碗，拿了一把香。

倒满三碗酒。

点好三炷香。

武豪干爹讲，桃园不只是吃桃的，桃园还是用来结义的，这个桃园几十年了，桃花开了几十遍了，还从来没有桃园结义、功德圆满过。刚才，娘和爹认了你们两个干儿子，我们都跪了爹娘，现在我们跪拜苍天。

武豪干爹就拉着爹和顶天管家跪下了。

苍天在上，我和顶天、家云结为兄弟，从今往后，有福同享，有难同当，兄弟一生，情义一世，生死与共一辈子。顶天兄弟愿意吗？

顶天管家大声答，愿意！若有二心，天打雷劈！

家云兄弟愿意吗？

爹也连忙大声答，愿意！为了情义，以命相许！

武豪干爹也心满意足地发誓说，好，我们干了这碗酒！从今以后，我们就是一家人，对国忠，对亲孝，对人真，对友义，对待敌人只用刀！不忠不孝遭雷劈，不仁不义被火烧！

爹和顶天管家端了酒碗一起喊道，对国忠，对亲孝，对人真，对友义，对待敌人只用刀！不忠不孝遭雷劈，不仁不义被火烧！

满山桃花，都听懂了三人的誓言。

每一个字，都砸进桃园的泥土，落地生根。

我的武豪干爹就是这样来的。

按湘西习俗，我也得叫顶天管家大干爹。但为了叙述的方便和顺畅，我还是只叫武豪干爹为干爹，叫顶天大干爹为顶天管家，武豪干爹的父母，我就叫大爷大婆了。

武豪干爹的父亲叫彭广大，母亲叫胡二菊。

乡亲们都叫他们大爷爷和菊婆婆。我就叫大爷大婆。

六

其实，爹最初到武豪干爹家打家具时，武豪干爹还没有遇到他喜欢的女人。他请爹去，并不是打嫁妆，而是打家具。他用所谓岳父大人看上了爹的手艺来骗爹，是想让爹早点上他家打家具。方法简单，却很实用。结婚是终身大事，哪能不急？给人打嫁妆，那是成人之美，何乐不为？

爹打完家具后，武豪干爹才遇到他做梦都梦不到的女人。

这家具好像还真是为了武豪干爹心爱的女人打的。

这个女人叫韭菜。我得叫她干娘了。

武豪干爹这样的大户人家，都是三妻四妾，武豪干爹一生却在自家的菜园子里只种了干娘这一把韭菜，也只割了干娘这一把韭菜。

韭菜干娘是保靖县吕洞山人，也是大户人家。韭菜干娘的祖父吴精诚早年留学日本，是湘西凤毛麟角的留学生。父亲吴大铁把祖父留下的财产拿来经商，风生水起。在公路极不发达的时候，水路是最重要的出行方式。精明的吴大铁看中了水运的重要性，不顾全家人的反对，把家里的两百多亩田地几乎全卖掉，只留了二十来亩口粮田。他用卖田地得来的钱，买了两艘轮船，一艘跑客运，一艘跑货运，开启了酉水船运。船运公司的名字就叫吴大铁船运。几年后，吴大铁又添了两艘轮船，跑沅水客运货运。用水运赚来的钱，吴大铁把在吕洞山的祖宅扩建成了一个吴氏庄园，在乾州古城还买了一个大宅子。乾州买的大宅子，是为了让他的几个孩子能够在乾州接受更好的教育。吴大铁跟韭菜干娘的祖父一样，知道教育的重要性。所以，吴大铁的几个孩子都天资聪颖、成绩优秀，个个都光宗耀祖地走出了吕洞山。

吴大铁跟武豪干爹的父亲彭广大不一样的是，彭广大有了钱就买田置地，吴大铁不买田置地，只经商。所以在一般人眼里，没人知道吴大铁有多富裕，只知道他是一个船老板。

韭菜干娘的母亲梁冬梅一家，都死于一场瘟疫，只梁冬梅一人侥幸活了下来。韭菜干娘的母亲病倒在路边时，被韭菜干娘的父亲救回家。韭菜干娘的父亲给韭菜干娘的母亲治好了病后，见她无处可去，就收留了下来。韭菜干娘的母亲知恩图报，全心全意地在吴家做人做事，伺候老小，赢得了吴家上上下下的喜爱。还没等韭菜干娘的父亲吴大铁开口，韭菜干娘的爷爷奶奶就认定韭菜干娘的母亲梁冬梅就是要给吴家续香火旺万世的媳妇。韭菜干娘的母亲梁冬梅如此贤惠勤快不算，还如此美丽漂亮，韭菜干娘的父亲吴大铁哪有不喜欢的？他想，是观音菩萨故意把一个仙女丢在路上让他去捡的，命中注定，喜结良缘。一朵梅花开在一棵铁树，一棵铁树生长一朵梅花。韭菜干娘的父亲与母亲，一鼓作气生了两棵小铁树、两朵小梅花。儿子点金、赛银，女儿玉音、韭菜。

韭菜干娘出生时，韭菜干娘的父亲吴大铁不知道正在哪里奔波。当时，韭菜干娘的母亲正在园圃里割韭菜，满腹突然刀割一样疼痛，家仆赶忙将韭菜干娘的母亲和她割的韭菜一同背回家里。韭菜干娘的母亲刚一躺在床上，韭菜干娘就迫不及待地跑出来了。望着嫩绿的韭菜，嗅着满屋的韭菜香味，韭菜干娘的母亲觉得韭菜干娘跟韭菜有缘，顺口就给韭菜干娘取了名字：韭菜。韭菜好记也好养，韭菜的生命力很顽强。割了又长，长了又割，似乎割不尽，长不完。韭菜干娘以后的生命，也正如这韭菜。

韭菜干娘见风就长。越长越乖，越长越漂亮。很快就成了十里八乡最有名的大美人。英俊高大的武豪干爹，当然也眼睛尖鼻子长，很快就闻到韭菜干娘的美人味道了。风流惯了的武豪干爹，听得吕洞山出了个大美人，急忙带了我爹往韭菜干娘家赶。吕洞山该出吕洞宾，怎么会出七仙女？出了七仙女，就得是我彭武豪的。

吕洞山是保靖县的一座神山，也是湘西苗家的祖山和圣山。武豪干爹赶到吕洞山时，吕洞山正像一幅徐徐展开的巨幅画像，笼罩在一片金色的辉煌里。吕洞山的山峰不是一个山包，也不是一顶帽子，而是一张壁立千仞的手掌。手掌五指并拢，指头长短不一，指头上的树，就像岁月的指甲，绿的，是岁月精心染过的绿指甲。巨大的手掌，光溜溜的，没有一根毫毛，却刚毅、坚硬、粗犷，尽显男性的血性和彪悍。手心的掌纹密密麻麻，似岁月结痂时沧桑的老茧。强烈的太阳直射山峰时，山峰被涂成一片金色，染成一派辉煌。不知道是光照太强烈了还是岁月太强悍了，整齐的五指山峰上，居然被挤出了两条大缝，钻穿了两个小洞，像躺倒的隶书"吕"字，所以叫吕洞山。

令武豪干爹惊奇的是，他正感叹千山似笔倒写青天一个"吕"时，一场行雨不期而至，光、雨、云，还有雾，都奇妙地萦绕在吕洞山头，在两个口中飘进飘出。一架彩虹从一个口里吐出，飞架山脚，悬挂高空，让吕洞山飘飘欲仙。

武豪干爹连声赞叹，怪不得这里出七仙女，原来是仙境！

穿过一棵棵茂密参天的古木古树，走过一挂挂欢快奔涌的流泉飞瀑，武豪干爹带着我爹来到了吕洞山下的一个苗寨。

来到吴氏庄园，武豪干爹和爹也被惊艳到了。这座依山而建的吴氏庄园，从山脚到山顶，几十栋大小不等的木瓦房都高低起伏、错落有致地连着。一栋挨着一栋，一层叠着一层，一檐翘着一檐，好不气派！

整个庄园，由一个大门团着，所有人家都从一个大门进出，一个中轴连着，所有房屋都牵手盘脚，几十栋房子巧妙而温馨地团在一起、连成一心，道不尽的烟火、血脉与亲情。

见到韭菜干娘时，韭菜干娘正在吴氏庄园的一扇窗前画苗画。

苗画是湘西苗族的一种民间工艺画，起源于明清时代，最初是以苗族姑娘刺绣图样的形式出现的。画师用白色粉浆把绣花图案绘于布料上，然后供苗族绣女直接按画刺绣。后来一些技艺高超的苗画师，直接在布料上绘画，颜色也不再是单一的白色颜料，而是各种颜色的颜料。由此发展成一种独立的画种——苗画。这是一种把布料当宣纸的绘画。

韭菜干娘凝神静气地端坐在湘西特有的吊脚楼上，确切地讲，是端坐在吊脚楼顶的女儿阁上。在湘西，每一个村庄都有朴素而别致的吊脚楼，每一栋吊脚楼都有一间显耀而朴实的女儿阁。吊脚楼或依山，或傍水，悬空吊出一个楼廊和一排木柱，既稳健牢靠，又灵动飘逸，像是张开双翅飞翔。最顶端的女儿阁，则像一只飞鸟的皇冠，洞开的窗口，镶嵌的是一幅绝美的风景。

此刻，韭菜干娘就在这幅绝美的风景里。临窗作画的韭菜干娘成了比风景更美的风景。武豪干爹站在吊脚楼下，步子不会移了，眼睛不会转了，下巴不会动了。他呆呆地、久久地站在那里，看韭菜干娘穿着一件绣花家织布衣，用画笔描画。武豪干爹成了一个木脑壳。

韭菜干娘画的什么，他站在楼下是根本看不到的。他只看见韭菜干娘的穿戴如此朴素而鲜艳。朴素的，是灰中带蓝的家织布；鲜艳的，是衣领、衣袖和胸前那些色彩斑斓的锦绣。两个银色的耳环，吊着两颗蓝色的玛瑙。胸前的佩环，是一弯月亮的模样，十几颗星星一样的银珠，垂吊在月牙下，与明月的清辉，一同闪亮。比月牙更美比玛瑙更亮的，当然是韭菜干娘那张妩媚生动的月儿脸和那双水汪汪的丹凤眼。那脸和眼，都像甘露滴过浸过，春风熏过染过，水灵灵，亮闪闪，明媚、秀美、端庄、高贵，神圣不可侵犯。在山色青翠、云雾缥缈的背景里，阁楼里的韭菜干娘就像一个高高在上的仙女，飘落凡尘。

武豪干爹被眼前的景象惊呆了，胸部急剧起伏，气都出不匀。他本想喊很多的痞话、唱很多的痞歌给韭菜干娘，可就是张不开嘴。那是一张人见人爱又人见人怕的嘴。人见人爱，爱的是那张嘴天生的英俊性感，又霸道，又缠绵，像一块磁铁，吸引众人。人见人怕，怕的是那张嘴太火太辣太信马由缰无所顾忌，像一个洞坑，不知深浅，无法预知将来的命运。他就是凭着这样一张嘴，让很多女人先成了他舌尖下的俘虏，又成了他唇尖上的唾液。为此，他没少让父母大人操心和教训。你什么时候才能够收心，好好讨一个女人过日子？武豪干爹的父母总是这样絮叨和担心。武豪干爹哪里听得进？他天生就是雷神带来的，是野的，哪能让一个女人管着？他永远是一个心高气傲、战无不胜的公子少爷，只对女人好，却从不对女人承诺什么，美人鱼儿，愿者上钩。

面对韭菜干娘，武豪干爹的自信一下子就没了，那颗野着的心，也好像一下子就收了。他觉得韭菜干娘是圣女，不能随便碰，甚至不能随便想。碰一碰，想一想，都是一种亵渎和罪过。他生怕一碰一摸，韭菜干娘就像天上的一道彩虹，瞬间消失。

看着武豪干爹魂被勾走的样子，爹不禁笑了。

爹说，哥，喊啊！哪门不敢喊了？

武豪干爹说，喊你个鬼！你要喊，你喊！

爹说，那唱啊！哥，哪门不敢唱了？

武豪干爹说，唱你个死！你要唱，你唱！

爹说，那我们就这么得一眼看？

武豪干爹说，得一眼看就万福了，你还想哪门的？你还想喰啊？

爹说，那是你的韭菜，我哪门敢喰？

武豪干爹说，就你嘴巴多，转去，不看了。

爹惊讶地说，不看了？真的就看一眼转去了？

武豪干爹说，不转去，留到这里过年啊？

爹说，那你看也多看一阵阵啊。

武豪干爹说，是你想多看一阵阵吧？哪都看得饱的啊？走，转去！二回再来看！

爹说，转去就转去，又不是我想人家，就怕有的人晚上做梦都流着清口水扯韭菜、喰韭菜。

说完，哈哈大笑。

这段无头无尾的折子戏，韭菜干娘当然是不晓得的。

武豪干爹结婚后，当爹把这段折子戏给韭菜干娘复述时，韭菜干娘笑道，铁公鸡也有不敢打鸣的时候呀。

韭菜干娘其实是有大名的，叫吴凤音，很文气，很知性，也很女性。只是韭菜容易叫，容易记。人们忘了她的大名。韭菜干娘干脆就把自己的大名也改了，就叫吴韭菜。有人问韭菜干娘，你就不嫌这韭菜土气？韭菜干娘说，这么好的名字上哪去找？好入心！

韭菜干娘有一个姐姐、两个哥哥。姐姐吴玉音毕业于湘雅医学院，在湘雅医院当医生。哥哥吴点金和吴赛银都从同一所陆军学校——云南陆军讲武堂毕业。大哥吴点金在国民党军队，驻守沅陵。二哥吴赛银在共产党军队，转战南北。韭菜干娘自己毕业于京城的大学，研习国文，俄文和音乐也是韭菜干娘的专长，毕业后，执意回到湘西，在乾州教书。她喜欢民间文化，留在乾州，是最好的选择。

武豪干爹带着爹来见韭菜干娘时，韭菜干娘才从乾州放暑假回到吕洞山。

不能不说，武豪干爹的鼻子真长，才半个来月，武豪干爹就嗅到了韭菜干娘的韭菜香。

韭菜干娘所在的村庄，是吕洞山脚下的一个千年苗寨——金寨。

见了一次韭菜干娘的武豪干爹，当然就得了相思病。他每天都想着怎么样才能把韭菜干娘追到手，想着怎么样才能让这把世界上最好的韭菜，种进自己的菜园子。问爹，爹说，我哪门晓得？哪有师傅问徒弟取经的？你是走在大路问小路。

爹跟武豪干爹说，不能痞哟，哥，痞会吓跑人家的哟，只能装着有文化，来个郎才女貌、门当户对。用特别的方式出奇制胜。

武豪干爹不高兴地说，什么叫装着有文化？我本来就是有文化的啊。

爹赔着笑说，是是是，哥是有文化，我讲错了。

武豪干爹问，那你讲，哪门才能出奇制胜？

爹说，牵牛要牵牛鼻子，你就牵她鼻子撒。

武豪干爹说，问题是，我找不到牛鼻孔啊。

爹说，你都找不到，我更找不到。

武豪干爹转来转去地想了半天，拍了拍脑门说，我就给她来个辣子韭菜炒蛋！

爹一愣说，辣子韭菜炒蛋？什么意思？

武豪干爹得意地笑，问，韭菜炒什么最好吃？

爹说，那当然是辣子韭菜炒蛋。

武豪干爹说，对，辣子韭菜炒蛋。我先给她装软蛋，哄她，哄不好，我就来硬的，抢，就像韭菜里放辣子，辣死她，让她又辣又爱喰。

爹笑，这个馊比喻，只有你想得出。

武豪干爹说，总比你喊我穿她牛鼻孔却找不到牛鼻孔好。

武豪干爹天生的情种，用不着绞尽脑汁。他每天带着爹，今天一个借口——走渴了，找韭菜干娘讨一口水喝。明天一个借口——走饿了，找韭菜干娘讨一碗饭吃。后天假装迷路了，找韭菜干娘问路。可是，每次都被门口的守卫挡住了。守卫进去一报告，不是守卫自己端来一口水，就是丫鬟端来一碗饭。他连韭菜的影子都看不到。

武豪干爹不禁埋怨，这守卫太讨厌了。

吴氏庄园的守卫，是吴大铁专门高价雇请的。守卫不但个个是武术高手，身手不凡，还被送到沅陵守备部队吴点金那儿跟班训练过，吴点金回家探亲时，也常常训练他们射击、刺杀、肉搏等技能。尽忠职守，守护好吴氏庄园，是他们的职责，保护吴氏小姐的安全，更是他们的重中之重。

每天临窗作画的韭菜干娘好像知道有一个水老倌纠缠一样，连着几天消失不见了。武豪干爹忍不住问守卫，你们家小姐哪门不见了？

守卫警惕地问，你问我们家小姐搞什么？

武豪干爹赔着笑说，不搞什么，就是问下，就是问下。

两个守卫耳语，这两个人连到几天在我们家门口转，现在又打听小姐，肯定不安好心，审审他们。

守卫端着枪严厉地问，你们是哪里的？

武豪干爹答，我们是隔壁断龙山的。

守卫问，你们每天都路过这里，想干什么？

武豪干爹本来想编一个谎话，一想，老编谎话，总有编不圆的时候，还不如直说了。武豪干爹说，我们来是想见见你家小姐。

057

守卫问，见我们小姐干什么？

武豪干爹一本正经地说，我喜欢她。

两个守卫都哈哈大笑。守卫甲说，你也不窝①一泡尿照照各人，你也配喜欢我们小姐？

守卫乙说，癞蛤蟆想吃天鹅肉呢！

爹接过话答，这两位兄弟可不能这样讲。你们家小姐是天上飞的天鹅，我们家少爷也是天上飞的雄鹰。不信，你们四处打听打听，断龙山彭家武豪少爷，米有人不晓得。我们家少爷不是凡胎，出生的时候，就是传奇，方圆百里都晓得我们家少爷是雷神爷下凡。

守卫甲笑，哼，雷神爷下凡？鬼才信！就算雷神爷下凡，比得上我们家文曲星下凡？

守卫乙补充说，是七仙女下凡。

武豪干爹连连附和，对对对对对，你们小姐一家全是天上的星星下凡，不是我们凡人比的。实话跟你讲，我们是仰慕你家小姐才情，想请你们家小姐给我们那些孩子当老师，我们办了一个私立学校，好几十个学生呢。

爹接过话来，对对对，我们还有一个民团，上百号人枪，还想请二位兄弟给我们当武官教练呢！

武豪干爹惊奇而疑惑地盯着爹，意思是什么时候要请这俩兄弟当教官了？

爹对武豪干爹眨眨眼睛，对守卫说，我们晓得，要想请你们小姐给我们孩子上课，米有二位保驾是不可能的，所以，连着二位兄弟一起请了，一方两便。

武豪干爹马上明白了，心想，这个彭家云，真会顺竿子爬！不过爬得好。武豪干爹马上会意地用眼神夸爹。

武豪干爹说，待遇你们讲了算，开多少价都行，只要我们的孩子和民

① 窝：拉。

团都得到好教育。

两个守卫的脸马上由阴转晴，问，你们要请我们当武官教练？你们哪门晓得我们是当兵出身的？

武豪干爹说，一看你们站岗、走路的姿势，就晓得是。

守卫喜形于色道，好眼力！

武豪干爹说，我们的民团，还得仰仗你们。

守卫说，哪里，你们看得起兄弟，兄弟一定效力。

爹开心地说，那意思是你们同意了？

守卫说，那还用说！只要小姐愿意，我们米有问题。我们这就去给小姐通报。

武豪干爹和爹都喜出望外。

很快，韭菜干娘轻移莲步，从吊脚楼的最深处走过来。

韭菜干娘的吊脚楼是三进的三合院。一个院落，两个小坪场，一个大坪场。三面都是房屋连着，围成一个院落，正面敞着，没有房子，只是一个朝门。站在大门口往里看时，可以看得通通穿。

湘西的夏天，是炙热的。但吕洞山遮天蔽日的树林和山风，让湘西的炙热有了特别的凉爽和清新。吴氏庄园里，更是凉风习习、绿荫行行。没有一丝炙热的窒息。鲜嫩的太阳正从天空照进院落，落在韭菜干娘身上，鲜艳而晕眩。身上的银饰，被太阳照得一闪一闪，银饰摆动的声响，叮叮当当。韭菜干娘跟丫鬟手挽着手过来时，笑意绵绵，眼波潋滟，身姿款款，把武豪干爹的心摇曳得心花怒放。武豪干爹恨不得把丫鬟的手掰开，自己跑上前去，挽住韭菜干娘。短短的百把米的路，武豪干爹觉得是千里万里，心，像青蛙一样扑通扑通地跳了出来，飞到韭菜干娘面前，贴着韭菜干娘的身子飞。

韭菜干娘和丫鬟款款来到武豪干爹面前时，武豪干爹一时没有反应过来。明明是两朵轻轻的云飘过来了，怎么又是两朵娇艳的花开着？韭菜干娘行礼问候，韭菜迎见贵客！

武豪干爹慌忙抱拳回礼，晚生拜见大人！

爹一碰武豪干爹，悄声说，哥，人家小姐比你小呢，哪门能称晚生？

武豪干爹马上自找台阶，韭菜小姐莫见怪，我一个乡里猴子，米见过城里的锣鼓，不会敲，不会打，米见过世面。

韭菜干娘笑道，既然贵客远来，请到寒舍一坐，喝杯黄金茶。

黄金茶是这里最有名的绿茶，开水一冲，满杯绿豆和板栗的混合清香，满口生津，回味无穷。由于味道太好，产量又低，自古就一两黄金换一两茶，所以叫黄金茶。

武豪干爹早想进去一坐，不料爹开口了。爹说，韭菜小姐，今日打搅，实在冒昧唐突，小姐肯百忙一见，我家少爷已经感激不尽。我家少爷连日前来，不为别的，就为请你去府上教一教学生。小姐才高八斗，我们那些孩子如果得你八斗下漏掉的几颗颗才华，就够用一生了。

爹还用大拇指捻着食指和中指，比画了下几颗颗。

韭菜干娘叹，想必你是你家少爷的贴身，贴身都如此能言有才，先生就更加一表人才，才气非凡了。

爹说，韭菜小姐讲的极是，我是少爷的二管家，只管少爷的吃住行。

韭菜干娘惊奇地问，你是二管家？还有大管家吗？

爹说，是的，小姐，还有个大管家，名号大得很，喊向顶天。

韭菜干娘一听，眼睛亮中带笑，说，好有抱负的名字，难不成还有个向立地？

爹乐了，说，韭菜小姐圣明，我们大管家的弟弟是叫向立地，在外当兵呢。

武豪干爹看爹机枪抢话收不拢嘴了，把爹往后一拉，说，韭菜小姐，你莫听他乱讲，什么顶天立地的，个个胆子比蚂蚁还小。

韭菜干娘笑，大男儿就得顶天立地。你们真要办学堂？

武豪干爹说，是的，一个寨子有五六十个小孩，就一个私塾先生像守牛一样守着，守得了这个守不了那个，这个拴住了，那个又跑到人家地里喰庄稼了。

韭菜干娘笑道，你这比方打得好啊，小孩是不好管，是得像守牛一样守。

武豪干爹说，敢问韭菜小姐肯劳大驾吗？

韭菜干娘笑道，还这么文质彬彬的啊？

武豪干爹不好意思起来，笑道，我这是猪鼻子插葱——装象（相），在你面前，我得装有文化啊。

爹说，不是装文化人，我家少爷本来就是文化人，从小就会背唐诗宋词。

韭菜干娘惊奇地问，那好啊，你自己是文化人，你哪门不教他们啊？

武豪干爹说，不是我不教，是我肚子里墨水太少，自己都不够用，哪里还有多余的分孩子们？再讲转来，这么大一个家业我得打理，也米得工夫教他们。

韭菜干娘点头说，也是。好，我应承了，工钱不工钱的无所谓，我家也不缺那几个钱。

我爹比武豪干爹还高兴，抢着说，我就晓得韭菜小姐会答应。

武豪干爹笑着抢白爹，就你聪明！

接着对韭菜干娘拱手感谢，难为你了。韭菜小姐，一分工钱都不能少你！

韭菜干娘笑，先不讲工钱，先喰饭吧。这么远的路，喰了饭再走。现成的饭菜，也不用什么准备。

武豪干爹刚一张口想说什么，爹又抢了话，饭不喰了，来日方长，我们少爷今日得见小姐一面，胜过喰皇帝御膳了。

韭菜干娘转过身对丫鬟笑道，小莉，你看人家贴身管家，多知书达理，能讲会道。你长点记性，学学。

丫鬟小莉看了一眼爹，说，小莉天生的笨，学不来的。

爹说，韭菜小姐过奖了。韭菜小姐要是同意，我和我家少爷隔日再来，接你到少爷府上去。

武豪干爹不满地白了爹一眼,喊,你充什么狠?你米饿,你转去,我饿了。我想喰了再走,可以不,韭菜小姐?

韭菜干娘热情地赶忙谦让引客,对丫鬟小莉喊,小莉,快,快,让厨房多做两个菜。

想找机会多接触韭菜干娘的武豪干爹,得意扬扬地白了下爹,大摇大摆地跟着韭菜干娘进了吴府。

吴姓,是湘西苗族的第一大姓。吴龙梁石麻,湘西苗族的五大姓,姓姓了不得。乾嘉年间,以十万起义大军,掠城夺地,直捣清廷,与清政府鏖战了十一年,加速了清政府灭亡的乾嘉苗民起义,首领就是湘西苗族人吴八月。

这样一个背景神圣的吴家,在湘西是多么荣耀?韭菜干娘一家,就有这样的荣耀,湘西的吴姓人家,都是沾亲带故的吴八月的后人。

韭菜干娘家的吴府朝门,终于像吕洞山的山门,朝着武豪干爹大开。

餐桌上,趁韭菜干娘和丫鬟都不注意的工夫,武豪干爹只动嘴唇不出声地对爹讲话,念了两遍爹都装着没听明白。武豪干爹只好没好气地附在爹耳边说,问下有米有辣子韭菜炒蛋?

爹白了一眼,笑道,你真要这个菜呀?哥,你真涎皮。

武豪干爹在桌子底下踩了爹一脚。

不料,踩得太重,爹疼得咬牙切齿地轻叫,让韭菜干娘和丫鬟小莉都听见了。韭菜干娘转身问,你们讲什么?

爹赶忙回答,我家少爷讲你长得真好看!

武豪干爹不好意思地讪笑着说,真的好看……好看,比七仙女还好看。

韭菜干娘笑道,你见过七仙女?

武豪干爹笑道,见过,见过。

韭菜干娘问,在哪?

武豪干爹说,在这啊!比七仙女还好看!七仙女要是有你好看,她还下凡找什么董永?嫁玉皇大帝就成了。

韭菜干娘笑，哎呀呀，你们个个都喰了糖了，嘴甜得很。快点喝酒喰菜，那么多酒和菜还堵不上你们的嘴？

爹立刻夹了一大片腊肉塞住武豪干爹的嘴，跟着韭菜干娘嘟哝，就是，就是！快点喰！

武豪干爹吃得酒足饭饱。

打道回府的路上，武豪干爹问爹，你哪门老抢我话，老表现？就那么几分钟，话和风头都被你抢走了！是你来相亲还是我来相亲？

爹不恼，笑，这你就不懂了吧？你这个时候就要装大，装神，让她觉得神秘而严谨。你看，她都讲了，你的贴身都这样有才，那少爷就不晓得多有才了。这多好？

武豪干爹骂，你抢了乖，还一套一套的有理了。

爹说，当然，你不晓得你看到韭菜小姐时出洋相的样子，看不得！还要问有米有辣子韭菜炒蛋，我看你是被韭菜小姐迷癫了。

武豪干爹说，我就是想引起她的注意，看看她的反应。

爹说，人家都喊你进屋了，你还要什么反应？你是猴急狗急，不晓得冷水泡茶慢慢浓。

武豪干爹没好气地踢了爹一脚，说，好吧，我看你慢慢泡到什么时候。你把我的茶泡丢了，我要砍你脑壳。

七

其实，武豪干爹这次不但见到了韭菜干娘，也见到了他未来的丈佬丈母娘。

韭菜干娘和丫鬟小莉把武豪干爹和爹送出大门时，正好与从外面办事回来的吴大铁、梁冬梅夫妇迎面碰上。

老两口不在家时，来了两个年轻男人，女儿还和丫鬟亲自迎送，引起了老两口的注意。

说是老两口，其实也只五十来岁，正是年富力强的时候。这个老，只是对几个年轻人来说的。

吴大铁惊奇地问韭菜干娘，来客了？

韭菜干娘答，是。断龙山彭家寨的彭武豪。

然后落落大方地对武豪干爹说，这是我爹我娘。

武豪干爹赶忙拱手鞠躬，喊，叔叔好！婶娘好！

爹也跟着拱手鞠躬，喊，叔叔好！婶娘好！

武豪干爹心中有鬼，不敢正眼看吴大铁，生怕吴大铁看穿了他的心思。

吴大铁却上上下下仔细打量了武豪干爹。吴大铁说，彭武豪？是不是那个一出生就把雷神带下来的彭武豪？

武豪干爹不好意思地笑，是有那么一嘴，那都是乱讲的，哪个带得动雷神。

吴大铁笑，都当真呢，传得神乎其神。

武豪干爹说，传神了就邪了歪了，信不得。

吴大铁说，不管传得神不神，年轻人还是不同凡响。

武豪干爹又鞠躬说道，叔叔过奖！

吴大铁问，你这雷神驾到，是上我家有事？

武豪干爹说，叔叔，我办了私塾，是来请韭菜小姐给我家学堂当老师，不晓得你老同意不同意？

爹赶忙补充说，是我们断龙山最大的私塾，整个断龙山的孩子都可以到那免费读书。

吴大铁说，免费读书？

爹说，是的，免费读书。

吴大铁说，这要花不少钱啊。

武豪干爹说，不怕花钱，只要大家都能读上书，花再多的钱都值得。

吴大铁说，早听说你们彭家大仁大义，名不虚传。

吴大铁接着说，这是积善积德的事，宝贝女儿肯定同意了吧？

韭菜干娘说，当然同意了，爹！积善积德的事不同意，还同意什么？你女儿也是仁义之人。

吴大铁说，好！我支持！

韭菜干娘就这样到了武豪干爹家。

吴大铁派去护送的五六个守卫，武豪干爹带去的十来个保镖，浩浩荡荡，把一路山水都威风了。

韭菜干娘的到来，把断龙山的整个村庄都照亮了。周边好几个村庄的人，都跑到武豪干爹家看稀客。

武豪干爹的寨子叫彭家寨，古丈县最大的一个土家族寨子。彭家寨的山顶有一柱高耸的巨石叫仙人岩。彭家寨出帅哥美女，都说是因为有这柱仙人岩。仙人岩五官周全，有如仙人，傲然挺立。

彭家寨的姑娘都是仙女，但彭家寨人没见过韭菜干娘这样的仙女。这个寨子的仙女也都穿家织布、绣花衣，都戴手镯耳环，当然也都很漂亮，可这个寨子的仙女都不戴胸前的银月亮、头上的银凤冠。当韭菜干娘穿着绣花衣，戴着银月亮和银凤冠出现在断龙山彭家寨的仙人岩时，仙人岩一下子沸腾了。彭家寨人都惊奇地把眼揉了再揉，以为真的是仙女下凡到了仙人岩。祖祖辈辈住在这仙人岩，却从没见过仙人，这回见了，仙人岩成了名副其实的仙人岩。

韭菜干娘骑在马上，边走边微笑着跟每一个人点头招呼，落落大方。里三层外三层跟着的人群都兴奋地唏嘘感叹。得意的武豪干爹，像一个凯旋的新郎官，牵着韭菜干娘的马，给大家不停地鞠躬作揖。武豪干爹知道，只要韭菜骑在这匹马上了，他牵的就不是马鼻子而是韭菜干娘的鼻子。那匹马将很快被罢免，由他取代。他才是真正的马，是那匹要驮着韭菜干娘跑遍江山、打遍世界的马。

进村时，韭菜干娘几次都想下马，自己走。她懂这个礼数。她不能这样高高在上地骑着马抖威风。在朴素的山寨，只能是朴素的姿态，朴素地面对。可武豪干爹硬是不让韭菜干娘下马。一是山路崎岖，武豪干爹担心韭菜干娘崴了脚；二是武豪干爹自己想显摆，想让大家看看他准备迎娶的是一个多么了不起的女人。尽管那时，韭菜干娘对他还没什么意思。

爱显摆的武豪干爹，还让我爹和顶天管家在村口放了九十九响火铳。那火铳，没有艳丽的烟花和焰火，却有着惊天动地的响声。咚、咚、咚……对空一放，天也晃，地也动。吓得女人和孩子捂着耳朵，不敢听。

武豪干爹还喊了一个溜子队，在村口一溜排开，不停地吹打。

打溜子，是湘西土家族地区流传最广的一种古老的民间器乐合奏。是湘西土家族结婚办喜事时才有的阵仗，武豪干爹却用来迎接韭菜干娘。可见武豪干爹用心之深和用情之真。

站在村口，顶天管家对我爹悄悄嘀咕，你看你武豪哥这个样子，好像他在结婚似的。

爹笑，那是迟早的事。

顶天管家说，你啊，什么都顺着你武豪哥，他放个屁，你都讲是香的。

爹还是笑，嗯，香的。

顶天管家一副恨铁不成钢的样子，说，家云啊家云，你能不能有点出息？什么你武豪哥放屁都是香的，我看你俩好得窝屎都要当饭喰！

爹还是笑道，那哪门会呢？人家是少爷，我是长工，一个天上，一个地下。

顶天管家鼻子一哼，哼，我看你俩就是好得窝屎当饭喰。

爹连呸两声，哥，讲点好听的好不？哪个臭你选哪个，我看你是自己想喰。你可是我大哥，他是我二哥，要窝屎当饭喰，也是我们三兄弟一起当饭喰。

顶天管家看了看爹，说，不跟你讲鬼讲神了，多长双眼睛，会来点事。

爹眼睛一眨，好，亮着呢。

见武豪干爹和韭菜干娘进得村来，爹喜滋滋地跑出人群，喊，韭菜小姐，韭菜小姐。

韭菜干娘对爹喊，家云兄弟，快点扶我下马。

爹就立马躬下背来，准备让韭菜干娘踩着他的背下马。

武豪干爹见状，一把推开爹，嚷，你又抢好事来了！哪里轮得到你！

武豪干爹单腿跪地，弯下腰，让韭菜干娘踩着他下马。

韭菜干娘却并不领这份情，看着武豪干爹笑了笑，自己从另一侧飞身下马，轻轻落地。动作轻快得武豪干爹没感觉到，还傻傻地弯腰蹲了老半天。直到人们哄笑起来，他才恍然大悟。

讲到这，武豪干爹有点不好意思地对我解释，那是你韭菜干娘给我尊严，一个男人哪能让女人踩着过日子？

我笑，那韭菜干娘后来是不是踩着你过日子的？

武豪干爹迷醉了一双眼，眼里漏出的一丝光和嘴角漏出的一丝笑，证明了韭菜干娘的贤惠。武豪干爹憧憬似的回忆道，你韭菜干娘啊，真是天下第一难找的好人，好得人人都讲是仙女下凡，夸我命好啊！她怎么会踩着我过日子呢？是轿子一样抬着我过日子，菩萨一样供着我过日子！

识字班就开在武豪干爹家的深宅大院里。几十双亮闪闪的小眼睛，全是这个寨子的孩子，都跟武豪干爹家有着千丝万缕的联系。这个寨子本是一根竹鞭一样发下来的，根须连着，血脉通着，连着情，带着义。开班前，顶天管家问武豪干爹，要不要收点学费？武豪干爹一家都异口同声不能收。大婆说，都是连亲带故的，收什么学费啊，手里接得住，心里装不起啊。大爷说，一个孩子是教，一百个孩子也是教，顺带都带出来了，人多了才像个学堂，学堂才有人气，才闹热。武豪干爹说，我们不做瞎子见钱眼睛开的事，不能得了一点小钱失了一寨人心。

识字班里，其实没有一个孩子是武豪干爹家的，都是在武豪干爹家帮工的人家的孩子和其他人家的孩子。那些做梦都不敢想学堂的家长和孩子，突然有了这么一个学堂，而且是不要钱的学堂，无疑是从心底里充满感激和感恩的。哪里有这样好的人家呢？

自然地，人人都对武豪干爹家忠义，祖祖辈辈都不做对不起武豪干爹的事情。

而武豪干爹办这个私塾，完全是因为爱情。是他对韭菜干娘神魂颠倒的爱，阴差阳错地有了这个私塾似的学堂。他无意中以一把爱情的火，点亮了一个山寨知识的火、文明的火和改变命运的火。那些整天在山里地里野跑疯玩的孩子的心，如今都装在一册薄薄的书本里了。

武豪干爹一家的这一义举，让韭菜干娘刮目相看。她感动得辞了乾州学校的公差，专心教这些孩子。

这些孩子当然包括我的三叔、四叔、五叔，还有嬷嬷。

她教孩子们唐诗宋词。教孩子们唱歌跳舞。当然还教孩子们写字绘画。

孩子们也不分什么年级班级，用武豪干爹的话讲，把辣子秧子和萝卜秧子都栽在一个园圃里。

在这个识字班里，我的三叔擅长数学。三叔的脑袋，就像现在所说的光盘，什么数字在他脑袋一过，等于就是一个光盘刻录了。

四叔精于作文，一山一水，一花一叶，都在他的眼里变成另一个世界，生动，鲜活，活色生香。

五叔擅长绘画，他的十根指头，就是十根画笔，什么纸在他手下一过，各种颜色、各种风物就栩栩如生了。

我的那个嬷嬷，却不会读书，只会跳舞。随便一个姿势，嬷嬷只要往那一站，舞台就是她的，中心就是她。嬷嬷就是舞台上的追光，她在哪，最耀眼的光芒就在哪。

这很让爹开心和幸福。每个弟妹都各有所长，就是将来离开他，他也放心了。长长的人生路上，他的弟妹们有了行路的拐杖，就不会摔倒了。

对武豪干爹一家，爹就更加感恩戴德、忠心耿耿了。

无疑，韭菜干娘不仅为我的三叔、四叔、五叔和嬷嬷带来了福音，更为整座大山打开了一个新的世界，一个山寨从未见过的世界。

不说别的，就说跳舞。当这个人人都会跳舞的湘西山寨，看到韭菜干娘穿着红舞鞋，一直立着足尖点地跳舞时，都惊呆了。原来舞还可以这样把足尖立起来跳！跳起来还这样美！那鞋居然是软底的，居然就是一片那么薄薄的布像荷叶一样卷起来，那衣服裤子居然是连在一起的，紧绷绷的，把身材的曲线和轮廓展现得那么丰饶和完美。那腰间镶出来的荷叶一样盛开的白裙，在足尖的移动下，像白云飘飞、白鹭展翅、白鹤玉立，真是美得如仙女下凡。一个寨子的人眼睛都看直了。一个寨子的人心里都发亮了。一个寨子的人都不把这舞叫芭蕾舞，而叫仙女舞。

这个长期只跳苗族接龙舞、土家族摆手舞的湘西，一下子有人跳仙女舞，真是稀奇了。这个稀奇，就像风一样，很快吹遍了整个湘西。整个湘西的人，都被吹得心里痒痒的，都跑来断龙山看稀奇。

看稀奇的人群里，有一个人不是来看孩子们跳舞的，而是来看韭菜干娘的，是来打韭菜干娘主意的。

这人不是别人，正是田平的弟弟田地，人称里铁巴的地老爷。

八

韭菜干娘的出现，让田地马上觉得看到了世界上最鲜美可口的猎物。看一眼，韭菜干娘就像一把火烧软了他的骨头，烧旺了他的欲火。这世上怎么能有这样的美人呢？他地盘上一万个女人的美，都抵不过韭菜干娘的一根手指美；他地盘上一万个女人的乖，都抵不过韭菜干娘的一根脚趾乖。这个女人的手指和脚趾都会讲话，都会传情呢！这样的美人，怎么能让彭武豪独享？

可是，他晓得武豪干爹的厉害，更晓得武豪干爹的威望。这十里八乡尽管群龙无首，但武豪干爹，其实是大家公认的龙首。群龙混战、鱼虾相争时，都是找武豪干爹来论理。大家都知道武豪干爹公正公道，还善良宽厚。只要武豪干爹振臂一呼，所有的人都会跟着风起云涌，绝没有他田地的一丝毛毛雨。他田地害的人多，想报仇害他的更多。他睡觉除了要设几道岗哨外，自己常常都是抱着枪睡的。他不敢睡得太死，都是点着蜡烛，一根蜡烛在蜡盏里燃尽时，正好蜡油滴出来，滴到他手上，烫醒他，他再点一根，再睡。他也想过让人站在床头守护，又怕守护的人害他。所以，他每天睡觉时，都把一只手伸进桌子下面的方格里，以防睡觉时手移动，以便蜡油准确地滴到手上烫醒他。一个看似胆大包天的地老爷，实际上是睡在地狱里的胆小鬼。

田地跟武豪干爹较量过几次，几次都是他落荒而逃。一次是不服武豪干爹的武功，下战书挑战。一个回合都没完，就被武豪干爹打下擂台。一次是跟武豪干爹争地界，吃了一次亏的田地，把田平、田杏的人马都招了来，双方血战了一回，结果，还是被武豪干爹杀得屁滚尿流。武豪干爹的一队人马，就把天老爷、地老爷和人老爷的三队人马全部杀得尸横遍野。这一仗，武豪干爹打得实在漂亮。他给田地前后都设了伏击圈。正面一层，边打边假装武力不支，往后撤退，把田地引进第一层伏击圈，进了伏击圈就是进了陷阱，田地一进，就关门打狗。第二天，武豪干爹不再边打边退，而是大兵压境穷追猛打。田地以为可以负隅顽抗，谁知，武豪干爹早已在田地的腹背设了埋伏，田地一退又退到了伏击圈里，只好喊话投降。就此，田地几兄妹再也不敢惹武豪干爹一家，还下了矮桩，专门登门赔礼道歉。武豪干爹也不计前嫌，放了他几兄妹一马。下矮桩，在湘西就是低头弯腰、服输的意思。

田地当然是咽不下这口气的。但也只能夹着尾巴，憋着。憋久了，就变成了臭屁，要放。

当然不敢明着放屁，只能闷着放。明着放，屁股都会被武豪干爹卸了。在武豪干爹眼里，他这地老爷就是个地老鼠。

一个月黑风高的日子，田地带了几个亲信，前往武豪干爹家。

亲信问，干什么？

田地说，打牙祭。

亲信们一听打牙祭，个个情绪高涨。

到了武豪干爹家，田地让亲信们在外趴壕，他独自用一块黑布蒙了嘴脸，身轻如燕地翻墙进屋。

见田地自己进屋，亲信们明白了，田地是想打花牙祭。

打牙祭是湘西土匪黑话，就是抢好东西。打花牙祭，就是抢女人。

趴壕就是在外埋伏隐蔽，以便随时接应。

田地蹑手蹑脚，一个房间一个房间地查看，偷偷溜到了韭菜干娘的房间旁边。

田地万万没有想到，韭菜干娘的门口居然站着两个荷枪实弹的守卫！

这彭武豪什么人？居然弄来两个守卫！哪来的守卫？怎么白天都没看到？是看花眼，还是碰到鬼了？

揉眼一看，还真是守卫。守卫站得标杆笔直的，俨然是两个军人。

田地不敢贸然行动了，溜到窗户边，偷偷往里看。

房间里，韭菜干娘还在给孩子们批改作业。一盏马灯照亮了韭菜干娘生动的脸，也照慌了田地阴暗的心。一只癞蛤蟆，想吃天鹅肉。

韭菜干娘放下钢笔，端起茶杯，优雅地拿起杯盖轻轻一刮茶杯，轻轻一抿茶水时，田地的嘴也不由自主地动了动，涎水顺着嘴角流了出来。

喝完茶，韭菜干娘又站起来活动活动筋骨。韭菜干娘弯下腰身，后背的皮肤露了一点出来。尽管是夜晚，雪白的肌肤，还是亮瞎了田地的眼睛。后背的一片雪，白亮亮、明晃晃的，立马化成了田地眼里的一泓雪水，顺着田地的视线流进了田地的心窝。

田地的骨头被这一寸一寸雪白的肌肤化软了，胸部急剧起伏，气息变得粗重，不由自主地伸出手，盯着韭菜干娘的肌肤，在虚空中摸。

正陶醉中乱摸时，听到武豪干爹跟守卫说话了，田地吓得大气不敢出。

武豪干爹问，吴老师睡了米？

守卫答，还米有。

武豪干爹说，看好外面，我给吴老师送点夜宵。

守卫答，是！

武豪干爹站在门外喊，吴老师，开下门，我给你送点夜宵。

韭菜干娘答，门没闩，你进来。

武豪干爹喜滋滋地推门而进。

见桌子上堆满了作业本，武豪干爹问，还在改作业？

韭菜干娘点头应承，嗯，快改完了。

武豪干爹说，休息下，先喰点夜宵。

韭菜干娘说，不饿，你喰。

武豪干爹说，不饿也喰点，好喰呢！

武豪干爹把手中碗上的盖子一揭，满屋油香。

韭菜干娘惊呼，呀！灯盏窝！我最喜欢喰了！你怎么晓得我喜欢喰灯盏窝？

武豪干爹笑道，我是你肚子里的蛔虫！

韭菜干娘嗔道，你真是，我正想喰，你讲那么恶心的蛔虫，不想让我喰吧？

武豪干爹赶忙连声道歉，我的神，我讲错了，我认罚。

韭菜干娘笑问，罚什么？

武豪干爹想了想，说，罚跪怎么样？

韭菜干娘哈哈大笑，亏你想得出！看你有心，罚你陪我一起喰灯盏窝！

韭菜干娘抓起一个灯盏窝，往武豪干爹嘴里塞。

武豪干爹嘟哝着，也抓起一个，往韭菜干娘嘴里塞。

两个人每人嘴里衔着一个灯盏窝，像每个人嘴边鼓起了一个大气泡。

两人盯着对方，忍不住扑哧一笑，灯盏窝都应声落地，滚到一旁。

灯盏窝是湘西的一种小吃，也叫耳糕、油粑粑。形状酷似小小的灯盏，所以叫灯盏窝。

这灯盏窝是武豪干爹让向顶天专门为韭菜干娘做的。

向顶天选上好的糯米和黄豆，泡上一天，磨成浆。把磨好的浆，舀进一个只有小孩拳头般大小的容器里，放上一点大蒜、辣椒或者萝卜酸，放进油锅里炸，米浆就像气球一样涨起来，漂离容器，在油锅里漂浮。捞上来，满是油香、米香和豆香。那灯盏窝实在好看，金黄金黄的，完全是太阳的颜色，每个都鼓鼓的，冒出指头大的泡，像吊着的耳坠。所以，灯盏窝也叫耳糕。

武豪干爹用指尖拈起一个递给韭菜干娘，说，来，试试顶天炸的味道好不好。

韭菜干娘接过，先在鼻子边闻闻，说，好香！再轻轻一咬，说，好喰！

武豪干爹说，好喰就多喰几个。

韭菜干娘用筷子夹起一个递给武豪干爹说，你也喰啊。

073

武豪干爹说，我喰过了。

韭菜干娘说，不可能喰过了，喰过了，也再喰几个。

武豪干爹开心地说，好，那我陪着仙女喰几个。

吃完，武豪干爹给韭菜干娘打了一盆水，要韭菜干娘洗脸洗脚睡觉。

韭菜干娘要把作业改完才肯洗漱睡觉。

武豪干爹就坐在一旁等。韭菜干娘改得很认真。武豪干爹等得很焦心。韭菜干娘改作业的剪影，让武豪干爹意乱情迷。

韭菜干娘当然感受到了一个春情勃发的男人的不安分的眼神，头也不抬地说，不准乱看。

武豪干爹慌忙收回眼神，好，我不乱看。

韭菜干娘抿嘴一笑，依然头也不抬地说，看了烂眼睛啊。

武豪干爹说，哎呀，哪个喊你长得这么乖，烂眼睛就烂眼睛。

说完，武豪干爹放肆地盯着韭菜干娘，那眼神，简直就是夜空中飘来的火苗，烫。韭菜干娘心上心下的，时不时地往武豪干爹这里瞟。

空气安静得两个人的呼吸都听得见。甚至两人偷偷瞟对方的眼神，都窸窸窣窣的，飒飒有声。

武豪干爹忍不住站起来，走到了韭菜干娘的身后，弯下腰，深嗅着韭菜干娘的发香。

男性荷尔蒙的气息，热热地传到韭菜干娘的耳根。荷尔蒙的味道，像爱的葡萄糖，一针一针地扎入韭菜干娘的肺腑，把韭菜干娘全身扎出气囊，在挺挺的胸部剧烈起伏。

韭菜干娘的反应，壮起了武豪干爹的色胆。他把双手搭在韭菜干娘的双肩，一下，一下，轻轻摩挲。

粗手大脚的武豪干爹，变成了一个无师自通的按摩师，十根手指，根根如魔，指指带电，温情地，柔蜜地，把韭菜干娘轻轻推进了深渊。韭菜干娘就在武豪干爹的轻轻推拿里，一点一点地高涨，一点一点地跌落，最终从潮涨潮落的兴奋里，滑进了武豪干爹宽厚的怀里，任武豪干爹肆意抚摸。

这一切，都被田地尽收眼底。

咬牙切齿的田地，也兴奋得惶惶然，一急，碰着了窗子，发出了响动。

武豪干爹迅速放开韭菜干娘，警惕地大吼，哪个？

田地赶忙学了一声猫叫，然后纵身一跃，翻到了墙外。

两个守卫听到动静，第一时间冲进房里查看究竟。武豪干爹说，屋里有我，赶快看外面。两个守卫又赶忙冲出房间查看究竟。里里外外查看完，也不见什么，想，可能是猫吧。

深夜失手的田地，相思病陡然加剧。韭菜干娘雪白的腰身，韭菜干娘在武豪干爹怀里娇喘的呻吟，都让田地魂不守舍。他百思不得其解的是，武豪干爹从哪弄来的守卫。眼看到手的天鹅肉，被那两个守卫挡住了。真倒霉！他想，要得到天鹅肉，先得干掉这两个守卫。

正盘算着干掉守卫时，手下人密报，韭菜干娘是吴大铁的女儿！

田地自然知道吴大铁的显赫。吴大铁富甲一方，要买几个站岗的，还不易如反掌。

田地愤愤不平地骂，狗日的彭武豪，真他妈有福气！他家祖坟哪门冒了青烟，那么命好！

既然是吴大铁的宝贝女儿，我田地也艳福不浅了，要发大水了！

发大水也是湘西土匪黑话，就是发大财的意思。

田地就是专干发大水的买卖的。

田地当即改变主意，不再打韭菜干娘的主意，而是打起了武豪干爹的主意。韭菜干娘现在就是武豪干爹家里的一蔸韭菜，武豪干爹是这韭菜的一大片沃土，田地要扯出韭菜带出土。土才是最重要的。他要利用韭菜干娘发一次大水。他要大干一场——绑票，而且绑花票。

绑花票，是湘西土匪的黑话，就是绑女票。

绑花票前，他事先问了他的大哥田平。田平更是被武豪打得心惊胆战，还未恢复元气，不敢再贸然前往。但他又希望田地去替他出这口恶气，于是就欣然鼓励田地大干一票。有人替他出气，他站在岸上看戏，有什么不好？

选一个月黑风高的日子，田地带了十几个喽啰蒙面潜进武豪干爹家。

两只飞镖飞去，两个守卫无声倒地。

进得屋来，田地往手帕上倒上催眠水，轻轻搭在韭菜干娘口鼻上。韭菜干娘已经睡熟了，催眠水一放，韭菜干娘睡得更沉。

田地心花怒放地扛起韭菜干娘就跑。

快跑到大门边时，恰逢我爹给他的几个弟弟盖被子出来。

我爹有个习惯，每天半夜起来给他的几个弟弟盖盖被子。无论春夏秋冬，不起来看看几个弟弟，他就睡不安生。弟弟们能否吃好睡好，已经成了他日常的牵挂。

给弟弟盖完被子的爹，见几团黑影飞过，本能地喊抓强盗。

爹的嗓门惊天动地，将所有人都喊醒了，武豪干爹和顶天管家都分别从各自的房间翻身跃出。

爹边喊边追。其他的人也很快跟了过来。

田地的几个喽啰赶忙跑到大门边开门，却怎么也拉不开门闩。

田地扛着韭菜干娘，心急地大骂。

眼看我爹快追到眼前了，一个喽啰抬手就是一枪，幸好天黑，子弹也是瞎子，我爹逃过一劫。

爹没被吓退，还是边追边喊，并顺手拿起墙角的一把锄头，继续追赶。

追近了，爹才看见强盗扛的是韭菜干娘。

爹更加急迫地大喊，抢人了，哥！抢人了，哥！

田地见事情彻底败露，气急败坏，放下韭菜干娘，回头又是一枪。子弹打到地上跳起来，依然没有打中。

爹不知道哪里来的勇气，迎着弹头往前飞奔。

几个喽啰乱枪齐发，一颗子弹擦破了爹的肩头。幸好，没大碍。

田地顾不得开枪了，手忙脚乱地死拉门闩。

可门闩就是拉不动，怎么拉都拉不动。

狗日的彭武豪！门都闩得这么紧，这是什么鬼门？田地气急败坏地大骂。

他哪里知道，武豪干爹家的门闩是有机关的。他田地再机关算尽，也算不过一道门的机关。

武豪干爹已经举着火把冲到跟前，直扑田地。

田地的几个喽啰立刻围了过来，直扑武豪干爹，施展拳脚。

黑夜中混战，谁也不敢开枪，怕打着自己人，只能拳脚相搏。

武豪干爹自小就是武功高手，拳是铁的，腿是铜的，这些喽啰哪是对手，三下五除二就解决了。爹只有捂住肩头伤口，站在旁边着急的份儿。

武豪干爹的火把，就是最好的武器。夜空中，武豪干爹手里的火把，像火球上下翻飞。爹闻得到火把翻飞处皮肉烧焦的滋味，听得到火把触及处鬼哭狼嚎的叫声。

混战中，顶天管家和其他的家丁也打着火把、提着马灯、拿着武器，冲了上来。

田地见势不妙，择路逃跑，飞身一跃，跃上墙顶。

武豪干爹抬手两枪，田地应声跌落墙外。武豪干爹飞身一跃，差不多跟田地同时落到了外面。

负伤的田地负隅顽抗，抬枪乱射。

武豪干爹迂回靠近，枪口顶住了田地，接着一把扯下田地的蒙面布。边扯边骂，狗日的，敢到老子屋里来抢人！

武豪干爹一个飞腿，田地的骨头戛然断碎。

狗日的！原来是你这狗娘养的地老鼠！

又一个飞腿，田地惨叫着瘫成一堆泥。

顶天管家打开大门，带着众人赶到。

武豪干爹老鹰拎小鸡一样，把田地拖进了屋里，又是一脚踢去，吼，狗日的田畜生，你居然喰屎不长记性，敢到老子家抢女人，你不想活了！

田地像断了线的风筝，马上瘫倒在地。

武豪干爹吼，你讲，你抢我女人做什么？打的什么鬼主意？不讲，我一枪要了你的狗命！

田地抖索着答，武豪兄弟饶命，我米有别的想法，就是想绑花票，发大水。

武豪干爹吼，你绑花票，发大水？也不看看绑哪个的花票，发哪个的大水？你不怕我一口口水就发成大水淹死你？

田地连连认错，哭喊饶命。

正在这时，两个家丁飞奔来报，说两个守卫被杀死了。

武豪干爹两个眼珠快喷出血来，拎起田地，歇斯底里地吼，狗娘养的畜生！那还是两个小后生啊！他们与你无冤无仇，你凭什么要了他们的命！你真是千刀万剐的活阎王！你还想饶命？你一百条狗命都不如我两个守卫的命！老子今天就替他们取你的狗命！

讲完，一连多颗子弹射出。人见人怕的地老爷，就这样被武豪干爹送上了西天。

九

灭了地老爷，为两个守卫报仇后，武豪干爹吩咐向顶天买两口上好的棺材，悄悄地厚葬了两个守卫，嘱咐所有人，不准走漏灭杀田地的任何风声，以免再生战端，殃及乡邻。

大婆说，给他们的家人再寄些银两过去，好让他们老人养老。好好的一个人，就在我这说米有就米有了，太亏欠了。

武豪干爹一声长叹，再补偿也补偿不了两条活生生的命啊，都还没成亲呢，就在我彭武豪家把命丢了，良心不安啊！

韭菜干娘闻言伤心，哭泣起来。

日子，暂时风平浪静。

杀了地老爷，天老爷和人老爷肯定不会罢休，但也不敢明目张胆地去跟武豪干爹要人。本来他们是贼，是偷鸡不成蚀把米的做贼心虚。讲到天上都讲不过去。

一个兄弟，就这么不明不白地活不见人死不见尸，号称天老爷的田平肯定是没法装聋作哑的。这兄弟明明是去彭武豪家绑花票、发大水的，这花票不见、大水未发，人也不见了踪影，肯定是遭了彭武豪的暗算。兄妹俩也曾经派人去断龙山打探，没人听说彭武豪家有什么大事，更没听说田地绑过彭武豪家的花票。那个韭菜姑娘，也没有变成什么花票，而是照样快快乐乐地白天在彭家教书，晚上与彭武豪形影不离。彭家大院看上去风平浪静。

田平自然明白是吃了哑巴亏。

硬打，不是彭武豪的对手。

偷袭，也不是彭武豪的对手。

可也不能让彭武豪把兄弟吃得连骨头都不吐啊？

想来想去，两兄妹决定去跟彭武豪要人，但不是硬要，而是智取。

田平要田杏独闯断龙山，拜会彭武豪。

交战不斩来使，自古兵家规矩。何况还是个姑娘。田家这点信心还是有的。

再说，为了弄清哥哥的下落，做妹妹的走一趟断龙山，即便丢了命，也是应该的。

田家虽然跟彭家打过几次大仗，田杏却一直无缘亲身参加。她毕竟是个姑娘，又是妹妹，两个哥哥再凶狠，也怜惜妹妹、心疼妹妹，不让妹妹打打杀杀地往前冲。所以，田杏一直无缘见到彭武豪。田杏自己也奇怪，田家几次大败，田杏不但对彭武豪恨不起来，反倒有几分好奇和钦佩。这个彭武豪是什么变的？到底有什么飞天的本事，居然这么会打仗？我倒是要会会。

田杏要会一会这个传说中的彭武豪。她要见见他的真容。既然彭武豪跟她田家有了千丝万缕的关联，就不能在她田杏心中是一个谜一样的存在，她得解开这个谜。

一番精心打扮后，田杏策马飞奔到彭家大院，请求拜见彭武豪。

武豪干爹带着顶天管家和我爹迎到门口，见是田家小妹，就知道是为了田地而来。

只见田杏孤身一人，武豪干爹暗自惊奇。这个人老爷，的确胆大包天。

武豪干爹喊，是田杏姑娘吧？

田杏答，是不是不欢迎啊，大哥？

武豪干爹答，哪里。田杏姑娘乃天上稀客，哪有不欢迎之理，快请进！

田杏下马，拿了礼信，直入彭府。

既然是拜访，就不能空着手。田杏精心准备了些点心，送与武豪干爹的父母。

田杏一脸真诚灿烂的笑意，双手把礼信呈给武豪干爹，说，这是孝敬府上二位老人家的，不成敬意。

伸手不打笑脸人。武豪干爹开心笑纳。

田杏看到武豪干爹如此仪表堂堂，心一下子就乱了，看向武豪干爹的眼神顿时有了光彩，几乎忘了自己此行的目的，真以为是来拜会朋友甚至是……相亲。

入了座，泡了茶，武豪干爹明知故问，田杏姑娘稀客，有何贵干？

田杏扫了一眼我爹和顶天管家，问，可不可以就我们两个讲？

武豪干爹答，你若怕不方便，可以。

顶天管家担心田杏耍阴谋，说，田杏姑娘，你就当我两个是聋子，不要紧的。

田杏笑道，可你两个不是聋子。

武豪干爹说，你们俩忙去吧，依田杏姑娘就是。

田杏抿嘴一笑，武豪兄爽快！早闻武豪兄大名，只是无缘相见，所以特来拜会，冒昧之处还望海涵。

武豪干爹说，田杏姑娘大驾光临，就像仙女下凡，蓬荜生辉。

田杏说，武豪兄，我明人不讲暗话，冒昧叨扰，实为我二哥田地而来。前些日子，我二哥讲要来你府上拜访，替我大哥田平负荆请罪，不晓得我二哥来了米有？好长一段日子不见二哥，我们心焦，过来问问。

武豪干爹想，既然田杏点明了，又故意颠倒是非，他也就没有必要藏着掖着了。打开窗子，看她有什么妖风吹进来。

武豪干爹说，既然田杏姑娘打开了天窗，那我就讲亮话。你二哥是来拜访的吗？是来我家绑花票、发大水、杀人。这也叫拜访？世上还有这样拜访人家的？那你今天拜访，是不是也要来绑花票、发大水、杀人？

田杏连忙摆手否认道，你误会了，武豪兄。我不是来绑花票、发大水、杀人的，我真是来拜访。要是有本事，我还真想把你绑了——这么帅的男人，不绑一次花票，实在可惜。

说完，田杏自己大笑起来。

武豪干爹说，田杏姑娘见笑了。姑娘阅尽人间春色，手下美男如云，个个标致英俊，我哪里是你的下酒菜。

田杏笑道，他们百俊也不敌武豪兄一俊。

武豪干爹笑道，不扯这些米有用的了，言归正传吧。田杏姑娘是不是来兴师问罪的？

田杏答，哪里敢兴师问罪，若有罪，也是我们有罪在先。我只是想晓得二哥的下落，活要见人，死要见尸。他要真死在武豪兄手上了，那也是罪有应得。

武豪干爹有些惊奇，问，田杏姑娘真这么想？

田杏缓缓回答，我不这么想也得这么想。在你武豪兄面前，我还有本事搬起石头打天？

武豪干爹说，田杏姑娘果然不凡！既然这样，那我就实话告诉你，你二哥田地深夜私闯寒舍，先是杀了我两个守卫，然后又绑我的韭菜姑娘，还开枪打伤了人。我忍无可忍，一怒之下把他灭了。你和田平要是敢来兴师问罪，我彭武豪奉陪，你们兄妹尽管放马过来。你们若真是来和解，我也乐意和解，冤家宜解不宜结，这是自古的道理。是打是和，你们兄妹看着办。

田杏原本抱着幻想，或许田地还活着，真听到田地死讯，还是难以接受——那毕竟是她的亲哥哥，而且是关心她爱护她的亲哥哥。她愤怒地猛然站起来质问，你真把我二哥杀了？你为什么要杀了我二哥？

武豪干爹异常平静地说，你是猪八戒倒打一耙，问我为什么杀？你不懂我为什么要杀吗？要是有人这样侵犯你，你不杀，难道等死？你要是还不明白，就去问你二哥，彭武豪为什么要杀他？你问我，我还要问你呢！这些年，你们田家为何总跟我彭家过不去？为什么总是找我们的麻烦？我们彭家什么时候找过你们田家的麻烦了？你们打上来了，杀上来了，还不准我们还手？我们伸起脖子等着你们杀，还要山呼万岁，喊你们杀得好？你回答我，我们什么时候找过田家的麻烦？你回答我，当有人无缘无故找上门来杀你们时，你们是不是等死、等杀？你们杀人放火有理，我们自卫还击无理是不是？

　　武豪干爹的一连串质问，问得田杏哑口无言。

　　是啊，我们有什么理呢？田杏想着，泪流了出来，哭着喊，我可怜的二哥，你死得不值啊！你绑哪个花票不好，偏偏要绑他彭武豪的花票，你这是把自己往阎王殿里绑啊！

　　武豪干爹见不得女人哭，女人一哭，他就乱了方寸。

　　武豪干爹找了块小手绢，递给田杏，说，你不要哭啊，哭也米有用。我的人死了，你的人也死了，是就此和解休战还是继续打仗死人，你看着办吧。

　　田杏一把推开武豪干爹的手绢，说，哪个要你的臭手绢，假惺惺的！你们天天骂我们是活阎王，我看你彭武豪才是活阎王。

　　武豪干爹笑道，我是不是活阎王，人们心里自然有杆秤。我倒看你这个人老爷，并不是传讲中的满嘴獠牙、蛮横无理，还蛮漂亮、懂道理。

　　田杏擦了眼泪，由阴转晴，说，不要给我戴高帽，我晓得自己有几斤几两。那你告诉我，你把我二哥埋哪里了？

　　武豪干爹说，扔进天坑，喂蟒蛇了。

　　田杏一听，火气又腾的一下蹿了上来，指着武豪干爹破口大骂，彭武豪，你还真是活阎王，你杀了我二哥，连个尸骨都不留，你比阎王还阎王！

　　武豪干爹说，你想骂就骂，随你哪门骂。人死了，回不来了。你回去，要么跟你屋天老爷如实讲，就讲我把你屋地老爷杀了、扔天坑了。要么你就跟你屋天老爷讲，你什么都米问到，不晓得你屋地老爷去哪里了。哪门讲才好，我想，不用我教你，你各人晓得！

　　田杏忍了忍，说，你晓得我们拿你米得办法，就死猪不怕开水烫。

　　武豪干爹说，你既然晓得祸福利害，你就跟你屋天老爷讲，莫紧到找我们彭家麻烦。井水不犯河水，你好我也好，大家都安生。

　　田杏抹干眼泪，长叹一声，事已至此，只能怪我二哥命苦，自作自受。我得走了，你带我看看我二哥，我不能连他在哪里都不晓得。

武豪干爹真诚地说，米得讲，既然来了，就喰了饭再去，米有客人来了饭也不让喰的。

田杏斜了一眼武豪干爹，说，我还敢喰你的饭？只怕喰了雷公窝火闪！我也米得心思喰你的饭，我怕喰了，我二哥从天坑里爬出来要我的命！

武豪干爹又真诚地说，不喰饭，就带点东西给你娘吧，来而不往非礼也。

田杏说，不必了，我田家受不起。

武豪干爹说，那你把你的礼信也拿走。

田杏说，如果你小心眼，就扔了。

武豪干爹说，好，又依了你，我不跟你一般见识，好男不跟女斗。

田杏说，走吧，带我去看看。

武豪干爹应承道，好，我这就带你去。

武豪干爹、顶天管家、爹及田杏，就一同到了几里外的一个天坑旁。

天坑在一大片田园的正中心。天坑的四周，一片稻田，正在扬花吐穗。一丘丘稻田，被一道道田坎围起来，或长或短，或弯或直，围成一个个方块和一个个椭圆。是一层层画重叠着。

一大片绿油油的稻谷苗，正整齐地抽条、发芽，蓬勃的生命，旺盛得箭一样刺出来，齐刷刷地指向蓝天。

看着这一派生机，想着天坑里死无全尸的哥哥，田杏悲从中来，一串眼泪扑啦啦地滚落出来，一个劲地哭她的二哥死得惨。

这一哭，又将武豪干爹哭得心神不安起来，好像真是自己做了亏心事，对不住眼前这个姑娘一样。武豪干爹也想，都讲这个田杏是个凶狠的人老爷，她这眼前的悲切，怎么看都不像凶狠的人老爷，倒像一个心地善良、无依无靠的弱女子。

武豪干爹又把手绢递给田杏，一直递着，也不说话。

田杏见武豪干爹还带着手绢，心里有些感动，接过手绢，擦干眼泪，再还给武豪干爹。

武豪干爹说，留着吧，哭时好再擦。

田杏看了一下武豪干爹，就真的留了，揣进口袋。

武豪干爹说，你要是真舍不得你二哥，想见他一面，我想办法，看能不能把他从天坑里捞出来。

田杏一听，大喜过望，问，能捞吗？捞得出吗？

武豪干爹说，你要是真想，捞不捞得出都试试呗，有米有全尸，就看他的命了。

顶天管家听了，觉得武豪干爹真是妇人之仁，说，你们真是讲古话，都这么多天了，莫讲被蟒蛇还是什么喰了，烂也烂得只剩骨头了。还有，这个天坑深不见底，哪个敢下去？

武豪干爹说，米有人敢下去，那我下去。

顶天管家急了，嚷，我的天，你哪根神经搭错了是不？你敢下去，我们也不敢让你下去。你要下去，还不如要了我们的命你再下去。

爹一听也跟着急，说，哥啊，你不能发神经啊！

说完，爹又转身面对田杏，半是责备半是劝，你也真有本事，三下五除二就让我屋少爷给你下天坑。下什么天坑？有什么用？你晓得你哥为什么填天坑里不？那是你哥坏事做绝！

顶天管家接着补充，这就是死无葬身之地，叫报应！

武豪干爹说，你们莫打岔，田杏姑娘要是想见她二哥，我们满足田杏姑娘，想办法把她二哥捞出来。

田杏想了想，又是一声长叹，算了吧，武豪兄，有你这句话，我就满足了。捞上来，怕也只是骨架子了，看到了做噩梦。算了，这是我二哥的命。什么账都算得清，就是命这个账算不清。命索命，命抵命，永远也索不完、抵不清。我晓得，你也是怕把事情闹大，怕更多的人为此丢命，那就到此为止，一命两清。我保证，我们以后井水不犯河水，各自好走，各自安生。

武豪干爹说，好，就怕你做不了你那个天老爷哥哥的主。

田杏说，边走边看吧，能做多少主，就是多少主。你是个好人，我不想让你这个好人夹在中间左右为难。

武豪干爹感叹，米想到，田杏姑娘还真不同于你两个哥哥，我以前还真错看你这个人老爷了。

田杏苦笑，不晓得外面把我传得什么样子了？

顶天管家笑，坏透顶了，脚底长疮，头顶流汁。

田杏哈哈大笑，是，我是脚底长疮，头顶流汁，坏透顶了。但你给我记住，我只对那些对我坏的人坏，而且坏上坏；对我好的人，我绝对不坏，而是好上好。你千万要对我好一点，不然小心我对你坏上坏。

武豪干爹和顶天管家都注意到，这个田杏笑起来真是温柔甜蜜，没心没肺的样子，还真有几分女侠的味道。

其实……她长得好乖的。要脸子有脸子，要胸脯有胸脯，要屁股有屁股，该平的平，该翘的翘，好乖的！

好几天后，顶天管家对武豪干爹和我爹讲道。

武豪干爹笑，莫不是看上她了？看上个女土匪，你就是压寨夫人了。

爹纠正说，压寨男人。

十

熟悉点湘西历史的人都知道，这个时候统治湘西的人是陈渠珍。陈渠珍是名副其实的湘西王。

在湘西的近代史上，这个1882年9月生于凤凰古城的陈渠珍，一直是神一样的存在。他从小天资聪慧，三岁能背几百首唐诗宋词，十岁通读《论语》《左传》《孙子兵法》《资治通鉴》。十六岁考中秀才，就读沅陵。二十一岁，考入湖南武备学堂，是学堂的尖子生。二十四岁被任命为湖南新军第四十九标队的一名连长，并秘密加入同盟会，跟随孙中山和黄兴参加辛亥革命。二十七岁时，他主动请缨，率领湘西子弟，劳师远征，挺进西藏抗击入侵西藏的英军，并驻守西藏将近三年。

在驻守西藏的日子里，他作为一个营职指挥官转战东西，抗击英军，立下了赫赫战功。在西藏，他与当地土司结下了深厚的情谊。土司将自己的侄女许配给他，就此，他的生命中有了一个他一生都未忘却的女人——西原。他与藏族姑娘西原的旷世爱情，可谓浪漫美丽、悲切坚贞、感天动地，是连日月都会传颂和铭记的爱情。

西原美丽如雪莲，高洁如雪莲，对陈渠珍的爱也圣洁如雪莲。她会骑马射箭，会射击耍刀，还会唱歌跳舞，她既是心爱的恋人和妻子，与陈渠珍形影不离，也是高原的女神和菩萨，寸步不离地守护陈渠珍。当陈渠珍带着抗英剩下的一百一十五名湘西籍士兵踏上回乡归途而在唐古拉山迷路深陷沼泽时，当陈渠珍和他的士兵断粮整整七个月，并遭遇野狼袭击、雪崩突降等自然灾害和藏匪追杀、藏军围剿、自我残杀等人为灾难时，西原数次冒死救下了陈渠珍，帮助陈渠珍历经三年的千难万险，走出绝境，而她自己却在西安染上天花病逝，化作一朵在陈渠珍心中永不凋谢的雪莲。

陈渠珍回到湘西后,在自己八个子女中五个女儿的名字里安放了一个"原"字,以此纪念西原爱的恩典;陈渠珍死后的遗愿,也是要跟西原合葬在一起;他在晚年写就的一部被后人称为奇书的《艽野尘梦》,记录的就是他跟西原这段惊天地泣鬼神的爱情传奇。这既是一部战地笔记,也是一部藏地秘史,更是一部献给西原的爱的悼亡书。

为了不负这个以命相爱的西藏女子,回到凤凰的陈渠珍,卧薪尝胆,励精图治,终于成了赫赫有名的湘西王。西原用自己的命,为整个湘西换来了一个湘西王。

回到湘西的陈渠珍,先后被国民党政府委任为第十九独立师师长、新编陆军三十四师师长。在枪杆子说明一切的年代,名正言顺拥有了军队与军权的陈渠珍,趁机在湘西十四县招兵买马、大肆扩军,发展地方武装。这所谓的新编陆军三十四师,本身就是陈渠珍的地方武装,只是被国民政府换了一个番号、给了一道令牌。陈渠珍的新编陆军三十四师,迅速扩充到六个旅十四个团。

陈渠珍统领整个湘西时,书写了湘西政治、军事、文化和经济的传奇。

他在湘西开设多所学校,大办教育。

他在湘西开设多家银行,大办金融。

他在湘西组建地方武装联盟,大搞军事。

他还在湘西开设各种经济实体,大做贸易,湘西水路上的几十个码头,个个码头船来舟往,一片繁忙。

湘西,在陈渠珍的统治下,得到了前所未有的发展。

如今的湘西泸溪县浦市镇、保靖县迁陵镇、永顺县王村镇、龙山县里耶镇、古丈县罗依溪镇,就是当时最辉煌的几个水上古镇。

除了那部脍炙人口的文学著作《艽野尘梦》,陈渠珍还有一篇影响甚广的军事文章《军人良心论》,这是陈渠珍人性政治和军人良心的最好写照。

《军人良心论》对湘西群雄影响最深的一个观点就是，"有良心的军人拿枪，就是战士；没有良心的军人拿枪，就是土匪。因为军人是处处求人民的利益，不顾自己的牺牲；土匪是处处求自己的利益，不顾别人的痛苦"。这句话也深深影响着武豪干爹及湘西所有的地方武装。所以，湘西的各路武装除了极少数，都不骚扰本土百姓，反倒保护本土百姓。这些拿枪的人，本就是本土百姓，是地方乡绅和富豪武装起来的本土百姓。保护本土百姓就是保护自己的妻儿老小、父老乡亲，就是保护自己。所以，做一个有良心的军人，是各地方武装的本分。

这部《军人良心论》成了湘西各个山头的治军纲领，成了湘西每一个占山为王者的"圣经"。武豪干爹、龙云飞、施行舟、彭叫驴子、汪援之等各路匪首和富豪，都深受《军人良心论》影响。

我爹，也就是在这个时候接触到了陈渠珍的《军人良心论》。

陈渠珍的《军人良心论》最初是他自己手写的。陈渠珍的字，一如他的人，刚直、疏朗、苍劲、飘逸。依据陈渠珍的手抄本，衍生出了无数个手抄本。武豪干爹手上的手抄本，就是武豪干爹自己一字一句手抄的。顶天管家和爹，就是从武豪干爹的手抄本上一字一句学习的。

爹没有想到的是，他居然能够在某一个阳光灿烂的下午，见到陈渠珍，还亲自为陈渠珍沏茶。更没有想到的是，他日后会到陈渠珍府上，为陈渠珍打制了一套太师椅，并因此开始了一段传奇人生。

那天，武豪干爹府上的大门上还挂着一把野蒿。晾干的野蒿，还在空中飘着奇异的清香。地里的野蒿还在郁郁葱葱地疯长。野蒿的尖尖还嫩得水汪汪、油绿绿的，一招一手指的汁液。锅里的蒿草粑粑，也冒着热气腾腾的甜美香气。

武豪干爹家对岸的一大坝稻田里，稻穗已经开始成熟发黄。那年的稻穗格外的大，每一线稻穗都肥肥的，像小黄狗的尾巴，向大地鞠躬致谢。爹正带着他的三个兄弟，在田里捉稻花鱼。

稻花鱼，其实就是鲤鱼。开春时，爹就会跟所有湘西人一样，把一尾尾小鱼苗放进稻田喂养。湘西的稻田本就很肥沃，肥得什么都能疯长。一到夏天，稻子开花抽穗，一田一田的稻花落进稻田，成了鲤鱼的美食。得了稻花美食的鲤鱼，吃饱喝足后，一个劲地长个长膘，很快就长成了半斤一斤。这个时候的鲤鱼是吃了稻花的鱼，是最鲜美的鱼，湘西人就把本很普通的鲤鱼取了一个很美的名字：稻花鱼。

把稻花鱼从田里捉来，开膛破肚，油煎油烹，再放上姜、葱、花椒、酱油——辣椒一定要多，而且得是新鲜辣椒，再放点汤一焖，那一锅香喷喷的稻花鱼，就香断一个山村了。

爹正是在这样的时候和这样的期待里，美滋滋地带着他的三个兄弟在田里捉稻花鱼，以便迎接最尊贵的客人陈渠珍。

一早，已经有陈渠珍的通信兵来报，说陈渠珍要来武豪干爹府上做客，让武豪干爹做好迎客准备。

湘西最大的官要来拜访，那是土皇帝登门，对武豪干爹来说，是千年修得的荣耀。本就好客的武豪干爹要大摆筵席以示真诚。杀猪，宰鸡，修鸭，推豆腐。那阵势，跟过年一样隆重和热闹。

爹和他的三个兄弟捉的鱼真多。爹提了一木桶鱼，最上面的鱼焦渴地张嘴喘息。他的三个兄弟，手里还各提了一串。那是用竹篾穿的，一只一只，白花花地弹。

湘西王驾到时，爹刚从田里上岸，正洗涤满手脚的泥。骑着高头大马的陈渠珍带着一队人马走到时，正好路过了爹的身边。爹一看阵势，就知道是他仰慕已久的湘西王来了。不等陈渠珍开口，爹就加紧洗完了手脚，紧跑几步对陈渠珍招呼。

陈渠珍一看是个英俊小伙，还这么机灵懂礼貌，立刻心生喜欢，笑眯眯地问，你叫什么名字？

爹连忙回答，我叫彭家云，是彭武豪东家的二管家。

陈渠珍让牵马的停下来，翻身下马，又问，武豪先生在家吧？

爹答，在呢。听讲您要来，都忙活半天了，现在正在路口迎呢。

陈渠珍依然笑眯眯地拍了拍爹，说，快带我去见武豪先生。

爹就提了稻花鱼，带着陈渠珍往家走。

这就是爹跟陈渠珍的初次相遇。爹日后一直对人说,陈渠珍虽然贵为湘西王,却没有一点架子,官越大架子越小,他不成王就米有人成王了。难得的好人!

好人,坏人,是湘西人对一个人最直观最简洁的评价。

到了武豪干爹家。武豪干爹又是敲锣打鼓,又是燃放鞭炮,十几个村民还舞起了龙灯。整个断龙山都沉浸在欢天喜地的气氛中。

锣鼓停时,顶天管家亮开嗓子,唱起了迎客歌:

> 今天的日子实在好
> 好得太阳都起得早
> 今天的断龙山好热闹
> 热闹得锣鼓把舞跳
> 一片祥云飘过来
> 贵人驾到送福来
> 断龙山人福气好
> 又福又贵好开怀
> 喊声贵人当茶筛
> 唱首山歌当酒待
> 远方的客人您留下来

歌声落处,韭菜干娘带着几个盛装的土家族女子端着酒碗走了出来。

每个女子都光彩夺目。

每个女子都笑靥迷人。

一队轻移莲步的女子,边唱边走到了陈渠珍一行旁边,歌香和酒香,还有韭菜干娘几个女子楚楚动人的女人香,都一起飘进了陈渠珍的鼻端,沉入了陈渠珍的心底:

> 倒一杯米酒嘛你要喝

091

不喝嘛你就唱一百首歌

　　一首歌只能算一滴酒嘛

　　一碗酒只能算一口

　　唱到天黑嘛你都不能走

　　酒不醉人嘛人醉人

　　喝的是酒嘛甜的是心

　　酒甜妹甜哥也甜

　　甜甜蜜蜜万万年

　　见惯了世面的陈渠珍，也被韭菜干娘她们的酒歌深深打动了，接过韭菜干娘的酒碗一饮而尽。

　　吃完饭，陈渠珍跟武豪干爹在会客室密谈了很久。密谈的内容就是蒋委员长要大肆"剿共"。湘西的所有地方武装都要为党国所用，配合国军，全力"剿共"。陈渠珍早被蒋委员长委任为湘西十县的剿匪总司令，已是中将军衔，肩负着剿灭湘西共产党的重大使命。

　　陈渠珍随身带来了一张新的委任状，是给武豪干爹的，武豪干爹被任命为湘鄂川黔剿匪军上校。

　　湘西共产党，就是贺龙、关向应、任弼时领导的红军。自从贺龙在湘西桑植县芭茅溪两把菜刀刀劈国民党政府的盐局，湘西就有了一支不但打不垮还越来越壮大的共产党队伍。多年来，贺龙领导的红军一直转战湘西各地和湘鄂川黔边区，轰轰烈烈地打土豪、分田地、扩红、闹革命，成了共产党在湘西和湘鄂川黔最锋利的一把尖刀，安插在国民党的心脏上，弄得国民政府的最高统治者蒋介石和湖南省国民政府主席何键等人心神不宁。

　　贺龙如火如荼地闹红和革命，不但严重动摇了国民党的军心，也动摇了蒋介石的统治根基。湘西是湘鄂川黔的中心，一旦失守，整个湘鄂川黔就会危如累卵，一夜坍塌。为此，蒋介石几次电令湖南省政府，要陈渠珍不惜一切，死守湘西。

陈渠珍跟武豪干爹说，这次"剿共"必须真剿、死剿，要不，大家的人头就得搬家。

陈渠珍又说，这个贺胡子，也真是喰了豹子胆了，敢跟蒋委员长作对。他以为他的两把菜刀，真能劈掉这么大一个党国？

武豪干爹知道陈渠珍跟贺龙是朋友，说，你们不是好兄弟吗？真剿啊？

陈渠珍说，肯定不想剿啊，可我身为党国的人，不得不听党国的话。剿啊！我不剿他，党国就剿我。

武豪干爹说，讲的也是。不过，贺龙和我们的队伍，都是乡里乡亲，骨连骨肉连肉的，剿去剿来，刀刀都砍自己人。

陈渠珍说，是啊，我为难的就是这个。我天天讲军人要讲良心，这乡里乡亲的打来打去，还有什么良心？

武豪干爹说，这赖不得你，赖政治，赖时局。好好的一个国家，天天打去打来的，老百姓遭殃。

陈渠珍赶忙严肃制止，说，莫乱讲，祸从口出。

武豪干爹问，那……哪门办的好？

陈渠珍神秘一笑，说，老样子，"剿共"不剿贺，只要贺龙带兵迎战，我们就虚张声势。

武豪干爹笑道，总司令高明。

陈渠珍说，还有，要吩咐你的人，不准对贺龙开枪，谁敢开枪，我要他全家人抵命。

武豪干爹说，好，我保证我的人一个都不会向贺龙开枪，要是有人开枪，你取我的命。

陈渠珍拍着武豪干爹的肩膀，非常满意地说，不愧是自己人。

密谈完，陈渠珍忽然对武豪干爹家的家具感起兴趣来。其实，陈渠珍进门后，一眼就被武豪干爹家的家具迷住了，他低落的心情一下子明亮起来：这个彭武豪，怎么会有这么美观大方的家具！大气新颖的款式，精细精美的雕刻，让见过那么多世面的陈渠珍，也不由得暗自称奇。

陈渠珍问，武豪兄这套家具，是从哪里买的？

武豪干爹说，不是买的，是我屋里的三弟自己打的。

陈渠珍惊奇地问，你屋三弟自己打的？

武豪干爹得意地说，是的，我三弟打的。

陈渠珍站起身，津津有味地欣赏起来，还时不时地抚摸家具，不断啧啧赞叹。

武豪干爹看陈渠珍兴致很高，又带着他看了卧室里的雕花床。

看得这个湘西王只恨自己见识浅，这么好的家具，他居然从来没见过。

看完，陈渠珍说，武豪兄不仗义啊，有个三弟能打这么好的家具，居然都偷偷地不作声，不仗义。快喊三弟来，我见见。

武豪干爹就起身，站在门边大喊，家云，家云，你过来。

正忙碌的爹，应声跑进来。

陈渠珍一见，惊讶地笑道，这不是你屋二管家吗？哪门又是你三弟？

武豪干爹说，结拜兄弟。还有个大管家是大哥。

陈渠珍叹道，两个管家都成了你结拜兄弟了，武豪兄仁义啊！

武豪干爹说，哪里，还要多向总司令学习。

陈渠珍转身问我爹，小伙子，这都是你做的？

爹答，是，都是我做的。

陈渠珍说，做得好啊，太好了！

爹不好意思地答道，笨人笨功夫。

陈渠珍笑道，笨都做得这么好，若是聪明还了得？什么时候有空，也花笨功夫给我做一套。

我爹说，只要您看得起，我一定花更笨的功夫做好。

武豪干爹说，总司令，您看得起，就把这套搬走吧，我明天就喊人给您送过去。

陈渠珍连连摆手，说，不不不，君子不夺人所爱。

武豪干爹说，这个很费功夫，一架床就要一年半年呢。

陈渠珍问我爹，要这么久？

爹说，要，慢工出细活。

陈渠珍想了想，说，那行，你就给我做一对太师椅和一个茶几。要好长时间？

我爹说，这个不要好长时间，两个月。滴水床太费功夫。

那行，你先给我做一对太师椅和茶几，滴水床以后再讲。

陈渠珍干脆得很。

这样，爹就有了一段在湘西王陈渠珍身边度过的日子。

那一对太师椅太让陈渠珍喜欢了，陈渠珍又让爹打了些别的家具，让爹多了一阵在陈渠珍身边的时光。

十一

陈渠珍家住湘西凤凰。

凤凰也许是世界上最美丽的一座小城。

这座小城，苗族、土家族和汉族杂居，尤以苗族居多。一条沱江，像天边飘落的一匹绿飘带，在滴翠的青山里蜿蜒，碧绿、青嫩、绿得清亮，亮得澄碧，把两岸的吊脚楼深情挽起。两岸的吊脚楼，一栋一栋密不透风地挨着、连着，连为整体，像两列又弯又长的火车，在沱江边停靠和等待。

那些苗家女子男子们，或者土家女子男子们，常常会在月亮升起来的时候，来到沱江边，在月下飞歌，在水边激吻。那是一条原始的激情流淌的河，是一条野性的爱情奔放的河。

爹在陈渠珍家打家具的大半年时光里，多次沐浴过这条河，多次遇见一群日后都写进了湘西和中国历史的人。

爹见得最多的两个人，一是顾家齐，二是龙云飞。顾家齐和龙云飞，是陈渠珍在凤凰的左膀右臂。都是凤凰人。顾家齐当时是国民革命军第十九师陈渠珍部一团的团长，驻守凤凰。龙云飞是国民革命军第十九师陈渠珍部三团的团长，驻守麻阳和溆浦。后来，顾家齐成了新编三十四师的师长，龙云飞则成了凤凰的青帕苗王。在湘西，苗族和土家族的男女，都头包青帕，所以，叫青帕苗王。

在爹的眼里，顾家齐和龙云飞，都跟陈渠珍一样，是了不起的人。只是顾家齐目光远大，更具家国情怀，龙云飞则胸无大志，鼠目寸光。这就命中注定了，顾家齐日后成为民族英雄，而龙云飞会成为民族罪人。

爹那天正打家具时，陈渠珍叫来了顾家齐和龙云飞。之后又叫来了爹。叫顾家齐和龙云飞，是要商讨如何出兵剿灭贺龙。叫爹，是让爹火速赶回给武豪干爹传令，一同出兵。

此时，正是1934年的深秋。

话说回来，上次陈渠珍亲自上武豪干爹家密谈"剿共"时，虽然说要往死里剿，但还是一直拖着没有去剿。一是陈渠珍不忍心去剿，不想兄弟相煎，二是陈渠珍想看看他不剿贺龙，蒋介石到底会对他怎么样。最关键的是陈渠珍知道自己打不过贺龙，要真打起来，十有八九都是陈渠珍吃亏。聪明的陈渠珍，不想吃这个亏。

当时，中共中央已率中央红军从江西出发长征，为策应中央红军长征，拖住调集重兵"围剿"中央红军的国民党军队，贺龙领导的红二、六军团，向国民党军队发起攻势，挺进湘西北部，从桑植、张家界，一路打到了永顺。驻守长沙的国民政府湖南省主席何键，奉命剿灭贺龙，为追杀中央红军清除后患。作为湘西王的陈渠珍首当其冲。

陈渠珍是国民政府驻守湘西的湘西王，而贺龙是共产党在湘西要推翻国民政府的红军首领。不同的政治追求和兄弟情感，在两人身上奇妙地交织，使得湘西战场既充满了血腥，也充满了人性，还充满了神秘。

两人在湘西已经不是第一次交战了。念及兄弟旧情，两人在多次交锋中达成了默契。贺龙在桑植、张家界、慈利、龙山、永顺一带活动，这是湘西的南半县，还包括湖北洪湖、恩施一带。陈渠珍在凤凰、保靖、花垣、吉首、泸溪、麻阳、溆浦、古丈、沅陵一带驻防，这是湘西的北半县。只要上峰不下令，两人就井水不犯河水，相安无事，甚至还相互走动。

但是国民政府湖南省主席何键，却容不得这种没有立场的行为，多次严厉批评，却又拿陈渠珍没有办法。陈渠珍是湘西真正的王，湘西南半边的几个县，已经在贺龙领导的共产党手里；湘西的北半边几个县，不能再落到共产党手里。何键不能对陈渠珍太严厉，担心物极必反，只能采取怀柔政策，以情攻心。何键也的确是对陈渠珍好，每当湖南另一重要人物陈诚对陈渠珍不满和打压时，何键总是出面圆场、出手相救，并且还将陈渠珍带到重庆，引荐给蒋介石。但是那次召见，蒋介石的傲慢给同样傲慢的陈渠珍以沉重打击。蒋介石所谓的傲慢，不过是例行公事地板起面孔给陈渠珍训话，没有丁点笑意，没有把陈渠珍当成请去的客人，而是当成奴才训斥。陈渠珍的自尊心受到严重伤害，以至于立马取消了何键安排的拜会陈诚、何应钦等其他要员的活动，任凭何键怎么劝说，倔强孤傲的湘西王陈渠珍就是不见。蒋介石都不想见了，还见其他人干什么？急得何键无计可施，只能听之任之。陈渠珍这种硬如钢铁的脾气是典型的湘西脾气。苗族叫苗脾气，土家族叫嘎脾气。苗族骂：苗得很。土家族骂：嘎得很。

但是陈渠珍再苗、再嘎，也不能跟政府撕破脸皮，免得政府冲天一怒，把他也作为匪患来剿。陈渠珍在骨子里是个乡绅和文人，不会打仗，没有贺龙那样的军事才能。再说，贺龙是共产党，共产党背后有人民大众这座坚强的靠山。陈渠珍的靠山则是国民党，他一旦离开了国民党，就无可依靠了。所以，他还得时不时地听命政府，"围剿"共产党，与贺龙开战。

有时候，双方朝天开开枪，打打炮，就撤了，假打。有时候，打着打着打怒了，场面失控，双方打得尸横遍野，真打。陈渠珍的兵营里就流行着一句话：左"剿共"，右"剿共"，坐在行营不见动。

贺龙跟陈渠珍这种打断骨头还连着筋的关系，当时的省政府主席何键当然知道。对陈渠珍又爱又恨的何键，只能睁一只眼闭一只眼。这自然引起了蒋介石的不满，蒋介石对何键说，你对陈渠珍的仁慈，就是对党国的不忠，你再放任陈渠珍这只孙猴子，不给他上紧箍咒，我拿你是问！

何键只得再次威逼陈渠珍，要陈渠珍放下个人私情，以党国利益为重，务必剿灭贺龙，根除一切后患，当一个真正的湘西王。这一山哪能容二虎呢？你对贺龙的仁慈，就是对蒋委员长的不忠；你对共产党的手软，就是对党国的犯罪、对自己的残忍。何键把蒋介石对他说的话，改头换面地对陈渠珍说了一遍。

为了剿灭贺龙,何键调集了好几个师,协同陈渠珍作战,又在湘西的各路武装里增派了指挥官,督促作战。何键对陈渠珍说,你必须拿下贺龙首级,消灭贺龙。否则,你拿下自己的首级。

湘西的各路武装,就这样挺进十万坪。

陈渠珍当然还是不想拿下贺龙的首级,也拿不了贺龙的首级。但陈渠珍必须拿下其他红军的首级,以保自己的首级。所以,他给顾家齐和龙云飞交代,不能虚张声势,必须真打,必须打赢,能拿多少红军首级就拿多少首级,但不能伤害贺龙,谁伤害贺龙,就枪毙谁。不准伤害贺龙,一是陈渠珍骨子里的兄弟情,二是他深知根本灭不了红军,他跟红军在湘西的这种平分天下,相安无事,需要贺龙才能维系。

爹给武豪干爹传完军令,本可以继续返回陈渠珍家,继续做他的木工。武豪干爹的父母,也就是大爷大婆,不放心武豪干爹,要爹跟着他一同出征。

出征的地方是塔卧。

塔卧是贺龙领导的中国工农红军二、六军团创立的湘鄂川黔革命根据地大本营。陈渠珍这次是想直取心脏,一刀要命的。

贺龙却在心脏的前面设了陷阱,等着陈渠珍部来钻。

这个陷阱在十万坪。

十万坪在永顺县。

我第一次见到十万坪时,就被十万坪的气势深深震撼。

名叫十万坪,却并没有什么坪。全是山。浩浩荡荡的大山小山,犬牙交错地连在一起,连成一座座密密麻麻的山峰,连成一道道纵横交错的沟壑,一路层层叠叠,一路呼呼啸啸,湍急的波浪似的,翻滚而来,又翻滚而去,通向浩渺的天际和远方。也许,那一条条沟壑就是坪吧,不然怎么叫十万坪?

我当时就想,爹跟随武豪干爹来这里跟贺龙打仗,怎么打得赢呢?一夫当关万夫莫开啊。我忽然觉得,那一个个尖尖的、圆圆的隆起的山包、山丘、山峰，就是一个个口袋，而那一条条沟壑，就是一个个敞开的口子，就等着爹他们来钻。

武豪干爹说，那十万坪就是贺龙敞开的一个个口袋，就等着我们去钻，一钻，命就米有了。

那真是一场恶战。是陈渠珍跟贺龙在湘西最大最恶的一战。

顶不住何键的巨大压力，陈渠珍任命顾家齐为"剿匪"前敌总指挥，带着一万多被国民政府收编的官兵，浩浩荡荡开进了十万坪。

武豪干爹和爹就在第一方队。

所有的人都拿着枪，只有爹背的是一背篓手榴弹。手榴弹不是弹箱装着，而是背篓背着，这也是湘西战场的一道风景。

爹手里没有枪。只能扔手榴弹。武豪干爹说，男人手上的枪都是自己去夺的。爹得在战场上自己夺一把枪。

其实，爹的心思根本不在手榴弹上，而在武豪干爹身上。他的眼睛时时盯着的是武豪干爹，一旦武豪干爹有什么危险，爹就会扑上去，舍身相救。

武豪干爹说，你老看着我做什么？看前面！子弹不长眼睛，你看我也米有用，你再快也米有子弹快。

爹一想也是，就紧挨着武豪干爹前进。

算上田平带人攻打彭家寨那次战斗，这是爹第二次经历战场。那种初见硝烟的胆怯一扫而光。也许是因为武豪干爹在，他心里踏实，有一种天然的安全感；也许，爹就是那种在战场上淡定的湘西男人；也许，是经历过跟田平的那次战斗，爹对战争已经有了抗压的能力。

陈渠珍没有亲自参加这场战斗，贺龙却亲自参加了。贺龙，就是这十万坪的一条龙，每一座山都是他的龙鳞，每一棵树都是他的龙爪，每一把草都是他的龙须，而头上晴空如洗的蓝天就是他的龙颜。他奋战了十几年的那片土地，就是他的龙宫。

好兄弟陈渠珍今天既然派人来大闹龙宫，他贺龙就用最盛大的礼节迎接贵客。

这种盛大，就是把枪炮、子弹作为胜利的礼炮，将国民党军就地歼灭，让他们有来无回。当然，他也交代战士们，如果陈渠珍亲征，不要伤了陈渠珍。

贺龙本以为陈渠珍像往日一样，是虚张声势。他跟陈渠珍，就像一条河的上游和下游。上游干净，下游干净。上游涨水，下游遭殃。看似互不相干，实则紧密相连。现在，上游泄洪了，洪水滔滔，来势凶猛，大有灭顶之势。下游的贺龙得紧急抗洪。

顾家齐带了龙云飞、武豪干爹等各路武装，在正规军的配合下，真如洪水猛兽，浩浩荡荡地杀进了十万坪。

在陈渠珍的部队里，顾家齐是最会带兵打仗的。但除了顾家齐所带的一个团、龙云飞所带的一个团及武豪干爹所带的一个团是精兵强将，会打仗、敢死战以外，其他武装的几个团却都是虾兵蟹将，甚至还有不少鸦片鬼，不会打仗，贪生怕死。而武豪干爹深知，他的两个弟弟和他最敬重的龙光烈就在贺龙部队里，他不能往死里打，否则，死的就是他的亲兄弟、好朋友。这样，陈渠珍的军队看似滔滔洪水，巨浪翻滚，实则不少虚浮的泡沫，为剿灭贺龙留下了失败的伏笔。

其实，陈渠珍要进攻塔卧、剿灭贺龙的情报，就是武豪干爹让我爹给龙光烈送去的。那天，武豪干爹收到消息后心急如焚：去打贺龙，不就等于打自己吗？武豪干爹深知陈渠珍跟贺龙的铁杆关系，但陈渠珍这次下如此重手，集结这么多的人马围剿贺龙，看来是被蒋介石逼急了。武豪干爹想，这回贺龙很可能凶多吉少，他得先把消息传过去。武豪干爹终于忍不住了，把爹叫到一边，吐出了埋在心底的秘密：武定和武生都在贺龙部队里，是红军，得救他们。

于是，爹就火速赶往塔卧给龙光烈报信。

爹装扮成去红区揽木工活的样子，背着木匠行头赶到了塔卧，见到了龙光烈。龙光烈还将彭武定和彭武生两兄弟叫来，一起跟爹吃了一顿饭。

龙光烈说，家云，你给我们送信，救的不仅是我和武定、武生，而是所有红军，我们不会忘记你和武豪的。有了这个情报，我们就不怕鬼敲门了。让武豪放心吧，我们都会好好的，只是要他记住，战场上子弹不长眼睛，让他好好躲着点，莫打头阵。

但顾家齐却偏偏让武豪干爹的兵马打的头阵。武豪干爹会打仗，不怕死，打头阵理所当然。

武豪干爹也不畏惧，他知道这是恶仗，做好了有来无回的准备。他只是不想让我爹也跟着垫背。因为爹还有弟弟妹妹，还要养一大家子人。但爹说自己命大，不怕，弟弟妹妹有武豪干爹一家照顾，放心。所以，爹送完信回来后，又坚决地跟着武豪干爹上了战场。

得知陈渠珍要重兵围剿的消息，贺龙命令驻守永顺县城的部队先行撤离，并毁掉河上的木桥，将锅碗被盖等东西扔了满大街，故意造成逃跑的假象，诱敌深入。

顾家齐和他的部队从各路汇合至永顺县城，然后浩浩荡荡地长驱直入，直插塔卧，企图一举捣毁红二、六军团的大本营。

贺龙胸有成竹地在十万坪重兵恭候、截杀。龙光烈所在的连队，是受命截杀的先遣队。

龙光烈的先遣队一看是武豪干爹和爹打的头阵，就传令战士，等武豪干爹的人马走过去后，再开枪。

让过武豪干爹的一队人马，龙光烈一声"打"，红军的枪炮就一齐开火，射向顾家齐的阵营。

顾家齐没有想到，他们会在半道被袭，知道贺龙早就有备无患了。顾家齐一边佩服贺龙的神机妙算，一边镇定地指挥大家分散埋伏在道路两边的树林里，先停下观察动静。那时的湘西，到处是参天古木，一躲进去，子弹就瞎了眼。

顾家齐早年参加过北伐，身经百战。临危不惧，足智多谋，英勇善战，是他在高手如云的湘西枭雄中脱颖而出的关键所在。

他让十多个团队，迅速分成十几支人马，往各山头上奔袭，一方面可以分散贺龙的兵力，一方面免于被贺龙装进口袋一锅端。

贺龙早就料到顾家齐会走这步棋，在各个山头都布下了重兵，大口袋小口袋都准备好了，就等顾家齐来钻。

顾家齐也料定贺龙会大小口袋一齐布置，传令所有人员先不要恋战，尽量远离包围圈，往远处的山林和山头钻，尽量脱离了贺龙的包围圈后再决一死战。

于是，顾家齐率领他的队伍，边打边往外冲。贺龙率领他的部队，边打边往里压。

一个拼死要冲破口袋。

一个拼命要扎紧口袋。

顾家齐越挣扎，口袋扎得越紧。

虽然顾家齐率兵万余人，贺龙只有八千余人，但因为贺龙成竹在胸，十万坪成了贺龙的主场、顾家齐的客场，十万坪的所有山谷和树林，都成了贺龙的呐喊者、助威者，鸟雀、草木等所有的动植物，都成了贺龙的好向导，而顾家齐则是这十万坪里的瞎子，腿脚再厉害，也是乱跑乱窜，四处碰壁。

尽管龙光烈放过了爹和武豪干爹的队伍，但硝烟一起，局势大乱，谁也认不出谁，谁也顾不了谁。爹和武豪干爹，不可避免地卷入了这场殊死的战斗。

当红军拿起枪瞄准爹时，眼疾手快的武豪干爹必须先开枪撂倒那个要开枪的红军。

当红军形成包围圈冲向武豪干爹时，爹也必须毫不犹豫地扔出手榴弹，救武豪干爹于危险。

当一个熟悉的身影出现在武豪干爹的视野，举枪瞄准爹时，武豪干爹诧异地喊了声，武定！

那样大的枪炮声，彭武定哪里听得见，第一枪没打中爹，又接着瞄准第二枪。武豪干爹只好先对着彭武定的肩膀上打。挨了一枪的彭武定，子弹自然打飞了，擦着爹的耳朵钻进了树的胸膛。

彭武定本就杀红了眼。肩膀挨了一枪，擦破皮后，更为恼怒。他认定爹是投弹手,是杀伤力最大的敌人,便举起枪来,再次瞄准爹,一心要端掉爹这个投弹手。

任凭武豪干爹怎么大喊"武定",彭武定还是听不见,他吃定了爹。

爹当然不知道有人吃定了他,还一个劲地扔手榴弹。武豪干爹只好就地一滚,一把推倒了爹。

爹得救了,武豪干爹的腹部却中了彭武定的一弹。

一团血,在武豪干爹的身前飞了起来,像鲜红的焰火。

一截小小的肠子,带着血和水,冒着热和气,流了出来。

彭武定在枪的准星中也瞬间看到了武豪干爹飞起的身影,却来不及了,只能眼睁睁地看着武豪干爹倒在自己的枪口下。

彭武定大喊一声"哥",提起枪,就往武豪干爹这边跑。武豪干爹急忙下令停止射击,等着彭武定跑过来。龙光烈也发现混乱中,是在跟武豪干爹交战,也赶忙下令停战,带着彭武生,一起往武豪干爹这边跑。

武豪干爹倒在爹的怀里,咬牙把肠子塞进肚里,然后微笑着按住伤口,看着两个弟弟和龙光烈跑过来。他很高兴,他终于见到了他日思夜想的两个弟弟。

爹连忙扯下自己的头帕,想给武豪干爹扎住伤口。

武豪干爹说,不急,龙神医来了,你哥死不了。

龙光烈扯了几种草药。一把给彭武定,让彭武定放在嘴里嚼碎。一把给彭武生,让彭武生放在嘴里嚼碎。一把自己放在嘴里嚼碎。然后包在一块纱布里,给武豪干爹敷上。

龙光烈一边包扎,一边大骂彭武定不长眼睛,子弹不长眼睛,你也不长眼睛?对着自己的哥哥打!

彭武生更是狠狠地踹了彭武定一脚,哥要是有什么三长两短,我看你跟爹娘哪门交代?

羞愧难当的彭武定,只能跪在武豪干爹面前哭。

爹也同样羞愧难当。

爹本是为保护武豪干爹来的，不想，武豪干爹为保护他受了伤。他也不晓得该怎么给武豪干爹的老人交代。

这边，龙光烈和武豪干爹偃旗息鼓了。顾家齐、龙云飞等人，却依然在跟贺龙的红军鏖战。

顾家齐知道灭不了贺龙和红军。他也不想灭掉贺龙和红军。但端谁的碗就得为谁干活。他拿的国民革命军的俸禄，穿了国民革命军的军装，他就得像一个军人，不是战死沙场就是胜利地笑傲沙场。

他现在最为清醒的一件事，就是得身先士卒地冲锋陷阵，杀出一条血路，冲出贺龙的层层包围，不然，就全军覆灭。

顾家齐英勇无畏的身影无疑鼓舞了士气。龙云飞他们都跟着顾家齐一路死拼，最终冲出了包围圈，逃离了十万坪。

秋色中，依然满山翠绿的十万坪，是不散的硝烟味，和横七竖八的尸体。

青山无语，只有林涛卷起的风声在哭泣，风声卷起的林涛在起伏。

十二

抬回武豪干爹时，大婆早就在韭菜干娘的陪同下，远远地站在山坳等候。儿是娘身上的肉，儿的一点点疼痛都会牵动母亲，让母亲心里惶惶不可终日地痛。母子连心，心心感应。大婆讲，怪不得我的心突然像被什么割了一下，莫名其妙地痛，原来是我儿受难了。

心被割痛的，当然还有韭菜干娘。

韭菜干娘听见武豪干爹肚子打穿，肠子流了出来，心疼得像用刀在一刀刀扯、一刀刀切。这么长时间的相处，武豪干爹深深地打动了她的心。武豪干爹已是一片菜地，可以任由她生根发芽、抽苗开花了。她想跟武豪干爹一起身心相融、灵魂相守了。

每天教完孩子，韭菜干娘的第一件事，就是回到武豪干爹身边，给武豪干爹做饭、洗漱、换药。然后静静地陪着武豪干爹。

早晨，她会给武豪干爹打上洗脸水，挤好牙膏，给武豪干爹洗脸洗手。

晚上，她会给武豪干爹打上洗澡水，给武豪干爹抹身、洗脚。当她第一次剥开武豪干爹的衣服时，她被武豪干爹健硕的身材深深迷醉了。武豪干爹敲一下就弹起来、铁一样嘣嘣有声、光滑光洁的肌肉，雪光一样刺亮了韭菜干娘的眼，迷乱了韭菜干娘的心。手里的抹澡帕不知不觉地扔掉了，代用的是一粒温润的舌尖。韭菜干娘，像春天里的一个女机耕手，用舌尖的犁铧，将武豪干爹的每寸肌肤深情而温柔地深耕。

动弹不得的武豪干爹，只能像被电击一样，全身酥软，剧烈地颤抖，大声地喘息着喊，韭菜妖精呀，你看我动不得，就欺负我啊！等我好了，我要一天整你三回，整死你啊！

韭菜干娘边忘情地舔着武豪干爹的肌肤，边嘤嘤嗡嗡地念，有本事，现在就来呀！有本事，现在就来呀！

武豪干爹一手扯住韭菜干娘的衣襟，一手捏住韭菜干娘的下巴，慢慢地把韭菜干娘拉到自己的身边，忘情地深吻。

鼻息贴着鼻息。眼睛燃着眼睛。

一把韭菜，已经绿得全身冒油了，再不割就老了。韭菜，只有割了再长，长了再割，才会天天长新的，天天吃新的，天天长嫩的，天天吃嫩的。

好田好土，不种不栽就抛荒了。

两人选定了日子，结婚成亲。

湘西结婚成亲，新娘子是要哭嫁的。哭嫁是湘西沿袭千百年的习俗。任何一个女子都得在出嫁时哭嫁。高兴幸福，新娘子得哭。不高兴不幸福，新娘子也得哭。不但要哭，还得要唱，边哭边唱。哭得越厉害，表示越贤德。越会边哭边唱，越是受人尊重，让人夸奖。以哭当歌，以歌当哭，笑里有泪，泪里有笑。不但新娘子要哭，身边的女性亲朋都得陪着，帮哭。

哭什么呢？

哭爹娘的养育之恩。哭兄弟姊妹的手足之情。还要边哭边骂媒人点的鸳鸯谱让自己跟父母兄妹分离。尽管媒人介绍的是自己喜欢的人，也要假装边哭边骂。

哭爹娘的养育之恩。

哭兄妹的手足之情。

哭媒人的嘴巧心深。

当然，也哭乡邻的仁义人情。

　　我的爹娘啊，你狠心
　　今天赶女出家门
　　从此鱼儿离了水

107

从此瓜秧断了根
鱼儿离水怎么活
瓜秧断根活不成
女儿念的爹娘苦
女儿想的爹娘恩
女儿的福分你没享
女儿不义又不仁
我的爹啊我的娘
女是天涯断肠人
我的哥啊我的嫂
妹妹今天出家门
哥嫂莫念妹的错
妹不懂事莫挂心
妹妹念哥嫂一辈子好
妹妹记哥嫂一辈子情
脚边手边妹不在
爹娘的事情你们多操心
哥嫂替妹尽了孝
妹妹来世还哥嫂情
媒人大婶你好神
说动我爹娘把心狠
女儿不要要女婿
你说你是神不神
你吃了我夫家一餐饭
就说天天酒肉粮满山
你用了我夫家一分钱
就说金银满斗财万贯
你得了我夫家一点点好

就说他千好万好万万好

刀山火海你让我上啊

龙潭虎穴你让我钻

婶啊，你说你好还是奸

结婚那天，韭菜干娘的两个哥哥和一个姐姐都来送嫁，爹和武豪干爹第一次见全了这传说中的一家人。

谁也没有想到，就是因这样的一桩婚事，韭菜干娘一家既与龙光烈有了血脉相连的关系，又与田杏有了血脉相连的关系。

韭菜干娘的婚事，成了穿针引线的媒人场，把几家人的命运紧密地联系在一起。

人生就是这样，有着太多说不清道不明的机缘或缘分。

田杏是怀着对武豪干爹一种不可名状的感情来讨喜酒的。自从那天她见到武豪干爹后，武豪干爹的霸气、英气和真诚，让田杏有了特别的好感。特别是武豪干爹要下天坑给她找二哥的尸体时，她居然有了一种小小的感动。那天回家后，她就把二哥的秘密烂在肚里了。她劝大哥田平，莫与武豪干爹为敌，说武豪干爹一家都是好人。田平听了不高兴，骂，你到彭家打个转身，就说他是好人，替他说话了？他给你灌了什么迷魂药？他是好人，那我是坏人？田杏说，我米讲你是坏人，但我们田家杀人放火的事，以后要少来，不要到处树敌。田平骂，我看你到彭家打个转身就发癫了，我不杀人放火，会有这么大势力，这么大家业？这势力和家业是我一个人的吗？还不是我们田家一大家的。现在的湘西，是个虎狼之地，你不喰他他就喰你，黄鳝不毒蛇就毒，你晓得不？田杏说，哥，我晓得你是为这个家，这个家有今天，全靠你和二哥。但俗话讲，见好就收，我们田家现在这个样子，已经是家大业大天大地大了，够了，少惹事才无事。田平有些激动地拍了下大腿站起来，说，妹哎，不是我要惹事，我不惹人家，人家就要惹我，我现在是咬到狼的狗——松不得口了。田杏说，哥，我不和你争，我就是这么一劝，你爱听就

109

听，不爱听，你继续搞你的，想哪门搞哪门搞，我不拦你。

事后，田杏也反复问自己，为什么就恨不起武豪干爹来？田平说她贱，是不是真贱？武豪干爹家的管家向顶天说她喜欢武豪干爹，爹说是武豪干爹天生有魅力。韭菜干娘说得最有水平，武豪干爹和田杏都心存善念。心存善念之人，才会一见而惺惺相惜。而田杏坦坦荡荡地对韭菜干娘说，你家武豪就是一块磁铁，不由自主地吸引女人。但是，她也没有什么歪心思，她只是觉得像武豪干爹这样的人家，是好人家，她田家不能与武豪干爹家世代结仇，不管铁树开不开得了花，她都要尽力不让两家冤仇越结越深。所以，当偶然得知武豪干爹要摆喜酒时，她就空着手来了。幸好她来了，不然就不会遇见韭菜干娘的大哥吴点金。田杏说，跟彭武豪比，吴点金更有魅力；要是彭武豪是磁铁，那吴点金就是磁场。

武豪干爹迎娶韭菜干娘那天，用了八抬大轿。

韭菜干娘的父亲吴大铁，用拳头捶着武豪干爹的胸说，小伙子，我宝贝女儿就交给你了，你要好好待她。你小子要是敢有二心，我挖了你的心。她要是撒娇欺负你，你就让着点，跟我讲；她要是不懂规矩欺负你娘老子，你给我打就是。

武豪干爹说，韭菜天下第一好，不会欺负我，更不会欺负我爹娘。放心吧，爹，我们都会好好待她。

韭菜干娘的母亲梁冬梅，把装有红枣、花生、桂圆、莲子的喜袋交给武豪干爹，说，娘和爹就不送你们了，哥哥姐姐送你们，祝你们早生贵子。

装有红枣、花生、桂圆、莲子，绣有双喜字的扎染袋子，是韭菜干娘的母亲一针一线亲手绣的。红枣、花生、桂圆和莲子，是韭菜干娘的父亲和母亲一颗颗亲手挑的，全挑的大个的、好看的、饱满的。一枣一生一桂一子，寓意着早生贵子。

迎亲和送亲的队伍，一路浩浩荡荡地到了武豪干爹家时，吃喜酒的人，已经是人山人海了。这不仅是一个山寨的节日，也是无数山头的盛宴。闻听武豪干爹结婚的人，只要沾亲带故，哪怕隔了几十重山的血脉，也来了。不是为了攀亲，而是为了沾喜气看热闹。

顾家齐来了。

龙云飞来了。

最有头脸的湘西王陈渠珍都来了。

龙光烈也带着彭武定、彭武生兄弟俩来喝喜酒。

就这样，龙光烈与韭菜干娘的姐姐吴玉音认识了。

田杏与韭菜干娘的大哥吴点金认识了。

吴家与龙家的好事，吴家与田家的好戏，都随着彭家的喜事而紧紧相连。

这是嫁娘子韭菜干娘和新郎官武豪干爹最幸福最美好的一天。

也是龙光烈和吴玉音、田杏和吴点金最奇妙最难忘的一天。

然而就在大家都沉浸在武豪干爹和韭菜干娘的结婚喜庆中时，我的三叔彭文乾却被抓壮丁抓走了。

三叔是一早到县城给韭菜干娘买礼物去的。

韭菜干娘一直教三叔识字读书，三叔打心眼里感激韭菜干娘。眼见韭菜干娘要结婚了，三叔就想给韭菜干娘送一份厚礼。

三叔早在县城的银匠铺里看上了一对手镯。他要攒足钱，买来手镯送给韭菜干娘。

三叔的拿手好戏是捕河鱼。他在小河的最细处把石头垒起来，围成一个小小的驿口，然后把竹制的壕安在驿口，上游的水和鱼就必须流经驿口，进入壕口。晚上安放，早上就是一壕的鱼在竹壕里跳。

三叔把这些鱼破好、洗净、晒干，鱼不但有鱼的浓香，还有阳光的浓香、河沙的浓香。每次在城里的街道一摆，就被人买走了。

韭菜干娘结婚那天，三叔告诉四叔，他要进城给韭菜干娘买礼物，给韭菜干娘一个惊喜，问四叔愿不愿跟他一起去。

四叔当然愿意。于是，两人天一亮就下城了。

在回来的路上，碰见了一群荷枪实弹的警察，不分青红皂白，把两

111

兄弟抓走了。

到了县里，才知道是被抓壮丁了。

好在县里觉得四叔太小，把四叔放了回来。

这可不得了！爹丢下酒碗就往县城赶。

大婆大爷一听，拦住爹说，你去，不正好自投罗网吗？不但救不了老三，再把你也抓了。

爹说，米得事，我有个堂弟就是管这个的，我去找他。

大婆大爷说，你堂弟他不认识老三吗？

爹说，认识，但他不一定晓得老三被抓了。

大婆大爷不放心地说，你肯定你堂弟是管这个的？

爹说，肯定。

在旁边的吴点金听见了，说，那这样，我带你去。我去了，他们哪个也不敢拿你们兄弟怎么样。

爹说，今天是韭菜嫂子跟武豪哥的大喜日子，你这个大舅子不能缺席。我一个人去米有事的。我如果明天回不来，你们再去救不迟。你们莫跟武豪哥和韭菜嫂子讲，免得他们担心。

说完，爹心急火燎地走出大门。

大门外，龙光烈已经站在那里等着爹了。

龙光烈说，别多说，我跟你去。

在县党部找到彭胜虎时，彭胜虎大感意外，说，要是抓了彭文乾，我肯定晓得，可今天抓来的人里没有彭文乾啊。

彭胜虎想了想，恍然道，肯定是被三青团的抓走了。走，我们去三青团要人！

到了三青团，果真看到三叔跟十几个人被关押在一起。

三青团的头目跟彭胜虎是认识的。但不是朋友一样的认识，而是仇人一样的认识。

三青团和县党部向来不和。为了权力和利益，双方一直明争暗斗。你给我挖坑，我给你埋雷，水火不容。

在抓壮丁这件事上，双方就为了各自的利益相互拆台。

县党部早在1933年就实行兵役制，强行征兵抓夫，打共产党，在湘西就是打贺龙领导的部队。而老百姓的很多亲戚朋友都在贺龙的共产党部队当兵，都不愿自己人打自己人，谁也不愿意去抽丁当兵。不愿抽丁就买丁，没钱买丁就抓丁。偏安一隅的湘西各路地方武装或者土匪势力，也不愿意自己的团丁被抓去前线后削弱自己的势力。国民党只得强行抓丁。抓壮丁和躲壮丁，自然成了那时特有的政治图景和社会风景。

彭胜虎对抓丁打贺龙，也是极端不满，加之看到国民党内部如此相互倾轧、斗争和腐败，更是对抓壮丁恨之入骨。想到自己常常带人抓壮丁，彭胜虎常常瞧不起自己。为了良心安慰，他每次都是敷衍了事，一个也不抓。即便为了交差抓到了，也让部下在路上把人放了，然后假装大骂几句，便不了了之了。县党部见彭胜虎抓不到壮丁，想免他的职，却又找不到合适的人选，更重要的是，县党部的头头脑脑都认可彭胜虎的机灵和实诚。彭胜虎早已不满把抓壮丁当成利益产业链和利益输送链。他到处放话，他早就不想干这得罪人的苦差事，谁想干谁干，他走。

为了这壮丁钱，县党部和三青团展开了疯狂的角逐。三青团为了扩大自己的队伍和影响，公开打出旗帜：谁加入三青团，谁就不用抽丁。拿什么加入？拿钱，拿枪。加入了三青团，可以以三青团的身份公开抗拒抓丁。县党部的人要是抓三青团的人去充当炮灰，三青团就会号召三青团的人跟县党部真刀真枪地干。

有了这尚方宝剑，年轻人纷纷加入三青团，三青团一夜间成长壮大。

三青团根本不把县党部放眼里。

既然不把县党部放眼里，彭胜虎在他们眼里更是什么都不是。

当彭胜虎带着爹和龙光烈一队人马去要人时，三青团头目说，凭什么你说放人就放人？

彭胜虎说，我晓得我没有资格要你们放人，但今天你们抓的是我弟弟，我这当哥哥的是来求你们放人。

三青团头目说，抓了你弟弟就要放？抓了别人就活该？

彭胜虎说，我已经讲了，我是来求你们放我弟弟的，其他的我不管，也管不上。我也晓得，你们抓这些人，就是为了让他们交钱。钱足了，人就放了。钱不足，人就没了。

三青团头目说，你把我们当什么人了？我们是见钱眼开的人吗？这是为党国工作。

彭胜虎说，不要讲那么好听，是屎是尿都清楚。你讲，要多少钱放人？

三青团头目说，再讲一遍，我们不是为钱，是为党国，不要以为几个臭钱就可以收买我们。

彭胜虎说，那你明摆着不放人是不？

三青团头目说，不放，你能怎么样？

彭胜虎说，我不能怎么样，就在这里见三尺血。

三青团头目说，你不要威胁我们，三青团不是吓大的。

彭胜虎说，我晓得三青团不是吓大的，晓得你们比哪个都厉害，但县党部也不是吃素的，我彭胜虎更不是吃屎的。我既然来了，肯定是连阎王爷都不怕！

三青团头目突然抽出枪，指着彭胜虎的头说，看来你真是不想活了！

彭胜虎说，我已经把自己当死人了，死人还怕活人不成？

龙光烈和爹听从彭胜虎事先的暗示，一直没有作声，观察动静。见三青团头目开始摸枪时，也跟着掏枪，左右夹击，顶住了三青团头目的太阳穴。

龙光烈大声喊，要活命，就识相点！

爹也对三青团头目说，我手一抖，枪可就走火了！

三青团头目见彭胜虎真的要血溅三尺，赶忙放下枪，赔着笑脸说，胜虎兄弟，你这是何苦？都是各屋里人，有话好好讲。

彭胜虎说，就是不好讲啊，好讲的话，用得着动枪吗？我告诉你，我这些兄弟可都是玩命的土匪。

龙光烈说，我也告诉你，我们是湘西搬不动的大山，你们是外来的流水，你一个外来人敢在我们地盘上撒野，不让我们好过，我们一定叫你天天不得安宁，让你有去无回。不信，你试试看！

爹说，什么叫他天天不得安宁？要是不放人，现在就叫他进土孔①安歇！说完，用枪狠狠抵了抵三青团头目的脑袋。

三青团头目吓得浑身筛糠，连连说，别别别，兄弟，我这就放人，这就放人！

放三叔时，三叔没有忘记讨要他买给韭菜干娘的手镯。恼羞成怒的三青团头目，对那个收走三叔手镯的人一顿拳打脚踢：你这个狗日的！抓谁不好，偏偏抓他彭胜虎的弟弟！

---

① 土孔：坟墓。

十三

酉水，是湘西土家族的母亲河。

酉水从重庆酉阳发端，一路流过重庆秀山，奔向湖南湘西的龙山、保靖、永顺、古丈，在沅陵汇入沅水。沿路的风光、景色，要多旖旎有多旖旎，要多迷人有多迷人。平缓处，碧水如镜，波光潋滟；陡峭处，水流湍急，白浪欢歌。两岸奇峰竞秀，都是山色空蒙，苍翠青葱。一派派葱绿里，常常是一个村庄蹲着、几缕炊烟飘着。山与山之间，常有一挂瀑布飞流直下。壑与壑的缝隙，常有一条小溪奔涌流淌。巨大而陡峭的千仞石壁上，常常开有一个几个甚至几十个的悬棺洞，那是湘西土家族祖先埋葬贵人的地方。那么陡峭而高大的石壁，是怎么爬上去掘开那个四四方方的石洞的？又要花多少工夫、多少时间才能掘开？得多有智慧和勇气才能掘出那么一个悬棺洞？那悬棺里的贵人得有多少金银财宝陪葬，才会花那么大的气力去埋一个悬棺？

浑身还沾着新婚喜庆的武豪干爹，要带着爹走一趟酉水。

国共合作破裂，国民党疯狂"围剿"，红二、六军团各种物资紧张，特别是食盐、布匹、药物等生活必需品奇缺，贺龙和他领导的红二、六军团到了最艰难、最危险的时候。

武豪干爹和爹，是去帮贺龙部队买盐的。

武豪干爹做的是庞大的桐油生意，辅以茶叶生意和药材生意。湘西有多少山坡就有多少桐木，有多少山野就有多少野草。桐木果炼成金黄的桐油，野草做成各种药材，不值钱的东西就都是宝了。武豪干爹把桐油、药材和茶叶卖出去，把布匹和食盐等运进来，家就发了，业就大了，势力也就强了。武豪干爹的家，都是在水路上发起来的，像酉水和长江，浪涛滚滚，财源滚滚。

爹跟着武豪干爹继续彭家庞大的桐油生意、茶叶生意和药材生意。

韭菜干娘则依然给孩子们教书。

那时的湘西，还没有一条公路，但有水的地方也就有了路。山路不通的地方，水路都能到达。沿酉水、沅水，有好几个重要的码头，如酉水的里耶、迁陵、王村、罗依溪、沅陵，沅水的浦市、辰溪、洪江、桃源、常德等。

每个码头都有上百号船只停泊。

航运公司，是那个年代最赚钱的公司。

一个码头就是一个银行，一条船就是一个钱庄。

自然，武豪干爹选的是岳父吴大铁的船运。

除了开船的师傅，押运的都是武豪干爹自己带的人。

武豪干爹和爹的这次远行，是受龙光烈之托，跟龙光烈一道买盐、运盐。

贺龙领导的苏区被封锁，很多天不见盐了，很多人已经虚脱得拿筷子的力气都没有了。盐是救命的盐。

武豪干爹和爹要用桐油和茶叶换食盐，救苏区红军的命。

国民党知道盐对生命的重要性，对盐的管制，比对监狱里的共产党人管制还严。各地盐局，都要层层盘查、层层盘剥。武豪干爹此去自然是壁垒森严、危险重重。

龙光烈也化装成家丁，一路同行。彭武定和彭武生兄弟俩也随同前往。兄弟俩本是彭家人，彭家的事，彭家兄弟去办，理所当然。

湘西有三条盐道。一条川湘盐道。一条川黔盐道。一条川鄂盐道。而以前跟湘西交界的川，实际上是现在的重庆——渝。三条盐道都可以迂回曲折到达湘西。最便捷的是川湘盐道。川湘盐道分别从湖北恩施、贵州铜仁、四川酉阳（今为重庆酉阳）三个方向进入湘西。恩施方向的，进入湘西的桑植、永顺、张家界、沅陵和整个湘西；铜仁方向的，进入湘西的凤凰、花垣、吉首、泸溪和整个湘西；酉阳方向的，进入湘西的龙山、保靖、古丈、永顺和整个湘西。走湖北恩施是下游，顺风顺水。但贺龙建立的湘鄂川黔革命根据地大本营离恩施很近，封锁更严密，武豪干爹和龙光烈就选择了酉阳方向，逆流而上。酉阳离贺龙的大本营远很多，封锁相对不那么严密，尽管一路上同样困难重重，但成功的概率高一点。

酉阳是酉水的源头。一路只能逆行。

武豪干爹的断龙山离保靖迁陵码头最近。

这个有两千多年历史的码头，是酉水河上最重要的码头之一，上通贵阳、成都，下通汉口、京杭，素有湖湘水上丝路之称。

三艘装满了桐油和茶叶的大船，首尾相接，从保靖的迁陵码头出发。

晨光从山尖上流泻出来，漫天朝霞。一层层红。一层层黄。一层层青。一层层白。把山尖上面的天空染成一块巨大的画布。这斑斓的色彩太多太稠了，从山尖淌进河水，河水立刻变成了一块块彩色的碎花布在摇曳荡漾，波光粼粼。一群群野鸭，一对对鸳鸯，也从晨光中醒来，在河里翩翩起舞，纵情嬉戏。

面对一早就扑面而来的油画，山歌就像虫子一样在爹心里爬，爬得爹心尖痒痒的，想唱。爹本就是十里八乡远近闻名的山歌手，可一直没有找着机会唱。此情此景，那些山歌，一下子在爹的体内骚动起来，像一壶壶热酒在身体烫过。爹走上船头，迎风挺立，唱了起来：

  保靖坐落四只方
  "天开文运"在崖上
  保靖城，三个坪
  "天开文运"在对门
  龙一叫，凤一叫
  保靖腰杆定不绕
  锣一叫，鼓一叫

保靖腰杆定然要

土司王，八百年

毕子卡在此发的源

八部大王是祖先

朦胧溪，升千帆

土司抗倭上前线

江山社稷才平安

陈统领，不简单

驻扎迁陵保平安

管了湖湘半边天

彭武豪，也可以

也和统领有一比

比文肯定输，比武是第一

    武豪干爹一听，立马打断，哎，莫乱扯乱唱，歌书里哪有我彭武豪？你公鸡打鸣喊窝蛋——骗人。

    爹笑道，现编现唱才是好歌师，我就要这么公鸡打鸣喊窝蛋。

    武豪干爹正经道，讲你满月狗儿朝天吠，你还不信。我哪门能跟陈统领比呢？陈统领是统治湘西的湘西王，我最多只是一个占山为王的小猴王。

    爹说，那你也是一个小统领。

    爹唱的陈统领就是湘西王陈渠珍。

    《酉水船歌》是船工根据酉水沿岸的地名和水势，一路编唱的。既唱沿岸风光，又唱沿岸历史文化，也唱船工生活。所以，爹一唱武豪干爹，武豪干爹就打断爹，说爹乱唱。

    龙光烈故意打岔，喊，莫听你武豪哥的，唱得好，我们都爱听，大家说是不是？

    大家热烈应和，是，唱得好，再来一首。

龙光烈和大家一表扬，爹倒不好意思了，说，那真是公鸡打鸣喊窝蛋，瞎唱呢。

龙光烈说，真唱得好，米想到我们家云还唱得一口好歌，多才多艺。唱！唱个更带劲的！

爹说，那我唱一段阳戏。

阳戏是流行于湘西的一种地方戏。是阳春人唱的一种戏，故名阳戏。表演时载歌载舞，真假声并用，每一句唱腔都是前面用真声行云流水、高亢激昂地唱，唱到腔末突然用小嗓子假声爬坡高八度地唱，就像一只展翅飞翔的鹰，一直是自由地在空中盘旋、遨游，突然就飞进一条狭窄却舒缓的山缝里，在山缝里陡然提升、爬高，飞到云端里。奇崛而舒缓悠扬。悠扬而动听。

爹唱的是在湘西流传甚广的《拜母行孝》。爹清了清嗓子，凝神定气，唱：

　　不孝儿空有一身功名
　　不承想被狗吃了良心
　　忘了娘十月怀胎九死一生
　　忘了娘讨米讨饭把儿抚养成人
　　儿小年幼，尚知与娘相依为命
　　儿大见好，却让娘亲孤苦伶仃
　　一粒米一口饭，儿何时端过娘的床前
　　一声娘一声喊，儿何时在梦中把娘挂念
　　天不打，雷不劈
　　为儿的良心怎么能安

《拜母行孝》，唱的是一个从小失去父亲的孩子，与母亲相依为命，儿子长大成人后，考上了状元，做了驸马。母亲为了不影响儿子的幸福，成全儿子的婚姻，不准儿子说自己有一个乡下的母亲，也不肯跟儿子同住。儿子开始于心不安，后也慢慢习以为常，几乎忘了自己的母亲，等到母亲病重，赶去看望时，母亲已经奄奄一息。忙于功名利禄的儿子瞬间惊醒，跪倒在母亲床前痛哭忏悔，并天天守在母亲身边喂药喂饭尽孝行孝。有了儿子的陪伴和精心伺候，母亲的病奇迹般好转，要儿子赶紧回府照顾妻儿。儿子给妻子说了事实真相，妻子愤怒地责骂丈夫忤逆不孝，跟丈夫一道把母亲接到身边赡养，结局温暖人心。

爹虽然只唱了小小一段，但把所有人的感情都唱了出来。每个人都想起了自己的母亲。种田的母亲。锄地的母亲。洗衣的母亲。做饭的母亲。坐在灯下给孩子做鞋子的母亲。站在路口等孩子回家的母亲。

不知不觉，船到了最艰难的河段——拔茅。

河的中心，湍急的水流格外凶猛，一浪比一浪高，一浪比一浪猛，像索命的连环套，一个套着一个脖子，一个套着一个脑袋，越套越紧，越套越急。船不能往中间走，只能靠边侧行。滩太陡，除了掌舵的舵手，所有的人都得下船，拉纤。

这些天天打猎跟野兽赛跑的男人，个个都是一副好身板、一身好肌腱。当武豪干爹和爹、龙光烈、彭武生、彭武定，都齐刷刷地脱光衣裤，跳进河里拉纤时，那真是一幅绝美的野地风景。

一路歌声美景，一路惊涛骇浪，不知不觉到了古四川的酉阳。

武豪干爹也很顺利地找到老主顾，卖掉了桐油和茶叶。

湘西桐油之所以大受欢迎，是因为湘西桐油的质地优良。湘西桐油呈清亮的金黄色，有奇异浓烈但特别好闻的香味。湘西立新屋时，就是在墙壁上一层层刷桐油，防腐、防潮、防虫，那清亮的金黄色，阳光一样，一层一层地刷上去，远，闻得见桐油香；近，看得见桐油光。湘西用棕皮或竹叶做成的斗笠，也是刷上一层层桐油，再大的雨都漏不进一滴，渗不透一点，留下的只是奇异的桐油香。我小时候住过的房子、戴过的斗笠，至今都还在我的鼻息里弥漫着桐油的奇香。

湘西盛产桐油，是因为湘西的土壤、日照、气候等地理环境特别适合油桐树生长。在没有电的时代，民间照明全靠桐油。桐油是紧缺的战略物资，因其耐酸性、速干性，被广泛用于军舰、坦克、枪炮等兵器及飞机、火车、轮船等运输工具和各种机械的防水、防腐、防锈，是全世界军工机器和各种机械最好的保养剂。桐油的珍贵，不亚于稀土。

适合油桐树生长的湘西，自然漫山遍野都是油桐树，自然到处都是芳香四溢的桐油。湘西叫"桐油坪"的村子和坡地，起码有几百个。

一到油桐花开的时节，那漫山遍野的油桐花，大朵大朵怒放，白里夹着红，红里透着白。由于这油桐花没有丁点香味，再多的油桐花也没有人采摘。当苹果、梨子一样大小的油桐籽压弯满山树枝时，就是湘西最忙的季节。一山一山的油桐籽得先用长篙一树一树打下来，然后一颗一颗去捡，捡到家后，再用一个专门剥油桐籽的小弯刀，把籽从壳里面一粒一粒剜出来、钩出来，我们叫剥油桐籽。湘西农村长大的人，都干过这活。

"一船桐油下河去，十船大米上山来"，是当时湘西桐油交易繁荣的真实写照。武豪干爹做的桐油生意，是一种只赚不赔的大生意。武豪干爹的榨油厂就有十来家。

湘西的茶叶同样是金贵的。古丈县的毛尖茶、保靖县的黄金茶，自古就是贡茶。从唐代开始，湘西就不用纳税，只用贡茶。也就是说，湘西只要给朝廷进贡茶叶，就可以代替皇粮国税。一两黄金一两茶的美名，就是这样来的。古丈毛尖，品相一流，那一片片在杯子里弯腰睡着的茶叶，冲入水，立刻像一尾尾睫毛张开了，重的，像一根根松针在杯底挺立，轻的，像一片片羽毛浮在空中飞。味道浓烈，却不苦涩，是甘醇、清冽，甚为持久。丁点一小捻茶叶，泡上十来杯都不淡味。保靖黄金茶，则是味道一流、色泽一流，一杯泉水下去，水温低一点的，那茶汤清亮得透明无色；水温高一点的，那茶汤依然清亮清亮的，却有着淡淡的豆绿色。而无论水温高低，味道都是浓浓的板栗香、绿豆香，是任何茶叶都比不上、都没有的香，喝进去，香进肺腑之后，似乎还有一层汁液，在上颚残留着、摩擦着，就像吃绿豆沙一样。凡是喝过湘西这两款茶的，没有不说好的，没有不想再喝的。武豪干爹当年去吕洞山拜会韭菜干娘时，韭菜干娘上的就是顶级的黄金茶。

武豪干爹，又做准和做大了茶叶生意。

武豪干爹不无自豪地跟我说，湘西是个好地方啦，学民，山是万宝山，地是刮金板，树是摇钱树，人是活神仙呢。

可是，武豪干爹的这趟生意，在回来的路上，却经历了两回生死劫。一回在酉阳。一回在路上。

田平像一只猎狗，很快就嗅到了武豪干爹和龙光烈此行的气息。田平一直在盯着武豪干爹和武豪干爹身边的人，一直想找个地方下嘴咬一口，不咬死武豪干爹，也要撕开武豪干爹一块皮肉。田平一直怀疑武豪干爹"通共"，却一直找不到证据。所以，当他发现武豪干爹这次动用三只大船去酉阳时，就派了几个探子一路跟踪。从保靖去酉阳，船是逆行，很慢。在岸上跟踪的探子走走停停，轻松得多。等到了酉阳，田平早就将武豪干爹贩卖桐油的事报告给了官府。令探子和武豪干爹都没想到的是，船在酉阳一靠岸，荷枪实弹的国民党宪兵，就把船上的桐油扣下了，只留下了茶叶。武豪干爹和爹也被带进了县衙门。

在船上的武豪干爹和龙光烈一看宪兵荷枪实弹站在岸边，就急中生智，赶忙商量对策。武豪干爹是财大气粗的业主，又是正式委任的上校，如果主动站出来承担责任、解释问题，尚有回旋和挽救的余地。而龙光烈如果主动站出来，就什么也解释不清，只有死路一条。龙光烈和彭武定、彭武生等人，这时都只是武豪干爹的雇工和家丁，是干活的，卖苦力的。

所以，船未靠岸，龙光烈、彭武定和彭武生等人的枪就藏在了船板下，只有武豪干爹一个人佩着枪。

上得岸来，武豪干爹就拿出了上校军官证，说，这是我的船与货，要检查吗？

见是国民党上校，搜查的宪兵头目立刻客气地敬了礼，说是例行公事，检查有无违禁货物。

武豪干爹说，都是茶叶、桐油。

小头目一听，惊讶道，有桐油？

武豪干爹也一脸惊讶，有啊，怎么了？我家祖祖辈辈都是做桐油生意的。

小头目一听，说，那对不起了，长官。我们刚接到上峰命令，桐油是违禁品，我们要扣下。

武豪干爹一听，急了，什么时候桐油成了违禁品？老子卖桐油好多年了，没听讲桐油是违禁品。又不是鸦片——鸦片都还让卖呢。该卖的不让卖，不该卖的，你们让卖。

小头目说，这我就不知道了，走吧，长官，到我们县衙门去讲。我也跟你讲不清。

武豪干爹怕龙光烈他们都被带走，就化被动为主动，说，桐油是违禁品，可茶叶不是吧？我跟你们去县衙门见县长大人，让我这些手下先去把茶叶卖掉。这是最好的明前茶呢，我要趁早卖个好价钱，客人也要趁新鲜才好喝。

龙光烈闻听，赶忙喊，少爷，我们拿点给兵爷尝尝好不好？

武豪干爹命令似的喊，赶快拿来，一人一盒，这还要问？

龙光烈和彭武定、彭武生，就各提了五六盒茶叶走上岸来。

龙光烈还打开一盒，递到小头目面前，满脸堆笑地说，你闻闻，香不香？

小头目一闻，嗯，真香！这什么茶啊？这么香！

龙光烈又抓了一撮，摊在手掌上，说，你看，这成色，多鲜，多嫩，还跟树枝上的嫩芽芽一样。

小头目看了又看，赞叹，是又鲜又嫩。

龙光烈笑，那就孝敬兵爷了，你们尝尝。

小头目客气地说，那怎么好意思……我们是执行公务呢，这不成了徇私舞弊了。

武豪干爹假装生气地说，哎呀，什么徇私舞弊？我也是国军的人，还是上校呢！我一个上校给你们当兵的行贿？那不成了笑话。这是我家产的，送弟兄们一点权当犒劳。你们尝尝，不违法。拿去喝就是！我等下还要送你们长官呢。

龙光烈说，少爷讲得对，本是一家人，不说两家话。公家的事，该哪门办还是哪门办。我家少爷这不就要跟着你们去县衙门讲清楚吗？到时候，县衙门该哪门就哪门，对不对？

小头目说，这兄弟讲得好，公事公办。桐油的事，也不是我们能做主的。那行，兄弟收下了。那些茶叶，你们赶紧拿去卖，卖个好价钱。桐油先扣着，等长官跟县太爷讲好了再看。

于是，爹跟着武豪干爹去了县衙门。龙光烈带了几个人去卖茶叶。彭武定、彭武生十来人就跟留下的几个兵一起守船。

到了县衙门，武豪干爹和爹才知道，政府刚刚把桐油列为战略物资，不许私下买卖。

武豪干爹问，为什么不准私下买卖？

县衙门的人说，这还用问？现在全世界都缺桐油，全世界只有中国产桐油，桐油比金子还贵。你说，党国怎么会允许私下买卖？

这可不是一点点，是整整两千斤啦！武豪干爹急得汗都冒了出来。自己蒙受了损失不算，贺龙队伍上还等着盐救命呢！

爹悄悄说，快发电报给大铁叔，他长年在水路上跑，肯定岸上的人都熟悉。

于是，武豪干爹留在县衙门继续求情。爹赶紧出去找龙光烈，要龙光烈以武豪干爹的名义发电报给吴大铁。龙光烈意识到了问题的严重性，一方面发了份电报给吴大铁，请吴大铁出手相助，一方面给自己的地下交通员发了份电报：

> 表哥，弟在酉阳感染风寒，请舅舅托湘西王想办法在酉阳找医生急救！

对于酉阳，龙光烈是熟悉而陌生的。1934年6月，由于国民党重

125

兵"围剿"，他跟随贺龙南征北战，转移到了酉阳的南腰界，在南腰界参与建立了黔东特区革命根据地，点燃了革命的星火。在酉阳的四个月里，他曾经好几次化装成贫民，下酉阳城购买物资、打探情报，也在当地有了深厚的群众基础。他琢磨哪个能帮上忙，可想来想去，那都是些穷苦人，能力有限。于是，他只好以表弟的名义给"老家"发了电报。这暗语是事先商量好的，舅舅就是指贺龙，收到电报的人，一看就知道该把电报交给谁。

贺龙收到交通员呈上的电报后，托人找到陈渠珍，要陈渠珍疏通关节。陈渠珍本是国民党的人，陈渠珍统辖的湘西，与黔东南自古就因为地接壤、风通俗而有着密切的联系，但陈渠珍外出多日，电报未能如期见到。幸好吴大铁及时看到了发给他的那份电报，立刻吩咐他在酉阳办事处的手下想办法疏通酉阳政界。在酉阳政界，他们平常没少打点和进贡，平时也经常一起吃饭、喝酒、钓鱼、聊天，不但有交情，还有感情。吴大铁在酉阳政界积攒的人脉派上了用场。

见是吴大铁的关系，酉阳县长不但没有没收这批桐油，还以政府的名义收购下来。这样，既卖了吴大铁的面子，还给了武豪干爹一个天大的人情，也算公事公办。武豪干爹和龙光烈得以买到食盐，顺利还乡。

其实当时，食盐也是国民党封锁的物品。但有了吴大铁的面子，酉阳县长也睁一只眼闭一只眼，没有为难武豪干爹和龙光烈，让他们顺利地买到了食盐，顺利地离开了酉阳。

往回赶时，机警的龙光烈要大家兵分两路。武豪干爹带着爹和几个人继续走水路，龙光烈带着彭武定、彭武生走旱路。侦察兵出身的龙光烈，早就发觉有人跟踪到酉阳了。

武豪干爹一行往回赶时，田平的探子早就给家里通风报信了。田平就在里耶码头设了埋伏，只等截获食盐。

里耶自古就是酉水河的重要码头，是一个有千年历史的古镇。那时的里耶有三千间店铺，两三万人丁，白天是商贾云集，几里长河都停泊着商船；晚上是红灯万盏、人声鼎沸，夜市通宵达旦。古镇上的古街和临河的河街，既有四合院似的深宅大院，又有大大小小的小木屋，还有凌空飞渡的吊脚楼。酒肆、茶楼、百货铺、饭馆、伙铺、烟花巷、鸦片馆，应有尽有。爱劳动者，在这里赚钱创造生活；想快活者，在这里花钱享受生活。

驻守在里耶的，是湘西鼎鼎大名的施行舟。武豪干爹一下船，就带着爹去拜见了施行舟。礼信自然是盐，五十斤。那个时候，盐就是最贵重的礼物。武豪干爹带着这么贵重的礼物前来拜访，施行舟自然是大摆宴席招待。雄霸一方的施行舟，有的是钱，但有钱也不见得能买到盐。武豪干爹出手大方，施行舟也就办事爽快。

施行舟问，武豪兄弟有什么事要行舟帮忙，尽管讲。

武豪干爹说，我雇的几艘船年久失修，路上出了不少毛病，几次差点翻船，师兄能不能帮我在里耶换几只您的船？

施行舟也不问船上装的什么东西，豪爽地说，没问题，包在我身上，我帮武豪兄弟送到家。

武豪干爹真诚道谢，师兄放心，我这不是什么违禁品，都是些肥皂之类的日用百货。

施行舟还是豪爽地说，我不管你什么违禁不违禁的，乡里乡亲，低头不见抬头见，你武豪兄弟求上门来，还不帮这个忙，我以后哪门见人？

这样，田平眼睁睁地看着武豪干爹和爹把货物搬到了施行舟的船上。田平以为这货卖给施行舟了，而施行舟的货，他是不敢动的，心中暗暗着恼。

爹也就是这时候见识了施行舟。武豪干爹说，这是我的结拜弟弟，会得一手好木匠活，打得一手好家具，咱们湘西王陈统领还请我这弟弟打过家具呢，您不嫌弃，让他改天给您也打一套，木料、费用，自然都是我的。

施行舟听了，哈哈大笑，你这彭武豪，我早有耳闻，的确豪爽。你这朋友我交定了，以后有什么我帮得上的，尽管找我。

127

有了施行舟的帮助，武豪干爹和爹顺风顺水地往回赶。里耶到断龙山，只有一天的水路。

田平看船只继续往保靖和古丈方向走，心中明白，武豪干爹并没有把货物卖给施行舟。于是继续跟踪等待机会。他早已得知，武豪干爹买的是盐，这盐太金贵，他必须杀人越货，然后再栽赃武豪干爹，说他"通共"，给贺龙买盐，给他来个斩草除根。一山不容二虎，这保靖和古丈，弹丸之地，一墙之隔，有了田平，就不能再有彭武豪了！

船到拔茅时，已是中午。武豪干爹一行出发时，都没吃早餐，得靠岸吃点东西。水上跑路是没有时辰的，什么时候饿了，就什么时候找最近的一个码头靠岸，找点吃的。

拔茅码头如今已经不复存在。碗米坡电站的建设，已经把整个码头淹没了。但在拔茅码头没有淹没的时候，我多次到过，见证了历史上那个小巧而有名的码头。所以，当武豪干爹给我讲在拔茅码头所经历的惊险时，我立刻就能复活当时的情境。

当武豪干爹带着爹一行下船爬到拔茅寨子的中心吃东西时，只留下两个守船的。两个守船的也下了船，到岸上抽烟、小憩，放松一下。田平见两个守船的也上了岸，便不声不响地带人摸上船，把几只船直接开走了。两个守船的见船被开走，立马放枪追赶。枪声惊动了武豪干爹和爹。武豪干爹也立刻放下饭碗，带人一边放枪一边追赶。可是一个在河里，一个在岸上，再放枪追赶也没有用。几船的东西就这样被抢走了。

田平抢走了几只船的东西，武豪干爹并不惊慌，反倒露出了一丝得意的笑。

武豪干爹对爹说，光烈哥实在了不起啊，神机妙算！一切都在他的如意算盘里。

原来，龙光烈在发觉有人跟踪后，早就做了周密安排。他开始怀疑是酉阳方面有人想劫财。龙光烈通过在酉阳闹革命时的关系，打探到酉阳没什么谋财害命的江洋大盗，武豪干爹在酉阳也没什么仇家，便认定很可能是武豪干爹的仇家田平在跟踪。

于是，龙光烈自己带一帮人走旱路，雇用了几十匹马把盐神不知鬼不觉地安全运抵了永顺塔卧苏区。另一帮人由武豪干爹带着继续行船走水路，迷惑田平。

武豪干爹这一路，船上装的不是什么盐和日用百货，而全是泥沙。真正的日用百货，是另外雇用了酉阳船运公司的船，由酉阳船运公司十天后押运送达武豪干爹家。田平劫走的，不过是几船泥沙。

大喜过望的田平把货物卸进家时，怎么都想不到是几十袋泥沙。他摸到船上检查时，明明是白花花的盐啊，怎么都变成了黑乎乎的沙？他大骂探子不该只看那露出盐等日用品的麻布口袋，应该把所有的麻布口袋都看看才是！这狗日的彭武豪，太狡猾了！故意在每条船上都留了一袋真装了日用百货的麻布口袋！那真装了日用百货的麻布口袋，还故意在口子上脱了一角的线缝，露出日用品来，让人以为一船全是！

费了九牛二虎之力得来的，居然是几船泥沙，田平真是气得吐血，当场就把两个探子点了天灯。

武豪干爹租用的商船被截走，直接报了官府，说是自己的几只商船和船上的日用百货，被田平抢走了。是自己在吃饭时，眼睁睁地看着田平抢走的。

这船是施行舟的，武豪干爹又派人禀报了施行舟。

官府里接案的正好是彭胜虎。

彭胜虎一看他的家云哥也在，就什么都明白了。秤上的天平自然移向武豪干爹。

彭胜虎连卷宗都不看，命令田平按价赔偿五千大洋。

施行舟也气势汹汹地派人来找田平要船。

田平当然不会轻易认账，这五千大洋，可要了他的命。他死都不会承认。

不承认，就抓起来。彭胜虎立马下令拘留了田平和他的手下。

田平的手下可经不住官府的严刑拷打，纷纷从实招了，还指认了被田平枪杀的两个暗探的藏尸处。这下田平跳进黄河也洗不清了。他在监狱里大骂武豪干爹不得好死，大骂武豪干爹是吃人肉不吐骨头。

后来还是陈渠珍从中调停，田平赔了武豪干爹五百两银子，才被放了出来。好在田平这次劫的只是船和货，施行舟手下几个开船的船老板也都下船吃饭，不在船上，无人伤亡，不然施行舟也不会轻易放过田平。

武豪干爹本不想收那五百两银子，他只要田平长记性，以后不再跟他作对就行，但如果不拿，就等于田平劫的真只是几十麻布口袋泥沙，就等于变相替田平洗清部分冤屈了。

顶天管家说，心安理得拿着吧！哪个让他一天到晚想害我们？他这是搬起石头砸自己的脚，活该！

爹说，让他晓得，跟我们扳手劲，是蚂念子①碰车轮子——找死。

武豪干爹说，可心里欠欠的，总感觉是不义之财。

顶天管家建议做慈善捐出去。武豪干爹没有听从顶天管家的建议，而是找到陈渠珍，说田平这次的确是竹篮打水一场空，害人害己，只是劫了几船泥沙。他早发现田平在跟踪他，要打他启发，所以早调包了。这五百两银子他不能拿，拿着心里不安。

陈渠珍没想到武豪干爹这么实诚，大为感动，说，田平做人要是有你一根头发那么大一点，他就不是这个样了。不用退他，他这喰的不是哑巴亏，是教训，一天到晚想害人是要不得的。

武豪干爹说，还是退给他吧，冤家宜解不宜结，希望他从今以后不再找我麻烦。

陈渠珍一叹，就怕他心黑成一坨炭，不晓得你的一番好心，还以为你怕他，要一条路走到黑。

武豪干爹说，他要一条路走到黑害我，我也不怕。

陈渠珍说，这样吧，我到时候摆一桌酒，你俩把话在酒桌上说明了，他如果死不悔改，我收拾他。

武豪干爹没问题。田平拿了银两后，却拒绝一个酒桌见面。田平

---

① 蚂念子：蚂蚁。

说，他彭武豪有本事就别退，退了就不是角色！他吞了这五百两银子，他就等着喰上路食！我谅他彭武豪不敢！

陈渠珍警告田平，大话、狠话，都被你田平讲完了。人家彭武豪仁至义尽，你却不识好歹，我看你就是一坨臭狗屎。你要还是臭狗屎一坨，到时候喰亏了莫找我，也莫讲我陈渠珍米给你天老爷面子。你莫真以为你是天老爷，真的天老爷在天上。

陈渠珍说完用手指了指天。

反过来，陈渠珍安慰武豪干爹说，这件事就这么结了，你不要跟田平一般见识，不理他就是。他再害你，你跟我讲，我不信收拾不了他。我看他还敢不敢无法无天！

武豪干爹说，你放心，我不会惹他，但我也不会原谅他。他就不是个人，我也没把他当个人。我不怕他害我，他敢害我，我敢灭他。

十四

不久，武豪干爹就接到命令，带一个连的兵力加入顾家齐的新编三十四师，随顾家齐出征抗日。

由于陈渠珍对贺龙剿灭不力，蒋介石和湖南省政府主席何键对他是一千个不满一万个不满。他们将湘西"剿共"战场的失利和失败，完全归咎于陈渠珍和贺龙之间的私交太深。

蒋介石本就对陈渠珍不信任，觉得他本质上就是一个鼠目寸光的山大王，但这山大王也不能由着他坐大，坐大了也是心头之患，所以，必须卸磨杀驴，命令何键整编陈渠珍和湘西各路武装。陈渠珍开始态度强硬，根本不接受蒋介石对其地方武装的收编，在接受收编后，又阳奉阴违，大肆扩充自己的地方武装，一个师扩充到六个旅十六个团三万余人。这让蒋介石更加不满：你这陈渠珍，想搞独立王国？绝对不成！所以，蒋介石一怒之下，削了陈渠珍新编三十四师师长的兵权，把他调至湖南长沙，任了四路军参议闲职。

尽管十万坪一战后，何键把所有的责任都推给陈渠珍，但他深知，即使削了陈渠珍兵权和势力，湘西还会有第二个陈渠珍，还会有更大的势力，甚至是不可预见的势力。湘西的独霸一方，湘西的不可一世，湘西的群雄割据，是历朝历代积淀下来、积攒下来的，不是一朝一夕就能解决的。与其把知根知底的陈渠珍作为弃子弃掉，还不如把陈渠珍作为棋子留着，说一千道一万，陈渠珍还可以作为一个卒子为党国过河，如果换了一个人，连卒子都做不了，甚至还是个叛贼、逆子，那不更麻烦吗？所以，当何键得知要削陈渠珍兵权，连忙私下斡旋，安排陈渠珍去拜见蒋介石和掌握生杀大权的政治部主任陈诚，陈渠珍坚决不从。自从他在何键的引荐下见了一次蒋介石后，就发了毒誓，谁见蒋介石，谁是狗日的！对善于玩弄权术的陈诚，他更是不想见。他说陈诚是国民党最不诚最险恶的。生性孤傲、耿直的陈渠珍，相信自己如算命先生算的那样打不死、杀不死、骂不死、穷不死、饿不死、跑不死、累不死、苦不死、气不死，所谓不死者九，而大难不死必有后福。他那把骨头永远是硬的，永远不会为权贵折腰。

这样，陈渠珍就不再是湘西王。

为了彻底削弱陈渠珍在湘西的影响和地位，蒋介石要何键命令陈渠珍的原新编三十四师开赴江浙抗日。这新编三十四师是陈渠珍的嫡系，新编三十四师所有人都是陈渠珍的人。接任陈渠珍新编三十四师师长的顾家齐，就是陈渠珍一手培养起来的爱将。让新编三十四师的人战死抗日沙场，对陈渠珍的湘西地位来个釜底抽薪，是一石二鸟。

凤凰古城的沱江镇，清朝叫镇筸镇。驻守镇筸的军队叫筸军。在中国历史上，湘军是一支赫赫有名的军队，在湖南历史上，筸军赫赫有名，"常胜威虎营"，说的就是筸军。这筸军是以凤凰人为主体、湘西其他地方人为补充的民团军。从清道光二十年至光绪元年短短的三十六年间，就从筸军里选拔出二十位提督，其中七个成为朝廷重臣封疆大吏，还有二十一个总兵、四十三个副将、三十一个参将、七十三个游击等三品以上军官。民国时期，筸军又诞生了七个中将、十七个少将、二百三十个旅团以上军官。

战功卓著的筸军，不赫赫有名都不行。

新编三十四师的六个旅十六个团三万余人，凤凰人依然是主体，吉首、花垣、保靖、古丈、龙山、永顺、泸溪、麻阳、溆浦、辰溪各有一两千人。

1936年2月，新任师长顾家齐带着从三万人里挑选出来的湘西八千精锐，开启了湘西子弟铁血抗日的征程。浩瀚的历史篇章里，有了湘西可歌可泣的一个个段落、一页页华章。

爹、武豪干爹和顶天管家，就是这个时候跟随顾家齐出征的。

虽是早春二月，湘西大山里却依然春寒料峭。艳阳虽然高照，春天虽在发芽，却依然挡不住寒风劲吹的冷。寒风和艳阳同时送行，虽有一丝出征时的难言悲壮，却更多的是出征时的亢奋和激情。

韭菜干娘和大婆大爷端出了一碗碗调年酒，递给每一位出征的将士。武豪干爹和爹，跟所有将士一样，跪别亲人，一饮而尽。饮完，把酒碗一摔，慷慨离去。这出征的壮行酒，也叫摔碗酒，意为宁为玉碎，不为瓦全。

面对黑压压的送行的父老乡亲，每人心中更多的是对故土与亲人的依恋与难舍。以硬汉著称的武豪干爹也在此时有万般不舍、千份牵挂。武豪干爹对爹说，家云，你唱首歌吧。爹说，你唱吧，给嫂子唱。武豪干爹说，我唱得不好听。爹说，只要是你给嫂子唱的，嫂子就觉得好听。武豪干爹说，好，那我就唱了。

悠扬婉转的情歌，便在青山绿水间响起：

  马桑树儿搭灯台

  写封书信与姐带

  郎去当兵姐在家

  我三年两年不得来

  你个移花别处栽

韭菜干娘闻听，泪水涟涟，她含着热泪回唱：

  马桑树儿搭灯台

  写封书信与郎带

  你一年不来我两年等

  你三年不来我五年挨

  钥匙不到锁不开

情深意长的歌声里，远征的湘西子弟渐行渐远。

这不是湘西子弟的第一次劳师远征。

每逢国家危难、民族危亡时，湘西子弟总是挺身而出，舍身救国。

明朝嘉靖年间，倭寇横行猖獗，东南沿海民不聊生，奉朝廷之命，湘西永顺土司彭翼南和儿子彭明辅、保靖土司彭荩臣和儿子彭守忠，各率五千亲兵劳师远征，远赴浙江，抗击倭寇，用血肉之躯和忠义之魂，取得了嘉兴王江泾之役的胜利，斩敌一千九百多人，赶走了倭寇。明朝廷因此赐予了永顺土司"万世永享"的牌匾，赐予了保靖土司"东南抗倭战功第一"的牌匾。

万历二十年，日本大举入侵朝鲜，爆发了历史上最残酷的抗日援朝战争，这是决定东亚三百年格局的关键一战。明朝"几举海内之全力"，共计消耗白银近八百万两，出兵数十万，反复与日军拉锯，最终异常艰苦地赢得了胜利，这就是历史上有名的万历三大征之一。在最关键的露梁海一战中，万余名湘西子弟奋勇杀敌，为取得胜利立下了不世功勋。

万历二十五年，日本再次入侵朝鲜，万历帝再次调动七万多人增援朝鲜，从湘西调集五千精兵，同样是在最关键的露梁海与日作战，全歼入侵日军万余人，史称"东洋大捷""万世之功"。

这仅仅是中国历史上，湘西与日本人的几次殊死之战。

所以，尽管新编三十四师湘西子弟的远征抗日，有国民党借刀杀人的味道，但却也是湘西人骨血里的忠勇，是湘西国家大义、民族精神的大写意、大写真。

本来顶天管家是要留在家里料理这一大家子和一大摊子的。但顶天管家一听要打日本，坚决要求一起去，并说武豪干爹偏心眼，只让家云去为国立功，不让他去。他说家云有弟弟妹妹需要照顾，他只是一个人，无牵无挂，他更应该去。爹说，你怎么是一个人？你不是还有一个弟弟向立地吗？顶天管家说，他已经长大成人，不需要我照顾了。你不一样，你几个弟弟还小呢。你也还米长大。

爹说，小看我！穷人的孩子早当家，我早长大了，什么事我不晓得？

大爷说，都去吧，孩子们。家里有我们，有韭菜，你们一百个放心。我们彭家、向家，世代忠良。历朝历代的保家卫国战争中，彭家、向家，还有田家，都是并肩作战、生死相依，米有分开过。

大爷这样说，是因为在湘西的世袭土司制度中，彭姓一直是土司王，而向姓和田姓一直是土司王的左膀右臂。向姓是文将军，田姓是武将军。

大爷当年也跟随罗荣光远上天津抗击八国联军，血染大沽口炮台。

罗荣光是湘西吉首乾州人。1900 年，八国联军入侵中国时，罗荣光是天津总兵。八国联军用军舰大炮开路从天津大沽口登陆，妄图从天津进逼北京。已经七十七岁高龄的罗荣光，亲率清兵在大沽口血战八国联军，寡不敌众，壮烈殉国。作为跟随罗荣光的湘西子弟，大爷那时才二十多岁，亲身感受了外敌带来的侮辱与伤痛，亲眼看到了先贤的英勇和精忠，他与几个乡党含泪护灵，把罗荣光护送回乡。

所以，当武豪干爹和爹一行要远去浙江抗日时，大爷是一千个支持一万个赞成，刻在骨子里的对侵略者的仇恨，一下子就在心底升腾起来。大爷说，我现在是有心杀贼，无力回天，你们都去，替老子把日本强盗斩尽杀绝。

韭菜干娘带着我四叔、五叔和嬷嬷，在河边捡了一小袋矶子岩，也就是鹅卵石，递给武豪干爹。

武豪干爹一看就明白了，这是平安石。韭菜干娘要他把这些鹅卵石送给随他一起打仗的人，让平安石保佑大家。

平安石五颜六色，都鸡蛋大小。平安石石面都平平顺顺、光光亮亮的，意味着一路平平顺顺、越走越亮。平安石形状都是椭圆形的，意味着一路圆圆满满。每个出行的人，都会把一粒留在家里——悄悄藏在家门前或者山坡的树枝上、树兜旁，一粒随身带上。

这就是湘西人出行时的平安符。

远征时，顶天管家一路上还不时压点纸钱，这叫压码子，是敬土地爷的，求土地爷别放毒蛇猛兽出来，保佑大家平安到达。

武豪干爹和顶天管家一路上还把路边的草挽一个记号，那是湘西特有的草标。这是为了回来时顺利地沿着草标找到回家的路，即便那些战死的亡魂，也可以顺着草标找到归乡的路。湘西的草标有各种形状，不同的形状代表着不同的意义。草标的意义就是指路牌，就是要让活着的和死去的，都能沿着草标的指引，回家。

湘西人尽管骁勇善战，但新编三十四师依然是一支地方杂牌部队，国民革命军将新编三十四师整体改编为一二八师，隶属第十集团军，按国民革命军正规部队进行轮训和集训。

穿上革命军正规军装的爹，无疑是兴奋的。从此，他就是一个真正的军人，是一个拿枪的战士了。尽管他知道，这个军人和战士，可能当不了几天，就会牺牲在战场上，爹还是特别的满足。他不怕死，怕死就不来当兵、不来打仗了。爹想，穿上这身军装，他就端国家的饭碗，拿国家的俸禄，就是国家的人，就得为国家做事了。既然是为国家做事，就得听国家指挥，就得一心一意，国家要你生就生，国家要你死就死，哪有拿着国家俸禄、端着国家饭碗不给国家干事的？在醴陵、攸县和茶陵集训的几个月里，爹跟大家一样系统地学习了骑马、射击、投弹、刺杀、擒拿、格斗、开车、防身等军事技术，顾家齐还让湘西会武术的战士，教了大家苗家拳、土家棍等民间武艺。

从1936年2月开拔，到1937年11月嘉善阻击战打响，一二八师在辗转湖南、江西、安徽、浙江的过程中，一天都没有落下过训练。本就训练有素的湘西子弟兵，更有一身过硬的军事战术和杀敌本领了。

不要真以为这是一支土匪部队，是一群流氓草寇、乌合之众，这恰恰是一支纪律严明、军容整齐的部队。不说别的，单说在行军途中的军规，就知道这是一支什么样的部队，就知道这支部队在浙江抗日时为什么深受拥戴了。

每到一地休整，顾家齐都要贴出告示，强调军规：

一，借住民房，定要征得房主同意，不准进入房主人内房；

二，不准借故与妇女谈话；

三，借用物品必须归还，如有损坏，照价赔偿；

四，部队临开拔之前，务必打扫清洁，借用稻草、门板等物品必须放置原处；

五，部队离开后，各级组织检查，如有损坏东西未赔偿者，由各检查组代为赔偿，以后课以该单位三倍的罚款；

六，公平交易，严禁强买强卖，如有违反，唯该部长官是问；

七，严惩派夫。

以上诸项，各单位务必遵照执行，如有违反，一律按军法论处。

我们的湘西子弟兵是这么要求的，也是这么做的。在途经安徽宣城时，一二八师在休整间歇，帮宣城抢修了一段公路，这条路一直叫顾戴路。顾就是师长顾家齐，戴就是副师长戴季韬。一个战士借了老乡门板忘了归还，被打了四十军棍。一个连司务长偷了别人的鸦片去卖，被当场枪决。顾家齐说，湘西出土匪不假，但我们不是，我们是文明之师，我们是有纪律、有良心、有教养的军人。军人首先是人，做人就要有人性，要讲人道，军人来自民众，军人也有兄弟姐妹，军人保护民众，就是保护自己的兄弟姐妹，军人欺压民众，就是欺压自己的兄弟姐妹。欺压自己兄弟姐妹的人连人都不是，更不是军人。

军政部长何应钦对这支部队是不放心的，一直派人暗访，可秋毫无犯的一二八师最终赢得了何应钦发自内心的首肯，他在视察一二八师时深有感触地说，当地群众都反映，自清末以来，所有到过这里的部队，都没有你们这样好的！你们是我们的好军队、好军人！我为你们高兴！

就这样，顾家齐率领的一二八师走走停停，到达浙江，驻守宁波。

很快，淞沪会战爆发。

日本发动震惊中外的淞沪会战，是为了占领中国第一大城市上海，切断中国的经济、金融命脉，摧毁中国第一大国际贸易港口，同时扼制长江口，牵制国民党北上，以便进逼南京政府，迫使国民党投降，从而灭亡整个中国。为保卫上海，上海守备军和上海人民及国民革命军奋起抵抗，打响了前所未有的空前大战——淞沪保卫战。

鏖战了三个月的国民革命军终于抵抗不住，只得撤退转移。国民政府也被迫迁都，欲转移到大后方重庆。而日军早就洞悉了国民革命军和国民政府的意图，立马出兵嘉兴和嘉善，以截断沪杭铁路和苏嘉铁路，控制这个战略要地，封堵上海守军的退路，阻击中国军队支援上海守军，从而进一步占领国民政府所在地南京，灭亡中国。

嘉兴地处沪杭线中心，而嘉善又地处沪杭线中心的中心，是浙江接轨上海的桥头堡，想要争取时间，确保后方转移和淞沪战场上部队的撤退，必须在嘉善阻击进犯的日军。当时驻守宁波的一二八师受命于危难之际，星夜兼程，奔赴嘉善。

时间的指针，一刻不停地指向了1937年11月8日晚上。

历史一定会记住11月8日至16日这七个夜晚、八个白昼。

当爹和武豪干爹、顶天管家随着顾家齐、戴季韬奔赴嘉善时，嘉善已是满目废墟、一片狼藉。国民革命军炸掉了所有大桥，以防日军顺利进入。日本飞机轮番轰炸，也炸掉了很多公用建筑和民房，唯一没有炸掉的，是那三百多座固若金汤的地堡。

嘉善对爹和湘西的这些将士来说，是熟悉而陌生的。

熟悉，是明朝嘉靖年间的抗倭，最恶最大的一仗就发生在嘉善的王江泾。嘉靖年间，我湘西土家族祖先奉命远征浙江，抗击倭寇，仅王江泾一仗，我湘西土家族的土兵陆路痛斩倭寇近两千人，水路溺死倭寇不计其数，是抗倭以来最大的一次胜利。陌生，是因为一二八师的每一个人，都还未曾踏上过这片土地。

如今，相同的土地，相同的人物，居然再一次狭路相逢。历史该有多么奇妙？这一定是祖先的指引，也一定会得到祖先的保佑。湘西的祖先一定会在地层深处复活，跟一二八师的子孙们一道，把倭寇再挑下马，再赶回去，甚至叫他有来无回！

这嘉善，跟湘西完全是两回事。湘西是山连山、山叠山，是无数的沟壑、无数的山洞，是遮天蔽日的树。随便一座小山丘小土包，就把你的视线挡住了，你就什么也看不见了。嘉善却一马平川、一望无际，随便站在一个地方，就能把全世界都看见了。这作战的危险性和残酷性，可想而知。

除了地堡，什么防护设施和掩体都没有，驻扎下来的一二八师得争分夺秒挖战壕做掩体。地堡很坚固，却很小，每个地堡只能供五六个人藏身，最大的也只能藏十五六人。况且这地堡全是锁着的——县长临跑路时，不知道是给错了地堡的钥匙还是那地堡因太久没有使用而锁芯生锈，怎么都打不开，顾家齐只好命人用手榴弹把地堡的门一个个炸开。地堡上下，长满了荒草和苔藓。

地堡是请德国人设计的，一人多高，但特别厚——有四米厚，全是钢筋水泥。所以日本飞机轮番轰炸也没炸掉多少。做掩体，最好不过。地堡浩浩荡荡地绵延蜿蜒，颇为壮观。事实证明，这条地堡组成的防线，对湘西人筑成的血肉长城起到了至关重要的保护作用。要是没有这条地堡组成的防线，来嘉善抗日的这些湘西人，也许一个都不会存活下来。

掩体还没挖好，敌机就来轰炸了。几十架敌机像几十只苍蝇，从空中嗡嗡飞过，炸弹像下饺子一样扔下来、插下来、砸下来，爆炸声、惊叫声、哭喊声连成一片。爆炸声处，火光四溅，泥沙四溅，各种被炸飞的东西四溅。

一场轰炸过后，不少湘西子弟兵就被炸碎、炸飞，落在地上时，连尸首都没有了，只剩下断肢、碎骨和血肉，分不清是谁的断肢、碎骨和血肉。

爹和所有的人，都没见过这恐怖的阵势和场面。即便以前为占山头相互火拼，为"剿共"决一死战，都没有见过如此恐怖的阵势和场面。武豪干爹说，那一架架飞机就是一个个喰人的恶魔，投下的炸弹简直就是一台台绞肉机，炸远一点，还能看见尸骨，炸在身边，骨头渣子都看不见。

开始，爹跟很多人一样，很害怕；炸了几次，就炸麻木了，炸壮胆了。横竖都是死，怎么个死法就无所谓了。

武豪干爹带的这个连，都整体编入了一二八师的三八二旅，旅长是谭文烈。这是个尖刀旅。无论在哪里打仗，无论打什么仗，这个旅都是一把尖刀，直插敌人心脏，谭文烈就是那个手拿尖刀插入敌人心脏还要狠拧一把的人。

他们插的第一把尖刀，就是在枫泾镇。

枫泾镇本是浙江嘉善的一个小镇，因为跟上海接壤，1951年划归上海。地处浙江东部上海西部的枫泾镇，作为当时浙江到上海的必由之路、最近之口，成了淞沪会战的必争之地。这里是江南水乡、江南粮仓，江河湖港交错纵横，谷米鱼蟹一派丰饶，一条条幽深的水巷、一汪汪宁静的湖港、一片片整齐的田园和一个个质朴的村庄，以及一排排古老的街巷，就是枫泾镇的前世，也是枫泾镇的今生。不过，今生多了些繁华和喧嚣，拥有了安全和安宁。

巧的是，湘西祖先当年抗倭时，也在这里跟倭寇有过一次血拼，也把倭寇打得屁滚尿流。

爹和武豪干爹在谭文烈的带领下直插枫泾镇时，枫泾镇已经被日本鬼子从一〇九师友军的手中夺走了，爹和武豪干爹必须在谭文烈的带领下再夺回来。如果夺不回来，日本鬼子就能长驱直入，占领上海。顾家齐对谭文烈的死命令是：夺回来，拿日本鬼子的人头来见我；夺不回来，拿你的人头来见我。

这比铁石还硬的话，说明了这场恶战是多么重要。谭文烈和爹他们必须拿下日本鬼子的人头，来保中国的地头和河山、保中国的生命和安全。

夜战和巷战是湘西子弟兵最擅长的。湘西的夜月黑风高,湘西的山路崎岖不平,对从小就走山路、野路的湘西人来说,一马平川的嘉善,夜就不算什么夜,巷也不算什么巷了。

11月8日到达的当天晚上,谭文烈就带了一个团的兵力摸到了日本鬼子的大本营,夜袭枫泾镇。为了防止日本鬼子逃跑,在日本鬼子必经的每条街巷和所有路口,都留下了战士守候。

爹和武豪干爹、顶天管家,分别留守在街巷,藏身街巷的各个角落,等待手起刀落,砍下日本鬼子的人头。

武豪干爹带的这个连,一人一把大刀、一捆手榴弹。

为了分清敌我,爹跟武豪干爹建议,所有人都光着上身,这样,只要穿衣服的就是日本鬼子,就可以举刀乱砍。

谭文烈一听,实在是妙。由此记住了我爹。

于是,这个夜晚的枫泾镇,埋伏了一群肌肉发达、野性十足的湘西兵。

但是主攻连刚刚摸到敌人的院落,就被放哨的日本鬼子发现了,枪声一响,敌人叽里呱啦地喊着冲了出来,敌人的机枪也喷吐出了密集的火色,子弹呼啸着在夜空中乱飞。

我方的机枪,也呼啸着喷吐起来。由于我方的机枪就架在了敌人的大门口,占据了有利地形,冲出来的敌人倒下一片后,终于被压了回去。

敌人毕竟是狡猾的,他们有好几个暗堡。暗堡里的机枪一响,我方战士就立刻倒下一片。

谭文烈本身就是一个神枪手,他瞄准夜晚喷吐出的火色,一枪就撂倒一个机枪手,一枪再撂倒一个机枪手。可是,撂倒一个又上来一个,机枪一直在喷吐火焰,我们的人一直在倒下。这样下去,必定是死路一条。谭文烈便果断命令所有人退回街巷,等敌人群蛇出动,短兵相接。

于是,敌人冲出来多少,就被杀死多少。

敌人远的时候,就扔手榴弹。敌人近了,就来肉搏。

武豪干爹本身就是一个快刀手，他右手挥舞着大刀，左手拿着石头，一手砸敌人脑袋，一手刺敌人心脏，敌人的血和脑浆四处溅射。

而爹的双手是拿惯了斧子和刨子的木匠的手，也有的是力气，有的是方法。他一手拿着大刀，一手拿着斧头，像切冬瓜一样，刀起斧落，人头齐飞。

顶天管家虽然文弱，这时却也满身杀气，顶天管家的双手就像变戏法，握紧大刀上下翻飞，寒光闪处，是日本鬼子的一声声哀嚎和日本鬼子的一具具尸体。

不拿大刀的，就跟敌人拼刺刀。拼杀的，虽不是平时训练的稻草人，但憋满了仇恨、铆足了死劲的湘西人，此刻刺杀的仿佛就是一个个稻草人。

敌人最终丢下上千具尸体，逃离枫泾镇。

枫泾镇大捷，是湘西子弟殊死拼杀赢得的，是湘西二百多条鲜活生命的埋没换来的。可谓死得壮怀激烈，赢得荡气回肠。

爹和顶天管家都在这里负伤流血，幸好只是伤着皮肉。武豪干爹的确是雷神下凡，劈死了那么多敌人，自己却毫发无损。

在保卫嘉善的生死拉锯战里，我的父辈们以劣质的土枪、手榴弹和大刀，外加十来挺机枪，与敌人的飞机、大炮、坦克鏖战了七天七夜。各个阵地都是不断丢失、不断夺回，不断夺回、不断丢失。这短短的七天七夜，就可以写一部长长的书，限于篇幅和笔墨，我仅再叙述一场惨烈的战斗。

嘉善连着外面湖海的大桥都已炸掉了，为的是防止日军渡海登陆。但是狡猾的日本鬼子却乘着小汽艇，一批一批地登了陆。

有一座桥却一直没炸掉，那是嘉善老百姓必需的生活通道，不能不留。

这座桥叫南星桥。

南星桥很小，长二十米，宽五米，高六米。是一座用巨大的石块、石条砌起来的拱桥。别看它小，却是连接南星港河湖两岸的唯一通道。

无论是敌人还是我方,都离不开这座桥。因此南星桥成了敌我双方争夺的战略要地。

南星桥在几经拉锯后,战事吃紧,即将失守,武豪干爹奉命带着人马前去增援。前面的枫泾镇之战和其他几战,十多个营长、连长及排长牺牲了,班长更是牺牲了几十个。武豪干爹接任了一个营的营长,爹和顶天管家都因战斗中的表现,被火线任命为两个班的班长。用武豪干爹的话说,爹就此开始带兵了。

赶到南星桥时,战斗正在残酷地进行。

日军在飞机大炮的掩护下,正密如蜂群地从对面向南星桥挺近。

武豪干爹带着爹和顶天管家一行几百人,冒着敌人密集的炮火,从侧面迂回,靠近南星桥,进行阻击。

日军的飞机丢下炸弹轰炸后,又一趟一趟地低空掠过疯狂扫射。轰炸一次,一些身影就消失了;扫射一次,一些身影就倒下了。武豪干爹说,我们的战友大多数都是被飞机炸死、扫射死的,真正在战场上拼杀,日本人是拼不过湘西人的。

爹和顶天管家,各自带领一个班,前后相跟着匍匐前进。敌机来时,赶快在战壕里隐蔽,敌机走了,跃出战壕,再跃进另一道战壕,或者以弹坑为战壕,跳进刚刚炸开的弹坑。日军每次都凭借飞机大炮占着上风,大兵压境;等短兵相接时,又都是湘西子弟从战壕里死命杀出,把日本鬼子杀得屁滚尿流。一个是耀武扬威、不可一世、轻敌傲慢,一个是深陷绝境、置于死地、无路可退,只能拼死绝地反击、置之死地而后生。

后来打出经验了,顶天管家发明了用稻草人引诱敌机的办法。战士们在战斗间歇扎了不少稻草人,把稻草人一个个插在惹眼处引诱敌机轰炸和扫射,战士则隐蔽在战壕里或地堡中。不明就里的敌机,果真对着稻草人一阵阵狂射。稻草人的障眼法,有效减少了湘西子弟兵的伤亡。然而,顶天管家却在这场战斗中牺牲,永远长眠在了这片土地上。

也许顶天管家早有预感。其实也不是预感,每一个上战场的人,都时刻做好了牺牲的准备。在战斗间歇，顶天管家对爹说，家云，我们兄弟一场，你会记得哥对你的好不？爹说，当然记得啊，一辈子都会记得。顶天管家说，哥米有照顾好你的地方，你多担待。爹说，爹娘老子也就这么好了。爹转念一想，不对，顶天管家怎么会无头无脑地说这些话呢？爹说，不讲这些丧气话，你必须活着回去！顶天管家说，要死卵朝天，不死万万年。我和你同病相怜，都是爹娘死得早，米有爹娘疼的人，幸好遇到了武豪一家人，我们才有了家。要是哪天我战死了，你要好好带大你几弟妹，要好好孝敬干娘干佬，还要把我弟弟向立地也找到，团拢来，跟你们一起，好不好？记住，他也是你弟弟！爹说，讲什么呢？我还要靠着你帮我一起带大几个小的呢！

正说着，敌人又开始反攻了。顶天管家先拍了拍爹的肩，又把爹的手握紧了说，好！我们打死狗日的日本鬼子，都活着回去过好日子！

说完，顶天管家钻出战壕，把一颗手榴弹扔向阵地。爹也紧跟着钻出战壕，把手榴弹扔向阵地。一排手榴弹扔过去之后，顶天管家带着人跃出战壕，迅速冲进了前面的另一个掩体，又扔了几颗手榴弹出去。爹带着人跃出战壕，迅速冲进另外一个掩体，再扔出几颗手榴弹。我军逼近几步，敌军就后退几步。但敌人不是吃素的，他们有的是机枪、迫击炮，武豪干爹所带的增援队伍，除了手榴弹、土枪、大刀和一挺老掉牙的机枪，就什么都没有了。敌人迫击炮、机枪、手榴弹的密集进攻，一下子把大家压得抬不起头来。只能等敌人冲到跟前时，杀出血路，拼死肉搏。

顶天管家发明的稻草人诱饵依然起了至关重要的作用，那些头戴帽子的稻草人，都露出个头来趴在战壕里，敌人冲到稻草人跟前，发现上当时已经来不及，一个个分散隐蔽在四周弹坑里的湘西战士呐喊一声一跃而起，刺刀、大刀一起杀向敌人。冲在最前面的敌人还来不及反应就成了刀下鬼。那些仓促应战的敌人也杀红了眼睛，不管不顾地跟湘西子弟拼。湘西子弟有的是杀猪的、宰羊的、椎牛的，都知道动物的命脉、人的命脉，往往一刀就结束了日本鬼子的性命。那些武功高强的武师，这时也派上了用场，什么苗家拳、土家棍、乾坤腿、铁砂掌，都眼花缭乱地用了上来，打得日本鬼子鬼哭狼嚎地跑。

难得的一夜相安无事。

月光下，顶天管家和爹高兴地跳起了摆手舞。

史志上说一二八师全是苗族兵，实际上不全是，也有不少土家族兵。因为解放前及解放后的一段时间，湘西只认定一个少数民族——苗族，土家族是1957年才认定的，所以明朝抗倭时，清一色的土家族子弟都被认为是苗兵，湘西解放时叫湘西苗族自治区，而不是现在的湘西土家族苗族自治州。

武豪干爹带的一个连，都来自湘西土家族地区，都会跳土家摆手舞。他们一边嘴里喊着锣鼓的节奏，一边翩翩起舞。

而苗家子弟们则唱起了缠绵悠扬的苗歌。

当苗歌在月色下的战场上飘起来时，那湘西的山水也飘了起来，那阿妹的眉目深情也飘了起来，那阿巴①阿妈的饭香、菜香和慈爱也飘了起来，那孩子的声声呼唤也飘了起来。

顾家齐望着这些又唱又跳的子弟兵，心里升腾起无限的爱怜与愧疚。他不知道能把多少人平安地带回家，不知道能让多少人家庭团圆、家人团聚。上面下达的任务只是死守四天、阻击四天，可现在已经是第六天了，上峰好像忘了他们，没有任何让他们撤退的迹象。看来，上峰真是要让他们充当炮灰，全军覆没，以便削弱湘西的地方武装、摧毁湘西独霸一方的实力。一二八师承担这么重大的任务，却不给他们配备任何武器，武器全是他们从湘西自己带来的。八千多将士，除了几十挺轻重机枪，只有各式旧的步枪和土枪三千多支，短枪二百来支，一多半人没有武器，只能用家里带来的大马刀和杀猪刀。而日军，每天飞机都是几十架，迫击炮、轻重机枪更是不计其数，这天壤一样的巨大差别，明摆着是借刀杀人，要让湘西这支队伍有来无回，全部战死，让湘西失去

---

① 阿巴：婆婆。

最强大的靠山和力量。顾家齐越想越脊背发凉。他想，决不能让湘西子弟都变成炮灰，冤死在这里。

顾家齐站了起来。月光下的身影，格外挺拔、伟岸，像一座巍然的山峰，在将士们心中耸立。

顾家齐清了清嗓子喊，兄弟们！我们已经跟日本鬼子鏖战五天五夜了。兄弟们个个都很英勇、都是英雄，都杀出了湘西人的气势、湘西人的威风，我顾家齐感谢你们！这几天，我们很多的兄弟倒在嘉善，英勇牺牲了，他们的血不能白流、命不能白丢，我们要多杀狗娘养的日本鬼子，给死去的兄弟们报仇。但是，更大的恶战还在后面，还会有兄弟牺牲，还会有兄弟倒下，如果哪位兄弟是家里的独儿，或者哪位不想打了、想回家，可以站出来，我给你发路费，回家！

顶天管家想了想，站起来报告，报告师长，我是独儿！

爹和武豪干爹惊愕地看着顶天管家。武豪干爹扯了扯顶天管家，示意他不要再说，爹却扯了扯武豪干爹，示意武豪干爹等顶天管家说下去。

顶天管家说，我是独儿，但我不回去。我要杀鬼子，来一个杀一个，来百个杀百个，不把鬼子全部杀死，我绝不回去！

顾家齐和戴季韬带头鼓起了掌。

顾家齐大声问，你叫什么名字？

顶天管家大声回答，我叫向顶天！向前进的向，顶天立地的顶天！

顾家齐再次鼓掌，大声叫好，好名字，我们就是要向前进，就是要顶天立地！

顾家齐问，有没有想回去的？

大家齐声答，没有！

武豪干爹这时也站起来，带头喊，向前进！杀日本！杀完日本回老家！

大家被武豪干爹的情绪感染，一起高喊，向前进！杀日本！杀完日本回老家！

月光下，顾家齐这个铁打的汉子居然流出两行感动的热泪。他本想让这些子弟能回去一个是一个，没想到，大家为了国家和民族，居然如此微言大义，他不能不感动。他想，既然没有一个愿意逃兵似的回去，那大家就要英雄一样地活着回去。他必须要把这些子弟兵的思乡情结化作一种杀敌的动力和力量，必须要把子弟兵们对亲人的思念化作英雄虎胆，拼死杀出，拼死求生，多带回去一个是一个。

顾家齐接着喊道，我刚才讲了，后面还有更残酷的战斗、更大的恶仗，我们还会有人倒下和牺牲。我想，我们都给家里写几句话，兄弟们之间都相互拜托下，谁倒下了，我们活着的回去后都去做他父母的儿子，都去给他的父母养老送终，让他死得其所、走得安心。好不好？

大家齐声答，好！

这样，会写字和不会写字的，都给家里写了一封信，哪怕只三言两语，都写得安详和安心。

爹、武豪干爹和顶天管家，尽管同处一个屋檐下，也各自写了家信，一样互道珍重和嘱托。

武豪干爹悄悄问顶天管家，咱不是还有个弟弟向立地吗？你哪门跟师长讲你是独儿？

顶天管家说，你没看出来吗？师长虽然是真心想让独儿都能活着回去，但这个时候最要紧的是鼓舞士气，是要有人站出来誓死杀敌，杀出血路活着回去，而不是逃兵一样活着回去。所以，我就站起来了。

武豪干爹和爹都对顶天管家竖起了大拇指。

但是，顶天管家却永远回不去了，他的血、他的命、他的魂，都留在了嘉善这片土地上。

与日军在嘉善殊死鏖战了七个昼夜的一二八师，终于接到了可以撤退的命令。也许，是被湘西子弟兵为国尽忠的英勇而感动得良心发现，也许，实在是再也找不出理由不让一二八师的湘西兵撤退，一二八师在第八天的黎明，终于接到了撤退的命令，迎来了自己生命的黎明。

这天，已经是1937年的11月16日。

天边的曙色露出来了。漫天的朝霞随之晕染开来。江河湖港的晨雾也在飘飞萦绕。仿佛都要为一二八师送行。当顾家齐下令退守二线、边打边退时，日军发现了他们撤退的意图，立刻出动了数倍的兵力进行追剿。为掩护一二八师主力撤退，爹和武豪干爹、顶天管家，跟随七六七团先期赶往六十七号铁桥，一边抢修铁桥，一边阻击日军。

六十七号铁桥，在日军的多次轰炸下，已经是残垣断壁的几根骨架了。可就是这残垣断壁的几根骨架，是一二八师撤退的必经之路，成了一二八师撤退的生命线。桥不长，也不宽，但下面的河水很深，撤退时，没办法一个个泅渡过去，必须临时搭桥。

日军当然也知道这座铁桥的重要性，水陆空全面出击，进行围堵。

六十七号铁桥，成了嘉善之战中日军与湘西子弟兵最后争夺的焦点。

武豪干爹跟一部分战友四处散开，阻击来犯的日军。爹和顶天管家跟一部分战友搭建木板，抢修桥梁。

爹和顶天管家从老乡家里借来门板、木板，与战友们一道往铁桥上冲。敌机俯冲射出的子弹，弹起一路泥烟盯着爹和顶天管家追。临时修建的工事，经不起敌机的轮番轰炸。几番轰炸后，只剩桥东桥西的两个碉堡还孤零零地隔水相望。

每次都是这样：要么日军火力太猛根本无法靠近桥面，要么桥面刚搭起来几米就被日军飞机炸掉。从水面登陆和从地面扑来的日军，像密密麻麻的蚁群一样在不断靠近。

一颗子弹呼啸着击穿木板，直插顶天管家胸部。顶天管家浑身一僵，中弹倒下。爹见顶天管家没跟上来，回头看见了瘫坐在地上的顶天管家，赶忙返回去救。

面对逼近的日军，顶天管家要爹别管他，赶紧抢架桥梁。爹哪能不管，强行把顶天管家放在门板上，跟一个战士抬起顶天管家就往远处有地堡的方向跑。爹想把顶天管家先藏在地堡里，等铺好桥再过来接。

其实，桥头就有一个地堡，但那是敌我双方激烈争夺的地方，正战火纷飞，只能往远一点的地堡送。

日军发现了急速飞奔的爹。马上有一群人叽里呱啦地追过来，边追边扫射。顶天管家急忙要爹放下他,要爹赶快逃生。

爹哪里会听,依然抬着顶天管家奔逃。爹说,我们不能丢下你,要死一起死,要活一起活。

顶天管家说,我活不了多久,已经是死人了!赶快放下我,打日本!

爹想,已经被敌人发现了,再跑也没有用,只有先把敌人干掉,才能把顶天管家送到安全的地方。

于是,三人钻进了战壕。

经过了几天鏖战,一二八师从敌人手上夺来了不少枪。爹和顶天管家身挎大刀,也身背了一杆枪。三人以战壕为屏障,撂倒了不少敌人。等敌人靠近战壕时,已只剩五六个了。爹和小战士跃出战壕,左冲右杀,顶天管家也艰难地跃出战壕,与敌人拼命。把敌人全部放倒后,三个人舒了一口气。顶天管家因为用力拼杀,伤口撕裂,再次流血。爹的左膀右臂,还有大腿,都被敌人刺了一刀,皮开肉绽,鲜血淋漓。小战士则只是额头被划了一刀。爹从口袋里掏出随身带的纱布,给顶天管家重新包扎后,给自己也简单地包扎了一下,抬着顶天管家,继续往地堡跑。

顶天管家已经开始呼吸艰难了。他无力再阻止爹,任由爹把他送往地堡。

到了地堡,爹让顶天管家藏好别动,等架好桥,就来接他。感觉时间不多的顶天管家,忽然拉住爹说,家云,要记得我讲的话,要好好带大弟弟妹妹,要找到向立地,要好好报答干爹干娘。向顶天的眼里是无尽的生离死别、依依不舍。

爹和小战士离去后,顶天管家看到一群鬼子从地堡前跑过去追赶他们。顶天管家来不及多想,赶忙扔出手榴弹,大喊,狗日本!老子在这里呢!

一声爆炸和一声大喊,成功地把日军引了回来。

顶天管家孤军奋战。

听到爆炸声和枪声的爹,也赶忙折回来营救,但是来不及了。几十个日本鬼子围上地堡，几道火焰像几条火龙，同时射向地堡，坚固的地堡立刻被浓浓的火焰吞噬。这狗日的喷火器，已烧死了很多湘西子弟，这下烧向了顶天管家。顶天管家像一个火球从地堡里滚出来，几分钟就被烧成了一堆焦炭。焦炭黑乎乎的，连骨头都烧化了！

武豪干爹说到这里时，喊了我一声"宝"，放声大哭。

夜色四合时，一二八师全体官兵终于艰难地突围成功，撤出嘉善，完成了淞沪之战中最艰苦卓绝的一战。

原来宣称一天越过嘉善防线，直取上海，直下南京，三天灭亡中国的日本鬼子，凭借飞机大炮等先进武器的护卫，行进七个昼夜，也只行进了十一公里！

我湘西子弟用血肉之躯、用勇敢之胆、用忠诚之义、用智慧之略，筑成了中华民族的钢铁长城。

爹和武豪干爹匆匆掩埋好顶天管家后，带着顶天管家一块烧焦的碎骨和那块一直贴身保存的平安石，踏上了继续抗日的征途。一路上，他们跟随顾家齐转战浙江、江西，最后踏上了武汉保卫战的抗日征程。在武汉保卫战中，国民党也是把湘西子弟放在最艰苦的战场鏖战，似乎湘西这支部队不全员战死他们誓不罢休。但顽强的湘西子弟，却一人九命，怎么打都打不垮、灭不绝，国民党只好放下斯文，公开绞杀一二八师。在武汉大会战的江西九江牯塘战役中，一二八师奉命增援预备第三师，谁知尚在途中，预备第三师已溃败下来，致使阵地丢失。一二八师官兵数次进攻争夺，浴血奋战，也未能夺回阵地。接替张发奎指挥的第三集团军的李汉魂，为推卸责任，诬告一二八师"溃不成军"，致使顾家齐被送交武汉军事法庭受审。为了收集顾家齐贪生怕死的所谓罪证，国民党不惜派人暗中收买一二八师的湘西子弟，可湘西子弟个个亲眼看着顾家齐是怎样身先士卒带兵、怎样流血牺牲杀敌的，谁也不会为了几个臭钱昧了良心诬陷自己的师长，反倒是集体喊冤、为顾家齐鸣不平。一二八师参谋长赵季平、副师长戴季韬在军事法庭上更是据理力争，用铁的事实回击李汉魂的诬陷，军事法庭不得不撤销对顾家齐的起诉。对顾家齐的起诉撤销了，但一二八师却还是被无缘无故地就地解散、打散，分配到不同的师团，除了戴季韬等少数几个非用不可的，一二八师排以上的干部全部取消军衔，不再重用，遣送回原籍。这一支为中华民族留下卓越功勋的铁血英雄部队，居然在嘉善阻击战后不久，就被解散了、遣返了、取消了！

就这样，武豪干爹和爹回到了湘西。

出征时八千人的一二八师，最后不到两千人回到故乡；武豪干爹带去的一个连，也只有二十来人回到了故乡。故乡的白天，是满城满乡的披麻戴孝；故乡的夜晚，是满城满乡装的谢灯。

装谢灯，是明朝万历年间湘西就兴起的一种习俗。

当年，当湘西土家族的土司王彭象乾和三个土老司带着抗金援辽的八千亡灵和忠魂回家时，湘西的父老乡亲沿路点起了长明灯，给英魂照亮、领路，迎英雄回家。这沿路点起的长明灯，就叫装谢灯。

1939年，当顾家齐带着活着的抗日英雄和死去的抗日英魂回家时，湘西再一次大规模地装起了谢灯，整个湘西的夜空，灯火辉煌，一派光明。

顶天管家一定看到了故乡灯火的召唤，也一定沿着他出发时做的一个个草标，跟着爹和武豪干爹回到了故乡。

想不到的是，他们的师长顾家齐后来还是被人暗算，打了黑枪，不明不白地死在离开湘西的途中。顾家齐，我们民族的忠良和脊梁，就这样成了权力倾轧的刀下鬼、冤屈魂。

在此，我只能为我父辈的一二八师唱一曲迟暮的挽歌，只能为远去的一二八师忠魂敬一杯迟到的烈酒，点一炷迟来的高香，并为顾家齐留下一段墓志铭：

顾家齐（1894—1949），号修之，湘西凤凰人。自幼父亲早逝，与母亲相依为命。天资聪颖的顾家齐早年毕业于常德西路师范学堂，1914年入湘西军官团学习，毕业后曾任湘西巡防军排、连、营、统带等职位。1927年任国民革命军第十九师陈渠珍部团长，驻防凤凰。1935年任陆军新编三十四师师长。1937年7月，该师改番号为第一二八师，移师远征，参加淞沪保卫战、武汉保卫战。战功卓著，却被诬陷革职送上军事法庭，此后拒任第七十军中将副军长，甘愿屈就湖南第四区、第九区保安司令，第八区行政专员兼保安司令，为保卫家乡鞠躬效力。1949年5月9日，湖南省参议员谭自平因嫉恨顾家齐将任湖南省政府委员，遣人将其暗杀。一代抗日名将。中华民族脊梁。含恨九泉冤魂。

十五

在爹和武豪干爹远赴浙江上海前线一路抗日时,一批流亡师生跋山涉水、辗转迁徙来到了湘西。

这是从安徽流亡而来的一批师生,陆陆续续的,有三千多人。他们之所以从安徽来湘西,是因为安徽已经被日军占领,彻底沦陷。一批师生要紧急转移和疏散。

这个时候的湖南,因为何键在长沙保卫战中抗战不力,日本的一把大火烧掉了半个长沙,民怨沸腾,何键被蒋介石革职调走,张治中接任湖南省政府主席。安徽出生的湖南省主席张治中感念乡情,决定安置一部分安徽师生到湖南。

湖南最安全的地方是湘西。湘西最安全的地方又是处在湘西腹地最深处的几个县——吉首、花垣、保靖。吉首当时叫所里,花垣当时叫永绥,保靖当时就叫保靖。

这些师生就安置在了吉首、花垣和保靖。抗日流亡中学——国立八中就这样在战火中诞生。保靖是国立八中初中部所在地,花垣是国立八中高中部所在地。吉首是国立八中大本营,高中部、女生部和师范部都有。

山重水复的湘西,就这样成了安徽流亡师生的避难所。湘西人民就成了安徽流亡师生的庇护神。

在第一批流亡师生到达湘西之前,湖南国民政府教育厅的一纸调令将韭菜干娘调往吉首,在国立八中女子部任教。作为国立八中最早的教员,韭菜干娘亲身见证了国立八中的兴衰和荣辱。

已经调往省城的陈渠珍受张治中委派,协助建好国立八中。为了迎接这批流亡师生,身为湘西王的陈渠珍对张治中立下军令状,他说,我们湘西一定安置和善待这些师生，如果没有安置和善待，你拿我是问。陈渠珍张贴了很多告示，要求沿路的湘西人民倾尽所有，保障流亡师生们的吃住行，保障流亡师生的人身安全，任何人员和组织都不得骚扰这些流亡师生，否则，格杀勿论。

湘西人以最大的热情和真诚迎接这些流亡师生。沿路都有流亡师生安置点，吃住行都是当地最好的。流亡师生一到湘西，沿路就有地方武装保卫和护送。

师生们到达目的地后，陈渠珍亲自前去看望、安排。吉首把乾州古城最好的文庙和万寿宫腾出来作为国立八中本部。保靖把最好的崇文书院和江西庙腾出来作为国立八中初中部。花垣把最好的永绥文庙和崇山公园腾出来作为国立八中高中部和初二部。用湘西人的话说，湘西最好的风水宝地都给国立八中了。

湘西本地人，也因为国立八中的设立而有了得天独厚的教育资源，有了同样在国立八中读书学习、接受教育的好机会。湘西，因为国立八中的设立而充满了文明的气息。

吉首的国立八中本部，也是分散在乾州、雅溪等好几个地方。韭菜干娘所在的女子初中部设在乾州的文庙。这座始建于雍正七年的庙堂，韭菜干娘再熟悉不过。小时候，韭菜干娘就经常跟随母亲来文庙烧香、拜圣人。不过，那种熟悉，也只是表面上的熟悉。对一个孩子来说，庙宇更深处的东西，是不会在意的。韭菜干娘印象最深的就是那门前的一对大狮子和大成殿里的塑像，还有雕梁画栋、楼台亭榭，至于雕的什么、画的什么，也没有特别在意。

调到国立八中后，要事先布置好教室、寝室和办公楼，韭菜干娘才将文庙看了个仔细，有了些了解。

文庙前临街的影壁，韭菜干娘是记得的。长长的影壁上，是青瓦砌成的菱形花窗。那花窗就像一个万花筒，韭菜干娘小时候和小伙伴们路过时，经常通过花窗瞄一眼文庙里面。花窗两边各有一道门，左门上题有"德配天地"四个大字，这是学宫；右门上题有"道冠古今"，这是孔庙。入学者从左门进出，拜孔者从右门进出。

文庙很大很宽，分一进、二进、三进、四进，每一进的中央都是宽敞的院子，两边都是高大的建筑，依次为明伦堂、文昌宫、大成殿、大成门、棂星门、名宦祠、乡贤祠、崇圣祠。每栋建筑的雕梁画栋，都栩栩如生、精美绝伦。那屹立在门前的一对石狮、那垫在每一根柱子下的石鼓、那每一面封火砖砌就的石墙和那座长虹卧波的石桥，还有那一块块铺在院子里的巨大的青石板，都古老得全是风雨侵蚀、岁月蒸熏的斑驳印记。

细看之下，让韭菜干娘吃惊的是，这名宦祠供奉的是乾州历代官员的牌位，乡贤祠供奉的则是杨岳斌、罗荣光等吉首名人的牌位。

住进文庙后，韭菜干娘才觉得文庙作为学校实在是太正确、太有象征意义了。那红砂页岩制成的四柱石坊，蟠龙附柱，莲苞作顶，门坊上镌刻的"棂星门"三个大字格外苍劲有力。蟠龙是普降甘霖的神物，蟠龙附柱，意味着幸福、吉祥和飞黄腾达。莲花是菩萨喜爱的神圣之花，所以菩萨们都喜欢莲花宝座。莲花除了具有高洁、神圣之意，还代表着智慧的境界。莲苞作顶，意味着智慧境界的登峰造极。棂星是天上的文星，一道棂星门，意味着天下的文人雅士和贤才都汇聚于门下，抗战流亡的师生们集聚在此，不正是天下英才汇聚吗？那洼月池上的石桥，名叫状元桥。桥两边那两棵高大的桂花树，名叫折桂树。乾州又名乾城，乾城——前程，大好前程。这不都预示着这些师生们在这里会学业有成、前程大好吗？湘西人说把最好的风水宝地给了这所流亡中学，实在没错。

流亡师生住进来的时候，是1938年5月，正是天气炎热的时候。这些从安徽辗转迁徙来的师生，不但带来了很多图书和教学仪器，还带来了崭新的文化理念、崭新的文明灯火。湘西因为他们的到来，而焕发出了新的生机、生气和活力。他们火焰一样激情燃烧的青春，点燃了湘西的激情与青春。他们春水一样豪迈奔放的活力，让湘西到处洋溢着生命的气息和蓬勃的朝气。那一群群在学校和大街行走的身影，都会牵动一座城市，擦亮一城人心，整座城市和人心，都因他们而生动、靓丽和青春。特别是师生们穿着军装、扎着绑腿，进行出操、打枪、投弹等军训时，成了湘西一道独特而美丽的风景线。

一开始，韭菜干娘没有教学任务。韭菜干娘的任务就是配合安徽来的老师，做好后勤服务保障。

虽然湘西人民给了这些安徽师生最大的帮助和关怀，吃住都是国民政府拨款，但那是贫穷而又战火纷飞的乱世，国立八中的办学条件依然艰苦。吃的是粗粮和稀粥，睡的是地铺和通铺，夏天要跟成群的蚊子作战，冬天要与刺骨的寒风为伍。有的学生吃不饱，饿得面黄肌瘦。有的学生穿不暖，冻得瑟瑟发抖。有的学生还时不时地生病。这些，韭菜干娘都看在眼里，疼在心上。这都是远离父母的孩子。有的孩子还在战乱中失去了父母。他们在这里，就像孤雁落难到这里。实在可怜。如果这些老师不关心他们，就没人关心他们，其他人想关心，也是心有余而力不足。

于是，韭菜干娘常常把自己家里的腊肉和酸鱼贡献出来，让这些正在成长的孩子们偶尔改善下生活，打打牙祭。虽是绵薄之力，但韭菜干娘也得了个心安。

为解决学校师生的困难与危机，国立八中师生按照"艰苦卓绝"的校训自力更生、艰苦奋斗。一方面他们办织布厂，自己织布做衣，解决冷暖问题。一方面他们开荒种地，栽种蔬菜和庄稼，解决吃饭问题。

像武豪干爹说的，韭菜干娘是吃二两米的饭操十斤米的心。她不是学校的负责人，却时时在为学校的那些孩子担心。韭菜干娘对前来看她的武豪干爹说，你可不可以多买几个猪崽崽养着？养大了，杀年猪，送给师生们。这些老师和孩子远天远地来湘西，举目无亲，要什么没什么，想什么缺什么，实在可怜。

武豪干爹对韭菜干娘说，几个猪崽崽哪够？你这么多老师学生，一个一片都米得，打汤都不浓。

韭菜干娘说，有总比米有好，打的汤也香一些嘛。

武豪干爹说，那我就多养几头吧，要吃就饱饱地吃一餐。

韭菜干娘开心得笑颜如花，说，我就晓得你会多养。

武豪干爹做出一副苦不堪言的表情，说，唉，有什么办法呢？哪个喊我讨了你这玉观音，我也得做一个活菩萨呀。

这样，年年过年时，文庙的师生们都能吃上两顿好肉，都能过上一个好年。那是师生们最开心的时候。

这样，韭菜干娘在学校也大受欢迎。

后来，韭菜干娘在学校教民族语言。在土家族、苗族、汉族杂居的湘西办学，没有一个民族语言老师是不行的。那么早实施民族语言教学，国立八中无疑是首创。

韭菜干娘就尽职尽责地教学生们一些常用的土家语和苗语，还有少数民族歌谣和习俗。韭菜干娘出生在苗族地区、苗族家庭，从小就讲苗语，就受苗族文化熏陶。她接受的教育，又是汉族语言的教学、汉族文化的教育，汉族文化也早已融进她的血脉，成为她血液的一部分。她跟武豪干爹结婚后，生活在土家族地区、土家族家庭，土家族的语言和习俗，也自然了然于心。对韭菜干娘来说，这民族语言课就是为她量身定做的，几种民族语言，就是几种收音机的播放频道，可以在韭菜干娘的舌尖上自由转换。

没想到，这为韭菜干娘量身定做般的民族语言课，成了最受学生们欢迎的课。好奇的学生们不仅学了两门新奇的语言，而且立竿见影，马上就能活学活用，学生学习民族语言、民族歌谣、民族习俗的兴趣和热情，空前高涨。一到韭菜干娘的公共课，教室里就挤满了学生，甚至过道上都有学生席地而坐，就连一些平日很清高的老师，也谦虚地低下身段，赶去学习、听讲。

在少数民族地区，少数民族语言这堂课，是非上不可、非补不可。

想想看，当一个手戴银手镯、胸佩银项圈、身穿绣花衣的苗族女子，艳丽而朴素地站在讲台上时，那台下投上去的，是怎样带光的笑意、怎样放电的眼神和怎样轰鸣的掌声？

韭菜干娘的课，不但上到了乾州文庙的女子部，也上到了吉首、花垣和保靖的各个分部。

韭菜干娘的言行，很快引起了一个人的注意。

这人是国立八中的中共地下党员刘清平。

刘清平是安徽安庆人，从小父亲得痨病死去，母亲一人把他和哥哥养大。母亲不识字，却知道读书的道理。母亲给富人家当保姆，哥哥给富人家打短工，供刘清平读书。刘清平天资聪颖，又十分刻苦，考上了省立师范，当上了数学老师。本以为可以好好报答母亲和哥哥，不想安徽被日本侵占，母亲被日本飞机炸死，哥哥被抓壮丁充军，生死不明。所以，他对日本恨之入骨，对国民党的腐败也感到心痛心寒。很自然地，他秘密加入了中国共产党，成了一名地下党员。这个世界不清平，他要跟其他共产党人一道，奋斗出一个清平世界。

刘清平跟随师生流亡到湘西后，想方设法找到了当时的中共湘西工委书记梁春阳，跟组织取得了联系。梁春阳是湘西溆浦人，对外身份是商人。刘清平的到来，使他格外高兴。因为国立八中是中国共产党开展地下工作和地下斗争的最好舞台与堡垒，师生是开展地下斗争最强大的群众基础和最坚强的民间力量。于是，梁春阳就给刘清平下达了在国立八中成立党支部发展地下党的任务，并对新党员和新支部提出了明确要求：一是开展抗日救亡活动，在抗日救亡活动中发展组织；二是推销中共长江局机关在重庆出版的《新华日报》、郭沫若同志在桂林办的《救亡日报》、中共湖南省委机关在长沙出版的《观察日报》、中共湘西工委在沅陵出版的《抗战日报》等进步报刊，以及生活、新知等三个书店出版的图书；三是动员社会各方人士参加抗战，支援前线，动员湘西的商人积极参与抗日救亡活动；四是做好青年参加抗战工作，通过做国立八中学生的工作，搞宣传，办墙报，发动学生参加抗日救亡活动。

刘清平每次都在韭菜干娘讲课时，坐在一个不起眼的角落。那个角落不起眼，刘清平却很起眼。只要刘清平一进来，韭菜干娘就看得见。刘清平是在整个国立八中都很有名望的老师，韭菜干娘自然也是久仰。刘清平本在学校教数学，画圆圈不用圆规，画直线不用直尺，写得一手好板书。而且，他还画得一手好粉笔画。那根粉笔在他手里就像魔法棒，几涂几抹就成了拖儿带女的鸡、春江水暖的鸭、扬蹄奔腾的马和展翅飞翔的鹰，当然还有拿着刀枪的战士和穿着民族服装的湘西人。只要学生想让他变什么，他就在黑板上变出什么。有时候，他自己也会问学生，饿了吧？学生说饿了，他就说，好，我这就给你们变一篮水果。于是桃子、梨子、葡萄，就有了好几筐，馋得学生直咽口水。于是，刘清平又成了美术老师。办黑板报也成了他的一项主要工作。每次只要他办黑板报，师生都是里三层外三层地挤着，看他怎么画、怎么写。

这天，刘清平老师照例听完了韭菜干娘的公共课。这天的公共课的内容是韭菜干娘给师生们教一首湘西民歌。等师生们都走完后，刘清平对韭菜干娘说，吴老师，你的课讲得非常好，你的歌也唱得非常好听。韭菜干娘说，过奖了，刘老师，跟你比相差十万八千里。刘清平说，不呢，不呢，尺有所短寸有所长，我在这方面跟你比也差十万八千里。韭菜干娘说，难得刘老师这样夸奖我。刘清平说，我不是夸奖，是真心的，真的很好，我是一课不落地都听了，还做了很多笔记，厕所都不敢上，生怕漏掉一句。韭菜干娘笑，刘老师还是过奖了，你多指教。刘清平说，我不敢指教，是请教。我想问，你刚才教的那首《门前挂盏灯》，是桑植早就有的民歌，还是后来改编的民歌？韭菜干娘说，曲调早就有了，歌词是桑植老百姓改编的。刘清平说，曲调悠扬，歌词质朴，很感人，可以再唱一遍吗？我想早点学会。韭菜干娘说，真想听？刘清平说，当然了。韭菜干娘就落落大方地唱了起来：

  睡到半夜过
  门口在过兵
  婆婆坐起来
  侧着耳朵听
  嗯……嗯……
  嗯……嗯……
  不要那茶水喝

又不喊百姓

只听脚板儿响

不见人作声

大家都不要怕

这是贺龙军

红军多辛苦

全是为穷人

媳妇你快起来

门口挂盏灯

照在大路上

同志好行军

刘清平试探地问，怎么想到给大家教唱这首歌？

韭菜干娘不假思索地说，好听啊！

刘清平说，你觉得这首歌好在哪里？

韭菜干娘说，好在既写出了红军战士的纪律严明，又写出了人民百姓对红军的情真意切。

刘清平说，讲得好。你见过贺龙的红军吗？

韭菜干娘说，见过，我们家还驻扎过红军呢。

刘清平说，对红军感觉怎么样？

韭菜干娘说，那真是些天下最好的人。红军在我家就像亲人一样。

刘清平说，红军是共产党的队伍，国共两党水火不容，你教这些歌曲不怕惹麻烦？

韭菜干娘说，你不提醒，我还真没想这么多，教几首老百姓唱的民歌就会犯法、杀头？

刘清平说，不犯法，但国民党肯定会认为你是传播反动歌曲，是煽动师生闹红。这些歌以后可以私底下给师生们悄悄教，不要在公开课上教，免得惹来不必要的麻烦。要学会保护自己。

韭菜干娘说，现在不是国共合作抗日吗？这样的歌也不能唱不能教？

刘清平说，国共合作抗日不假，但国民党从没相信过共产党，总是把共产党当成最大的威胁，所以，国共合作才多次破裂。还是小心点好。

韭菜干娘说，你讲的是，我还真没把这当一回事。非常感谢刘老师的提醒，我以后悄悄教。

刘清平说，既然是国共合作抗日，以后在公开课上多教抗日歌曲。唱抗日歌曲，谁也找不了麻烦。

韭菜干娘非常感激地点头说好。

刘清平说，你是发自心底认定红军好？

韭菜干娘说，当然发自心底。

刘清平说，那你想过成为红军那样的人吗？

韭菜干娘说，以前没想过，红军长征走了后，想过。你是……你是红军的人？

刘清平对韭菜干娘充满信任地点了点头，说，我是。

刘清平相信眼前这个小妹妹一样的人不会出卖他。

刘清平又说，我们身边有很多我这样的人，只是我们还不知道。

韭菜干娘说，怪不得你那么优秀，原来你是跟红军队伍一样的人。

刘清平说，你愿意成为跟我们一样的人，像我们一样为共同的信仰和理想奋斗吗？

韭菜干娘问，那你们的信仰和理想是什么？

刘清平说，简单讲，就是为了所有的人都不被剥削、不受压迫，都过上好日子。

韭菜干娘听了，非常干脆地说，我愿意。

就这样，韭菜干娘秘密地加入了中国共产党，成了国立八中最早的共产党员之一。

有了组织的韭菜干娘，每天都充满了干劲和朝气，每天都快快乐乐地与刘清平一道在学校办抗日墙报，组织师生演抗日话剧，唱抗日歌曲，做抗日演讲。小小的山城，被国立八中的师生拨弄得处处是抗日的干柴烈火。一批一批热血沸腾的湘西子弟，前赴后继，开赴前线。

  酉水浊，酉水清
  情郎哥哥去当兵
  当兵啊要当抗日军
  不是好汉不打钉
  拿起锄头好耕田
  拿起枪杆上火线
  赶走日本再团圆
  酉水清，酉水浊
  小妹子来送情郎哥
  哥哥你前方去打仗
  要和鬼子拼死活
  奴家织布又开荒
  冬有棉被夏有粮
  哥哥回来发喜糖

  这首国立八中所有师生都会唱的《酉水谣》，是国立八中老师根据郑律成作曲的《延水谣》改编的。这首关于湘西母亲河的歌曲，像酉水一样，潺潺流进湘西人的心里，无数湘西男儿就是唱着这首歌走上前线，舍命抗日。母送子、妻送夫、心上人送心上人的情景，是湘西抗日的真实写照。

  国立八中就像一支在湘西熊熊燃烧的火炬，明艳而炽热地照亮了湘西的夜空和湘西人的心灵。

  国立八中是充满活力的，但生活却依然艰辛艰苦。很多学生还是吃不饱穿不暖。在国立八中读书的湘西本地学生，经常把玩得好的流亡学生带到家里做客，再贫困的家里，都会因为流亡学生的到来而准备几个好菜，哪怕是找人借鸡借鸭借蛋，都不会亏待这些远道而来的流亡学生。家境富裕一点的本地学生，会经常带一罐两罐好菜到教室里或寝室里，让大家一起品尝。省吃俭用接济这些流亡学生，成了湘西百姓约定俗成的质朴民风。

湘西的山里湿气特别重，冬天特别阴冷，衣衫单薄的师生，在湘西就像在冰窟，冻得浑身发抖。常有师生因为感冒而感染肺炎死去。当那些死去的师生被席子一卷埋上山坡时，韭菜干娘心如刀绞。为了少让这些师生受罪，韭菜干娘对我爹说，家云，你能不能给每个学生做个火笼？学生太造孽[①]了！

爹到学校看了那些学生后，马上想起了自己和弟弟妹妹的苦难岁月。爹说，好，我给每个老师和学生都做一个。

爹带着三叔、四叔、五叔，还有嬷嬷，无日无夜地赶做了几百个简易火笼。最简易的就是铁皮围成的圆筒，打孔穿上铁丝做手柄。稍微复杂点的，就做一个木制的火炉架，中间放上一个小小的铁盆，再安上木制的手柄。简捷、方便，学生可以随时提着火笼走。给老师做的，就大一些，大火笼架上放上一个大火盆，烤火时，上面搭一床薄薄的床单，几个人围坐火笼，又暖和，又温馨。

有了火笼，还得有炭。韭菜干娘带着刘清平老师，挨家挨户地给乾州百姓做工作，请每家每户都上山烧炭送到学校，帮助这些远道而来的师生，度过一个个严冬。

学校开始还坚持给送炭的百姓一点辛苦费，但百姓都坚决不要。百姓说，你们给我们的孩子免费教书，让我们的孩子有文化有知识，我们帮烧一点炭算什么？拿了你们的钱，不说祖宗会骂我们，孩子都会骂我们的。

见大家都这样，个别一开始收了辛苦费的，也不好意思地坚决把钱退了回去。

寒冷的冬天，湘西是那些流亡师生最温暖的炭火。

韭菜干娘和乡亲们，用最质朴的情感焐热了那些寒凉的心。

[①] 造孽：可怜。

十六

爹回到湘西后,一直伤心欲绝,闷闷不乐。他始终忘不了顶天管家的死。他觉得是他害死了顶天管家。他说,要不是他想把顶天管家转移到地堡里去,顶天管家就不会死;即便死,也不会死得那么惨。武豪干爹说,你哪门能这样乱想?这哪门是你害死了顶天?是狗日的日本鬼子!有朝一日,我们要再上战场再杀日本,为顶天和死去的兄弟们报仇。

爹没有忘记顶天管家的嘱托,三下常德,终于找到了在那里当兵的向立地。向立地正好在战场上负伤,便被遣送回家。向立地见过很多世面,开始接替向顶天,打理武豪干爹的家务。

一二八师的悲剧结局,让爹和武豪干爹从心底认识到了国民党的腐败无能和卑鄙下流。为国民党的党国,我们那么多人拼了命,那么多人没了命,还是换不来他们的一点点良心,他们的良心都被狗喰了。爹埋怨道。

武豪干爹说,忠奸不分、好歹不识,迟早会自己把自己搞垮、整死。那么腐败无能,还哄我做上校,天大的笑话。武豪干爹摇头苦笑。

辞了。爹说。

武豪干爹说,那倒冇有必要。穿着这身虎皮,一般人还是不敢找麻烦,除了田平那个祸害。

爹说,也是,有张虎皮,还是能够吓死好多猫。

武豪干爹说,关键是有了这张虎皮,我们这些人可以得到保全。不然,有人会三天两头找麻烦。

爹说,嗯,我晓得了。这么久不见光烈哥了,不晓得他现在到哪里去了?

武豪干爹说，他跟着部队，不晓得又到哪个山旮旯了。想他了？

爹说，他治好了我的伤，是恩人，哪能不想？

武豪干爹说，不用想，他会来的。我给你看样东西。是他留给我的。

说完，武豪干爹走进房间给爹拿出了一个土家织锦包了又包的东西。

爹疑惑地接过来问，什么宝贝，这么神秘？

武豪干爹笑，你打开就晓得了。

爹小心翼翼地外三层里三层地打开，一本红布包着的书呈现在爹面前。

爹惊讶地问，《共产党宣言》？这是什么书？

武豪干爹说，是关于共产党的书。

爹更惊讶地问，关于共产党的书……哥是共产党？

武豪干爹摇头，还不是。

那你哪门有这本书？

你光烈哥送的。要我替他好好保管，还一再交代不能让人晓得，不然会杀头的。

爹问，那光烈哥是共产党？你上次只是说他跟武定、武生是红军。

武豪干爹说，他们几个是红军，也是共产党。

爹说，天啦，他们又是红军又是共产党呀！怪不得他们都那么扎实。讲话做事，与大家不一样。

武豪干爹说，哪里不一样？

爹说，讲不出来哪里不一样，反正就是比我们好，比我们强。

武豪干爹笑，你算是看对了。

爹问，那我们也可以跟武定、武生一样跟着光烈哥？

武豪干爹说，这正是我想跟你讲的。兄弟就是兄弟，不用开口，心就想到一起了。

爹说，老辈人不是讲了嘛，跟到好人成好人，跟到瞎子扯倒琴。要是我们真能跟着光烈哥，就好了。

武豪干爹说，会的，迟早的事。

爹和武豪干爹念龙光烈时，龙光烈居然来了，还带着彭武生。

湘西人讲，有的人念不得，一念就来。武豪干爹喜出望外地说，怪不得这几天屋里灶火一直在笑，原来是你们要来！

烧火时，常常有一股两股火苗会像喷火器里喷出来的一样，一直强劲地起舞，还呼呼有声，我们湘西的说法，是火在笑，预示有贵客要来。

爹也惊喜地说，这真是你讲的兄弟同心，想哪个哪个就来了。

1934年10月，中央主力红军进行战略转移，开始了举世闻名的二万五千里长征。贺龙领导的红二、六军团在胜利完成了策应中央主力红军转移的任务后，也于1935年11月战略转移，离开湘西。为了湘西革命火种不息，贺龙留下了一小部分人继续开展地下革命，对敌斗争，其中就包括龙光烈和彭武生，彭武定则跟随贺龙部队长征。

自1936年跟随顾家齐北上抗日，到1939年被遣散回家，一晃几年没见到龙光烈和两个弟弟了。武豪干爹和爹还以为龙光烈与两个弟弟跟随贺龙长征去了。不想，只彭武定去长征，彭武生和龙光烈留在了湘西。

那地下党、地下工作，可更危险啊！武豪干爹不免为之担心。

武豪干爹知道，贺龙领导的红二、六军团挥师长征后，国民党反攻倒算，疯狂地抓捕屠杀共产党员和共产党员的家属，那些被砍头、活剐、枪毙的共产党人常常被挂在城门示众。他前几天还看到一个地下党被国民党抓去枪杀。

几年没看到你们，你们哪门过来的？武豪干爹问。

龙光烈说，我们到处行医，做好事，没人晓得我们是共产党和红军。

彭武生说，是的，人家只晓得我们是医生。

武豪干爹说，你跟光烈哥都学会了？

彭武生说，哪里都学得会？学了个皮毛。

龙光烈说，一般的三病两痛，他拿得下。我们这次专程过来，一是看看你们和二老，更重要的是，想给你们交代一个任务。

一听有任务，爹迫不及待抢在武豪干爹前问，什么好任务？

龙光烈说，是个很艰巨也很光荣的任务。

武豪干爹说，只要是光荣的任务，再艰巨都能完成。

龙光烈笑，那好，讲话算数，不准反悔。这次来，是请你们想办法把桐油冶炼出汽油、煤油、柴油，支援抗战前线。

武豪干爹将信将疑地问，桐油炼汽油、煤油还有柴油？能吗？

爹也说，不能吧，是不是讲梦话啊？

龙光烈说，你看，反悔了吧？

武豪干爹连忙否认，不是不是，我只是有点不相信，桐油哪门提炼汽油、煤油还有柴油？

龙光烈笑，不信也得信，四川都有人炼出来了。

爹惊讶地问，啊？真有人炼出来了？

彭武生看着爹说，你啊什么，不相信啊？光烈哥还会骗你们？

爹连忙否认，光烈哥肯定不会骗我们啦，我是讲，这是新玩意，桐油里能炼汽油和煤油，好稀奇。我们这么多桐油，要是能炼汽油和煤油，那我们还不炼出一条酉水？

龙光烈说，我们肯定能炼出一条酉水。四川能炼，我们肯定也能炼。

武豪干爹说，那我跟家云试试，我相信我们也一定炼得出来。

龙光烈问爹，家云，有信心不？

爹说，有。他们四川人聪明，我们湖南人也聪明。

龙光烈说，你们若真炼出了汽油、柴油和煤油，你们就是国家和民族的功臣。

武豪干爹说，那我们就做国家和民族的功臣。

看武豪干爹和爹都充满信心，龙光烈跟他们详细介绍了桐油和汽油的重要性。

龙光烈说，战争爆发后，各国疯狂地进行军备竞赛，桐油价格飙升，全世界都一油难求。美国一个国家就有八百五十种工业品依赖我国的桐油出口，需求量达到了数万吨。中国跟美国还签订了《中美桐油借款条约》，中国从美国贷的两千五百万美元款，都是用桐油偿还。

武豪干爹惊讶地说，桐油这么重要？用桐油还贷款。两千五百万美元，得用好多桐油？

龙光烈说，二十二万吨桐油。

爹说，美元是什么？一美元有好多银圆？

龙光烈说，我也未见过美元，不晓得美元长什么样，也不晓得美元值好多银圆。

彭武生对爹说，你管他美元银圆，只要桐油能变汽油煤油，汽油煤油卖大钱就成。

爹说，米得见识啊，我卖了这么多年桐油，不晓得桐油这么重要。

彭武生笑，你不晓得的还多呢。

武豪干爹对彭武生说，你晓得的就多了？你不晓得的也多。

彭武生说，那肯定，我们不晓得的还多得很。

龙光烈说，抗日战争爆发后，不但国民党严密封锁桐油，实行国家统购统销，日本更是严密封锁桐油，不准我国出口桐油。

爹说，为什么日本要封锁我们？

龙光烈说，独霸资源呀。

爹生气地骂，真是一肚子坏水呀，小日本！

龙光烈说，日本不但封锁我们不让出口桐油，也不准我们进口原油、成油，这样，我们打仗时火车开不了，飞机飞不了，汽车跑不了，我们的运输线一瘫痪，日本就不战而胜。

龙光烈又说，其实，政府不允许私人随便销售桐油，由国家统购统销，对你们来说是天大的好事。你只要生产出来，国家就统一收购了，你不愁销路，少了麻烦，少了心思。你的桐油生意，不但不受影响，还会越做越大。在做桐油生意的同时，如果能想办法从桐油里炼出汽油、柴油和煤油，我们就不怕日本封锁，不怕我们的火车、汽车、坦克和飞机跑不动，不愁日本鬼子不从中国土地上滚出去。

武豪干爹说，为了日本鬼子早点从中国滚出去，我们想破脑壳都要把汽油、柴油和煤油炼出来。

　　武豪干爹在整个湘西有二十来个榨油厂。说是榨油厂，其实是油坊，原始的手工油坊。每个油坊都分四个区域：烘烤区、碾坊区、蒸煮区、榨油区。烘烤区是几个巨大的炕，炕上铺的铁板，铁板上再铺竹篾做的垫子。碾坊区在小河旁边，水旺的时候，借助河水的冲力推动碾子。蒸煮区是几个大灶台和几口大锅。榨油区最为显赫，是一架巨大的榨油机。榨油机的机身是一段长二十来米的大木头，年深日久，黑亮黑亮的。那木头真粗，得几个人合抱，现在很难看到那样大的古树了。木头中间和正面都被掏空，掏空是为了放进茶枯饼。两头各留有两米没掏空，没掏空是为了保证用力打油挤压时不开裂。木头的底部挖有两个洞，以便油漏下来。有的榨油机没有那么大的古树，就用上下掏空的两块合起来，两头和中间分别用木夹子、铁皮子箍紧，以防用力挤压时裂开。我们的祖先，真是智慧！一样显眼的，还有又长又大的油槌。油槌盆口粗，十几米长，越到前面越粗，越到后面越细，最前面是镶嵌的铁砣子，平平整整的，比菜刀斧头都光亮，靠前端，挖有一个洞，粗大的绳子从洞里穿过，把整个油槌挂在油坊上空的横梁上。不打油的时候，油槌就头重脚轻地吊在那里，最前端落在地上，后面的尾巴高高翘起。

　　旷远的深山里，有了武豪干爹那么多油坊，就更有了油烟味、烟火气和风俗画。

　　武豪干爹家的油坊也榨茶油。茶油，就是山茶油。湘西人把油茶树叫茶籽树。一到秋天，湘西的山野到处都是盛开的茶花，那花雪白白的、明艳艳的，像无数的白鹤、白鹭停落在茶籽树上。茶花里是一朵黄色的花蕊，花蕊里是一丛毛发一样细小的、顶着针尖大蘑菇头的花粉，花粉和花瓣里就是秋霜和晨露凝结成的一汪甜水，我们叫茶花糖。无论大人小孩，只要路过茶籽树下，都忍不住要攀下枝头，贪婪地吸花里的糖水。一朵、一朵，一口、一口，直到吸饱为止。那糖水真甜，甜得几天后舔舔嘴唇都还有甜味。那花蕊真黄，黄得满嘴都是黄色的花粉沾染的黄色。

吃一口茶花糖容易，吃一口好茶油却难上难。武豪干爹的手工作坊时代，那茶油不说经过九九八十一回磨难，却要经过十几道工序，每道工序都很麻烦、很花时间。

油茶果采摘后，要在家里晾晒半个月，让它裂口，剥壳取出茶籽。把茶籽放在竹席上，文火烘烤，叫炕籽。烘烤好的茶籽倒入碾槽，用碾子碾碎，这叫碾籽。大水牯拉着大石碾一圈一圈地不停碾时，叫"牛赶碾"；借用水的冲力冲击连着碾子的齿轮带动石碾时，叫"水推磨"。碾好后，放在大铁锅里蒸，这叫蒸粉。蒸熟后把冒着浓香的粉子倒进一个个铁环和稻草做成的油箍子里，踩紧、包紧、箍紧，叫包枯。一个个金黄的茶枯包好后，一块挨着一块塞进掏空的木榨槽，叫装榨；然后再加上几个木楔子，以便茶枯受力均匀，这叫加尖；然后就是最激动人心的时刻——打油！这叫开槌。

湘西人把榨油的人叫油匠师傅，前面两个油匠师傅一手拖住油槌前端铁帽，一手扯住两边油绳，后面两个油匠师傅一手抓住吊杆，一手扶住槌杆，最后两位，一前一后双手紧紧捂住细细的槌尾巴。领头的一声吆喝，大家齐心协力把油槌往后拉着跑，前面打槌的人把槌头用力上扬，越扬越高，像一条巨龙高昂起头，后面打槌的人把槌尾用力下压，越压越低，到一定高度时，再一起往前跑，边跑边放力，前面油槌越往前越低，直到油槌与油尖成一条直线，大家用力一送，油槌飞一样砸向油尖，"咣"的一声，整个山寨都能听到这声巨响。当油匠师傅单膝跪地，让油槌的槌头朝天而立，砸向油尖时，叫"一枝香"；两个师傅背靠背来回打油较劲时，叫"鲤鱼穿梭"；油匠师傅猛地后退跑步，油槌凌空飞起砸向油尖时，叫"老虎撞"。

如此反复，油尖被撞击得不断往里进，茶枯被挤压得越来越小，亮晶晶、黄澄澄的茶油就被榨出、挤出，从木榨槽里潺潺流下来，清冽、浓郁的油香，弥漫整个油坊。

茶油是所有植物油里最香的，所以，茶油炒的菜，也是最香最好吃的。茶油炒菜时，所有的菜都会染上一身油亮的金黄。

这油坊是武豪干爹的,却一直是爹在打理。监工、收油、卖油,都是爹一个人跑前跑后完成。不管是茶油还是桐油。爹的身上,一年四季都飘着油香。

武豪干爹的二十来个榨油坊,只有五六个是榨茶油和菜油的,其他全是榨桐油的。桐油和茶油、菜油不能共用一个油坊,因为桐油吃不得,吃了会死人。龙光烈要武豪干爹从桐油里提炼出汽油、柴油和煤油,武豪干爹就把这个任务交给了我爹。

让爹从桐油里炼汽油、柴油、煤油,那是赶鸭子上架,是逼公鸭子窝蛋。

龙光烈走后,爹真有点后悔接下这个任务。

爹愁眉苦脸地对武豪干爹说,哥,这汽油哪门炼啊?该莫跟光烈哥讲大话、吹牛皮。

武豪干爹笑,那你已经讲了、吹了,收不回去了。大男人讲出的话,就是放出的箭,射出去了,就收不回了。

爹说,是收不回了,我也不想收回来,就算是一泡屎我都得啌了。可我哪里造得出汽油、柴油和煤油啊?把我熬成油还差不多。

武豪干爹说,我不管你造得出造不出,反正你得给我造。你不造,我找哪个造?

爹说,你以为我是神仙,想变什么就变什么?你哪门不喊我造架飞机呢?我见都米见过汽油,你喊我造汽油,给你造个气泡还差不多。

武豪干爹说,那你见过煤油,你先造煤油,汽油我先买几桶给你看看。

爹说,我的哥,你莫拿我开心好不好?我看下子就造得出来了?造不出来啊。

武豪干爹说,你的意思不造了?

爹说,造,我米说不造。

武豪干爹说,那不就得了,啰唆什么?造就想办法。前怕狼后怕虎的,哪门造?你不记得光烈哥讲的了?一株油桐树抵得过一支机枪,一个油桐果抵得过一颗手榴弹,一粒油桐籽抵得过一发子弹,这个做成了，对国家有贡献了，我们世世代代也有独门绝技，不愁喰穿了。

爹说，你现在就世世代代都不愁喰穿了啊。

武豪干爹说，是不愁喰穿了，可我们不能光想各人不愁喰穿，是不？光烈哥把这任务交给我们了，我们就得给光烈哥办，不能让光烈哥失望。你不是还想跟着光烈哥嘛，那我们得拿出跟的行动。

爹不好意思地说，哥讲的是，我晓得了，我一定想办法造出来，不让光烈哥担心。

武豪干爹开心地把爹抱起来一搊①，说，这才是我亲弟弟！

武豪干爹开心了，爹还是愁死了。爹跑去问韭菜干娘，嫂子，哥要我造汽油，你讲哪门造啊？我上西天取经啊？

韭菜干娘笑笑地说，哎——你讲对了！就是西天取经。四川不是有人造出来了嘛，打听打听是哪里造出来了，去拜师学艺，不就得了？

爹高兴得巴掌一拍，喊，哎——我跟哥哪门就没想到这一招？还是读书人聪明！

韭菜干娘的几句话，把爹从黑暗中引了出来，爹从无望的黑暗中一下子看到了希望。爹说，我这就不愁了，不愁了。还是有知识好，嫂子一指点，我就有路了。

得到仙人指点，爹的心气马上就高了起来。他想，只要打听到四川哪个地方有人炼出了汽油，他彭家云就不怕炼不出汽油，就算人家不收徒，他也要把艺偷来。

于是，爹成了一个包打听。龙光烈讲四川有人炼出了汽油，却也不知道四川哪里炼出了汽油。爹只能每到一地收购桐籽，就打听有没有人知道四川哪个地方炼出了汽油。功夫不负有心人，爹还真打听到，四川彭水县已经有人从桐油里炼出了汽油。

于是，爹二话不说，立马启程去彭水，看彭水是不是真从桐油里炼出了汽油。

---

① 搊（chōu）：往上抬之意。

173

武豪干爹对爹说，只要彭水真把桐油变成了汽油，花多少银子，都要把艺学来、偷来。

这样，爹带足了盘缠上路。

在彭水，当爹看到真有炼油厂能炼汽油、柴油、煤油时，真是惊喜。爹连续多天都在那家恒昌炼油厂的大门前逡巡、徘徊，却不知道怎么找到负责人，找到了负责人也不知道该怎么开口。跟人家拜师学艺，那么容易拜吗？爹本就是手艺人出身，爹知道那是抢人家的饭碗，人家不会轻易收徒，更何况这还不是木匠、漆匠、瓦匠之类的简单手艺，而是科学。再说，世道这么乱，谁知道你是干什么的？

所以，爹想来想去不能明说。得想个万全之策。

爹想过装成一个过路的，饿晕在厂长家前面，趁机认识，然后留下来，求给个事做，这样就顺理成章进厂了。

爹打听到厂长家有个女儿，爹也想过，如果有人这个时候非礼厂长女儿，他挺身而出，英雄救美，不就更好？

想来想去，爹又一个个自我否定了。想不出万全之策，只好硬着头皮找了厂长，直截了当请求拜师学艺。也许，简单对简单才更简单。

不想，厂长还真的很直接和简单。厂长问，你那么老远来彭水，就是来拜师学艺的？

爹很真诚地答，是。

厂长问，为什么想学？

爹说，想造出汽油打日本鬼子！

厂长一听拜师学艺造汽油是为了打日本鬼子，一下子对眼前这个年轻人刮目相看，眼里充满了欣赏和赞许。问，为什么要打日本鬼子？

爹说，日本鬼子在我中国土地上杀人放火，不打日本鬼子，就要变亡国奴了。我们没有石油，只能造汽油，有了汽油，火车才开得快，飞机才飞得了，坦克才跑得动，日本鬼子才赶得走。

厂长一听，当即拍着爹的肩膀说，小伙子讲得好，有骨气，有志气。你造汽油不想赚钱？

爹说，我东家讲了，他赚的钱几朝几代用不完，我们现在一心想的，就是早点造出汽油，全部献给国家，早点赶走日本。

厂长欣喜地看着爹说，就冲这点，我收了你这个徒弟，把我的一切都教给你，早点把他娘的日本强盗赶出去。

事后，爹才知道，厂长姓杨，叫杨高山，他的两个儿子都是在抗日战场上战死的。满门英烈！爹的回答，答到了杨高山的心里。杨高山造出的汽油、柴油、煤油，都送到了抗日前线。他就是在为抗日造汽油、柴油和煤油。

这样，爹就顺利地留下来，学了两个月。

这样，爹也有了一段传奇、美丽的爱情。

杨高山虽然跟爹是第一次见面，但爹不事雕琢的坦荡真诚、爹要拜师学艺的目的，都一下子赢得了杨高山的信任和喜欢。他认定这是一个好青年，而且，这个好青年是从湖南远山远水劳苦奔波投奔他来，是上天赐给他的缘分，他得善待这个坦诚、上进，且正直、爱国的好青年。于是，他把爹带回了他家里，让爹跟他住一起，可以随时随地地教，随时随地地学。

两个月后，爹回到湘西，请武豪干爹改良旧设备，添置新设备，建起了一个崭新的炼油厂。

汽油、煤油、柴油，都在杨高山的帮助下，造了出来。

这个炼油厂叫长河炼油厂，是武豪干爹和杨高山合作办的。武豪干爹出资金，杨高山厂长出技术，他们期待他们的合作像长河一样源远流长，他们生产的汽油、柴油、煤油更像长河一样源远流长。

十七

爹在彭水杨高山家时，自然认识了杨高山的女儿杨莺莺。杨莺莺那时才十八岁，正是最好的年华。

毫无疑问，爹进到这个家门时，是不敢有什么心思，也不敢多看谁一眼的。他的任务是来拜师学艺的。这是师傅家。师傅如父，本就忠厚的爹，是不会不厚道地顺手牵羊把师傅女儿也牵走的。

但爹在最好的时间、最正的方位，遇到了最美的缘分。爱情，像梦一样，不期而至。

这个杨莺莺，跟她那伟大的父亲一样，第一眼就喜欢上了我爹。嘿，我爹何德何能，居然有那么多人关心他、偏爱他、眷恋他。爹从小失去了父母，成了孤儿，还得养大他的弟妹，可却先遇上了武豪干爹一家，后遇上了杨莺莺父女，遇上了这些不是亲人胜似亲人的人。也许真的是老天关上一扇门的同时，又打开了另一扇大门。

家里来了一个乖小哥，这杨莺莺是抑制不住地欢天喜地。这个乖小哥就是一个发光体，把她笼罩在一片光晕里，让她看什么都发光，想什么都闪亮。爹每天跟着师傅去上班时，杨莺莺的心就跟着那道光从家里远去了；爹每天跟着师傅下班时，杨莺莺眼里的那道光又从家门口进来了。她每天泡的第一杯茶不是倒给她父亲杨高山的，而是倒给我爹彭家云的；她每天盛的第一碗饭也不是端给她父亲杨高山的，而是端给我爹彭家云的。对我爹，她是无尽的好奇，我爹的身世、我爹家乡的一切，都是她渴望知道的。爹就像一块磁铁，深深地吸引着她、牵引着她、黏合着她。爹是她一直渴望抵达的远方，而这个远方却跋山涉水抵达她的身边了，她有一种莫名的幸福感、依赖感和归属感。

爹不是木脑壳，爹也正是情窦初开的年纪。二十几岁，是爱最饥渴、最迷乱，情最强劲、最醇醇的时候，荷尔蒙散发得蓬勃茂盛，体香麝香般熏人。杨莺莺每天先把那杯茶和那碗饭端给我爹时，我爹就知道那是一杯一辈子的茶和一碗一辈子的饭。杨莺莺含情脉脉的眼神闪电一样与爹相接时，爹就瞬间全身通电，心底升腾起一阵阵的电闪雷鸣。当杨莺莺背后那根长长的大辫子在他眼前一晃一晃、一荡一荡时，都晃在、荡在爹的心尖尖上，把爹晃荡得心惶惶、情迷迷、意乱乱。但是爹知道家庭地位悬殊，路途相隔太远，不知道这种情意能否深长，所以，爹尽管明白杨莺莺的情意，却不敢伸出手来接住这情意，只能埋在心底，让自己的情愫地火一样在黑暗的深处奔腾。

杨莺莺的这种变化，杨高山当然看在眼里。女儿十八岁的心思，没有丝毫隐瞒，做父亲的自然最懂。我爹的那种胆怯，杨高山也看在眼里，不管爹怎么刻意回避，他也听得出爹的心跳。在杨高山看来，女儿就是一朵芙蓉，我爹就是一泓清水，清水出芙蓉，是再好不过的。他想，该找一个时间捅破这层窗户纸，成全两个年轻人；可他也实实在在感到，两个年轻人的距离太远，一个在天，一个在地，嫁出去，他一辈子都难再见女儿一面了。

说实在话，我连我爹的照片都没见过，我不知道我爹到底长什么样。尽管乡亲们一再描述爹是十里八村有名的帅，我还是想象不出爹是怎样的帅。我唯一能够在心中一遍遍想象的，就是爹不是那种高大魁梧的大汉，而是清瘦清秀却结实有力的中等个子，能够想象爹一笑时那两个迷人的酒窝，想象爹精致的五官中透出的那种迷人的电流；当然，还能想象出爹那种实在、实诚和纯善的样子。我之所以相信乡亲们口里爹的帅，是因为这个远在四川的少女的爱，牢牢抓住了我对爹的信任。爹如果没有四川少女这种义无反顾的一见钟情，我对爹的帅气想象可能会打折扣，我会认为是乡亲们对我的一种安慰。但，我对爹更信任的，应该是爹心灵的帅气。我想，如果爹的人品不好，爹有心灵暗疾，再帅的身子与五官都是一副空皮囊，都不会让人称颂。

爹在杨家的日子，不但勤奋地把从桐油里提炼汽油、柴油、煤油的工艺流程和配方全学了个遍，还把所有的都记下、背下，刻进了脑子和心里。每一个师傅都夸爹天资聪颖。回到家后，爹先把挑水、劈柴、扫地这样的家务活都抢着干了，才看书、记笔记、温习，睡觉前还给师傅捏捏肩、捶捶背、洗洗脚。爹这不是刻意地去讨人喜欢，也不是刻意地多做些事情偿还人情，爹天性就是这样勤劳勤快，这样尊老爱幼，行动是本色的行为，情感是自然的流露。杨高山从心里认同了这个女婿。杨高山那两个抗日牺牲的儿子都没来得及给杨高山捏过肩、捶过背、洗过脚。所以，在爹快要离开彭水时，杨高山和爹进行了一次长谈。

第一件事，是谈爹与杨莺莺的婚事。他决定把女儿的终身托付给爹，问爹有什么想法。

爹当然一百二十个愿意和感激，只是怕杨莺莺跟着吃苦受罪，愧对了杨莺莺、辜负了杨高山，只能是做一辈子牛马报答杨高山的好和杨莺莺的爱。

第二件事，是关于合资办炼油厂的事。杨高山说，两个月，你学得很快，从桐油里提炼汽油、柴油、煤油的基本要素你都掌握了。但要真正出师，不是一朝一夕的事，还得经过无数次的实验和实战。在提炼过程中，会有各种状况发生、各种问题出现。所以，为了更快地在湘西提炼出汽油、柴油和煤油，尽快地生产出多的产品支援前线，打死狗日的小日本，我想跟你一起回湘西看看，看我们能不能跟你的东家合作办厂。这算是我对抗日做的一点贡献，也算是我给女儿的一份嫁妆。

爹一听，真是大喜过望。爹没想到杨高山不但要把女儿嫁给他，还要陪嫁一个炼油厂！爹当即跪了下来，给杨高山磕了几个响头。

杨高山闻听，笑，不叫师傅了，叫爹吧，从今起就改口。

爹突然鼻子一酸，眼泪唰地流了出来。爹站起来，移步到杨高山膝下，再次跪下，嘴唇抖动了老半天，才喊了一声爹。这声"爹"曾经离爹那么近、那么亲，却突然像一门响炮哑了、没了、无处可寻了，本很需要父爱庇护却一直没有父爱庇护的爹，孩子似的，委屈地趴在杨高山的膝盖上无声啜泣。

这也许是爹成了孤儿后，真正地从骨髓里体会到的那种久违的父爱。二十多年了，都是他疼弟弟，疼妹妹，现在，终于有人疼他了。

就这样，爹带着杨高山和杨莺莺回到了湘西。

爹在四川的两个月，不但炼出了汽油、柴油和煤油，还"炼"出了娇妻、爱情和父亲。

这个杨莺莺，就成了我大娘。

这个杨高山，就成了我大外公。

十八

  爹的出行,以这样一种结局回归,是谁也没有想到的。尽管那个时候的消息闭塞得不能再闭塞,爹的荣归,依然传遍了十里八乡,成了十里八乡的爆炸性新闻。人们都在努力猜测爹是怎样把一个如花似玉的四川姑娘骗到手的,猜测爹是怎样把岳父大人一举搞定后,既带回一个老婆,又带回一个炼油厂的。至于爹是如何刻苦拜师学艺,如何学成归来,如何炼成了汽油、柴油、煤油之类,大家却一点都不关心。大家传得最邪乎的,是爹会放蛊,给杨莺莺和杨高山父女放了黏(niā)黏药。

  放蛊,本是古人施放毒虫用以害人的巫术,是一种较古老的神秘、恐怖的巫术,主要流行于我国南方各地和一些少数民族中。蛊的种类很多,通常有金蚕蛊、泥鳅蛊、石头蛊、篾片蛊等。

  但湘西放蛊,却跟其他地方的蛊术有本质区别。由于外界的一些民俗专家,不懂湘西的民风民俗与人情世故,把湘西的放蛊说成是装神弄鬼的迷信、谋财害命的把戏,描写得极为阴森恐怖,使得外界对湘西的神秘巫术,存在着深深的误解和偏见。

  湘西的蛊术,是一种集自然科学、社会科学于一体的神秘文化,只是我们一般人看不懂而已。

  湘西放蛊,一是情蛊,就是爱情的蛊。这不是湘西女人的专利,湘西的男人也常常放蛊。从小,我们就知道湘西有一种药叫"黏黏药"。湘西人形容两个人特别好时,就常用"黏"来形容。两个人黏在一起了,就是说明两个人好得肉连肉骨连骨,分不开了。湘西的男人女人放情蛊时,有两种情况。一种是湘西的男人或女人对某人爱得不可救药,而对方又不爱自己时,就会做黏黏药,放在对方的茶里或饭菜里,对方吃了,就会爱上自己。一种是结婚了，担心对方有外遇，背叛自己，就悄悄地把黏黏药放在对方的茶里或饭菜里，以便对方死心塌地地跟着自己。

放情蛊，并不像一些外界的民俗专家所理解的，是一种毒，而是一种纯洁、美好、刻骨铭心、割舍不掉的爱和情。湘西的男人女人，并不忌讳放情蛊，更不认为放情蛊是一种邪恶。

二是恨蛊，是湘西男人女人结怨或结仇时放的蛊。这种蛊，有放在人身上的，也有放在物身上的。小时候，我们寨子上一家人立屋，也就是盖房子，请了几个木匠、瓦匠。这家人天生吝啬，舍不得拿好的给匠人吃，偶尔弄一顿好的，也是故意放很多的盐，让匠人咸得吃不了。匠人也不言语，干完了自己该干的活。等到新屋立起，搬进新屋后，主人发现新屋的柱头天天流臭水，每天早上起床时，床头上总有两只癞蛤蟆准时地迎接自己。百思不得其解时，忽然想起，是不是自己苛待匠人太过分了而逼得匠人放了蛊？就后悔不迭地给几个匠人各拿了一只鸡、两包糖登门谢罪。第二天柱头就不流臭水，癞蛤蟆就不光顾了。湘西称匠人为手艺人，是极为尊重的，手艺人进屋干活时，是有什么好吃的就拿什么好吃的，没有好吃的就跑出去借的。所以，会蛊术的手艺人受了侮辱时，就会用这种不伤筋动骨的办法，惩罚惩罚那些小气的主人。

当然，恨蛊里，也有对人的，但极为罕见。除非是两家结下了深仇大恨。我们听说过有人被放蛊放得不是这里疼就是那里痛，可从没听说过哪家放蛊把人放死的。放恨蛊，也只是为了解恨，而不是为了要命。

所以，当有人问爹给杨莺莺、杨高山父女放了什么蛊、吃了什么黏黏药时，爹也不生气，爹只是笑笑地说，有本事，你也去放一蛊。

爹一下子带回了技术、老婆和合作者，是武豪干爹做梦都不敢想的。他相信爹的本事，却没想到爹这样有本事。他肯定不会认为是爹放了什么蛊、下了什么药，他只是觉得他以前低估了爹，小看了爹，他总是把爹当小的和弱的去照顾，没想到爹居然会如此强大。爹是一只鹰，他早该把爹放出来，让他单飞。

武豪干爹的喜悦，并不亚于爹。某些方面，他比爹更兴奋。比如汽油、柴油、煤油。他彭武豪也可以造汽油、柴油、煤油了，怎么能不兴奋？

武豪干爹给爹办了隆重的婚礼。他要对得起他这个结拜兄弟。他要不负杨莺莺、杨高山对他结拜兄弟的爱。他要拿自己的江山奖励我爹这个功臣。我爹给他挣足了面子，他也要给足我爹面子。

武豪干爹说，家云啊，以后你得像哥对你嫂子一样对莺莺好。

韭菜干娘笑，你对我好吗？家云肯定会对莺莺好。

武豪干爹说，以后咱几兄弟就比哪个对婆娘好。

韭菜干娘又笑，不用比，家云和立地肯定都比你好，我哪有那个福气。

武豪干爹说，家云还差不多，立地的婆娘还不晓得哪个嘎公佬①给养着呢！

爹说，肯定是哥最好了，哥是榜样，你前面乌龟爬，我后面王八跟。

韭菜干娘对向立地说，立地，你们几兄弟就剩你了，加油啊！看上哪个了，跟嫂子讲，嫂子帮你说媒去。

向立地说，我米得两个哥哥的本事啊，等着嫂子介绍。我也是一表人才，哪门就米得人黏我呢？

武豪干爹说，你这黏黏药太厉害了，人家怕黏了扯不脱。

向立地说，就是要扯不脱啊，扯不脱才好啊，扯脱了，还算两口子一家人吗？

韭菜干娘说，那你好好哄哄你家云哥，向你家云哥取点经，快点黏一个。

爹说，他哪要向我取经，他是筋筋绊绊太多了，理不清了。

武豪干爹对莺莺大娘说，莺莺还有米有姐姐妹妹？给立地介绍一个。

莺莺大娘一直羞涩地微笑着听大家说话，见武豪干爹问她，她便说，有啊，多的是，都比我漂亮。

韭菜干娘接过话说，你看，我米讲错吧？对你家云哥好一点，对莺

---

① 嘎公佬：岳丈。

莺嫂子更好点,屋里人就不愁了。

屋里人,是湘西话,就是老婆的意思。把老婆称为屋里人,这是不拿老婆当外人。当家里人,是不是更有感情,更有人情味,更尊重女性?

莺莺大娘做了我爹的屋里人后,就是公不离婆、秤不离砣,天天形影不离地黏在一起,越黏越紧了。爹走到哪,把莺莺大娘带到哪;莺莺大娘走到哪,爹就跟到哪。两人一起收购桐籽,一起榨桐油,一起炼汽油,一起卖柴油和煤油,真是夫唱妇随、琴瑟和鸣。向立地说爹是故意在人面前扯猫姁①,爹说莺莺大娘一个人在这里举目无亲,他是唯一的亲人,他不带她谁带她?她不跟他她跟谁?不能把人家大老远娶来了,又把人家丢在一边一个人孤零零的,是不?

自从有了炼油厂,爹的心思都在炼油厂了。武豪干爹把整个炼油厂交给爹打理,爹得对得起武豪干爹,也得对得起他的岳丈大人,把炼油厂经营好。

炼油厂在爹和莺莺大娘的经营管理下,很快就红火起来。柴油卖到了辰溪兵工厂、重庆兵工厂,汽油卖到了长沙机场、重庆机场和芷江机场。生意最繁忙时,爹跑到彭水,把退休的杨高山大外公接到了湘西,一是请杨高山大外公掌舵,二是让杨高山大外公颐养天年。

爹和武豪干爹之所以与辰溪兵工厂、重庆兵工厂和长沙机场、重庆机场、芷江机场有着亲密甚至血肉联系,是因为这些兵工厂和机场都需要桐油、汽油和柴油。桐油、汽油和柴油与军工、抗战的血肉联系,使得爹和武豪干爹与军工、抗战也有了血肉联系。桐油、汽油和柴油,不但成了军工和抗战的血脉与命脉,也成了爹、武豪干爹和杨高山、龙光烈等先辈们的血脉与命脉。

随着日本鬼子的侵略和国民党的不抵抗主义,中国大面积沦陷,尽管在人民的呼声中和共产党的努力下,国共联合抗日,但日本鬼子依然占领了大半个中国,无数的同胞在日本的屠刀下和炮火中死去,在日本

---

① 扯猫姁:炫耀,显摆。

的铁蹄下呻吟。国民政府只好迁都重庆,重庆成了中国抗战的大后方。

作为与重庆交界的湘西,有"当川鄂之通衢,扼云贵之锁钥"之称,自古为兵家必争之地,抗日战争时期成了捍卫大西南后方的坚强屏障和迎接全面大反攻的前哨阵地,也是国军驻防之地和战区工厂、学校、银行等单位以及难民的疏散之地。整个湘西成了大后方的大后方。从湘西通往重庆的公路,就是抢修出的一条抗战路,是从敌占区通往国统区的唯一通道。辰溪兵工厂成了抗战武器的重要制造地,芷江机场成了抗战物资的重要输送地。如果说辰溪兵工厂是抗日战争的供血站,芷江机场是抗日战争的输血站,那么爹和武豪干爹就是这两个站上的供血者。如果说辰溪兵工厂和芷江机场是一根抗日战争的血管,那么爹和武豪干爹就是这根血管的血细胞。

辰溪兵工厂坐落在辰溪县的崇山峻岭中,藏身在崇山峻岭中一个巨大的天然溶洞里。一层层的大山,犬牙交错地横着腰身、连着筋骨、挺着胸膛、昂着头颅,呼啸汹涌,连绵浩荡,组成了一道又一道的天然屏障。莽莽苍苍的大山,一年四季都郁郁葱葱地绿着,却有着一个非常洁白而诗意的名字——雪峰山。辰溪,就在这雪峰山的腹地,在这洁白而诗意但实际上却绿意茫茫的大山深处。

溶洞的进口很小,但里面却别有洞天,很大很大,大得不知道钻了多少座山。湘西的很多溶洞往往是只看得见进口,找不到出口的,你得怎么进怎么出。而这座溶洞还有出口,一旦战争来临,被敌人发现,人与设备都可以马上从出口撤走。进出口都是藤蔓纷披、枝叶遮蔽,如果不是特意寻找,是很难发现的。出口的两边石壁上,人们又开掘出了两排长长的小洞,小洞都用钢筋水泥砌着撑着,固若金汤。这既是防空洞,也是生产车间。

辰溪兵工厂就选了这样一个所在安营扎寨,真是占尽了天时地利人和。辰溪兵工厂的前世,是1892年清朝湖广总督张之洞创办的湖北汉阳兵工厂,武汉沦陷后,汉阳兵工厂迁到了辰溪一个很不起眼的小镇孝坪镇。河南沦陷后,河南的巩县兵工厂也迁到了辰溪县的雍和乡。两个兵工厂合并为辰溪兵工厂。我们在电视电影里经常看到的赫赫有名的毛瑟手枪、"汉阳造"、"中正式"步枪、捷克式ZB26轻机枪、"马克沁"重机枪等武器及各种子弹、手榴弹、炮弹，就是从辰溪兵工厂夜以继日地造出，又日夜兼程地运送到抗日前线，抗击日寇，消灭日本法西斯的。不起眼的辰溪县，成了抗战时期最有名的兵工城，被当时美国的罗斯福总统称为"最前线的兵工厂"。

多次在这条供给运输线上往返穿梭的爹，不知道走进过这个神秘的地下兵工厂没有？这个极为重要的军事要地，必定是隐秘的、神秘的，是一般人不能进的。但作为这个兵工厂的供货商，作为跟这个兵工厂命运相连、生死攸关的人，爹是不是破例获准参观过，不得而知。但是我想，爹一定跟武豪干爹和杨高山大外公一样，是充满新奇和自豪的。想想看，那些从这里生产出来的枪炮、子弹，都是用的他们的桐油防的锈、防的腐，那些跑动的汽车、飞机、坦克和运转的机器，都是用的他们的汽油、柴油，那该是多么自豪！那深藏的溶洞和防空洞，是一张张洞开着的历史的嘴，无声地述说着那段艰辛却辉煌的岁月，收纳和安放着一个个有名无名的烈士的英魂，见证和铭刻着一个个有名无名的英雄的足迹。

在浩瀚的历史长河里，爹连个无名英雄都算不上。但爹在一个个历史的旋涡里，或勇敢地跳进旋涡，慷慨赴死，或被动地卷进旋涡，向死而生。历史往往不会记录爹这样平凡而渺小的人物，爹这样平凡而渺小的人物不能经天纬地、叱咤风云，不会翻手为云、覆手为雨，但这样平凡而渺小人物的微小力量的点滴汇聚，会滚雪球一样越滚越大，会点星火一样越烧越旺，最终会呼啸聚变，掀起滔天巨浪，引起山崩地裂。

辰溪兵工厂在如今的怀化市。尽管湘西自治州与怀化山水相连，但由于山太高太大，一座山就得绕老半天，这几十座几百座山连绵起伏在一起时，可谓是峰回路转、山高路远。在从湘西去辰溪的途中，盘踞着各种大大小小的江洋大盗和土匪，还有各路绿林好汉、江湖侠客，爹在押货送货的途中，免不了要过各种危亡路、生死劫。

最惊心动魄的一次，是湘西有天老爷之称的田平与怀化有五步蛇之称的麻杆子的联手打劫。

那是1940年的深秋。

湘西的群山虽然依旧翠翠地绿着，天碧碧地蓝着，风却已经长出了芒刺、结出了冰块，不要说吹得人一阵阵发抖，即便那一山山的树，也冻得一阵阵寒战。南方冬天的冷，是北方人永远感受不到的那种彻骨的湿冷和阴冷。

爹像往常一样，把一船汽油运往辰溪。

还是走的保靖码头。从保靖过永顺、穿古丈、下沅陵，准备下一站到辰溪码头后，交接给国民党正规部队，装上军车，武装押运到辰溪兵工厂。本应该一路顺风顺水，没有什么阻碍，但是爹却一直有一种不祥的预感，因为他连续几天眼睛皮子都在跳个不停。湘西人有个说法，如果眼睛皮子跳个不停，就要多加小心，可能会有不好的事情发生。果然，船到沅陵码头停靠时，遭到了武豪干爹的老对头田平与怀化悍匪麻杆子的联手袭击。爹带的二十多个押运护卫，牺牲了十多个，爹也中了一枪，跌落水中。幸好，驻守沅陵行署的团防和守备军及时赶到，爹和另外几个押运护卫才躲过一劫。

救出爹和他的同伴的，正是韭菜干娘的哥哥吴点金，当时他正在沅陵行署守备军服役。

田平和麻杆子之所以选在沅陵下手，是因为沅陵处在田平和麻杆子之间，作战时聚合容易，逃跑时分散也容易，都不用长途奔袭，也便于奔逃藏身。

那真是一场恶战。双方在河边，从傍晚一直打到半夜时分。

劫匪们想突围杀出。

守备军想包围全歼。

劫匪太多，守备军尽管动用了几门大炮，劫匪们还是撕开了血路和口子，黑压压的，一群一群逃走了。

夜太深，山太大，守备军根本不敢围追四散奔逃的劫匪，只能任他们逃进深山，继续为非作歹。这些占山为王的土匪们，比守备军们更熟悉山地战、夜袭战，如果守备军乘胜追击，那就是钻进了劫匪们的口袋和陷阱，死路一条。

有了这次血和命的教训，爹和武豪干爹再送汽油、柴油时，都是由正规部队跟随着武装押运了。而负责武装押运的，就是韭菜干娘的哥哥吴点金。

这样，吴点金就被派驻到古丈和保靖。

吴点金和田杏的故事也就开场了。

十九

吴点金到了古丈和保靖后,除了负责押运爹和杨高山生产出来的汽油、柴油这些战略物资,还有一个重要任务,就是安抚或清剿为非作歹、祸国殃民的土匪。湘西剿匪,历朝历代都没停过,各种政权都没放弃过。

在安抚田平的过程中,吴点金自然更多地接触了田杏。这个在妹妹婚礼上见过一面的大美女,还是给吴点金留下了印象的。虽然不是那种怦然心动的印象,但也是一个整体感觉不错的印象。

吴点金回到湘西,先是到吕洞山看望了父母大人,然后回到了乾州。乾州有他父亲买的豪宅。吴点金的连队,就驻扎在豪宅。一可以为部队节约一笔巨大的开支,二可以保护自家宅院不遭土匪袭击。

哥哥能回湘西驻扎,韭菜干娘自然最开心了,多了个最亲的人在身边,就多了份依靠、多了种踏实、多了些温暖,那种铭心刻骨的牵挂也少了许多。

在吴家,韭菜干娘最小,是父母的贴心小棉袄,也是哥哥姐姐的开心果。几兄姐回家,都争着带妹妹、宠妹妹,妹妹也对哥哥姐姐一碗水端平,谁有时间带她,谁先带她,她就牛皮糖一样甜甜地、紧紧地黏着谁。吴点金对这个妹妹当然是言听计从,疼爱有加。

韭菜干娘到国立八中教书时,武豪干爹也执意在乾州古城买了一栋豪宅,作为他们的爱巢。

韭菜干娘当时想住在娘家,武豪干爹不同意。武豪干爹说,你都嫁出来了,还好意思住在娘家赖着不走?

韭菜干娘说可以住在学校。武豪干爹说,学校房子那么紧张,我们就不跟大家挤了，买一栋房子，得个安生。

两人就在乾州古城买了一栋楼。离学校和吴点金驻地都只两三百米。

从此，武豪干爹有一大半时间在乾州，一小半时间在断龙山。

吴点金驻扎乾州，武豪干爹更为开心。有了这个大舅哥在身边，他用不着再担心韭菜干娘的安全了，可以放心地做自己的事。不然，他去哪里都是牵肠挂肚的，担心着韭菜干娘。

武豪干爹把爹和向立地也从断龙山叫了过来，亲自下厨，做了一桌丰盛的饭菜犒劳这位大舅哥。武豪干爹端起酒碗说，你现在不仅是我的大舅哥，还是家云的救命恩人。妹夫敬你！

大碗喝酒，大口吃肉，是湘西待客的习俗。是的，大家端的不是酒杯，都是酒碗，那火锅里、餐桌上，都是大片大片、大坨大坨的猪肉、鸡肉、鸭肉、鱼肉。

爹见恩人来，更是一连干了三碗酒。爹说，要是米有大舅哥，我的命就了在沅陵了。

吴点金也一碗接着一碗地喝着说，一家人不讲两家话，保家卫国，卫国保家，我这既是保家，也是卫国，是一个军人该做的，也是一个家人该做的。

武豪干爹看着站在旁边的向立地，招手喊，你还站着干什么？快上桌，也敬大舅哥一碗。说白了，他还是你长官呢！

吴点金端起酒碗，高兴地问，你也当过兵？在哪当的？

向立地啪的一个立正说，报告长官，我在常德当了三年兵，打仗受伤，就回来了。

吴点金高兴地把向立地拉到身边，问，有文化米？读到几年级？

向立地又一个立正，报告首长，米有什么文化，只读了几年小学，小学毕业。

吴点金高兴地拍了拍向立地的肩膀，说，小学毕业就可以了，了不起。明天就跟我去，做我的通信员，好不好？

向立地转眼看了看武豪干爹和爹，武豪干爹赶忙说，大舅哥看得上，是天大的好事！两个哥做主了。家云，是不是？

爹当然高兴，说，立地跟着大舅哥是见好、享福，好得很，好好跟着大舅哥。

回到乾州，吴点金就让向立地跟自己住一起。乾州这座古城，有他太多儿时的记忆，有他太多忘不了的事、忘不了的人。作为军人，能够回到家乡做事，是真正的既保家又卫国了。他想着，自己摇了摇头，笑，保家卫国，老想到"家"，是不是心眼太小了？

吴点金把向立地带在身边，不是酒桌上的心血来潮。他一到妹妹家，就发现了向立地。向立地忙前忙后地给他端茶、上菜、筛酒、倒洗脸水，勤快劲和机灵劲，一看就让人喜欢。这是妹妹和妹夫身边的人，是大可放心的人。他虽然是湘西保靖人，但没在湘西保靖工作过一天，更没在乾州工作过一天，他身边需要一个忠心的、可靠的且机灵的人。向立地正是这样的人。吴点金就借着酒劲直接要人了。

人，就是这样，有的人，你看一眼就顺眼，就喜欢。有的人，天天围着你转，你都喜欢不起来，想喜欢都喜欢不起来。

大舅哥要人，武豪干爹当然全心恭送。武豪干爹说，立地是大舅哥看上的人，就不要回彭家寨了，今天就跟着大舅哥。

吴点金说，我是不是夺人所爱了？

武豪干爹把韭菜干娘拉到身边说，这才是我爱。

吃完晚饭，爹回断龙山忙他的汽油柴油了。吴点金兄妹俩就拉着武豪干爹和向立地逛乾州古城，重温儿时的梦。

这的确是一座老得不能再老的古城。

古城古得幽深，无论长短巷子，都像是从遥远的时光隧道穿越过来，又从遥远的时光隧道穿越过去一样，窄窄的，深深的，弯弯的，直直的，以为走到头了，拐弯又向前了，曲径通幽，柳暗花明。

古城古得幽静，无论外面多么喧嚣，一进城里，就幽静得掉一根针都听得到声音。那密密麻麻的吊脚楼，那又高又厚的封火墙，就像天然的隔音板，把一切喧嚣，都隔在了城外，即便女人的高跟鞋鼓点一样踩过，溅起的回声，更显古城的幽静。

清一色的青石板，更是在岁月锲而不舍的磨洗下，磨得光溜溜的、亮闪闪的、滑润润的，全是岁月洗汰的留痕。那斑驳脱落的墙粉，那雨水渍出的地图，和那夹缝中生存的苔藓，都是乾州古老的佐证。

古城古得悠闲。悠闲得每一栋楼都像无所事事垂手而立，每一扇窗都像慵懒得哈欠连天，每一个人都像玩来逛去看风景的。

对于吴点金和韭菜干娘来说，这乾州古城是温馨的回忆和记忆。对第一次来到乾州古城的向立地来说，乾州古城是新奇和风景。

这是文庙。香火鼎盛。

这是罗荣光故居。抗击八国联军的英雄。

这是翦伯赞叔叔住过的地方。好标致！翦叔叔长得像外国人。

这是峒河。很多人在河边洗澡、歇凉。

这是铁索桥。小时候常调皮地在铁索桥上荡秋千一样晃荡。

还有巷子深处，邻居孃孃长一声短一声的"卖蒿子粑粑哟——"的吆喝，都在兄妹二人的记忆里浮现。

真是山不转水转，在峒河边，居然碰见了田杏。

田杏闲来无事，到乾州古城买新衣服，没想到碰见了她的真命天子。

得知吴点金调回湘西驻防，田杏喜上眉梢、心花怒放，立马要做东，请吴点金砍一餐。砍一餐，湘西话就是大吃一顿。

吴点金说，现在我是乾州人，你到我的乾州来，哪有你请的道理，我请你才是。

田杏才不管谁请，立马答应，你请就你请。

田杏怕的是，吴点金只是客气话，推辞不得，一推辞就没有机会了。

吴点金对田杏兄妹是了如指掌。他也想趁机多接触田杏，好做清剿工作。韭菜干娘也求之不得。韭菜干娘更了解田杏那一脉。她想的是武豪干爹少一个冤家，多一分安宁，免得天天为武豪干爹提心吊胆。

韭菜干娘悄悄对吴点金说，这个人称人老爷的田杏，其实还是水做的豆腐，心底软得很。有时候横和狠，只是被人惹毛了。

191

田杏给韭菜干娘留下最深的印象,是那次田平打劫武豪干爹的商船和财物后,田杏悄悄跑来道歉,损失多少,她来赔偿。虽然她是想救她哥哥,但道歉却是诚心诚意的,她不想她哥哥再与武豪干爹和韭菜干娘一家为敌,想通过她的努力化干戈为玉帛。

餐桌上,田杏跟吴点金和韭菜干娘说,我多次苦口婆心地劝过我哥,说彭武豪有韭菜家这么大的后台,势力太大,不要惹,惹不起。彭武豪各人的本事也不是我哥能比的,我哥斗不过,不要斗。可我哥就是坏了脑壳一样,油盐不进。劝多了,还要动手打我,讲我跟彭武豪穿一条裤子,跟外人一条心。我怕他是喰错老鼠药了!

韭菜干娘笑,杏妹子,你跟你两个哥哥完全不一样,好像不是一个娘生的。你这么明事理,讲感情,你那哥哥哪门就执迷不悟呢?我看他脑壳真是被牛踩着了,比牛还蠢。

吴点金说,你转去给他带个信,我这次来,还有个重要任务就是剿匪,不管土匪、"共匪",还是什么匪。他要是还不听讲,还到处打家劫舍,我第一个剿他!

田杏转到屋给田平一说,田平暴跳如雷,骂道,他吴点金第一个剿我?他妹夫彭武豪一屁股屎,他不晓得?剿我,想偏脑壳带残疾!

田杏问,彭武豪一屁股什么屎?

田平哼了一声,让他吴点金自个去查。我总有一天会抓着的。

田杏说,你颠倒来颠倒去的,不就是讲彭武豪"通共"。证据呢?你上次那么肯定他给共产党买了盐,最后还不是什么都米有,你抢去抢来抢了几船泥沙,还进了几天班房。

这个仇,我迟早要报的,不是不报,时候不到。田平咬牙切齿地说。

田杏笑,你嘴巴皮咬出血都米得用。莫天天报仇报仇的,冤家宜解不宜结,古人讲得米错。

田平说,不管他吴点金第一个剿我还是最后一个剿我,只要敢剿,我怕他哪个时候脑壳断了都不晓得!

田杏生气,你还敢反过来剿他?你喰了豹子胆!

田平更生气,我就喰了豹子胆,你喊他来剿我试试!你不要姓田了,我们田家米有你这样喰里爬外的!

两兄妹不欢而散。不欢而散,是田杏田平这两年的常态。用田杏的话说,是牛头对不了马嘴。

这样,田杏就少不了往吴点金那儿报告田平的动向。

田杏灰心丧气地对吴点金说,我都不想再跟他多讲一句话了,他肚里一包糠。

那他就等着天诛地灭吧。吴点金叹息道。

一来二去,吴点金和田杏感情迅速升温。田土里长出的杏,总会熟的。好吃的果实,都不能熟烂了,烂了就掉在地上腐朽了。要在熟得含光和发亮时摘了,那才是最甜蜜最好吃的。那金子,更不能埋在土里,要刨去那层土,让金子闪闪发光。金子也不能老了,老了就不纯了。要在最好的年华、最好的时候,把金子提纯了,那才是好金,那才贵重。

在一个月明星稀的晚上,两人在喝了两碗甜酒后,就一个摘了杏,一个点了金。

田杏躺在吴点金的怀里,含情脉脉地说,我人是你的了,我什么都是你的了,你讲哪门搞?

吴点金也温柔地搂住田杏说,你想哪门搞就哪门搞,搞了这辈子,再搞下辈子,好不好?

田杏娇羞地一拍吴点金,你就只晓得搞。

二十

这天，龙光烈来到武豪干爹家。

一进门就嘱咐爹和武豪干爹，莫作声，跟我走。

前所未有地严肃。

爹和武豪干爹知道肯定有什么大事，就跟着龙光烈走。

来了多次，龙光烈熟悉自己家一样熟悉武豪干爹家。

闩了房门，龙光烈从包袱里拿出一面鲜红的旗帜，用图钉钉在墙上。

龙光烈说，这是我们中国共产党的党旗。你们的入党申请，上级批准了。

一听入党申请批准了，爹抢先惊喜地问，那我们成了跟你一样的人了？

当然，宣誓完，就是了。你们都经受住了组织的考验。来，跟我一样站好，举起右手，握紧拳头，宣誓。我念一句，你们念一句。

爹和武豪干爹就这样成了共产党员。很长时间，爹和干爹还悄悄地相互考入党誓词，还在心里默诵入党誓词，生怕自己忘了而辜负了信任。时间长了，这入党誓词就刻在心里、融进骨血。时不时地，武豪干爹会问爹，忘记米？爹当然米忘。那背背看。爹就一句一句背给武豪干爹听。

一二八师解散了，但湘西的抗日意志无法解散，湘西的铁血精神无法解散。解散了一个穿军装的一二八师，还有很多不穿军装的一二八师。这不穿军装的一二八师，就是湘西那些以前群雄割据的地方武装。国民政府虽然早已收编了不少地方武装，下了不少委任状，安插了不少特派员，以便掌控这些地方武装和湘西，但湘西的地方武装都知道国民政府只是利用自己，政府从没从骨子里正眼瞧过，甚至是从来没把湘西这些地方武装当人看。他们对政府早已心寒齿冷。委曲求全地接受改编，也只是为了不被当作匪徒，为了一个暂且明哲保身的救生符。

原一二八师的几个团长，回到湘西后，在陈渠珍支持下，重招旧部，马上拖起了队伍。苗王龙云飞，也在陈渠珍支持下，拖起了一支更大的队伍。这两支队伍发展到两万多人后，都不计前嫌，义无反顾开赴抗日前线，在长沙的三次会战和赣东会战、鄂西会战、常德会战、衡阳会战中，一路杀敌，屡建奇功，最后奔赴缅甸，成了威震敌胆的抗日远征军。

这些都是后话，放下暂且不表，还是说说爹和武豪干爹。

武豪干爹本想重回一二八师旧部，但陈渠珍说，你就不回一二八师旧部了，你好好地打桐油、炼汽油，这比回一二八师拖队伍更重要，对抗战更有作用，不但国家民族少不了你，湘西各个武装、各个山头都用得着你。龙光烈也对武豪干爹说，江山要人打，江山也要有人守，打江山和守江山一样重要。他觉得武豪干爹再回一二八师旧部拖队伍的话，比他大的官多，会没有发言权，还是把自己的武装做大为好。武豪干爹又专门去乾州拜会了大舅子吴点金，听取吴点金的意见。吴点金认为是好事，全力支持。于是，武豪干爹听从龙光烈的建议，自己招兵买马，拉起了一支更大的队伍。

龙光烈、彭武生，还有向立地，就由吴点金和爹带路，直接去辰溪兵工厂用汽油换枪弹。龙光烈和吴点金也就有了第二次见面。第一次在韭菜干娘和武豪干爹的婚礼上，双方算是彼此相识。这次，又都为了武豪干爹的家事走到了一起。用龙光烈的话说，这个时候的家事国事天下事都是一回事，国家好不了，谁也好不了，天下大乱了，谁都不安宁。吴点金打心眼里认同。

桐油、汽油，都是国防军用物资，吴点金动用了两个班的战士武装押运。

在辰溪兵工厂，当爹和吴点金提出这次不用汇票结算，用枪弹兑换时，着实让兵工厂的人吃了一惊。兵工厂的人头摇得像拨浪鼓，连连说不可能，那头摇得把爹的头都要摇晕了。兵工厂的人态度很坚决，说，前方打仗，急需各种枪支弹药。吴点金说，前方打仗固然重要，可后方也需要枪支弹药保卫呀！你看，我们天天为你们押运桐油、汽油和柴油，人手少，枪弹缺，这个地方土匪又多，动不动就被半路劫杀。我们更换枪支弹药，增加武装力量，也是为了保证战略军事物资能够顺利运到，保证前线更好地抗战杀敌。

龙光烈说，说得对，前方也好，后方也好，都是为了抗战打日本，目的是一样，分工有不同。如果我们后方战略物资的安全得不到保障，前方的武器弹药也得不到保障，这是唇亡齿寒。你们也晓得，这湘西大山上百万地方武装，都是原来占山为王的土匪，一个土匪一条心，随便一个反水，就是祸患无穷。我们要在湘西有自己信得过的人，要有自己的队伍，并且要壮大我们的队伍，才能保证这条军用物资运输线的绝对安全，也能够保证兵工厂的安全。我们的队伍武装起来了，我们的底气就足了，我们就可以指到哪打到哪了。据我所知，有几股土匪就一直在打咱们兵工厂的主意，一直在盘算怎么抢兵工厂。武装我们自己的队伍，太有必要了。

兵工厂的惊讶地说，有人想抢兵工厂，不想活了？你这是想换枪弹，在讲鬼话吓人吧。

龙光烈说，我这不是为了换枪弹讲鬼话吓人，我是个民间医生，经常在湘西大山里采药行医，听得到一些风声的，你们莫掉以轻心。那些人真是不要命，什么都敢做的。

兵工厂的一听龙光烈是医生，赶忙问，你真是医生？

爹接上说，不仅是医生，还是湘西最出名的医生，给陈渠珍统领和何键主席都看过病，神着呢！

吴点金说，对，是有名的神医！我们都叫他再世华佗。

兵工厂的说，那么有名，我们怎么米听人讲过？

吴点金说，咱们都在部队上，有军医，哪里会晓得民间的神医呢？

加上你这兵工厂这么保密，消息闭塞，更不晓得了。

兵工厂的听了，想考考龙光烈，就说，正好，我这腰椎天天疼得要命，一有风吹草动就复发。你帮我看看。

这正是龙光烈的拿手好戏。龙光烈撩开他的衣服，在几根肋骨上轻轻一按一摸，说，你这腰椎米有毛病。

兵工厂的说，米有毛病，我怎么经常痛，还痛得要死？我说你是假医生讲鬼话，你还不认。

龙光烈笑，问，你腰椎痛时恶心想吐吗？

兵工厂的说，恶心，想吐，吐不出来。

龙光烈马上接口，是肾结石，不是腰的毛病，肾结石早期发作时，也会引起腰部严重疼痛。我给你开三服草药就好了。

兵工厂的将信将疑，肾结石？

龙光烈信心满满地笑道，听我的，米错，三服药米好，你治我的罪。

吴点金说，如果米好，我把他押到你这里来。

爹说，还有我，我陪着龙神医一起来，哪门治我们都成。

龙光烈说，我肯定不会经常来，他俩要经常来给你送货，跑不了。

兵工厂的看龙光烈和爹都这么有把握，说，那好，你们这批桐油、汽油就不走账了，我们这批枪弹也不走账了，悄悄卖给你们二百支枪、一百箱弹药。但丑话说在前头，如果我的病米有好，你们得把枪弹都给我退回来，但我不退你们钱，以后我们的生意也不做了。

龙光烈笑，那病好了呢？是不是继续卖给我们？

兵工厂的笑，你想的倒是好得很。真要是好了，我摆三桌酒席，大谢恩公。

龙光烈笑，那这三大桌我喰定了。

爹看兵工厂的如此给面子，就拿出两根金条作为谢礼，也方便日后继续一路绿灯。兵工厂的倒很实在，坚决不要，说这是小看了他，卖给他们枪支弹药，于公于私都说得过去，不走账，只是为了防止节外生枝。

有军车押运，这一路自然顺利。爬矮寨坡时，却遇到了天大的麻烦。田平和麻杆子不知道从哪得到消息，在矮寨设下了埋伏。

　　这矮寨公路是临时抢修的抗战公路，是湘西前方通往重庆大后方的必经通道和咽喉要地，是抗战运输大动脉中的小动脉，只要这条小动脉一断裂，整个大动脉都会爆裂；如果这个咽喉被噎不能进食，整个前方都无法进食。

　　传说，修这条抗战公路时，修到矮寨修不下去了：这整个矮寨坡就是一堵又高又陡的悬崖绝壁，往哪都没有退路和去路，都是万丈深渊的断头路。请来了无数个设计师，都一筹莫展。当地一个放牛娃知道后，在设计师面前用一根绳子先搭一个桥，再打一个结绕回来，从桥底下穿过，这条路就不再是断头路，就一路向前了。设计师拍案叫绝，就直接按放牛娃的方法设计，先在这座大山上挖出一条沟，弄出一座大山一座小山的模样，然后再在这座大山和小山之间架一座小桥，让公路像绳子打结一样从桥下穿过，这公路就又贴着这座大山一路向前了。你看，咱湘西人多么聪明，一个放牛娃就解决了世纪难题！你别不信，这是真实的故事。那大大的山，那小小的桥，那九九八十一道弯的矮寨公路，如今都还在。

　　这矮寨公路，真是从万丈深渊的绝壁上穿的，那公路陡峭可怕得就像一条巨蟒缠在山身上，让人窒息得大气都不敢出。我年轻时，从保靖到吉首读大学，每个月都要走这条路，每次走这条路，都怕车子冲下崖去，都紧张得一身虚汗。那矮寨公路上，也的确常常上演人间悲剧。北方的司机路过这里时，都吓得魂飞魄散，只好请当地司机帮忙开到山脚。

　　田平和麻杆子在这样一个地方打劫，可谓十拿九稳。因为再好的司机，在这里都没办法开快。在这里打劫，只要司机稍一紧张，就会车毁人亡。田平和麻杆子当然也不想车毁人亡，一旦车毁人亡，武器弹药就全完了，他们也得不到便宜。他们的目的，就是逼停车辆，抢劫枪支弹药。

　　田平和麻杆子等车子从山脚下开始爬山，他们就从周围跳出来，几百杆枪把四辆军车前后断住。

但田平和麻杆子还是失算了。这是爬坡，不是下坡。爬坡比下坡安全得多。龙光烈、吴点金、爹、彭武生，每人押运一辆车，所以每辆车上都有一个灵魂人物。吴点金在第一辆车上，他想，与其坐以待毙，不如拼个鱼死网破。这是上坡，司机的视线所及是踏实的、安全的，不像下坡那样，触目所及都是万丈深渊，心中胆怯。吴点金问司机，怕吗？司机说，没问题，冲就是。吴点金对向立地说，传我令，准备好，边打边冲，我们打了冲了，后面的车会跟着打跟着冲。

于是，吴点金喊一声打，司机突然加大了油门往上冲，吴点金和向立地及车厢上的士兵，也立刻射击的射击、投弹的投弹，打得田平和麻杆子措手不及。他们没想到，司机胆子这么大，这万丈深渊上的公路也敢冲。

后面的龙光烈、爹和彭武生押的车，也加大了油门边打边冲。

一时枪声大作，硝烟四起。

田平和麻杆子见追不上车辆，就只好放过前面几辆，合围最后一辆。

最后一辆是爹在押运。

一箱弹药都不能落入田平和麻杆子手中。吴点金、龙光烈和彭武生，都跳下车，搬下几箱手榴弹，救援最后一辆车上的爹。

幸好，车过乾州时，吴点金预见到矮寨的危险性，加大了押运的兵力，每辆车一个班。不然，可能三下五除二就被田平和麻杆子解决了。

眼见合围的匪徒越来越近、越来越多，坐在驾驶室里的爹对司机说，看来是冲不出去了，冲不出去，这车弹药也不能落在匪徒手里。

司机说，我们先冲，冲不出去，就把这车弹药炸了，跟他们同归于尽。

爹说，好，我们先冲，冲不出去，就炸了这车弹药，同归于尽！

爹想了想又说，不能同归于尽，这弹药太珍贵，不能随便毁了，即便他们抢走，我们还可以抢回来。

司机说，他们都蒙着面，不晓得是哪个抢呢。

爹说，想都不要想，就是田平。除了他，米有别人敢抢。咱们这个家，也只有他惦记。

司机说，不怕贼来偷，就怕贼惦记。我还在想是哪个鬼摸脑壳不怕死呢！

爹说，做好准备，冲。

司机说，好！你叫战士们扶好，我要加大油门了。

爹对着车厢里的士兵大喊，扶好，隐蔽好，冲了！

已在高处的龙光烈和吴点金、彭武生，把匪徒和爹的举动都看得一清二楚。而匪徒和爹却看不到龙光烈、吴点金和彭武生。

龙光烈、吴点金和彭武生一起扔出手榴弹，前面后面的匪徒都一片片倒下。

司机见状，死死抓住方向盘，猛踩油门。

匪徒也不是吃素的，不敢对着司机驾驶室扫射，就对着车轮一顿乱扫。车胎被击中，车子急速颠簸，差点坠毁。

爹为了保护这箱弹药，准备束手就擒。

这时候，山下响起一片喊杀声，原来是武豪干爹带着大队人马接应来了。田平和麻杆子看到这么多的人冲了过来，只能把到嘴的鸭子放飞了，赶快逃跑。

四车弹药，最终有惊无险，平安到达。

事后，武豪干爹说，幸亏田杏亲自策马飞奔，给他报了信，不然后果不堪设想。

田杏在吴点金心里又美丽了几分。

那田平事后也后悔不迭，他说，当时就应该往车厢上打，要是一顿乱枪打着子弹箱，那不就车毁人亡了嘛，他彭武豪也就什么都没有了！不该只想着抢枪和子弹而不往车厢里打，既然我田平得不到，那就谁也别想得到。

可是，彭武豪还是得到了。彭武豪添了这么多的枪和子弹，田平以后更难跟彭武豪抗衡了。

田平真是肠子都悔青了。

二十一

这次押运枪弹，吴点金牺牲了一个班的战士。这笔血债，让他书呈上司，痛下决心要剿灭田平。

这田平不是好剿的。茫茫大山，山高林密，洞多谷深。上司没有同意，说现在大敌当前，抗日重要。先抗日，再剿匪。

窝了一肚子火的吴点金，就跟彭武生和向立地一道，天天训练武豪干爹的队伍。等把这支队伍训练好，他必须去剿田平。将在外，君命有所不受。

龙光烈依然以四处行医为名，发展地下组织，搜集各种情报。吴点金看出了龙光烈的不简单，但他不知道龙光烈是共产党。

可是，还没等吴点金训练好武豪干爹的这支队伍，军统倒来调查吴点金了。田平来了个恶人先告状，说吴点金走私军火，把军火盗卖给了自己的妹夫。

吴点金、爹和武豪干爹都被抓进了沅陵行署，接受审问。

吴点金从沅陵被派往乾州，又从乾州被抓到沅陵，不禁觉得好笑，他不能壮志未酬就败在一个还没开始真正与之较量的匪首手里。在审讯室里，吴点金据理力争：我不是盗卖军火，而是给党国拉队伍，稳江山，是为日后剿灭湘西匪首做准备。盗卖军火？钱没经过我手，枪没入过我库，怎么就是盗卖军火了？

武豪干爹说，你们不信自己人，信一个无恶不作的流氓地痞，以后哪个还给你们卖命？你们问问整个湘西，田平是不是比大粪还臭？你们还可以问田平的亲妹妹，问问她，田平是不是好人。

爹说，这枪弹是我用桐油和汽油换的，即便有罪，也是我有罪，你们枪毙我好了，跟他们一点关系都米有。这些年，一直是我给辰溪兵工厂和芷江机场送货供货，开始只送桐油，后来我们为了抗战，精忠报国，从桐油里炼出了汽油、柴油，又把汽油、柴油全部送给辰溪兵工厂和芷江机场，我们不但无罪，还是功臣，为国家和民族抗战的功臣。不信，你们可以去辰溪兵工厂和芷江机场调查。

武豪干爹接过话说，在你们眼里，我们算不了功臣，但我们绝不是盗卖军火的罪犯，你们听信一个臭名远扬的土匪头子的话陷害忠良，还有米有良心和公理？吴点金是我舅子不假，但他更是国家的人，是军人，是国家栋梁，他每天训练队伍时，都给大家讲，大丈夫要练好本领保家卫国，要不怕牺牲以身殉国。你们可以到我们那里去问问，听听吴点金是不是这样教育他们的。

吴点金说，你们要莫须有治我罪，我认，但你们先让我灭了田平这个祸害，再治我罪也不迟。

吴大铁听说吴点金和武豪干爹被抓，急得坐卧不宁。一个是他的儿子，一个是他的女婿，手心手背都是肉，长指短指都连心。他这当爹的，当然比谁都急。

他拿出积蓄，重金收买各级官员，希望救出儿子和女婿。

韭菜干娘说，爹，我有钱，不要你的钱。

吴大铁说，我晓得你米得什么钱了，你们的钱都用到炼柴油、汽油打日本鬼子了。我救抗日的儿子和女婿，也算是为抗日出力。

龙光烈也很快得知了爹和吴点金、武豪干爹被抓的消息，马不停蹄赶往乾州，跟韭菜干娘一起想法子营救。

龙光烈找到了《湘西日报》的记者。《湘西日报》用一个整版讲述了武豪干爹和爹为抗战炼汽油、柴油，吴点金为保障汽油、柴油顺利输送到抗战前线武装押运的事迹，揭露了匪首田平几次抢劫抗战物资又陷害忠良的事实。抗日忠良被匪首陷害被抓的消息，立刻占满了各大报纸头条。青年学生们立刻集合起了浩荡的队伍，到沅陵行署门前请愿。

田杏看了报纸，更是气不打一处来。她与田平大吵一架后，跑到沅陵行署直接为吴点金喊冤、做证。

事情闹到了沈醉那里，沈醉大发雷霆，把沅陵行署和国民党特派员大骂一通后，直接命令放人，还亲自设宴，给他们洗尘压惊。酒桌上，沈醉对武豪干爹和吴点金说，你们都是党国的精英，不要把这件事放在心上，要继续齐心协力为党国贡献。彭家云也是好样的，你能在湘西大山里炼出汽油，支援抗战，非常了不起。你们都是党国的功臣。到时，我给你们请功。

入情入理的一席话，反倒弄得爹几人不好意思了，好像沈醉大人大量爹几个小肚鸡肠。吴点金有点惶恐地站起来对沈醉说，长官放心！为了党国，万死不辞！说完，把一大碗苞谷烧一干而尽。

沈醉当时是军统局上校兼任湖南省保安司令部侦察组组长、常德地区军警稽查处处长，负责湘西地区治安。虽然只二十七八岁，却本领高强、年轻有为，是有十年资历的老牌特务。军统时期，他是和赵理君、王天木、陈恭澍齐名的"四大杀手"。保密局时期，他是与徐远举、周养浩并列的"三剑客"。把他派往湘西驻守，可见湘西的情势之复杂和地位之重要。

初到湘西的沈醉，本想大展拳脚、大有作为，可是当他真正进入湘西、了解湘西后，又觉得湘西的水太深、林太大、鸟太狠。湘西人太骁勇善战了！他一个沈醉，根本无法改变湘西，甚至连湘西的一根毛都动不了。他也才开始明白，为什么历朝历代的官府都既要极力打压和削弱湘西，又要想法安抚和倚重湘西。面对湘西土匪，他真是束手无策、一筹莫展，只能延续前人的治理模式——互不干扰，并正儿八经地与湘西土匪达成互不侵犯协定，允许土匪们到物产丰富的常德城内采购物资和销赃，但不允许在他的地盘烧杀抢掠、为非作歹。因此，很长一段时间，沈醉和湘西土匪相安无事。这也是吴点金上书要剿田平时，沈醉没有同意的原因。

但紧接着发生的一件事，使得沈醉如吞苍蝇般难受，不得不痛下决心，让吴点金剿灭田平。再不剿田平，他沈醉就威严扫地，他沈醉的江湖和江山就会受到严重威胁。

这跟田平的另一桩劫案有关。

　　田平抢劫不但没有受到惩治，反倒把吴点金和老仇人武豪干爹恶心了一回，他为此扬扬得意。他读懂了沈醉，知道沈醉不愿招惹湘西土匪；也了解时局，现在全民都忙于抗战，哪里腾得出手来管他们？国民党也好，共产党也好，现在要对付的是日本鬼子。他田平能潇洒多久就潇洒多久，能祸害多少年就祸害多少年。

　　这天，是一个阴雨连绵的日子。湘西下雨的日子是美的。只要一下雨，整个湘西就是云雾缭绕，仿若仙境。那挺立着的一幢幢山峰，在云雾间淡入淡出时，像一把把排箫和一根根画笔若隐若现；那横卧着的一重重山影在云雾间若隐若现时，就像大地铺开的一张张宣纸和一幅幅水墨。就在这绿色空蒙而苍茫的仙境里，一辆卡车沿着公路从云雾里驶来了。这必定又是一笔横财。埋伏了很久的田平一跃而出，拦住了去路。可拦下一看，哪是什么横财，而是一车仙女！这个视女人为玩物的田平，眼睛都直了。他没想到，没能劫得武豪干爹的枪弹，却劫得了一车仙女。这可比冷冰冰的枪弹有情有味几千倍几万倍！真是苍天有眼，不负他这个苦心人啊！

　　这一车仙女，可不是一般的仙女。这是四十多个放了暑假的大学生。她们是从南方女子大学放假回重庆的。而且，都是已经迁都重庆的国民党各级官员的孩子。

　　官员的孩子，被湘西土匪劫持了，这还了得！重庆急忙致电沈醉营救。

　　官员的孩子被湘西土匪劫持了，而且是一帮女孩子被劫持了，必须想办法尽快营救，不然，夜长梦多，凶多吉少，那些女孩子将要遭受的耻辱和磨难，可想而知。这时的沈醉，特别后悔没有听取吴点金剿灭田平的建议。但作为老牌特务头子，沈醉是清醒的，临危不乱。他知道不能硬来，一旦把田平逼急了，来个先奸后杀可就麻烦了。他沈醉的脑袋也得落地。只能托中间人找田平谈判，软硬兼施。软的，就是满足田平的条件；硬的，就是强调这些学生全是要员的孩子。田平若真敢乱来，必定满门抄斩，尸骨全无。至于沈醉找到的中间人是谁，史书上都没有记载。后话就是，田平不要人要弹药，一百发子弹换一个学生，四十多个学生换四千多发子弹。沈醉救人心切，不但完全满足田平的要求，还多给了两千发——武汉大撤退时，军政部有一艘运送物资的木船在沅江上游触礁沉没，随行人员考虑到时间紧迫，仅仅打捞走了贵重物品，却留下不少军火弹药，渔民偷偷下水打捞出来后，被沈醉全部没收，一直在军械库里存放着。

田平见沈醉这么爽快，如约释放了女学生，还命人给沈醉重礼酬谢。

沈醉平安地救出了这么多要员的孩子，自然是有功之臣，在国民党那里加分不少。

在国民党那里加分不少的沈醉，却依然感觉心里别扭：他不是居高临下命令田平释放女学生的，而是委曲求全地讲好话、委曲求全地拿弹药换的。事情办得漂亮，可颜面并不怎么光彩。所以，当吴点金再次请战要剿田平时，沈醉立马同意，并指示：除恶务尽！

得到命令的吴点金，立马调遣人马，去剿田平。

田平的老窝在白云山。

白云山与断龙山遥遥相望。

白云山之所以叫白云山，毫无疑问是因为山高。高高的白云山，每个白天似乎都能够摸到白云。山越高，天越蓝，云越白。那山是摸得到天的高。那云是雪一样的白。那蓝得透明、清如水洗的天空，像是满天的水光在荡漾。一朵朵、一丝丝、一缕缕的云，在万里晴空中飘时，天空就在辽阔中有了绵绵的柔意。一到晚上，那密密麻麻的星星也是电灯泡一样亮炸炸的，低得好像伸手就可以摘下一颗灯泡，捧住一缕星光。站在白云山顶，那群峰井然有序地、犬牙交错地，一座比一座矮下去，一座比一座高上来，像无数把锯齿列阵蜿蜒，蔚为壮观。

把这么一块风水宝地据为己有，真是占山为王，感觉妙极。

感觉妙极的田平，终于迎来了他最为不妙的时候。吴点金召集了三千多人马，浩浩荡荡地向白云山进发。机枪、迫击炮，一应俱全。就差飞机和坦克了。

　　武豪干爹的地方武装和国民党的正规部队，联合向田平发起了冲锋。龙光烈也跟随部队，救死扶伤。

　　田平率领他的一千多人关了山门，仓皇应战。

　　有大炮开路，山门哪里关得住。几声炮响，山门就被轰开了。山门内外，激烈交战。战斗一直从正午打到天黑。

　　攻进田平老巢时，吴点金和武豪干爹一心想着关门打狗，活捉田平，活剥田平，田平却狡兔三窟，从暗道里溜掉了。群龙无首的田平手下，都乖乖举手投降。

　　田平这股匪患，算是暂时剿灭。

二十二

武豪干爹正在吃晚饭时，邮差送来了几封信。是彭武定的延安来信。大半年都没收到彭武定的家书了，接到彭武定家书的武豪干爹一家人，心情比晚霞还灿烂。

彭武定是被战争从大婆大爷身上割走的一坨肉，走到哪里都让大婆大爷牵肠挂肚，都让大婆大爷疼在心尖。征战的一生，是行走的一生，彭武定的漂泊不定，大婆大爷注定是不放心的。他们不仅担心彭武定吃不好睡不好，更是担心彭武定哪天在战斗中丢了、没了，再也回不来了。彭武定的家书就成了大婆大爷最大的期盼和唯一的安慰。只要有信来，就表示彭武定一切安好；只要彭武定没有信来，大婆大爷就提心吊胆，一天比一年还长。这老二哪门还不来信？这老二哪门这多天还不来信？

彭武定的家书终于到了，大婆大爷的心也就踏踏实实地放进肚里了。

一家人都放了饭碗，围在一起读彭武定的信。

敬爱的爹、娘，还有哥哥嫂子：

你们好！

因为一直跟日本侵略者打仗，到处转战，没时间给你们写信，让你们担心和牵挂了，请原谅。其实我也一直担心和牵挂你们，不知道家中一切可好？爹和娘的身体怎么样？大哥大嫂给我添侄儿侄女了没有？弟弟找媳妇了没？家云是不是还和我们住在一起？住在一起的话，代我问好，我也想他。光烈哥也应该经常来我们家吧？见到他时，也转告他，我有时候做梦都还跟他一起练操。

敬爱的爹、娘，我现在在八路军一二〇师，还跟着贺老总打日本。说到这，告诉你们一个好消息，嫂子的哥哥吴赛银也跟我在一个部队，我们是战友了，都在一二〇师的三五九旅，我们的旅长叫王震，是我们湖南人。哥哥跟嫂子是夫妻，我跟嫂子的哥哥是战友，这真是老天安排的缘分。在部队，我们兄弟相互照顾，是骨头连着骨头一样的亲。我把我俩的合影也寄上，你们看看，我们是不是很亲？战友们说，我跟赛银还长得像呢！看这照片还真像，我们前世也许就是亲兄弟，不然不会应了不是一家人不进一家门的那句古话。

爹、娘，虽然我们天天在打仗，但部队一切都好，首长关心战士，边区的老百姓也对部队很好。冷不着，也饿不着。你们二老放心。

我会在部队好好干，然后在部队找个媳妇，给你们生个胖孙子。等抗战胜利了，我就带着你们的儿媳妇和孙子孙女回来养你们。长这么大了，做儿子的没给你们做一次饭、买一件衣，没有人前人后地好好陪你们一天，真是不孝。抗战胜利后，儿子一定会好好尽孝。

爹、娘，你们养好身体，等着我。

……

大婆大爷听武豪干爹读完信，高兴和思念的泪水，流个不停。大婆说，老二在那边过得好就好，做爹娘的也就放心了。

大爷说，你就好好活着吧，老婆子，等老二带着漂亮儿媳妇和孙子孙女回来。

彭武定的几封信都是写给大婆大爷的，但有一封信是写给武豪干爹的。

彭武定在信里说，其实战争异常残酷和艰苦，部队里现在缺衣缺粮缺弹药，部队到处挖野菜煮面糊糊、熬汤，战士都饿得面黄肌瘦，还得跟日本鬼子打仗拼命。他只是给爹娘报喜不报忧，怕爹娘担心。他说，子弹不认人，说不定哪天他就牺牲在战场或者饿死在野地。他这辈子对不住爹娘，也对不住哥嫂和弟弟，把孝敬爹娘的责任全推给他们了，要他们多担待。如果太长时间没有他的信和消息，那就说明他牺牲了，他要武豪干爹和彭武生替他保守牺牲的秘密，免得让爹娘痛心，白发人送黑发人，那是生不如死。如果他牺牲了，请哥哥和嫂子对爹娘更好一点，替他尽一份孝道。他在九泉之下感谢哥嫂。

武豪干爹读到这封信时，泪水长流，那份无言的悲怆，实在让武豪干爹心痛和窒息。他放下家信，掩面长泣。

武定啊，你一定要好好的啊！你不能辜负爹娘、辜负哥嫂啊！我给你求神烧香保佑你！

由此，彭武定更加成了武豪干爹的牵挂。

写到这，我不能不掉转镜头、换下笔锋，写写彭武定，写写彭武定所在的红军和八路军。

前面说过，彭武定是跟随贺龙从湖南桑植刘家坪出发去长征的。

彭武定在家排行老二。几乎在所有家庭里，老二在父母眼里是最容易被忽略的。老大往往要在家里挑重担，帮着大人带小的，老人对老大自然有一种愧疚感。最小的呢，是老人心头掉下的最后一块肉，觉得小的什么都不能做，生怕一做就这也吃不消那也吃不消，所以，小的是最让父母心疼的。只有老二，有一种上不巴天下不巴地，让其自然生长的感觉。彭武定几乎也是这样长大的。彭武定随贺龙长征，大婆大爷再也见不到彭武定后，就后悔对彭武定没怎么上心，亏欠彭武定太多。

彭武定是乖巧的，相比武豪干爹天不怕地不怕的野性，彭武定从小就很让大婆大爷省心。襁褓里时，就不哭不闹，很好带，偶尔哭一下，轻轻拍几下、哄几声就不哭了。长大后，从不跟人打架扯皮，不给大婆大爷惹事，还帮大婆大爷干家务活，是典型的乖孩子。彭武定从小就胆小，连老鼠都怕，为此，没少被武豪干爹取笑。就是这样一个胆小的孩子，却嚷着去当兵，跟着贺龙部队走了。当时大婆大爷的想法，是让彭武定在部队锻炼锻炼，根本没想到，这一锻炼就一直留在部队了。大婆想彭武定时，就问武豪干爹，这铁打的营盘流水的兵，你弟弟哪门就成了营盘，铁打不动了呢？

彭武定跟贺龙长征时，从桑植刘家坪出发，一路向西，走过湖南桑植—澧水—沅江—湘中，翻越武陵山，进入贵州。再从贵州便水—石阡—江口—龙溪—黔西—大定—毕节，翻越乌蒙山，突破乌江，进入云南。从云南彝良—奎香—昭通—威宁—宣盛—盘县—普渡河—丽江—石鼓、巨甸到达金沙江，渡过金沙江到达四川西康—玉龙雪山—甘孜，在甘孜与红四方面军会师。与红四方面军会师后，又翻越阿坝，到达甘肃腊子口—成县—徽县，进入宁夏，在宁夏将台堡，与红一方面军胜利会师，之后，顺利到达陕北。

这一路上的长征，是一路上的惊险重重、一路上的艰难困苦、一路上的绝境死局，国民党步步为营的围追堵截，最终没能消灭贺龙率领的红军。贺龙每次都运筹帷幄、指挥若定地化解了危机、破解了死局，让红二、六军团绝处逢生。到达陕北时，红二、六军团依然有一万多名将士，比从刘家坪出发时的一万多人还多。红军唯一的一门迫击炮，也是红二、六军团带去的。其实，红二、六军团一路上也牺牲了无数将士的生命，但红二、六军团一路上英勇战斗，一路上招兵扩红，老战士牺牲，新战士补上，到红军三大主力会师时，红二、六军团兵力较多，成了红军的主力。

彭武定所经历的一切，都是生死考验，铭心刻骨。

峰峦、沟壑、江河，雪山、草地、沼泽。

毒蛇、猛兽、疾病，酷热、严寒、饥饿。

每一次经历都是地狱归来的奇迹。

每一回战斗都是死而复生的幸运。

让彭武定惊奇又笃定的是，即便饿得啃着树皮，即便打仗战斗到只剩最后一个人，他们都没觉得艰苦和绝望，他们都对未来充满了渴求和信心，他们都感到有一种神奇的光芒在指引。

1936年4月，彭武定所在的红二、六军团先遣红四师率先进入了千年古城丽江。国民党县长王凤端和地方反动武装早就听闻贺龙和他领导的红军的威名，不敢抵抗，望风而逃。红四师不费一兵一卒就占领了丽江。占领丽江的红四师首先砸开监狱大门，释放了长期被关押的贫苦百姓，然后把望风而逃的贪官污吏的万贯家财全部分给贫苦百姓。丽江百姓奔走相告，高呼红军万岁。

红二、六军团全部进入丽江后，贺龙在抢渡金沙江前，召开师以上干部会议，向全军发出三项紧急动员令：北渡金沙江与中央红军会合；开展行军不掉队、不落伍比赛；严守渡江纪律，按秩序渡江，严格执行党的民族政策，做好民族地区的统一战线工作。还要求各部向丽江各族群众、各界人士宣传抗日反蒋主张，争取群众支援，实现渡江行动。

面对丽江各族群众和各界人士，贺龙做了一场抗日反蒋的演讲，这场演讲激动人心，影响深远，丽江人民从四面八方涌来，踊跃参加红军、支援红军。在长征途中损兵折将的红二、六军团，一下子扩红到近两万人！那声势和声威，真如陕北民歌所唱的"一杆杆的红旗一杆杆枪，咱们的队伍势力壮"。

为了保证红军顺利过江，石鼓、巨甸的两岸人民，冒着被国民党秋后算账的危险，找来了几十只船，护送红军后续部队从石鼓、巨甸等各个码头顺利渡江。

等蒋介石发现贺龙部队从石鼓、巨甸渡江北上时，为时已晚。尽管他一方面急令地面部队快马加鞭地追击，一方面派飞机轮番轰炸，但贺龙部队已经远远地甩掉了国民党部队，国民党地面部队根本无法追上；云南山高谷深，渡江的渡口地势极为陡峭险峻，飞机不敢低飞俯冲，炸弹炸掉的只是山头、土堆和树林，渡口的一粒沙子都炸不飞，更不要说炸人了。

文化水平较高的彭武定，当即心花怒放地写了几幅标语贴在了渡口："来时接到宣威地，费心，费心！走时送到石鼓镇，请回，请回！""蒋介石一路走好，不送，不送！国民党后会无期，再见，再见！"

因胜利渡江而同样心花怒放的战士们，因为这几幅标语更加心花怒放。

到达陕北不久，抗日战争全面爆发，国共两党重新合作联合抗战，贺龙的红二军团改编成国民革命军第八路军一二〇师，彭武定被分配在了王震领导的三五九旅。很早就在瑞金投奔了中央红军、在红军总部直属队一部当兵的吴赛银，也随直属队一部改编进了国民革命军第八路军一二〇师，也被分配到了王震领导的三五九旅。彭武定和吴赛银成了并肩作战的战友。

缘分，有时候就是这样奇妙。只要有缘，再远的路，都会跋山涉水地相识和相会；再厚的时光，都挡不住缘分的深厚和深沉。

八路军一面抗战，一面创建敌后革命根据地。陕甘宁、晋绥、晋察冀、冀鲁豫、鄂豫皖、华中、山东、闽浙赣、苏北等抗日根据地在全国各地如雨后春笋，遍地生长。共产党的队伍越来越大，共产党的势力越来越强，共产党的威望越来越高。共产党与根据地人民的鱼水情深，共产党为中华民族抗击日寇的无所畏惧、完全彻底，使得民心、人心、世心都不可逆转地转向了中国共产党。

大敌依然当前，国民党顽固派置民族利益和国家利益于不顾，开始积极"剿共"，消极抗日，掉转枪口，瞄准共产党领导的八路军、新四军。新的内战悄然开始。抗日民族统一战线被严重破坏。

当日本在全中国施行"烧光""杀光""抢光"的"三光"政策时，国民党向共产党、八路军抗日根据地发动了大规模进攻。对以延安为主体的陕甘宁边区，更是调集几十万军队，实行严密的军事包围和经济封锁，并叫嚣要"饿死八路军，困死八路军"。

昨天还在战场上并肩作战的兄弟，今日就反目成仇。彭武定对吴赛银说，国民党翻脸比翻书还快。

吴赛银说，不然，国民党哪门叫刮民党、短命党。

国民党的军事包围和经济封锁，使得驻守陕甘宁边区的几万干部、战士和学生没有饭吃、没有衣穿、没有纸用、没有被盖，再熬下去，只能饿死冻死，根本别想抗日打鬼子。山穷水尽的时候，一粒米饿死英雄汉。

在严峻的历史关头，党中央及时提出了"发展经济、保障供给"的总方针和"自己动手、丰衣足食"的号召，动员广大军民开展大生产运动。在王震的率领下，彭武定和吴赛银所在的三五九旅，奉命开进南泥湾，率先开展边区大生产运动。

军人不拿枪，却拿起了锄头，这让彭武定和吴赛银想不通。军人不打日本，却开荒种地，很多战士都怨声载道。这还是什么军人，还是什么部队？我们是来当兵的，不是来种地的。早知这样，不如在家当农民好了，跑这么大老远到陕北这山沟沟里当农民。不拿枪的战士还算战士吗？不杀敌的军人还算军人吗？

彭武定和吴赛银跟其他战士一样，都觉得有点丢人。看到兄弟单位的战友，都感觉低人一等，抬不起头。

首长们看透了战士们的心思，也听到了战士们的牢骚与议论。首长说，谁说我们不拿枪？照样拿啊！一手拿枪，一手拿锄头，我们比其他战士还多了一样武器。谁说我们不杀敌了？照样杀啊！我们种出的稻米、小米、高粱，我们栽出的蔬菜、水果，养出的猪羊鸡鸭，还有我们纺出的棉纱、织出的布匹和做成的衣服，到时都是杀敌的枪炮和武器，前线的战士们吃饱了、吃好了，就有力气杀敌人，就仗仗都打胜仗。

彭武定一听，对吴赛银说，这些首长水平就是比我们高，讲得句句在理。这么说，我们这仗打得可好、可大了，我们开荒种地也很光荣、了不起。

吴赛银说，这么一听，那是当然了，我们还是好子弟兵！

吴赛银从小生长在富裕家庭，从没干过农活。彭武定可是一把好手。除了没育过种、织过布，开荒、挖地、薅草、栽秧、收割、种菜，他全干过。理所当然，彭武定成了吴赛银的师傅。

在共产党的部队里，几乎都是农村苦出身，基本上都干过农活，不少还是干农活的一把好手。大生产运动，很快就轰轰烈烈、热火朝天地开展了起来。

这时，正是1941年的春天。正是万物孕育、万物发芽、万物生长的时候。

用劳动的汗水和劳动的成果，保卫毛主席、保卫党中央、保卫边区人民的种子，也于这个春天在彭武定和吴赛银这些三五九旅战士的心里生根发芽。

有了这样的种子，战士们就有出不完的力、使不完的劲。

南泥湾在延安的南边，离延安几十里地。彭武定和吴赛银所在的三五九旅到达南泥湾时，这里野草丛生，荆棘遍野，荒无人烟，是典型的烂泥湾、不毛湾、荒凉湾。但南泥湾水源充足，汾河的源头就在南泥湾。水是万物之源。有水，就会有生机和生命。在干旱的大西北，水，是最宝贵的财富。

南泥湾群山迤逦，但都不高大嵯峨。山与山之间都没有火急火燎、脾气暴躁地挖出一道深重的沟壑、劈出一堵陡峭的悬崖，而是友好地让出一块平地，和平相处。宽，是一个很大的坝子；窄，是一个很长的走廊。每一座山的山势，也不是陡峭、险峻和雄奇的，而是柔和、舒缓和平静的。这就是说，南泥湾的每一寸土地都可以开垦出来，只要有一粒种子落进南泥湾，南泥湾就可以长出金子、银子和票子。

的确，南泥湾没有辜负三五九旅的每一个战士，没有辜负三五九旅战士的每一点劳动、每一滴汗水。南泥湾长出了金黄的稻浪、麦浪，长出了肥硕的高粱、小米、玉米，长出了绿色的蔬菜、瓜果。当然也长出了肥壮的猪、牛、羊、鸡、鸭。

彭武定和吴赛银在劳动竞赛中，双双都收获了劳动模范的大红喜报和奖状。

更喜人的是，彭武定没有辜负他在家信中的承诺，在部队中找到了自己的所爱，完成了父母的心愿。

在部队，彭武定是少有的文化人。他自小在湘西受到的良好教育，让他在部队光彩照人。

他会算、会写，还会讲、会吹笛子。特别是他在云南石鼓给国民党追兵写的那两副对子，让他一战成名。战友和首长都说他埋藏得很深，居然有这么一手一直不露。他说，我那都是雕虫小技，不值得显摆。战友们说，你这还是雕虫小技，那你雕虫大技还得了。

到了延安，彭武定就成了文化教员。部队里穷苦人多，几乎都没读过书，彭武定的一个重要任务，就是教大家识字，让大家成为跟他一样的文化人。

那天，彭武定跟土生土长的陕北战士侯小山去榆林采购一些纸笔墨。彭武定扮成教书先生。侯小山扮成打杂的小二。

榆林与延安山水同源，民风同脉，榆林一句嘹亮高亢的信天游，就将延安的山水连为一体，延安一声悠扬动听的道情，就能将榆林的人心融化。榆林多小米、土豆，更多煤炭。一块块黑亮亮的煤，就是一块块乌亮亮的金。国民党断然不会放弃这块风水宝地。所以，一衣带水的延安和榆林，是截然不同的两重天。延安是解放区。榆林是国统区。

当国民党调集几十万大军封锁陕甘宁边区时，榆林这个国统区却与陕甘宁边区有着千丝万缕的联系。这种联系，全是因为驻守榆林的国民党二十二军军长邓宝珊。

邓宝珊是甘肃天水人，其父邓尚贤原是一位穷愁潦倒的书生，后转行经商，家道振兴，但天不佑人，父母都英年早逝，家道败落，邓宝珊在哥嫂的抚养下长大成人。新疆伊犁新军在兰州招募新兵时，不满十六岁的邓宝珊报名应募，如愿入伍。因为他为人厚道，又忠勇能干，一路顺风顺水，成长为国民军第二军师长、甘肃省代理主席。抗日战争爆发后，为守住榆林兵家必争之地的"九边重镇"，平衡各路武装争斗，阻击日寇南侵西犯，需要一位资深望重的人去协调各方，坐镇指挥。经国共双方协调推举，国民政府委派邓宝珊赴榆林担任二十一军团长、晋陕绥边区总司令。邓赴任后，一方面指挥部队与日本侵略者拼杀，御敌于黄河之外，一方面团结蒙汉人士、联络抗日友军、安抚流亡人员，形成了陕甘宁边区和国民革命军、各路地方武装团结一心、共同抗战的大好局面。因此，他和毛泽东、朱德、王震、萧劲光、陈奇涵、周小舟、袁任远等中共领导人都有很深的交往与情谊，其属部也与陕甘宁边区政府和八路军后方留守兵团关系密切，他的女儿邓友梅还是中国共产党党员。

为此，邓宝珊成了维护边区稳定的一个关键所在，成了中国共产党的忠实朋友。延安方面经常派人悄悄地去榆林采购各种物资。彭武定就是在这种情况下去国统区采购教学器材和物资的。

尽管榆林有邓宝珊的庇护，但邓宝珊部也不是铁板一块，各路武装也并不都是一心抗日。特别是国民党大兵压境包围和封锁陕甘宁边区，要把八路军饿死、困死时，邓宝珊身边也尽是暗线和爪牙。延安方面在榆林的采购，那是危险重重、生死攸关，稍不留神，就会被发现和追杀。

彭武定进榆林还算顺利。侯小山本是陕北榆林人，一口地道的陕北话，一身地道的陕北装束，没人怀疑他是八路军。不怀疑侯小山，自然不会怀疑彭武定。什么事都由侯小山上前，彭武定只需递眼色、观气色。

回程却麻烦不断、惊险多多。

他们采购的纸笔墨等教学器材较多，自己无法运出，只能委托道上的朋友帮忙。运到洛川地界时，被国民党军队扣下了。那时的洛川既不归榆林，也不归延安，正好是国民党的封锁区。封锁区的军队自然不会像邓宝珊的部下那样睁一只眼闭一只眼，更不会仁慈。

审问时，道上的朋友很讲义气，一口咬定这些教学器材，是他们采购来想盗卖的。军官问，盗卖给谁呢？道上的朋友说，谁要就卖给谁，你们要吗？卖给你们。军官说，我看你们是想盗卖给延安和八路军吧？道上的朋友一副天不怕地不怕的模样，说，如果他们要，我当然卖，瞎子见钱都眼睛开，我咋不卖？有人给钱，还分钱生钱熟吗？国民党军官说，真是死猪不怕开水烫，你这是"通共""通匪"，是要杀头的！你再不说实话，我就把你一枪毙了！

说完，军官就要枪毙他。彭武定见状，急中生智，赶忙上前力争。他已经想好了主意。

彭武定说，长官，你行行好，我是湖南湘西国立八中的老师，我这是给湖南湘西国立八中师生采购的学校用品。我走了半个多月，一路千辛万苦，你们可不能没收啊。国立八中，是国民革命政府的国立第八中学啊，全国排第八呢，长官！

彭武定早在武豪干爹的来信里，知道了湘西有所抗日流亡中学国立八中，也知道嫂子就在国立八中教书。他说得这么远，也是赌天高皇帝远，对方也一时无法查清。

军官问，湖南湘西？国立八中？跑这么远？

彭武定哭丧着脸说，长官有所不知，现在日本鬼子已经打到我们湖南了，这个国立八中是一所抗日流亡中学，师生全是从安徽迁移到湖南湘西的，后来长沙、衡阳又被日本鬼子占领，长沙、衡阳的师生也都迁徙到了湘西，就读在国立八中。那可是国民革命政府教育部办的学校，还是我们湖南省政府主席张治中亲自选的地方和校址。这些师生都是党国未来的栋梁啊！他们不能没有纸笔墨砚和教学设备呀！

军官狐疑地问，你是从湖南来的？

彭武定说，是。

你呢？军官又问侯小山。

侯小山用一口陕北话说，我就是榆林人，我给他当向导。

军官说，那你们先回吧，等我们调查完再说。

彭武定说，长官，你就行行好，放行吧，不然我会被学校开除，丢了饭碗的。

军官说，你这么说，我就信了？你说湖南的国立八中，为什么不再说远点，说天上的国立八中？

彭武定委屈地说，本来就是嘛。都这个样子了，我还敢骗长官吗？骗长官，我不是找死吗？

军官说，是啊，你知道找死，还不说实话，尽往死里说。

彭武定说，真是给我们国立八中买的。

军官说，那怎么跑这么远买？怎么不到你们长沙买？

彭武定说，我刚才给长官报告了，日本打到湖南了，湖南到处都在打仗，哪敢往长沙去？去了也买不到哇。陕西有你们这些军人保家卫国、舍命守卫，日本鬼子被你们打怕了、打跑了，安全。再说，湖南跟陕西也只隔了湖北，不算远。不信，让你们陕西省政府主席给湖南省政府主席打个电话，看湖南湘西是不是有个国立八中，看我是不是讲假话骗你？

军官一听，又好气又好笑，说你聪明呢，你的确聪明，夸我们军人舍命保家卫国、陕西安全；说你傻呢，你还真傻——我让省政府主席打电话？你以为我是谁？你以为你又是谁？

彭武定说，我看长官你办事这么认真，以后肯定是了不起的大官。

军官手一挥说，少给我灌迷魂汤，你们先等着。

然后就把货物押走了。

军官让他们先等着，说明还有希望。侯小山说，去找我妹妹吧。我本来不想找她的。

彭武定说，你妹妹是干什么的？

侯小山一声长叹，说，别提了，我妹妹命苦。

彭武定问，你妹妹怎么了？

侯小山于是讲了他和他妹妹的遭遇。

侯小山是陕北榆林府谷县人。侯小山七岁时，娘就得痨病死了。留下他和四岁的妹妹。父亲身体也不怎么好，就经常干一些偷鸡摸狗的事来混日子，兄妹也就跟着名声不好，抬不起头来。姥姥和舅舅心疼他们，把他们接到家里照顾。侯小山两兄妹也很争气，都特别能吃苦，特别勤劳，自强自立，慢慢地改变了乡亲对他们一家的看法。外婆和舅舅也很欣慰。乡亲们说，这个侯老二整天好吃懒做的，养的两个儿女却都很争气，命好啊！乡亲们又说，侯老二命好，这两个孩子命不好，摊上这么一个父亲，要是没有好姥姥和舅舅，两兄妹恐怕早饿死了。

在姥姥和舅舅的照料下，侯小山出落得英俊秀气，妹妹更是出落得水灵灵的，亭亭玉立。走路时，那一双长辫子甩呀甩的，甩得十里八村都知道有一个叫侯凤兰的美女。那一双毛毛眼，更是闪呀闪的，闪得无数少男心里发慌。但妹妹才十三四岁，还小，那些媒人都在侯小山这里吃了闭门羹。

可有一天，府谷县的一个地主老财却抬着八抬大轿来姥姥家接亲了——侯小山那个好吃懒做的父亲，把侯凤兰卖给了地主老财的儿子。地主老财有两个儿子，大儿子在国民党部队，就驻守在洛川，小儿子又聋又哑。侯小山的父亲就把侯凤兰卖给了地主老财的聋哑儿子，确切地说，是拿侯凤兰抵债了！侯小山的父亲借了地主老财的高利贷，利滚利滚得侯小山父亲拿命抵都抵不上，再说，他那个贱命，人家也根本看不上，这侯凤兰就成了最好的商品，被侯小山父亲卖了。

侯小山一听，气得跑进家里拿出斧头，要劈了父亲，结果被舅舅和姥姥拦住了。这个父亲也是要在世上做古迹[①]，居然亲自带着接亲的队伍来接女儿，真是要多丢人现眼有多丢人现眼。侯小山怎么会不想刀劈父亲呢？侯凤兰拿着绳索要上吊，侯小山拿着斧头要砍人，这事情闹得整个府谷县都知道。事后，人们笑话侯小山的父亲时，他父亲还振振有词地说，我嫁我的女儿，关你们什么事？我想怎么嫁就怎么嫁！

胳膊拧不过大腿，老财主硬是带着人把侯凤兰抢走了。

侯小山一气之下，跑去揍了老财主一顿，告诉侯凤兰好好活着，他去投奔八路军，然后去救她。

侯小山说，我妹妹现在还等着我救她呢。

彭武定说，那我们现在去救你妹妹呗。

[①] 古迹：笑话、笑料。

侯小山说，怎么救？

彭武定说，很简单，把你妹妹也带到延安去。

侯小山说，咱们教学设备不要了？先找我妹妹把教学设备要过来，再去救她，一起逃走。

彭武定奇怪，怎么找你妹妹要教学设备？

侯小山说，那个老财主的大儿子不是在洛川当兵吗？求求老财主，也许老财主会看在妹妹的面子上去要回来。

彭武定疑惑地说，你都打了老财主一顿了，他说不定正想找你算账呢。

侯小山说，顾不了那么多了。妹妹毕竟被抢到他们家了，他也许不会把我们怎样。

于是，两人就去了老财主家找妹妹求老财主。

这老财主虽然心里也记恨侯小山那顿打，但毕竟抢了人家妹妹，思来想去，还是情有可原。再说，侯凤兰毕竟要伺候聋哑儿子一辈子，扯来扯去，还是亲戚，于是便应承下来，带着哑巴儿子一道去找了大儿子。

巧了，一直盘问他们的那个军官就是老财主的大儿子。叫阎丰收，是个连长。

这个阎连长笑道，真是不打不相识，打来打去，打到小舅子头上了。

就这样，彭武定和侯小山采购的教学物资物归原主。彭武定也第一次见到了侯小山天仙一样的妹妹侯凤兰。

这只不过是人生的一场偶遇和巧合，谁也不会对谁有什么想法。但往往就是这样的偶遇和巧合，会让很多人的人生奇妙地相遇、黏合在一起，成为一种奇遇和好合。

侯凤兰那个名不副实的聋哑丈夫，居然自己把侯凤兰送到了侯小山这里。

这个聋哑丈夫虽然聋哑，但心却比灯还明。他跟他的名字阎丰良一样，特别善良。他知道侯凤兰还小，也知道侯凤兰不愿意，他看到侯凤兰整天以泪洗面的样子，就心疼、心亏，觉得自己害了人似的。他觉得侯凤兰这样美丽的女人，不应该属于他这样的人，应该有更好的男人、更好的生活。虽然他可以给这个天仙一样的女人更好的生活，但他注定做不了一个更好的男人。他的父亲和侯凤兰的父亲已经伤害了这样一个美丽而无辜的女人，他不能再伤害她。所以，他一直用手比画着安慰侯凤兰，也一直没有碰侯凤兰。直到那次他跟侯凤兰见到了哥哥侯小山，知道了侯小山所在，便下定决心把侯凤兰送到侯小山身边。

看到聋哑妹夫阎丰良憨厚的笑，从没认同这门亲事的侯小山，居然在心里开始默认这门亲事和这个妹夫，觉得妹妹并没有嫁错。当得知妹妹在阎家没有受一点委屈时，侯小山甚至觉得自己不该打老财主，该打的只有自己的父亲。父亲不欠阎家那么多债的话，阎家也不会抢人。想着想着，侯小山也就释然了。

侯小山和彭武定，特地留阎丰良住了几天，花尽积蓄盛情款待，千恩万谢。侯小山还用心做了一份礼物送给阎丰良。这是他特地用子弹壳做的一颗心。侯小山对阎丰良比画着说，你的心好，我把我的心送给你，我们从此是心心相印的好兄弟。

阎丰良这一走，反倒把侯凤兰的心给牵走了。以前，因为一直抵抗这个婚姻，她根本没正眼看过这个聋哑丈夫。阎丰良对她的好，她都认为是阎丰良抱有目的讨好她，想让她感动，让她屈就。阎丰良这次真的把她送走了，她反而看到了阎丰良那颗美好、纯善的心。她错怪阎丰良了！阎丰良原来是一个真正的好丈夫、伟男人！她伤心哭泣时，阎丰良拿手绢给她擦泪被她一手打掉的一幕；她绝食时，阎丰良把饭菜热了又热，小心翼翼劝她吃饭的一幕；她要上床睡觉时，他给她打来洗脚水要帮她洗的一幕；还有他每天睡在地板上、每天不让她干活的一幕幕，都浮现在了眼前。

人，有时候就是这样，失去了才知道可贵和珍惜。

侯凤兰在与阎丰良的最后一别间，被阎丰良完全彻底的善良悄然润泽，心里那扇紧闭的铁门，也为阎丰良悄然打开。她有了和他过一辈子的情意和勇气。

彭武定和吴赛银也都赞叹，这哑巴不哑，是世上难得的好人！

遗憾的是，阎丰良回去不到一年，就突发疾病去世，真应了那句好人命不长的古话。得知噩耗的侯凤兰不再怕被老财主羁押的危险，跟侯小山特地前去奔丧送行。侯凤兰扶着灵柩号啕大哭，丰良，你怎么就这么走了？你的情我还一点都没有还呢！你怎么就不等我了呢？你知道吗，你回来后，我才知道你的好，我天天想你、念你、等你呢！

老财主抹着泪说，凤兰，以前都是我这当爹的不好，你当我一天儿媳妇，就一辈子是我儿媳妇，你能来奔丧，良儿会知道的，他死得也安心了。你要好好的，你好好的，良儿在那边才会踏实。你们有缘的话，来世再做夫妻。

阎丰良的病逝，对侯凤兰是一个结结实实的打击。她没想到阎丰良就这么突然走了。自从阎丰良送她来到延安后，她还真是天天在想着念着阎丰良，想阎丰良回去后被他父亲猛揍的样子，想阎丰良是否吃得好穿得暖，想阎丰良生病时有没有人在身边。人心都是肉长的。阎丰良的善良就是那炎凉世间的一粒种子，在侯凤兰的心里一点点地长大，长成了跟阎丰良一模一样的心头肉。她对阎丰良的牵挂，她对阎丰良的想念，都因为他们有着同样的心和同样的肉。

可是，阎丰良这块心头肉忽然没了、死了，这让本很无辜的侯凤兰很是伤心和自责。为什么之前没有意识到他的好呢？为什么之前不对他好一点呢？这种伤心和自责，一下子就让侯凤兰病倒了。

病倒的侯凤兰，彭武定自然少不了去看望。

侯凤兰的病情，彭武定自然也少不了担忧。

看望时，自然少不了各种问候和安慰。

侯小山执勤时，彭武定就去守候。

时间长了，一种不一样的感情开始在彭武定和侯凤兰心里生长。

彭武定以前对侯凤兰只是发自内心地同情。他觉得一个天生丽质的姑娘居然被父亲像商品一样卖来卖去，实在是对侯凤兰不公，也是对女性的侮辱。作为一个为劳苦大众打天下的军人，自然心里充满了同情。但是，在彭武定眼里，不管侯凤兰再天生丽质，不管侯凤兰的婚姻是不是买卖婚姻，都否定不了侯凤兰已经嫁人的事实。彭武定对侯凤兰没有任何其他的想法。侯凤兰就是侯小山的妹妹，就是一个苦水里泡大的苦命人。

经过跟侯凤兰一段时间的接触，彭武定才觉得侯凤兰不仅是一个苦命的人，也是一个善良的人、一个懂感恩的人。他从侯凤兰对阎丰良深深的自责和亏欠里，真切看到了这一点。这个时候，彭武定在乎的不再是一个人的美貌，而是美貌之外的心灵，心底的善良比外在的美貌更吸引人。

彭武定是哥哥侯小山的朋友和战友，侯凤兰对彭武定自然更多的是那种对大哥似的熟识与尊重。到了延安，领略了彭武定的各种才华后，她对彭武定有了一种崇拜。特别是看了彭武定给烽火剧社写的剧本，彭武定在舞台上扮演的各种角色，那种崇拜更是巨浪一样在心中翻滚，变成了一种圣洁的迷恋。伤感时，彭武定的安慰，生病时，彭武定的照料，又让崇拜和迷恋升华为一种情感的爱恋。崇拜时的迷恋，或多或少有点盲目，他是大家的，不是自己的。而情感的爱恋却有着清晰的指向，那就是他是我终身可依靠的，我要嫁给他，他只属于我。有了跟彭武定的情感对比，她也清醒地认识到，她原先对阎丰良的感情，只是感恩、感激和亏欠，是想补偿，而不是爱。

侯小山看出了两人心里的秘密，碰了碰彭武定的肩膀说，看上了就追呗，还想我这当舅子的给你送上门呀？

怎么追？越是熟人越不好下手啊。彭武定说。

侯小山说，唱歌呀！唱陕北情歌呀！你那么会唱，不在这个时候表现，什么时候表现？

彭武定说，好，那我就表现表现。

这么长的个辫子辫子探呀么探不上个天

这么好的个妹妹呀见呀么见不上个面

　　这么大的个锅来锅来下呀么下不了两颗颗米

　　这么旺的些火来呀烧呀么烧不热个你

　　三疙瘩的石头石头两呀么两疙瘩瘩砖

　　什么人呀让我心呀么心烦乱

一个湘西的战士，向着陕北的爱情高地，发起了火热而浪漫的冲锋。

二十三

1943年11月,日本的铁蹄踏进了大湘西的常德市。

大湘西,是指现在的湘西土家族苗族自治州、张家界市、怀化市、常德市、邵阳市几个地区。大湘西的中心是湘西土家族苗族自治州和二十世纪八十年代从自治州分出去的张家界市。一般意义上的湘西,指湘西自治州和张家界。

常德位于大湘西的南大门。湖南的四大水系湘、资、沅、澧,常德占了沅水、澧水两大水系。烟波浩渺的洞庭湖,赐予了常德一片烟波、一派浩渺;武陵山、雪峰山在这里留下的迤逦余脉,让常德不缺巍峨和壮丽,有了一块可以归隐的桃源;而洞庭湖平原的旷远辽阔,又让常德变得一马平川、一望无际,让常德有了一种别样的视野和胸襟。常德,是典型的山河壮丽、物产富饶,是一块风水宝地。

作为湘西的南大门,常德就处在了抗日战争正面战场的最前沿。得知中国要从第六战区(湘西)和第九战区(江西、鄂南、湘南)向印缅派兵抢修印缅抗战公路,日本便计划分东路、中路、西路三个方向包围和拿下常德,堵住国军从湘西和江西、鄂南、湘南调兵入滇的路径。常德是连接国军陈诚第六战区和薛岳第九战区的交通枢纽,占领它就可切断两个战区通过洞庭湖的水运联系,切断两个战区的粮食供给。同时,常德还是湖南和贵州联络的交通起点,四百五十公里的湘黔公路从常德开始,直到贵州的贵阳。一旦常德丢失,连最稳固的大后方——贵州省也会受到日军的直接威胁。更关键的是,如果把国军这些有生力量扼杀在湘西,日军就可以突破湘西最后一道防线,从湘西长驱直入,直取重庆,逼迫迁都重庆的国民革命政府投降,逼迫中国沦为日本的殖民地。这一举两得、事半功倍的事，是日本鬼子做梦都在打的如意算盘。

而这如意算盘上，日本觉得常德这个算盘珠子是能够被其任意拨动的。

第一，常德地势不高，多是低矮的丘陵，并且还有一大片是毫无遮拦的平原，易攻难守。尽管有着绵延一百多公里的澧水河，但正因为澧水漫长，国军难以全线布防，任何一个缺口，都可以如决堤的洪水，将之打开。

第二，常德到日军控制的华容石首一线前进阵地，只有一百三十公里左右的距离。又坐落在一马平川的洞庭湖平原一侧，陆上、水上都可以顺利地运粮运兵，物资补给、军事应援都十分便捷。

第三，常德距离日军控制区不过一百多公里，大部队行军三天就可以赶到。作战可进可退，可攻可守。如果战局有利，可以立即集中主力实行歼灭；如果战局不利，可以迅速撤退，逃之夭夭。

占领常德，成了日本军队的黄粱美梦。

所以，日本不惜举十万大军进攻常德，企图砸开湘西这把铁锁，轰开湘西这道铁门，推倒湘西这堵铁墙，进而推翻国民政府，使整个中国都沦为它的殖民地。

一旦常德这扇铁门被撬开，整个湘西就要生活在日本铁蹄和日本屠刀下，饿殍遍地，哀鸿遍野。

面对烧到家门口的战火，湘西所有的地方武装都坐不住了。不用谁去发号施令，都本能地拿起刀枪，向常德集结，以御敌于家门之外。豺狼已经打上门来，守在家里看家护院是看不住、护不了的，必须端起猎枪，把快要扑上门来的豺狼赶出去、歼灭掉。

龙光烈和武豪干爹带着队伍上了前线。彭武生举着的"湘西抗日黑虎队"的旗帜猎猎招展。

吴点金带着自己队伍和田杏的手下上了前线。向立地举着的"湘西抗日铁血军"的旗帜迎风飘扬。

吴点金怜香惜玉，不让田杏上前线。田杏坚决要跟心爱的人一起上前线，她要当杨门女将里的穆桂英。

爹、彭武生还有三叔，也坚决要求上了前线。

这么一群头戴青帕、脚穿草鞋甚至赤着脚的湘西土兵主动请战，国军首领是不屑一顾的，眼皮都不抬地在鼻子里哼：你们这个鬼样子，打什么仗，来送死吗？

武豪干爹一听，不高兴了，怒目圆睁地吼，你讲哪个是鬼样子？我们是来打日本的，是让日本人去死的。你讲我们来送死，我们就是来送死的，我们死都要拿日本鬼子垫背！

国军首领依然不冷不热地说，你看你们都是什么样子！穿着草鞋，打着赤脚，哪像个军人？打仗，是军人的事，你们就在家里好好种你们的地。

武豪干爹说，哪个讲打仗是军人的事？天下兴亡，匹夫有责，这是自古就有的王法，到你这里就米有王法了？

国军首领说，好啊，你们打啊！你们那几杆鸟枪，鸟都打不死，还打日本？日本飞机一个炸弹，就把你们都送上西天了。

武豪干爹一听，更加怒火万丈。他把袖子一撸，指着国军首领就骂，你门缝里看人把人看扁了！你以为我没见过日本炸弹？老子打日本时，你都还没出生呢！

然后，武豪干爹脱下衣服，露出满身伤疤，说，你看，这是老子当年在嘉善杀日本杀的！你也脱下来，也让老子看看！

爹见状也脱下衣服，愤怒地喊，还有我！你看，这是当年日本给我留的。你不要用死来吓我们！

国军首领一看武豪干爹和爹满身的伤，就知道这真是战场归来的英雄，口气温和下来，说，我是为你们考虑，子弹不长眼睛，你们武器太差，不要白白送死。

武豪干爹说，哪怕是一根打狗棍和拨火棍，我们都要把日本鬼子戳死几个。

国军首领说，这样吧，念你们对党国忠心可嘉，你们就打打外围、运运伤员吧。

武豪干爹听说还是不让他们去打仗，愤怒地一脚踢在身边的一棵树上，嚷，老子今天来，就是要到最前线杀日本的，不是来打外围、搬伤员的！你让打，老子会打；你不让打，老子照样打！老子来了，就米打算活着回去！

站在武豪干爹旁边冷眼旁观的龙光烈，看火候差不多了，对国军首领说，长官，我们的武器是不如国军，更不如日本人，可我们打仗的勇气和智谋不见得不如国军和日本人。我们湘西人，祖祖辈辈都没在战场上输过。不信，你查下历史，宋朝抗金、明朝抗倭、清朝抗英，还有抗击八国联军，我们湘西人什么时候输过？你别看我们穿的草鞋、打的赤脚，我们个个不怕死，个个会打仗，我们生来就是打仗的，到了战场上，你就知道了。

一直默不作声的吴点金这时候走了过来，非常标准地给国军首领敬了个军礼说，报告！我是湘西守备军第三团团长吴点金，这些湘西土兵，都是我带来的。他们虽然武器落后，穿得破烂，但他们的确跟日本鬼子打过恶仗，跟土匪也打过零零碎碎的小仗，算是经过战火的。我也帮他们专门训练过，不会给长官和国军丢脸。再说，战场上多一个人总比少一个人好，我们就算一个人杀死一个敌人，三千多人也多杀三千多鬼子，是不是？

国军首领本就被武豪干爹和湘西子弟们的情绪感动，又听龙光烈和吴点金这样说，点头道，那好，把你们两个队伍分开吧，一个去暂编第五师，一个去暂编第六师。是英雄是狗熊，战场上见。

这样，吴点金和田杏带的一千多人临时并入了陈诚的第六战区七十三军暂编第五师，武豪干爹带的两千多人临时并入了陈诚的第六战区七十三军暂编第六师。陈诚第六战区的几个军中，本身就有两个师是原来一二八师副师长戴季韬召集旧部扩编的暂编第五师、湘西苗王龙云飞的暂编第六师组成的。前面说过，这两个师早几年就从湘西开拔到前线，奉命跟随国民革命军参加武汉保卫战、长沙保卫战、赣东保卫战、鄂西保卫战，现在又一路来到了常德。

这时候的暂编第五师师长已经被长沙浏阳人彭士量接管，隶属第七十三军，军长汪之斌，湘西永顺人。暂编第六师已经被湘西桃源人赵季平接管，隶属第七十九军，军长王甲本，云南富源人。

在常德，日军的武器是精良的，有飞机、大炮、坦克、火箭炮；国军的武器也是精良的，也有飞机、大炮、坦克、火箭炮。而湘西这些子弟兵的武器依然是落后的，除了部分机枪、手榴弹、汉阳造，就是土枪、土炮和大刀。国民党永远都会利用湘西这些子弟兵，却永远不会武装这些子弟兵，不会让这些子弟兵羽翼丰满。即便羽翼丰满了，也要一根根地拔掉，让你永远飞不起来。因为国民党永远不会把湘西子弟当作自己的亲兵和嫡系，而只是棋子和弃子。甚至连棋子都不是，因为棋子也会卒子过河，动摇和推翻其统治。当湘西子弟在战场上面对武器精锐的强大敌人时，几乎是手无寸铁一样弱小，但永远能绝地反击、绝处逢生、决一死战。

爹和龙光烈、武豪干爹在常德的第一战，就是暖水街之战。暖水街是常德保卫战阻击日军的最前沿。日军要由湖北往南攻进湖南，必须经过这条暖水街。国军要把三路包抄来的日军最终阻断在这里，日军要在暖水街把国军劈成南北两半。

暖水街，听起来是多么温馨和诗意。暖水街不仅是一条街，更是常德澧县一个一街跨两省的千年古镇。上街在湖南常德的澧县，下街在湖北荆州的松滋。叫暖水，是因为上街的湖南有一处四季如春的温泉。暖水街边还有一条非常诗意的河流，叫边山河。边山河上有一座小桥，叫澧淞桥，可谓一河润两岸，一桥踏两省。可无论这古镇、古街和河流的名字听起来多么有诗意，这诗意的韵脚，都曾经那么残酷地扭曲；这诗意的意境，都曾经那么疼痛地悲怆。

爹和龙光烈、武豪干爹到达暖水街时，暂编第六师已经在街河跟日军激战了四昼夜。龙光烈和武豪干爹带着援军赶来，暂编第六师一下子多了两三千人，如虎添翼，自然高兴。

当爹和武豪干爹赶到暂编第六师时，不禁惊喜交加：他们没想到，这个暂编第六师师长居然是赵季平，是嘉善阻击战时一二八师的参谋长，是他们的老上级；这暂编第六师，依然清一色的湘西老乡。他乡遇故知，战友见战友，那种亲切，是骨子里的亲切。可是当他们见到这些老乡时，同时也惊掉了下巴：这些老乡跟着国军出去打仗好几年了，怎么还是这样落后的武器装备？拿的还是汉阳造、土枪、马刀、杀猪刀，穿的还是自己的土布衣、草鞋，甚至打着赤脚。这跟武豪干爹他们又有什么区别呢？湘西人拼了这么多年命，还是这样不被当人看。真是没有良心。武豪干爹不禁骂了一句国军的娘。暂编第六师的人说，你们现在看到的，比以前好多了，现在至少给我们配备了一些重机枪、轻机枪，但这些机枪都是我们在战场上跟敌人拼命缴来的。暂编师，暂编师，我们是暂时编进来的，会随时解散，所以也想得开，只要能上战场杀日本鬼子，为那些死去的兄弟报仇，这些都不算什么。

听到暂编第六师的兄弟故作轻松的语调，爹和武豪干爹都很庆幸龙光烈有远见，用桐油和汽油跟辰溪兵工厂换了些枪。要不，真正肉搏，搏得了几个？

龙光烈说，现在我们不说好歹，说也米有用，一心打仗，消灭日本，把日本赶出去才是硬本事。

日军照样是先用轰炸机开路，血洗几次。然后大炮开路，血洗几次。最后在坦克庇护下，以一个师团的兵力，荷枪实弹碾压过来。

暖水街被炸成一片废墟。还没在暖水街开上一枪，暂编第六师就损兵折将。龙光烈和武豪干爹带的"湘西抗日黑虎队"也伤亡不小。

此时正是枯水期，边山河较浅的地方，可以涉水而过。日军凭着坦克、大炮的掩护，一路从边山河桥上杀过来，一路从边山河桥下杀过来，炮声隆隆，车轮滚滚，枪声阵阵。日军以为有坦克开路，就是车轮碾蚂蚁。没想到他们要碾压的是一堵最为坚固的灵魂铜墙铁壁，是一座最为高大的心灵界山。一到河心，暂编第六师的炮火，就带着仇恨和愤怒，冰雹似的从天而降。日军成片倒下。边山河瞬间成了血染的红河。

日军不得不仓皇撤退。日军绝对不会善罢甘休,他们知道暖水街决定着整个常德会战的成败,他们必须卒子过河,攻破暖水街。他们增加了一个师团的兵力,以两个师团的兵力再次冲锋。

一个一路抗战过来,严重缺员的暂编第六师,和武豪干爹的两千多人,要在边山河畔的暖水街阻击强大的日军两个师团,那种残酷和艰辛,可想而知。

两个师团的日军从边山河对岸压过来时,是不是像好几万头野兽过河?那条小小的边山河会不会因好几万头野兽过河而涨起几米浑水、溢出边山河岸?

那皮毛厚重的几万头野兽狂奔而来时,张开的血盆大口,有如河马一样可怕和丑陋。暂编第六师的将士和武豪干爹他们,把所有的枪弹喷吐过去,敌人还是像乌鸦群一样黑压压地过了河、上了岸。敌人毛冬瓜一样在河里翻滚浮沉的尸体,根本阻不住同伙前进的脚步。

爹和武豪干爹他们只好随着暂编第六师退守到暖水街的街心,进行短兵相接的巷战。

巷战和山地战是湘西子弟最拿手的。湘西子弟们各自埋伏在民居里、街巷边。敌人也只能分成无数个分支和群组,在街巷边、民居里搜寻。街巷和民居的湘西子弟是诱敌深入,更多的湘西子弟在外围形成了几个包围圈,等敌人一进入暖水街心,就一层层包抄,一层层围歼。

暖水街也已经被炸成断壁残垣。到处一片狼藉。到处黑乎乎的。余火、余烟还在燃烧和飘飞。湘西土兵们都各自躲在一个角落,等待敌人进入伏击圈。他们每人手上一个秘密武器,这个秘密武器就是铜哨。如果哪儿敌人一多,就赶紧吹铜哨传信,周边的人就立马赶过去增援,杀敌完毕,又立刻四散,各自伏击。这叫吹哨传花,就是吹哨传信。如此,此起彼伏,到处都是铜哨声,到处都是喊杀声。敌人从没见过这种阵法和打法,被铜哨声弄得晕头转向,端着枪不知道往哪里追,不知道对手究竟藏在何处。而当他们犹豫的时候,湘西土兵乘机跃出,他们还没弄明白是怎么回事,就成了刀下鬼或枪下魂。外围的乡亲也呐喊着,像猛虎下山一样，一层层包抄过来，杀将过来，杀得鬼子丢盔弃甲。

在暖水街拉锯似的血战了八天八夜，日军再怎么集中兵力强攻，都拉锯似的你来我往、敌进我退、我进敌退，暖水街和边山河都牢牢控制在我方手里，敌人始终无法突破这条防线。敌人不能再拖延时间，只好改弦易辙，将第三师团和第十三师团两个军的兵力，改由石门方向向常德城冲击，从石门寻找突破口。

湘西永顺人汪之斌带领的第七十三军，此时正在石门严阵以待。清一色湘西子弟的暂编第五师就在汪之斌麾下。吴点金、田杏和向立地，这时也在汪之斌麾下。

石门是一座南北朝就建了郡县的古县城，可谓历史悠久。澧水和溇水都钟爱这个地方，在县城拥抱交汇。石门有一座闻名全国的寺庙——夹山寺，据说是明末农民军起义领袖李自成归隐和埋葬的地方，但一直没有明确的证据，直到1981年官方整修夹山寺，通过寺旁的"奉天玉和尚墓"的形制和出土的奉天玉玺等多件文物，才正式盖棺论定："奉天玉和尚墓"就是李自成的闯王墓。这也跟与石门相距不远的张家界永定区古县志记载李自成曾经路过永定并埋藏了不少金银财宝的传说相呼应。夹山寺因此真正成了李自成的人生避难所和灵魂安放地，成了庇佑一代闯王的风水宝地。石门因此守护住了一段历史的隐秘，也揭开了一页历史的真相。

这样的历史，吴点金和田杏肯定是不知道的，他们知道的只是日本鬼子已经把石门撬开了门缝，一只狼爪已在门内，另一只狼爪还在门外。他们必须斩断探进门内的这只狼爪。

汪之斌带领七十三军到达石门时，石门居然连个像样的防御工事都没有，只有一条二十来公里长的简易战壕，像蚯蚓一样，一捏就断。本该据守石门的第四十四军，因是第九战区司令官王缵绪嫡系，早已奉命逃之夭夭，由湘西人汪之斌率领的第七十三军，只能赶快加固战壕，抢修碉堡，准备迎敌。

汪之斌的七十三军，跟四十四军一样，是战斗力最弱的一支部队。

史料记载，除了湘西子弟组成的暂编第五师是打出声威的钢铁师，其他两个师都一触即溃。鄂西会战，汪之斌的第七十三军人员伤亡严重，补充的一万多人都是抓壮丁抓来的新兵蛋子，没有战斗经验，也没有抗敌意志，枪炮声一响，很多新兵吓得屁滚尿流，丢枪逃跑，只有暂编第五师孤军奋战。

暂编第五师开始也是被人瞧不起的杂牌军，暂编第五师的湘西子弟在首任师长戴季韬带领下一路屡建奇功，才得到了蒋介石的另眼相看。蒋介石有意要把这支部队变成自己的部队，瓦解湘西地方势力，先是以明升暗降的形式把戴季韬调离，然后相继派遣郭汝瑰和蒋介石黄埔军校第四期的同学彭士量任师长。从戴季韬开始，每一任师长都带兵有道、带兵有方，加之暂编第五师的不少人是参加过嘉善保卫战的一二八师老兵，暂编第五师就磨炼成了一支威震敌胆的钢铁师。相比暂编第六师，暂编第五师因为蒋介石的器重，待遇、武器都好了不少。

可就是这样一支骁勇善战、威震敌胆的钢铁之师，却在石门遭遇了灭顶之灾。

由于第七十三军的另两个师基本都是抓壮丁补充进来的新兵，仗不会打，战壕不会修，工事不会加固，一切都只能依靠暂编第五师的湘西子弟。暂编第五师从一二八师时代开始，就有工兵营。到郭汝瑰时代，工兵出身的郭汝瑰更是对修筑工事进行了严格的训练，不仅要求工兵营会修筑工事，还要求所有士兵都会修筑工事，要求每小时挖土半立方才算合格。修工事时，必须正面和侧面相互掩护，不能相互掩护不叫作阵地。最基本的步兵班里面，也要轻机枪小组和步枪小组互相掩护。这样严苛的训练，在石门防御工事如此薄弱的情况下派上了大用场。暂编第五师的将士们，在彭士量带领下，人人先按要求挖战壕、筑掩体、修碉堡。全师上下在短短的半天内，不仅坚固了战壕和掩体，还修筑了几十个碉堡，防御能力大大加强。

吴点金和田杏星夜兼程赶到石门时，石门城外的战壕、掩体、碉堡等防御工事已经加固完毕。吴点金和田杏就命令带去的所有人去磨刀。

他们并不是轻松走过来的，而是一路杀过来的。跟日军几天的厮杀，他们手里的刀都钝了、卷了、缺口了，是砍日本人脑袋砍钝的、砍卷的，是卸日本人手脚卸缺了口的，得重新磨锋利。河里有的是磨刀岩，光溜溜的、带着砂性的矾子岩，磨刀时，有砂砾摩擦的感觉。河边蹲满了磨刀霍霍的湘西子弟。他们起伏磨刀的身影，是河边最俊美的剪影。

与暖水街不同的是，石门是典型的山区。最高的山高达两千多米。这对习惯了山地战的湘西子弟来说，是一件好事。

吴点金和田杏在石门的第一战，就是笔架山之战。

石门城边的笔架山，雄奇、阳刚而妩媚。笔架山用它特有的笔、架和墨记录下了这场惨烈的战斗。

日军照例先动用了四十架轰炸机轰炸，又动用了几十门重炮轰击，可谓山呼海啸、惊天动地，笔架山立马被烧成了一片焦土。

笔架山只有湘西子弟一个团的兵力，而日本有两个联队的兵力。兵力不及日军五分之一，火力就更无法相比了，那简直是一个在天上一个在地下。

吴点金一门心思带兵杀敌，却又担心田杏安全，就跟向立地说，你的任务就是多长一双眼睛，保护好你嫂子。

向立地一个立正，保证说，用命保护好嫂子，不让日本鬼子伤嫂子一根毫毛。

在吴点金面前，田杏是个娇小姐；在敌人面前，田杏是个英雄汉。她的一身双枪绝技不是白练的，点射敌人，一枪一个准。

向立地虽说不是弹无虚发，但几年的军旅生涯下来，也能百步穿杨。

吴点金在云南陆军讲武堂学的是炮兵科。可当时的国军只会造一种打击距离最短的迫击炮，即便是迫击炮，各种配件都需要进口。当时甚至连步枪的木质枪托都需要进口，更不要说火炮的零部件了。开战后，日本一封锁，这些零部件都进不来，迫击炮也无法生产。炮器的奇缺，就造成了炮兵人才的大量浪费。吴点金所学的炮兵专业再宝贵，他这种炮兵人才再高端，都派不上用场。他在战场上，简直是高射炮打蚊子，严重浪费人才。

吴点金听说，前两个月从鄂西战场来了个炮兵团驻扎在沅陵官庄，在那里集训。他兴奋地跑到沅陵官庄，摩挲着那些大炮，爱不释手。他找到驻守沅陵的老首长，要求把他调入炮兵团，领导还没来得及给他办，日本鬼子居然就捷足先登地杀来了，他的炮兵梦破灭了。但他想，这么大一场战争，炮兵团肯定也会开进常德来助战。可是激战这么多天了，吴点金只看见敌人的飞机大炮轮番轰炸，坦克船只一同登陆，却不见我军一声炮响，真是憋了一肚子火。难道炮兵团没有来吗？其实，暂编第五师有两门迫击炮，但迫击炮早已经弹尽粮绝，成了摆设了。

当敌人在坦克掩护下前进时，吴点金只能等敌人靠近再集中火力开打。太远了，他们这些汉阳造打不远，土枪根本打不着，杀伤力最大的，也就是扔不了多远的手榴弹和炸药包。他告诉田杏和向立地，你们负责清扫坦克周围的日军，我负责炸坦克，炸掉一辆坦克，等于消灭一百个敌人。

田杏、向立地的手榴弹和枪子，就专门对着坦克周围的日军轰炸和扫射。浓烟一起，吴点金抱起炸药包，几个翻滚就往坦克肚子下塞，这样，一连几次配合，炸掉了日军好几辆坦克。

遗憾的是，由于另两个师一触即溃，暂编第五师的湘西子弟们再英勇善战，也敌不过日军数倍的兵力和无数倍的火力。吴点金想，轰炸机难以打下来，炮兵阵地是可以想法攻击的。作为曾经的炮兵，他太知道炮兵阵地的重要性。于是，他带着队伍去端日军炮兵阵地的老窝。

跟随日军作战的是野炮第三联队，一千六百多人，几百门炮，所用炮弹全是先进的75毫米野炮和105毫米榴弹炮。要袭击这样精锐的一个联队，只能夜袭。

在侦察到敌人野炮联队的老巢后，吴点金就开始了他人生中极为精彩的一笔。

湘西十一月的夜晚是寒冷的。连绵的阴雨，使得湘西的夜晚更加寒冷。日军野炮联队的士兵们有的已经入睡，有的还在烤火。熊熊的火光，照在日本士兵的脸上时，就像一阵阵耳光抽在吴点金脸上。他想，侵略者在自己的家园大摇大摆地烤火，自己却在冷风中打战，真是辱没祖宗。当日军野炮联队的最后一缕火光熄灭后，吴点金和湘西子弟们愤怒的火光爆发了，一排排手榴弹，像一道道黑色的闪电，划破夜空，落地开花。天女散花后，天兵天将冲入敌阵，把还在睡梦中的敌人一一刀削。几十包炸药，把十几门野炮炸飞。待敌人惊魂甫定，四周敌人合力反扑时，吴点金已经带着湘西子弟们撤到远处了。

这速战速决的一战，杀死敌军炮兵两百多名，毁坏敌人炮架十几门，而吴点金和湘西子弟们却毫发未伤。吴点金和湘西抗日铁血军名声大噪。

悲哀的是，七十三军的十五师和七十七师所据守的两个重要战略据点，居然被敌人几个小时就拿下了！两个师都像泄洪一样迅速溃退，很多新兵放下枪逃之夭夭，不见踪影。即便七十三军有暂编第五师这样战无不胜的钢铁师，有湘西抗日铁血军这样攻无不克的外援，也无济于事。在既无粮草也无援军的情况下，汪之斌宣布撤退。撤退时，无人愿意打掩护，汪之斌只得令暂编第五师留守阻击，掩护全军渡河撤退。日军的两个师团四万多人，全部大兵压境，集中对付已经不足两千人的暂编第五师和吴点金不足一千人的湘西抗日铁血军！

三千人对四万人！几千把土枪、大刀对几十架轰炸机、几百门榴弹炮和几百辆坦克！这实力说不出的悬殊，这就是让暂编第五师全部送死！

但湘西子弟不怕死。他们知道留下来就是死，但大丈夫为国而死死而无憾！他们在师长彭士量带领下，勇猛顽强、舍生忘死地与强大的日军血拼了一整天。有的在敌人的血腥轰炸中倒下了，有的在与敌人肉搏时倒下了，有的抱着炸药包冲入敌阵与敌人同归于尽了。师长彭士量在有心杀贼无力回天的壮志未酬中，流尽最后一滴血，含恨九泉。当暂编第五师和吴点金、田杏的抗日铁血军拼死苦战一天，掩护全军撤退完毕时，日军已经占领对岸。暂编第五师就成了后有追兵、前有劫匪，无路可退了。加之连续多天的大雨小雨，澧水河暴涨，天灾又成了围堵湘西子弟的天敌。湘西子弟只好跳下冰冷的滔滔洪流，强行泗渡。头上敌机轰炸，两岸机枪扫射，身边漩涡滚滚，湘西暂编第五师除了几十个水性极好却也被冲到下游的人幸存下来之外，其余全部阵亡。暂编第五师从开始组建的一万两千多人，一路征战，一路牺牲，最终在澧水河畔化作一朵渺小的浪花，随着滚滚洪流消失在历史的长河中。

咆哮的澧水，滔滔的巨浪，仿若天怒人怨的声声哭诉和呐喊。

幸运的是，吴点金和田杏没有带着剩下的三百多人强行泗渡澧水，而是趁乱突围，逃进深山，捡回了三百多条人命。

为期一个半月的常德保卫战，虽然最终以我方收复了常德城而告终，但中国军队伤亡五万余人，第一五〇师师长许国璋、暂编第五师师长彭士量、预备第十师师长孙明谨三位将军壮烈殉国，第五十七师"虎贲"之师全军覆没，没有正式名分的湘西暂编第五师也是全体阵亡，同样没有名分的暂编第六师和武豪干爹、田杏的两支野路子队伍，也有三分之二的人把生命留在了保卫常德的战场上。他们都成了时代的流星，耀眼划过，瞬间消失。

二十四

回过头来，我再写龙光烈和爹。

常德保卫战，残忍的日本鬼子打不赢时，就使用了毒气弹。常德保卫战中，对每一根难啃的骨头、每一场难赢的战斗，日本都使用了毒气弹、燃烧弹。燃烧弹瞬间把人、把物化成灰烬。毒气弹瞬间把人熏倒，如果不及时逃出毒气圈，中了毒得不到救治，也很快死亡。

在常德，日本侵略者主要使用了两种毒气弹。

一种是光气。光气是一种窒息性毒气。当日本鬼子全副武装地戴着防毒面具喷射光气时，我的那些湘西子弟和国军将士，立马就难受得不断咳嗽，越咳嗽呼吸毒气就越多，不一会儿就肺气肿、肺水肿、窒息、胸闷、恶心、呕吐，哪里还有什么战斗力？日军乘机一枪一个一刀一个。没战死侥幸逃脱的，也会因中毒严重，数天内死亡。

一种是芥子气。当日本鬼子把芥子气毒气弹扔过来时，我的那些湘西子弟和国军将士，眼睛就疼痛不止，那种火烧般的炙热和灼痛，比进了辣椒水还难受。十几分钟后，眼睛就红肿如胡萝卜，长出的大水疱杏李一样大，时间一长，眼睛就溃烂、溃疡并失明。同时，全身起红斑和水疱，奇痒无比，最后化脓糜烂。如果吸进肺腑，喷嚏连天、声音嘶哑、咳嗽咳血、腹痛呕吐，引发各种器官衰竭。

好在湘西男人无论老少都戴青丝帕，也好在湘西抗日队伍里有龙光烈这个医生，湘西子弟相对中毒不多。

当龙光烈看到日本鬼子全副武装地戴着防毒面具奔袭而来时，就命令所有的人赶快把青丝帕取下来，从前面蒙住口鼻，把头包起来，马上撤离。湘西子弟都会听从龙光烈指挥，不敢恋战，赶快撤离。而那些杀红了眼的国军却不会听一个外来的野路子医生的调遣，结果，许多人中毒后窒息倒下，再也没有醒来。那些逃出来的，也因为中毒而痛不欲生。

面对重重包围，不是想杀出去就能杀出去的。不少湘西子弟也中了毒。龙光烈看到乡亲们痛不欲生的样子，心急如焚，这还怎么消灭日军？用不了几天，就全被折磨死了。俗话说，病急乱投医，龙光烈是病急乱行医，死马当作活马医。他每天不停地上山采药，不停地试用，结果还真找到了对付芥子毒气的良药。

湘西大山里有的是中草药。龙光烈每天带着爹躲过敌人的视线，上山采药。他把新鲜的金银花藤、苦楝子、穿心莲、蒲公英、黄连、黄柏等有消炎、解毒和止痒效果的中草药跟硫黄混在一起，用大锅熬成汤药，让每人每天全身擦洗数次，那芥子毒就慢慢消失了，那溃烂的皮肤和水疱就慢慢痊愈了。

龙光烈配制的草药在全抗日阵地迅速推广，那一壶壶一盆盆的汤药，成了一道救苦救难的圣水，把无数抗日志士从死神手里夺了回来。龙光烈也被人们称为活菩萨，成了照亮阵地的一道佛光。

机缘巧合的是，他在战场上遇见了韭菜干娘的姐姐吴玉音。这让龙光烈和爹都格外惊喜。

吴玉音是从省城抽调到战地医院来支援前线的。国难当头，战事吃紧，无数的医生和护士都纷纷报名上前线，救死扶伤，吴玉音也不例外。

得知湘西土兵有效地治疗了芥子毒，阻止了芥子毒的蔓延，战区命龙光烈把药方提供给各营区，但有的营区没有湘西战士，那些草药一般人认不出来。即便常德也属于大湘西，但很多草的名字跟小湘西却不一样，所以，有的营区就派人来到龙光烈的阵地取经，有的营区就直接请龙光烈过去传经。杀毒灭菌，救治毒气弹下的战友，成了龙光烈最重要的任务。

驻扎在常德城边的战地医院，是救治伤员的主要医院。龙光烈奉命去战地医院传授救治经验。当龙光烈带着我爹到达战地医院时，却意外地见到了韭菜干娘的姐姐吴玉音。

自龙光烈跟吴玉音在武豪干爹和韭菜干娘的婚礼上见过一面之后，两人就开始了书信往来。一来二去，那粒粒汉字就是粒粒火种，在两人心里燃起一堆烈火。一天不见信，三天不新鲜。三天不见信，比三年日子长。两人不知不觉间都掉进了深不见底的爱河。

不想，这一个牛郎，那一个织女，居然在常德的战地医院相见了。残酷的战场上，居然有这种从天而降的幸福。两人不顾其他人在场，冲上前去，热烈相拥。

龙光烈问，你怎么也来打仗了？

吴玉音说，你不是也来了吗？

龙光烈说，男人打仗，保家卫国，天经地义。

吴玉音说，女人打仗，也是保家卫国，天经地义。

爹插言说，古有花木兰、穆桂英，如今又多了一个吴玉音。

吴玉音见爹插话，问爹，我妹妹米来吧？

爹说，你妹妹米来，武豪哥来了，在前面打仗。

吴玉音说，我想我妹妹也不会来，打仗不是他们老师的事。还有哪个来了？

爹说，彭武生、吴点金、田杏他们都来了，好几千人呢。

吴玉音说，愿菩萨都保佑他们。

龙光烈上下打量了一遍吴玉音说，枪炮米伤着你吧？

吴玉音说，米伤着，我在战地医院治疗伤员，没在最前线抢救伤员。你呢，伤着米有？

龙光烈说，皮肉伤，米得事。

吴玉音说，那走吧，我们上山采药去。

战争不等人，枪炮不等人，死神不等人，龙光烈和爹，带着吴玉音战地医院的一行人去采药了。

相逢虽然短暂，但这特殊时刻的特殊一遇，却比千万道闪电耀眼，比千万钧雷霆激越。龙光烈战场上发明的这一锅汤药，让吴玉音看到了龙光烈英俊外表下的绝代风华；而吴玉音在战场的突然出现，简直就是黑云层层的天空下忽然飘来的一个光芒万丈的仙女，让龙光烈的心里全是亮闪闪的光和光闪闪的亮。

龙光烈和爹，带着吴玉音等几个医生上山采药，又让龙光烈和吴玉音有了特殊的一次相聚。

说是采药，其实更多的是辨别药。吴玉音虽然是在湘西长大，又是医科大学毕业，山花野草照样认不全。摘下的叶子，挖出的根，扯断的藤蔓和剥下的树皮，不在山上现场去看，很难辨别。

他们一起上了常德城郊外的一座山——河洑山。

河洑山在常德城的西边，是武陵山脉的余脉。山不高、不大，却连绵起伏，一直融入雄伟的武陵山。山虽然不高、不大，很不起眼，却是西路日军攻进常德的咽喉。这道咽喉不破，日军无法插入常德城的心脏和肺腑。所以，早在1943年5月，国民党就派了七十四军五十七师守卫常德。常德保卫战打响后，五十七师师长余程万派了一个团守卫河洑山，以便随时阻击来犯之敌。

一个团的兵力守卫在河洑山，河洑山自然是安全的。龙光烈和爹带着吴玉音他们满山辨认草药、采摘草药。遇到守卫河洑山的士兵，都会对他们报以礼貌的一笑。

河洑山的十一月跟所有南方的十一月一样，青山滴翠、青绿满眼、青葱逼人，野菊花胭脂扣般漫山遍野开放，山茶花野白鸽般满山满树停落。残酷的战争，似乎已在此刻走远，只留下阳光、和平和美好的心情。在这空旷而宁静的山野里，每一丝空气都是清新清甜的，每一缕阳光都是明净明澈的，连绵阴雨过后的天空，被雨水清洗无数遍后，也变得格外碧蓝、高远和明亮。心情大好的龙光烈用野菊和山茶，编了一个花环，戴在了吴玉音的脖子上，心思与情意，都在这美丽无声的花环、花朵和花语里。身为医生的龙光烈，也需要一剂良药来医治自己的心病。

吴玉音幸福地接过花环，嫣然一笑，你这算是求亲吗？

龙光烈不好意思地搓手，然后用力地点头说，是。

吴玉音笑，你这太快了吧？比射出的子弹还快。

龙光烈也笑，我们湘西不是有一首歌这样唱的吗——天上飞来大雁鹅，桂花树上轻轻落，急得哥哥像猫抓，再不开枪要打脱。

吴玉音笑，那我们湘西还有一首歌是这样唱的呢——郎扯藤动藤藤动，霜打叶红叶叶红，只要阿哥有阿妹，磨刀不误砍柴工。

龙光烈笑，是的是的，磨刀不误砍柴工，冷水泡茶慢慢浓。反正你是我的了，你想跑也跑不脱了。

风卷残云的残酷战地，居然催开了别具浪漫的爱情之花。没有热吻，没有激情，甚至没有牵手，一把锁就把一颗心锁住了，一把钥匙就把一颗心打开了。两个人，坐在鲜花盛开的草地上，幻想鲜花铺满的爱情。

可是这短暂的爱情幻想，立刻被一阵枪炮声惊醒了。日军居然在这样一个晚霞燃烧的黄昏，突然向河洑山发起了进攻。

龙光烈立刻背起草药篓，拉着吴玉音，往大山深处跑。

爹和其他医生，也背着草药篓，紧跟其后。

龙光烈和爹知道，这不是恋战的时候，绝对不能跟着五十七师一起打阻击，否则真可能出不去，那么就不能安全护送吴玉音和几个医生回战地医院，那些中了毒气的战士也不能得到及时救治。

五十七师的将士也对着龙光烈和爹喊，往山里面跑，跑得越远越好！

在大山里狂奔的龙光烈和爹，很快把日本鬼子的枪炮声甩得很远。

日本的枪炮声甩得越来越远的时候，夜也越来越深。白天青葱碧绿的山峦，此刻全成了黝黑朦胧的山影。龙光烈和爹走惯了夜路、习惯了山路，吴玉音和几个医生，则是盲人摸象般深一脚浅一脚。冷风、阴风都嗖嗖地刮过，无数的树枝就像无数的黑蛇在晃荡、蠕动。龙光烈怕吴玉音冷，脱下衣服给吴玉音披上，然后拉着吴玉音一起走。龙光烈的一句"我要牵你走一辈子"，让吴玉音记在了心上。

爹怕龙光烈冷，脱下自己的衣服，要给龙光烈披上。龙光烈哪里肯依，推了老半天还是披回到爹身上。爹转身给了一个女医生。

爹一直走在最前面探路。几个男医生在后面紧跟着殿后。没有月光的夜晚，各种此起彼伏的虫鸣，就是各种此起彼伏的路灯，为夜行人呐喊壮胆，助威壮行。

其实，深山是有人家的。战争爆发，这些人家早就疏散或者转移了，只留下空荡荡的小木房和泥瓦屋。远远望去，夜晚的小木房和泥瓦屋，像一口口等着日本鬼子的黑棺材。

快到村口时，龙光烈让大家停下，原地休息。他带着爹，进村子找吃的。大家都快一天没吃东西了。

爹说，大家一起去吧，都饿了。

几个医生也说一起去。

搞侦察出身的龙光烈说，我跟家云先去摸摸底，确认安全了，再回来喊大家。

爹说，这深山老林里，还会不安全？

龙光烈说，日本鬼子打进来了，哪里都不安全。小心驶得万年船。

于是，龙光烈和爹先进村里侦察。吴玉音和她的同事在村外等待。

龙光烈和爹轻手轻脚地摸进村子里，冷不防，十来个日本鬼子端着枪冲了出来，还放了两枪。

你们，什么的干活！

龙光烈急中生智，赶紧说，我们回家。

你们哪家的有？

龙光烈随便指了一个方向。

他们一天没吃东西了，本想给大家找点东西吃，不想，连这深山里的老山寨也被日本鬼子占领和驻扎了。幸好，龙光烈和爹是来帮战地医院采药的，没带刀枪，背着一背篓的草药。也幸好，日本鬼子为了吓唬龙光烈和爹，胡乱放了两枪。吴玉音和她的同事听到枪响，赶忙后退，隐蔽起来。

正愁找不到当地人的日本鬼子，团团围住龙光烈和爹，搜了个遍。

一个日本鬼子还用枪挑着那些新鲜的草药问，这个，什么东西的有？

龙光烈说，喂猪的猪草，我们在山上扯的猪草。

狡猾的日本鬼子见问不出什么，就不再盘问龙光烈，转头问爹，你们从哪里来的有？这么多天哪里去了的有？

敌人猛地跳出时，爹吓出了一身冷汗。天啦！真有日本鬼子！爹一边惊叹一边暗自佩服龙光烈的英明。

见多了世面的爹，也很快镇定下来。爹说，我们走亲戚去了，去了好几天，回来的时候天黑了。

觉得没什么可疑后，日本鬼子才放心地拿枪逼着龙光烈和爹往龙光烈刚才指的方向走。

龙光烈故意不肯走，大声嚷嚷，你们这么多人拿枪逼着我们搞什么啊？大路朝天，各走半边，我们走我们的，你们走你们的，我们自己回家，还找不到路吗？

他这是给吴玉音报信，让他们不要管他俩，赶快走，他和爹是山里长大的，找得到脱身的办法。

龙光烈想，他随便指一家简单，可是他哪里有钥匙？他假装边走边摸钥匙。日本鬼子却以为他摸武器，一枪托砸过去，吼道，你的什么干活？龙光烈说，我找钥匙，找不到了，钥匙在路上丢了。

爹赶忙上前扶起龙光烈，轻声耳语，不用钥匙。哥，他们肯定住村里了，哪家灯亮着，就往哪家走。

龙光烈一听，内心一喜，拉着爹就往灯火亮着的人家走。

到了一家门口，龙光烈拉着爹站下，故意装作害怕，踌躇着不敢进。

门外的鬼子拿起枪托对着龙光烈和爹又是一顿砸，边砸边骂着八格牙路。门外的打骂声，惊动了里面的日本鬼子。随着一阵叽里呱啦的声音，门开了，里面的鬼子走出来，而且还是军官的装束，军官后面，跟着一位当地打扮的老人。原来这家住着日本军官！这让龙光烈自己都惊出一身冷汗，天不走，地不走，怎么单单就走了这家呢！日本军官肯定比士兵更不好糊弄。

日本军官问明情况后，反手就给了站在前面的爹几个耳光。日本军官边扇边用半生不熟的中国话骂，你们的，大半夜的，吵醒老子，找死！你们来干什么？中国军队的探子？

龙光烈赶忙把爹拉到身后，对日本军官说，太君，我们是这村里的人，这是我们的家，我们是回家，回家！

爹捂着腮帮子，假装委屈地说，我们哪里晓得有人住到家里。乡下人外出，天长路远，半夜回家是常事。

跟在日本军官身后的这个老人，其实是这家的主人。他是半截身子埋进黄土的人，死活不肯躲避战乱，要留在家里看家，正好被日本鬼子抓着服劳役。

龙光烈和爹被狠狠地推进来时，这个长者看龙光烈和爹的装束，就知道是从湘西来的少数民族乡亲。听龙光烈和爹说这是自己的家，老人一下子明白是怎么回事了。他赶忙疾步上前，指着龙光烈和爹骂，你们两个砍脑壳的，没有良心，把我一个人放到屋里这么多天不管，我死到屋里都没有人晓得！

电光石火间，龙光烈一下子也明白过来，这是这房子的主人，主人在演戏救他们。龙光烈赶忙拉着爹一起跪下，给长者磕头，喊，爷爷，我们出门时还好好的，哪晓得这几天打仗，我们转来不得，到处是飞机大炮和子弹。

爹也磕头喊，对不住爷爷，让爷爷担心了。

老人说，你们真是我张青山的不孝儿孙啊！你们父母死得早，我一个人把你们拉扯大，白养了！我七十年白活了，养了你们这些不肖子孙！

老人这是给龙光烈和爹递信——这是张家，他叫张青山，七十岁了，你们父母不在了，别让鬼子一问三不知，看出破绽。

龙光烈心领神会，继续磕头道歉，说，孙子张光烈给爷爷认错。来，光海，你也给爷爷磕个头认错。我们不孝，让爷爷担心了。我们没有丢下爷爷不管，这不是回来了吗？

爹也立马心领神会，说，爷爷，米有你，我和哥哥早就饿死、冷死了，我和哥哥怎么会丢下你呢？真是外面打仗，我们要躲炮弹啊。

老人看两个被日本鬼子抓来的人很机灵，听明白了他的意思，稍微放心了些，他上前拉起龙光烈和爹，说，起来吧，回来了就好。回来了，爷爷就不怪你们了。

老人指着日本军官对龙光烈和爹说，这是坂本太难太君，住在我们家，我现在天天给他做饭。

龙光烈和爹马上恭恭敬敬地笑着跟坂本太难打招呼，太君好！

老人又对坂本太难说，这是我两个孙子，张光烈、张光海。

坂本太难见是老人的两个孙子，马上笑嘻嘻的，拍着龙光烈的肩膀说，吆西！吆西！你们回来了，大大的好，你们的，明天的，和你爷爷一起给皇军干活。

龙光烈连连点头说，非常乐意为皇军干活，我们可以给皇军干什么活？

坂本太难说，你们的，湖南的菜大大的好吃，给我们皇军做好吃的有！

龙光烈信誓旦旦，这个，我们最拿手了，保证皇军吃好。

龙光烈和爹暂时涉险过关。

吴玉音和她的几个同事在大山里转悠了一个晚上，到天亮才发觉，居然又转回了河洑山。

吴玉音对战士们说，看样子老天爷不让我们回去了，那我们就跟日本鬼子战斗到底。

幸好，这时遇上了守卫河洑山的五十七师的将士。

河洑山的将士知道吴玉音他们是来采药治毒气的。先让吴玉音把草药一样留了一些样品，方便五十七师使用，然后说，成千上万人的生命等着你们挽救，你们不能留在这里死拼，一定要突围出去。我们掩护你们，现在是大白天，分得清方向，你们从另一个方向突围出去。我们派一个班保护你们!

这样,吴玉音和她的战友在五十七师士兵的保护下顺利突围到了战地医院。成千上万被毒气弹毒害的将士及时得到了救治。事后的战报是,五十七师有五百多名战士跟日军两千多人在河洑山血战了四天后,全部壮烈牺牲!

吴玉音和护送班的战士,面对河洑山的方向,悲恸而庄严地敬了个军礼。这五百多将士不但用生命保卫了常德,也保卫了吴玉音和她的战友。尽管她还不是军人,只是临时抽来的随军医生。

龙光烈和爹从张青山老人口中得知,村里大部分人在鬼子来之前,就逃了出去。少部分不相信鬼子会这么快来的,都惨死在鬼子的屠刀和子弹下。附近的几个村子被鬼子烧杀抢掠、一番洗劫后,一把火烧了。这个村子因为要驻扎一个联队,就幸存了下来。他能侥幸活下来,是因为这个坂本太难突然发现,一旦杀光了村民,没有人给他们带路,而他是个老头子,又没反抗能力,让人放心。老人说,我给鬼子带过一次路了,我现在是个罪人。我用菜刀割过手腕,被他们发现,救了过来,还被毒打一顿。我也上过吊,也被鬼子发现,没有死成。也难怪,他们时刻看着我,想死死不成。现在你们来了,报仇的机会也来了。一定不能便宜了这些狗日的,不能让他们祸害中国人了。鬼子能暂时留下你们两个,是因为他们抢来的粮食快吃完了,鸡鸭猪牛也都杀光了,肯定是想让你们帮忙弄吃的。

听了老人的讲述,龙光烈心如刀绞。在一群日本侵略者面前,他明白老人内心的痛苦和煎熬。龙光烈说,老人家,感谢你今天救了我们。你要好好活着,不要再想死,我们一起想办法。

龙光烈知道,要想活着出去,就得先获取日本鬼子的信任。

于是龙光烈和爹每天变着花样,给日本鬼子弄好吃的,还每天单独给坂本太难开小灶。

在几个日本鬼子的监督下,龙光烈每天都出去给坂本太难找好吃的。今天打几只野鸡。明天套几只斑鸠。后天采摘一些野菜。有一天在一个有水的山洞里,龙光烈还抓了十几只石蛙。

爹和张青山老人就在家里,帮着日本伙夫给日本鬼子做饭。变着花样做。火锅。蒸菜。炒菜。样样色香味全。吃光了鸡鸭猪牛,又有了野鸡、斑鸠、鱼虾、石蛙。虽然是些普通的蔬菜、野菜,但都做出了很多种花样。普通的白菜、豆角,除了炒新鲜的,爹和张青山老人用坛子腌上三五天,就是酸爽酸脆的人间美味。那剁碎的野鸡、斑鸠分别用辣椒、姜葱爆炒时,更是满山飘香。清炖的石蛙,更是人间天上都难得的美味。

爹和张青山老人还把野菜、野草磨成浆,跟糯米粉、大米粉搅拌在一起,放上白糖和芝麻,做成野草野菜粑粑,那真是大自然的赏赐。

十一月,湘西的大山里长满了各种蘑菇。特别是竹林里长的鸡枞、松树下长的松菇,跟猪肉清炒、炖汤,都是天上人间没有的美味。

坂本太难没想到龙光烈和爹这么会弄吃的,开心得一个劲地夸龙光烈和爹是大大的良民!有时候,还叫龙光烈和爹陪他喝上二两。

连续多天的美味,把坂本太难和日本鬼子的胃调养得更加离不开中国美食了。坂本太难边喝酒边夸,你们的美食真是天下第一。我从东北打到这里,七八年了,中国到处有美食,吃遍了中国美食,还是你们湖南的美食大大的好,湘西的美食大大的好。等我们打胜了,你们教教我。

龙光烈假装真诚地说,我们现在就可以教,太君有时间就可以学。

坂本太难酒气连天地说,不不不,先打仗。打完仗,我拜你们为师。

慢慢地,坂本太难放松了对龙光烈和爹的警惕。龙光烈跟爹和张青山老人悄悄商量着如何逃出去。

龙光烈说,逃出去前,要以牙还牙,以毒攻毒,给日本鬼子做一顿上路食。

那天,坂本太难又高兴地吃着美味,高兴地吹嘘,说常德的几场恶仗都打赢了,要龙光烈和爹明天好好弄几个菜,犒劳下他的联队。龙光烈和爹满口答应,说,明天上山打一头野猪,再做大家都喜欢吃的野草粑粑，好好庆祝庆祝。坂本太难连声夸赞，吆西，吆西！

龙光烈非常坦诚地跟坂本太难说，我们山里人都会打猎，我和我弟弟明天要拿猎枪，你放心不放心？怕不怕我们跑？怕不怕我们对你们开枪？

坂本太难不屑一顾地说，我明天派人跟着你们，你们两杆猎枪再厉害，厉害得过我的机枪？你们想跑也跑不了，想打也打不赢。你爷爷还在这里，谅你们也不敢跑。

龙光烈对坂本太难竖起大拇指，实在是高！

第二天，龙光烈和爹就带着一个班的日本鬼子打了一头野猪。从没打过野猪的日本鬼子个个兴奋。满山吆喝着追着野猪跑时的快乐，只有打野猪的人才能体会得到，特别是当野猪中弹倒下时，那种快乐和兴奋，更是无法形容。回来的路上，他们还抢着抬猪。这群日本鬼子做梦都不会想到，他们的生命就要随着这头猪结束了。

龙光烈和爹一路上顺便扯了几麻袋鲜嫩的野草：桔梗、乌头和断肠草。这都是湘西大山里常见的剧毒草。

张青山老人独自在山上采了两背篓蘑菇。全是毒蘑菇。

龙光烈和爹，准备配上桐油，将这一队日本鬼子全部毒死。

张青山老人家里存有一大桶桐油，正好派上用场。桐油闻起来奇香但吃起来有毒。爹跟桐油打了这么多年交道，太知道桐油的特性了。

一听要行动了，张青山老人心里说不出的踏实和舒坦。头天晚上，老人就嘱咐龙光烈和爹，日本鬼子狡猾，如果要我们先吃，我就吃给他们看。我是要死的人了，也是有罪之人，你们千万不要跟我争。你们年轻，留住命打鬼子、报仇。

爹说，要是日本鬼子要我们都吃，我们就毫不犹豫地吃，不让他们看出来，我们三个赚他们二百多个，值了。

爹和龙光烈回到村子时，已是黄昏。日本鬼子都在翘首盼望野猪肉的出现。

连续多天的战斗，敌我双方偃旗息鼓，都在休整。

249

张青山老人早就把水烧好了。野猪一到,龙光烈和爹就立马修猪。开水烫毛、刮毛、开膛、破肚,三下五除二,野猪就修好了。好奇的日本鬼子还跟着帮忙。

杀猪修猪期间,张青山老人跟日本伙夫一起将野草野菜清洗、磨浆,跟糯米、白糖、芝麻一起,做野草粑粑。

一头野猪得分四个大锅去炒。四口大锅一字排开,爹和龙光烈大显身手。先在锅里把半锅桐油和菜油烧香,再把野猪肉配上生姜、辣椒、花椒叶、花椒翻炒,炒得满屋飘香后,把两背篓蘑菇倒进锅里进行翻炒,那大地和自然生长出来的香气,从锅里热气腾腾地冒出来,直逼每个日本鬼子的肺腑。每一个日本鬼子都不停地咽口水、抽鼻子、闻香味。

龙光烈和爹还假装信心满满地尝尝,不停地点头说,好吃。

有的日本鬼子也忍不住要尝尝,也不停地点头说,吆西!

龙光烈和爹知道,只要不吃毒蘑菇,只要吃得不多,尝一两块肉是不会死人、不会有什么反应的。

龙光烈和爹试菜的表演,成功地骗过了坂本太难。坂本太难根本没有想到,这顿庆功宴是一顿毒物大聚会,是他们走往黄泉路上的最后晚餐。用湘西话说,是上路食。

坂本太难等这顿上路食,等了一整天了。当野猪肉和野草粑粑都做好后,天已经完全黑了下来。大家在外面就着熊熊篝火,饿狼扑食般地吃了一顿最后的晚餐。

野猪肉和野草粑粑都太美味、太好吃了,每个日本鬼子都是大碗大碗、大口大口抢着吃。兴致所及,又唱又跳。歌声和舞步,把他们带回了樱花铺满的富士山、海风劲吹的北海道,阎王殿的魍魉鬼魅,在向他们招手。火光映照的夜空下,一群妖魔在乱舞。

在大家吃得开心、喝得迷离时,龙光烈和爹带着张青山老人悄悄逃生。

狂奔着逃生的路上,三人一直兴奋地想象和讨论着日本鬼子痛苦的表情、死去的鬼样——两个小时后,当日本鬼子在睡梦中,突然像有无数条毒蛇在五脏六腑里撕咬、无数把尖刀在五脏六腑里撕绞时，那痛是一种怎样的痛，那喊是一种怎样的喊，那死是一种怎样的死？

坂本太难痛苦地捧着腹、摸着心，跟跟跄跄地跑出来时，一定是气急败坏地要抓住龙光烈和爹，抓住张青山老人，一定是气急败坏地又喊又骂龙光烈和爹良心大大的坏了。

日本事后的报道是，一百多名日军死于食物中毒，抢救过来的，也几乎成了废人。他们要抓的投毒者是张光烈、张光海和张青山。跟我爹和龙光烈没有任何关系。

当龙光烈知道少量日本鬼子被抢救过来时，不无遗憾地说，日本鬼子的毒气弹毒死了我们多少同胞，日本鬼子的鼠疫细菌毒死了我们多少父老乡亲？这顿饭菜只毒死了区区一百多日本鬼子。我们小米大的仇都还米报呢，更别说天大的仇！

二十五

常德保卫战，日本鬼子尽管集中了十万优势兵力和最精良、最先进的武器装备，尽管丧尽天良、卑鄙无耻地把毒气弹、细菌战都用上了，还是未能攻破湘西这道坚固的防线，未能实现攻破湘西、直驱重庆、拿下国民革命政府、灭亡中国的幻想。日本只能像一条散架的毒蛇，吐着蛇芯，第四次夺路长沙，撕咬长沙。长沙，就这样开始了第四次保卫战。

湘西暂编第五师取消番号后，暂编第六师依然挥师南下，跟随国民革命军与日军鏖战。而爹和武豪干爹，则与龙光烈、吴点金一道，从常德回到了湘西。对于这些自告奋勇参战的杂牌军，国民政府是无法解决吃住行的。武豪干爹和爹只能带着壮志未酬的遗憾，回到家园。跟着他们一道回去的，还有常德老人张青山。

日本鬼子中毒死亡大半后，一把火烧了张青山老人的寨子。张青山已经没有家了。武豪干爹的家，也成了张青山老人的家。这个大家庭，又多了一位老人。

武豪干爹和田杏带去常德的三千多人，只剩一千来人了。湘西又多了两千多座空坟。又是两千多个家庭失去了儿子、丈夫和父亲。而湘西暂编第五师、暂编第六师的全军覆没，让湘西的每一个乡镇，都有披麻戴孝的锣鼓在敲打；湘西的每一个山寨，都有大放悲声的唢呐在长鸣；湘西的每一扇家门，都有呼天抢地的哭声在喊痛；湘西的每一条街巷，都有沿路的纸钱在招魂。

湘西，再一次以惊人的相似，一路磕头叩首，一路点燃谢灯，迎接抗日的英雄和英灵。

彭武生和向立地，是被抬回来的。

彭武生是"湘西抗日黑虎队"的旗手。旗帜飘飞的地方，是敌人集中攻击的地方。哪里最耀眼，哪里就最危险。每当队伍跃出战壕，与敌肉搏时，那旗子就是最鲜艳的，那旗手就是最英武的，那敌人的子弹也就专往那里飞。打着肩胛了，彭武生冲在最前，没有倒下。打着腿肚了，彭武生冲在最前，没有倒下。打着腹部了，彭武生还是冲在最前，没有倒下。直到一颗子弹射到离心脏最近的地方，彭武生才把旗子稳稳地插在地上，慢慢倒下。

武豪干爹在清扫战场时，看到倒卧在地的弟弟，把他抱在怀里，脸贴着脸，失声痛哭。弟啊，我哪门跟娘老子交代啊！你不能就这么轻易地死啊，弟！你要跟着哥回去啊，弟！哥哥和爹娘都不能米有你啊，弟！

咸咸的泪水，顺着彭武生的脸颊流到了嘴角。

亲人的泪水，是救命的甘泉。彭武生干裂的嘴唇动了动，心在亲人的哭喊中起搏、复活。也许，在地狱的大门里，被五花大绑的彭武生一直在倔强地挣扎，在拼命地奔跑，终于跑到了家乡的河边，听到了哥哥的呼喊，看到了哥哥的笑脸，并抓住了哥哥远远伸来的手。哥哥的手是那样大那样暖，一下子就把他拉到了身边，揽在了怀里。他艰难地睁开双眼，喊了声，哥！

当哥的听到这飘来的一声"哥"，悲喜交加，大喊大叫，光烈哥！光烈哥！

可当时的龙光烈和爹，正困在日本人的敌营里，听不到武豪干爹的大喊大叫。

好在战地医生及时赶到，进行了抢救，彭武生从死神的手里被抢了回来。医生说，是彭武生胸前的那块石头救了他。没有那块石头，彭武生就无论如何都救不回来了。

那块石头，就是每个上战场的湘西人装在口袋里的护身石。彭武生把护身石装在了上衣口袋，坚硬的石头挡住了子弹的冲力，让子弹偏离了心脏，彭武生因此远离了死神。

武豪干爹拿着石头，亲韭菜干娘一样，亲个不停。

而向立地上战场的第一天就受伤了。

当日本鬼子看到一个女人手提双枪与他们交战时，又是惊奇又是兴奋，一拨一拨地向着女人冲。

这个女人不是别人，正是田杏。

敌人一拨一拨地来，田杏和向立地就一拨一拨地杀。田杏是吴点金的女人，向立地得拼死杀敌，拼死保护。这是他作为一个下属应做的，也是作为一个军人应做的。

严格地说，在这个战场上，向立地和田杏是稳稳地赚了。向立地一个手榴弹扔过去，就炸死几个敌人。田杏抬手几枪打过去，就打倒几个敌人。而敌人，吃准了要活捉田杏，只对着向立地扫射。向立地天生机灵，子弹虽不长眼睛，向立地一天下来，却毫发无损。直到夜幕降临的最后一场肉搏时，田杏打光了子弹，被十几个鬼子围住，向立地和吴点金一起冲进敌阵左冲右突，把田杏解救了出来。向立地左腿被鬼子狠狠刺了几刀。

不知道是疼得麻木了，还是这几刀伤得不重，向立地只简单地包扎一下，并没有在意。

直到后来几天，他越来越头晕、恶心，还伴有高烧，才知道他腿肚子里还嵌着一颗子弹。子弹是顺着刀伤进去的，战地上匆匆包扎的医生，根本无法发现，伤口感染、化脓、腐臭了。

抬到医院时，那伤口都腐臭得长蛆了。

向立地面临着截肢的危险。

在医院里，一听要截肢，这个在战场上被伤痛折磨得麻木的年轻人，立刻就哇哇大哭起来：截肢了，我哪门再打鬼子，我哪门再活？

他对着吴点金和田杏大喊，救我，长官！救我，嫂子！我不要截肢！我不要住院！我要光烈大哥救我！我要龙神医救我！

武豪干爹和已经从敌营逃出来的爹，听说向立地要被截肢，吓得不轻。这可是他们结拜兄弟向顶天的弟弟啊！结拜兄弟的弟弟，就是自己的弟弟，截弟弟的肢，就是割自己的心，他们怎么对得起死去的向顶天呢？

龙光烈摸着向立地的头，含着泪安慰，立地，不要怕，有我在，一定救你，一定不让医院截肢。

龙光烈跟主治医师商量，医院负责想办法用抗菌药消炎，阻止伤口继续感染。龙光烈负责用草药修复肌肉，让腐肉尽快长出新肉。无论如何，既要保住向立地的命，也要保住向立地的腿，不然，他们真的对不住在嘉善抗日中死去的向顶天。

可主治医师说，他们只有消炎的药，没有麻药了。连年的战争，医院里不是缺这种药，就是缺那种药。现在还有点抗菌消炎的药，已经是万幸了。院长说，你们是抗日英雄，这点抗菌药，全留给前线受伤的将士，其他的病人都不准用了。

同为医生的龙光烈，知道医院的难处，对向立地说，立地，医生得把伤口的蛆和烂肉一块块刮掉、削掉，没有麻药，要命的痛，你受得了吗？

向立地说，只要不截掉我的腿，哪门刮、哪门削，我都不怕！

龙光烈说一分钟都不能耽误了，请医生立马清理伤口，刮骨割肉，进行治疗。他已经带来了消毒生肌的草药，只等伤口清理完就马上敷用。

主治医师看了看伤口，犹豫地说，要不你来吧，龙医生。

龙光烈说，在你们医院，我来合适吗？

主治医师说，救人要紧，没什么合适不合适的。看得出，这方面，你比我强。

旁边的护士也说，你给病人做，病人心里有底，心理压力小，你做合适。

主治医师非常信任和鼓励地说，放心大胆地做，你们都是抗日英雄，医院不会说什么。

龙光烈就当仁不让地接过了手术刀。

龙光烈让向立地张开嘴，咬住一根坚实的青冈木，对伤口进行简单的消毒处理后，就开始一刀一刀地削肉、刮肉。那可怕的蛆，一堆一堆地跟着抛了出来，滚落在垃圾堆中。

被爹、武豪干爹和吴点金死死按住的向立地，疼得咬牙切齿，拼命挣扎，整个脸痛苦得恐怖地扭曲，眼睛圆睁得像气球一样要瞬间爆裂，满脸的汗水和满嘴的血水，混在一起，打湿了病床。忍了很久忍不住了，向立地挺直身子，嚎叫一声。忍了很久忍不住了，又挺直身子，嚎叫一声。

田杏一边给向立地擦汗水血水，一边忍不住嘤嘤哭泣。

田杏说，都是姐不好，要不是为了保护姐，你不会伤成这样。

吴点金说，什么都是你不好？是日本鬼子。没有日本鬼子，我们哪会死那么多同胞，立地也不会受这么大磨难。这笔血债，都得算在日本鬼子头上。

刮完腐肉和蛆，那子弹也从骨缝里像摇动树桩一样，被摇松了拔出来。

坚强的向立地，几次疼得昏死过去。牙，咬碎了好几颗。

向立地没有辜负他的父母，做到了顶天立地。

龙光烈的果断，医院的支持，吴点金和田杏的精心照顾，让向立地的伤口一天天见好。感染有效地被阻断，新肉开始生长。爹和武豪干爹商量着，把向立地接回了家。

那么大一个家族，家里那么多人，向立地可以得到更好的照顾。

爹没有忘记他给向顶天许下的诺言。他得照顾好向立地。

向立地遭受这样的大难，爹觉得是自己没有照顾好他，愧对了向顶天，愧对了一个兄长的信任。幸好，向立地大难不死，要不爹会后悔一辈子。

爹觉得，要一辈子照顾好向立地，就得找一个一辈子能够与他一起照顾向立地的人，那样的照顾，才不会留有遗憾，才是最好的照顾。

爹想到了我的嬷嬷彭灵芝。

不知不觉，嬷嬷有十七八岁了，已经长成亭亭玉立的大姑娘了。那个年代的十七八岁，早是谈婚论嫁的年岁，是生儿育女的年岁，是在最好的年华做最美的事情的十七八岁。

爹想把嬷嬷嫁给向立地。

当爹把这个想法告诉武豪干爹和韭菜干娘及杨莺莺大娘时，他们一致觉得这是个好主意，觉得嬷嬷和向立地是天生的一对。

这个时候，人们才发现这个天天在他们面前飘来飘去的女孩忽然间长大了。

的确，嬷嬷彭灵芝就像墙角里突然冒出来的一株蜡梅或者一棵春桃，不经意间就长老高了，不经意间就繁花硕果了。

嬷嬷彭灵芝，不但跟着韭菜干娘识字读书，还跟着韭菜干娘习画弹琴、跳舞和学做女红。读书，让嬷嬷懂得这个世界的爱。习画，让嬷嬷懂得这个世界的美。弹琴，让嬷嬷懂得这个世界的生命。描红，让嬷嬷懂得这个世界的生活。而跳舞，让嬷嬷的心灵在自由地飞。嬷嬷本是贫寒人家的女儿，却因韭菜干娘润物无声的浇灌而变得聪慧端庄，知书达理，有如大家闺秀。嬷嬷无论站在那里还是坐在那里，无论举手投足还是一颦一笑，都像一个文静淑女，恬静安娴。韭菜干娘的阳光与春风，让嬷嬷这朵春花开成了人见人爱的样子。

涵养上，嬷嬷没有辜负韭菜干娘的培养和爹的含辛茹苦。长相上，嬷嬷也没有辜负老天和岁月。岁月最嫩的春光停在嬷嬷的身上，让嬷嬷万木葱茏、万物生长，最嫩的叶芽是嬷嬷最弯的叶眉，最鲜的花朵是嬷嬷最美的脸庞，最柔软的枝条是嬷嬷最婀娜的身姿，而那最妩媚的春水，则是嬷嬷最清澈的目光。不公平的老天，总算公平地把美雕刻在了一个穷人家的孩子身上。

韭菜干娘知道爹的心思后，自告奋勇做起了红娘。

韭菜干娘开门见山地对嬷嬷说，灵芝，我们想把你嫁出去了，嫁个好人家。

长这么大，还是第一次有人跟嬷嬷谈男女之事，嬷嬷的脸羞得蜡梅一样红。嬷嬷说，嫂子，我不嫁。

韭菜干娘说，哪有女人不嫁人的。我跟你哥哥帮你看中了一个好男人，跟着他，你一辈子不会喰亏。

嫲嫲的脸像火烧一样，不好意思地把头低下来，看都不敢看韭菜干娘一眼，脚尖局促不安地在地上划动。

韭菜干娘说，是花就得蜜蜂采，是人就得有人爱。女人都得嫁人，不要不好意思。

冬天的太阳，暖洋洋地照在宽敞的院子里。一块块平展光滑的石板都暖暖地热乎起来，就像嫲嫲的心思。嫲嫲本来心无旁骛、情窦未开，韭菜干娘这么一说，嫲嫲的心开始有点乱了。嫲嫲的确一直读书、习画、描红、做家务，做着女孩子该做的事。嫲嫲还从未想过男女之事，所以，当韭菜干娘给嫲嫲提起男女之事时，嫲嫲心里紧张和慌乱得噗噗直跳。她不知道该怎么回答韭菜干娘，好像韭菜干娘看穿了自己似的，好像自己做贼一样心虚。嫲嫲本来没想过，韭菜干娘这么一说，她还真有点想了，那少女的情窦居然奇妙地打开了一条缝，想知道这条缝隙里的那个男人是谁。这样，她更加心虚了，仿佛自己真做了贼。

嫲嫲羞得把头低到了地下，恨不得找个地缝钻进去。

韭菜干娘是过来人，嫲嫲此刻的少女心，就是她当年的少女心。

韭菜干娘说，他不是别人，就是你顶天哥哥的弟弟向立地。

说到向立地，嫲嫲的情窦，就一下子铁门大开了。那扇情窦的铁门推开时，一团光影里，走出一个高大挺拔的身影。越近，光影越明；越近，人影越清。这就是向立地。是嫲嫲心中的英雄。

嫲嫲当然认识这个英雄，了解这个英雄。英雄在武豪干爹家里曾经住过一段时日，照顾过一大家子的起居，对她和所有的人都好。嫲嫲和三叔、四叔、五叔，都一直亲热地叫他小四哥。

嫲嫲和三叔、四叔、五叔之所以叫向立地小四哥，是顺着顶天管家、武豪干爹和爹的排序喊下来的。

这个英雄小四哥，居然会成为嫲嫲的丈夫。嫲嫲想都没想过。令嫲嫲感觉奇妙的是，一听小四哥要成为她的丈夫，她一点弯都没转，一点犹豫都没有，就在心底打了收条，全心接纳了。

这种突然涌来的幸福，让嬷嬷一阵阵晕眩，不敢相信这是真的，仿若做梦。

韭菜干娘看到嬷嬷兴奋、幸福和娇羞的表情，听到嬷嬷一声重过一声的呼吸，就知道，嬷嬷这朵花正向着向立地绽开，落在向立地的地头。

这边，武豪干爹跟向立地提起这事时，向立地说，幸好没有锯掉我的腿！锯掉我的腿了，我哪门抱得美人归？哪门保护我的女人？哪门让我的女人过上好日子？

就这样，嬷嬷非常听话地嫁给了向立地。向立地，就名正言顺地成了我的姑爷，也就是北方人嘴里的姑父。

我们湘西的姑爷，不是北方所说的姑爷。北方的姑爷，是女婿。我们湘西的姑爷，是姑姑的丈夫，也就是嬷嬷的丈夫，北方人叫姑父。

立地姑爷的生活，就由嬷嬷去照顾。

立地姑爷的疗伤，就由嬷嬷去负责。

立地姑爷的人生，就由嬷嬷去经营。

嬷嬷每天给立地姑爷换药、上药。

嬷嬷每天扶立地姑爷起身、走路。

嬷嬷每天给立地姑爷洗脚、洗澡。

嬷嬷把立地姑爷伺候成了一位菩萨和一尊大神。

立地姑爷叹，他这辈子真是命好！他这辈子真是好命！

二十六

立地姑爷和嬷嬷完婚不久，武豪干爹的彭府又迎来了大喜事。

在韭菜干娘这块处女地上，武豪干爹几年不舍昼夜的开垦和劳动，终于修成了正果。

一胎两儿一女。这是对武豪干爹一家好人的福报。武豪干爹给这两儿一女取了非常美好的名字：彭玉树、彭临风、彭多姿。玉树是老大，临风是老二，多姿是妹妹。

武豪干爹当爹了，爹和向立地的辈分也升了。

爹说，你厉害啊哥，一枪中三个。

武豪干爹说，你也来个一枪三个。

爹说，哥是神枪手，我要是有那本事就好了。

一下子就有了两个儿子、一个女儿的武豪干爹，幸福得迷糊了。一天到晚什么事也不干，就待在屋里亲三个孩子比春水还嫩的脸。

武豪干爹自己也挺佩服自己的，怎么一枪就中了三个呢？弹无虚发啊！也太厉害了！

除了幸福，那种得意也满脸满眼地写着。

当然，武豪干爹不仅佩服自己，更感谢韭菜干娘。武豪干爹想，这韭菜干娘的土地太肥沃了，没有肥沃的土地，他的种子再好，也发不了芽。武豪干爹在没有别人在场的时候，就会边亲韭菜干娘边喊了不起的乖婆娘。

更高兴的是大婆大爷。大婆大爷盼孙子孙女盼了好几年都不见动静，大婆还私底下担心韭菜干娘肚子不争气，没想到，韭菜干娘一下就给他们送来三个大宝贝。大爷乐开花地对大婆说，你看，我说要相信儿子嘛。

一下子添了三个孙子孙女，大婆大爷喜得老泪纵横。说，我们家人丁兴旺、添福添寿，武豪和韭菜做大贡献了。咱武生什么时候也给家里做做贡献，生一堆？

武生说，娘，我要生两堆。

大婆看着韭菜干娘说，韭菜，你是我们彭家的大功臣，立了大功，你以后就是太上老君了，这个家你说了算，我们和武豪都说了不算，这个家以后就是你管了。

大爷连连赞同，说，韭菜管，韭菜管，我双手赞成。

韭菜干娘连忙说，爹、娘，这是哪里跟哪里。儿媳还有好多公事，哪里管得了这个家？现在管这三个儿女都管不过来呢。

大爷说，也是，这个家反正都是儿女们的，儿女们都有做不完的事，我们先管着吧，到时好好交到儿女们手上就是。

大婆笑，那你得好好请客，摆他几十桌，好好庆贺下。

大爷说，这是肯定的，竹米酒，喜上有。

湘西人将满月酒叫竹米酒。

武豪干爹抱了两只鸡公、一只鸡婆，去吕洞山给岳丈大人吴大铁报喜。吴大铁一看，惊讶地问，两儿一女？一胎三个？

武豪干爹自豪地说，嗯，爹是三个外外的嘎公[①]了！

吴大铁高兴地伸出拳头把武豪干爹一捶，说，好啊！武豪，你一下子给了我三个外外！我这嘎公当得好啊！

这边彭武生也抱了两只鸡公和一只鸡婆去给吴点金报喜送信。吴点金一看，也是不敢相信地问，我妹生了三个？

彭武生笑道，三个！

吴点金又不相信地问，两个儿子一个女儿？

武生又笑道，两个儿子一个女儿！

---

① 嘎公：外公。

吴点金看着武生说，武生，武豪是我们男人的榜样啊，我两兄弟都要加油啊！

湘西生了小孩给娘舅家报喜，就是抱着鸡去报喜。抱的公鸡，生的男孩；抱的母鸡，生的女孩。

为什么会是鸡来报喜？因为鸡是最早为人们报晓，带给人们黎明和光辉的。

给娘舅报了喜，竹米酒就摆上了。

湘西土家语，管竹米酒叫波里浓热舍。竹米，是竹子开花结的米。竹子一般不会开花，竹子开花后，就会大片大片死亡，而竹子花结成的米就成了种子，繁衍后代，无数的竹米种子就繁衍出无数的竹子后代。谁家添丁，等于谁家有了繁衍后代的种子，所以，竹米酒就有了一种祝福人丁兴旺的美好寓意。竹米酒男方是等，女方是送。男方是设酒宴等竹米，女方是来吃酒席送竹米。这源于古时候一对穷苦夫妻添了儿子却没有发奶的东西可吃，娘家人也穷得没有发奶的食物可送，于是想到了山上竹子结的竹米。娘家人把竹米摘来送到女婿家，女婿将竹米熬成竹米粥给妻子喝，妻子的奶水泉水一样丰腴喷涌，这对穷苦夫妻，就此子嗣繁茂、儿孙满堂。这娘家人就像送子观音，让竹米酒多了一层送子送福的美好寓意。

摆竹米酒的当天，一大家子就早早起床忙酒宴了。

武豪干爹和韭菜干娘也早早地起床，给孩子出月祭水。韭菜干娘用食指在火塘的青夹角上摸一点烟火黑，在三个孩子的额头上分别画上十字，横代表富，竖代表贵，横也代表上下，竖也代表左右，寓意上下左右都大富大贵，十全十美。青夹角是湘西火塘用来架煮饭的鼎、炒菜的锅和烧水的壶的一种铁器。由三根铁棍连着一个铁圆圈，铁棍用于支撑，铁圈用于安放。古代战争中，彭姓土司王和向姓文官、田姓武官分离时，就是把三根青夹角砸断，一人一根青夹角，让后人相认的。用青夹角上常年生火做饭熏成的烟火黑来给孩子额头画十字，一是纪念祖先，二是寓意烟火鼎盛。

  然后带上两个鸡蛋、一碗小米和一把香，把孩子背到水井边敬水神。水是生命之源。水润万物。水利万物。仪式结束后，再到家里，用井水给孩子洗浴，孩子的一生都会顺水顺风、水到渠成。

  竹米酒宴上，武豪干爹准备了洞藏多年的土王酒。在宽敞的摆手堂上开起了流水席。随到随喝，随到随吃。但这流水席是得等韭菜干娘的娘家人先坐上正席吃好喝好后才能开的。韭菜干娘的父亲吴大铁、母亲梁冬梅是带着吴点金和娘舅家的所有叔伯亲、姑表亲来的，人员浩荡、礼物浩荡，背的、挑的，全是给三个宝贝外孙的穿戴，全是给韭菜干娘的补品。娘家人带来的礼物，统称竹米。那竹米多得武豪干爹接担子的腰都断了，接背篓的手都酸了。

  这样重要的喜庆时刻，弟弟吴赛银和姐姐吴玉音却都不能前来，韭菜干娘自然担心。吴玉音依然在国统区与日军作战。吴赛银却在更危险的敌占区与日军作战。韭菜干娘只能默默祈祷亲人们平安。

  帮武豪干爹忙完竹米酒后，爹的心里升腾起一种别样的情愫。爹突然想，妹妹成家了，三个弟弟也都眼看着长大了。他也得修一栋房子，给他们一个真正的家了，老住在干哥哥家也不是那么回事。这些年，因为有武豪干爹的关照，爹吃住不愁，忽略了自己还有一大家子，忽略了自己一大家子的未来。爹的心里不免有些歉意。

  爹对杨莺莺大娘说，我想修个新屋。

  杨莺莺大娘说，早都应该修了。

  爹说，那可不是一点点钱，三个弟弟，一个一栋，要三栋，还有妹妹和向立地也不能亏着。我们各人还要一栋呢。不是小钱。

  杨莺莺大娘说，先修一栋大点的，几兄弟姊妹一人一间房，等各自成家了，再慢慢修。

  这几年挣点钱都养几个小的了，大一点的房子，也一下子修不起。爹说。

  杨莺莺大娘说，这不要紧，有划算了就好，有划算了就有目标了。

  也是。划算就是盼头。会划算，才有好盼头。

杨莺莺说，我跟爹讲一声，看爹能不能帮我们把屋先修起来。

爹说，这哪门行，我们米有孝敬爹的钱，哪能还抠爹的钱。

杨莺莺说，就当我们借爹的。

杨高山嘎公听后，说，爹的，不就是你们的吗？爹要那么多钱米搞什么？又带不进土孔。你两个哥哥都打仗打死了，我就你这么一个女儿女婿了，我的钱米不送你们送哪个？

爹说，千万用不得，你辛苦一辈子了，还要跟着我们辛苦，那哪门行？

杨高山嘎公笑，什么辛苦一辈子，我才五十多岁，还硬扎得很，我还要跟你们坐一百岁呢！杨高山嘎公还露出肌腱突出的胳膊比画了几下。

杨高山嘎公说，其实，我早想让你们起新屋了。我是怕武豪多心，说对我照顾不周。武豪一家再好，也是武豪的家。以前你们都小，住在武豪家，不觉得。现在你们都大了，都要成家立业，还住在武豪家，不是那么回事。树大了要分权，兄弟大了要分家，何况你们是结拜兄弟？再好再亲都要各人过各人的日子。你们不但要修新房子，还要早修，越早越好。

爹说，你老人家这么一讲，我更要划算修了。可我再米得钱修，也不能用你老人家的钱。

杨高山嘎公说，你不用我的钱，用哪个的钱？我是你爹！爹的钱不好用，哪个的钱好用？我还不是靠你们养老送终吗？听你这口气，我以后也莫挨你边了？

爹连忙否认和辩解，那哪门讲？有你这个爹，我才有了做儿子的福分。

杨高山嘎公开心地笑，这还差不多！不要想那么多了，这几天就请人看屋场，动工。不过，看屋场之前，你要先跟武豪和你干爹干娘讲一下，免得他们认为是哪里做得不好，多心。

爹跟武豪干爹和大婆大爷讲时，武豪干爹说，你修什么新屋？这么大院子，还不够你住啊？你有本事，再生一个班都住得下。

爹说，不是不够住，是我想修一栋新屋了。

武豪干爹问，为什么想修新屋？你是觉得这不是你的家？都这么多年了，还分你我啊？

爹被武豪干爹问得答不上话来。

不想大婆大爷帮爹解了围。大婆大爷说的话几乎跟杨高山嘎公讲的一样，也是讲的树大分权，人大分家，好得窝屎可以一起喰的兄弟都得各人过各人的日子。

武豪干爹想了想，说，那好，你起新屋的钱，我出。

大婆大爷劝武豪干爹说，你出钱，等于还是你起的屋，家云哪门会接受？家云接受，他丈佬也不会接受。你就莫为难家云了。你呀，就让家云在我们地里选一个好屋场，看中哪块选哪块。满山的树木，也任家云砍，要多少砍多少。这也是你尽到兄弟情分了。

但是，爹却不想把新屋修在断龙山武豪干爹这里。断龙山毕竟不是爹的根。爹的根在白云山下的熬溪。爹想把新屋修在熬溪。每个人的根出生时就接了地气，那种地气植入了骨血，与骨血气息相通，一遇阳光或雨露就会散发出来，永远都磨不掉。

熬溪本来就有一个遮风挡雨的安身之处。只是这么多年没回去看了，也许早倒塌了。

爹想，给别人修了那么多栋房子，打了那么多套家具，也该给自己修一栋、打一套了。可是，爹怎么跟武豪干爹开这个口，说自己要回熬溪修房子呢？武豪干爹一家都将爹一家视为家人，要回去修新房子，是不是太伤武豪干爹一家人的心？

武豪干爹好几次催促爹请风水先生一道去选屋场，爹好几次都开不了这个口，都支支吾吾地说不急，等几天。

武豪干爹向来雷厉风行，也习惯了做爹的主。见爹一直支支吾吾，以为爹不好意思，就自己当家作主找风水先生选了好屋场，并叫人满山砍树。那时候满山都是大树、古树，遮天蔽日的，随便砍，都是建房的好木料。

建房，麻烦不在建房的那段时间，而在备料的那段时间。建房，两三个月就建起来了。备料，却要两三年。那木料从山上砍下来后，锯成一块块木板自然晾干，得大半个年头。不是说建就能建的。所以，爹的梦想要实现，最快也得一两年。

爹见武豪干爹叫人砍树备料了，心里又是急又是感动，更加不好意思开口了。那要回熬溪的心，只好烂在肚里。

爹说，哥，你不用操心了，我来。

武豪干爹说，我帮你把前期的心先操了，等到料晾干修屋时，你各人再操心。你是木匠，哪个操心，都米得你自己操心的好。你现在还是把心思都放在炼油厂。前线还在天天打仗，炼油厂离不得你。

爹就乖乖地听了武豪干爹的话，把心思都放在了炼油厂。

爹之所以把心安了下来，不再提回熬溪，还因为爹跟几个弟弟妹妹商量时，他们都不愿意回熬溪，都赞同把家安在断龙山。他们习惯了断龙山，习惯了跟武豪干爹一家人在一起的日子。他们说，没有武豪干爹一家人的日子，一定又是从前那样的日子，他们不想再回熬溪过那种受人白眼的日子。

爹也许明白了：根，有血脉之根，有命运之根，血脉之根与生俱来，谁也无法改变；命运之根却向天生长，只要遇见了合适的泥土、阳光和空气，就会发根发须，茁壮生长。树挪死，人挪活，说的就是这个理。

爹这些年带着弟弟妹妹离开熬溪来到断龙山，就是遇到了合适的泥土、阳光和空气，才都长势良好，根深叶茂。

于是，爹每天从炼油厂回来之后，就带着几个弟弟把砍回来的木料锯开。大一点的锯成瓜子，小一点的锯成木板，再小一点的锯成传廊。当爹跟五叔一组、三叔跟四叔一组，各拿锯子一头拉锯锯木时，锯齿与木头撕扯得沙沙有声，金黄色的锯木粉，像黄金粉一样拉锯出来，掉在地上，湿漉漉，热乎乎，香喷喷。两人一组你拉我送、你仰我俯的身影，就像生活的你拼我打、迎来送往，像命运的齐心协力、相互取暖。

此时此刻，没有什么香气比木香更香，那木料散发的木香，就是爹和他的兄弟们的生活之香、命运之香、希望之香。

生活只要有备而来，命运就会散发馨香。

更多的时候，是爹跟杨高山嘎公一起拉锯。杨嘎公说我五叔还小，使出的是吃奶的力气，莫在长骨长肉的时候拉伤了肌肉和骨头。有时候，爹会忙得忘了还在养伤的向立地姑爷，杨嘎公就会做了好吃的给向立地姑爷送过去。这真是丈佬疼女婿，疼到骨髓里。杨嘎公说，趁着我身板骨硬，能帮你们多干点就多干点。这个杨嘎公，不但把我爹当成了自己的儿子，把爹的几个弟弟妹妹也都当成了自己的孩子。他也觉得这是上天派他来照顾爹和这些孩子们的。时间一长，他在骨肉里生起了一种情感，好像爹和这些孩子都是他身上掉下来的肉。所以，他不但心疼和牵挂爹一个人，也心疼和牵挂跟爹有关的所有人。

杨嘎公在湘西跟女儿女婿在一起，完全是因为炼油厂。这个炼油厂，他比爹操的心更多。爹主要是跑外围，杨嘎公主要是内务管理和技术。武豪干爹则充分信任爹和杨嘎公，完全当了甩手掌柜。在武豪干爹眼里，爹和杨嘎公都是一眼就可以看到心底的人，是可以托付所有的人。爹和杨嘎公，也没有辜负武豪干爹的信任，把炼油厂的业务越做越大。从最开始的辰溪兵工厂扩大到了重庆兵工厂、重庆机场、芷江机场，这些兵工厂和机场用的都是长河炼油厂的汽油和柴油。

厂长出身的杨嘎公，在长河炼油厂拿的是百分之十的技术股。按理，他只管提供技术、配方就行了，何况，他已经把技术和配方都和盘传授给了爹。他根本不用管厂里的大务小事的。可是因为爹无心插柳柳成荫地成了他的女婿，他只能有意地、上心地把这个炼油厂当成自己的厂去操心。因为女婿负责着这个炼油厂，那炼油厂都像他的女婿一样，时刻让他挂心。再说，与机器打了一辈子交道的人，见了机器就格外亲。机器的味道，车间的味道，他一辈子都闻不够。女婿是他的心脏，机器就是他的骨头。

乱世之秋，世道凶险。见女婿常年东奔西跑，杨嘎公也跟着牵肠挂肚。他生怕女婿遇到什么凶险。女婿的每次历险，都让杨嘎公脱了一层皮似的难受。操心厂里的大务小事，担惊受怕女婿的安全，成了杨嘎公的常态。

打第一眼见到我爹起，杨嘎公就对这个面目俊朗而质朴的年轻人满心喜欢。听我爹说拜师学艺是为了打日本，杨嘎公又多了层欣赏。当得知我爹悲苦的身世，杨嘎公更是从心里升腾起一种怜惜。杨嘎公没有想到，眼前这个开朗、上进的年轻人，居然很小的时候就一个人带着四个孩子！那需要多大的勇气和善良才挑得起这个家？那该受了多大的罪、担了多大的苦、遭了多大的孽？所以，当女儿看上眼前这个年轻人时，杨嘎公没有觉得爹带的这四个孩子是负担，爹金子般的品性和光芒，让杨嘎公觉得爹可信赖，可依靠，可托付。他很庆幸女儿遇到了这样一个天性善良的年轻人。

杨嘎公想，既然做了这个年轻人的岳父，就好好地当一回岳父，把老天亏欠这个年轻人的父爱，由他加倍偿还。他相信天意，相信是老天自己觉得亏欠了这个年轻人后，把这个年轻人带到他身边，让他好好照顾、怜惜、疼爱。他做了一个许许多多的岳父都做不了的决定——拿出所有积蓄，替女婿和女婿的几个弟弟妹妹修一个四合院，让这些孩子都有一栋自己的房子，都有自己真正的家，而不是像这样寄人篱下。在杨嘎公看来，武豪干爹再好，那也是武豪干爹的家。他要让爹和叔叔嬢嬢真正感受到，他们也是有爹的人，有给他们遮风挡雨的人！

于是，杨嘎公毅然决然地把一个四合院所需木料的钱全给了武豪干爹。武豪干爹坚决不收，他就以退出炼油厂相威胁。他说，你们一家已经照顾家云这么多年了，他们都长大了，不能再让你们这样照顾下去了，他们有脚有手，能够自食其力，我现在也还不老，有能力照顾他们。你们照顾他们的任务完成了，轮到我来照顾了。老天让我当家云的丈佬，就是让我来照顾他的，我不能拂了老天的意愿，是不是？你们也不用觉得像亏欠了家云什么似的，这辈子只有家云亏欠你们的，没有你们亏欠家云的。你们给家云送了那么大的屋场、那么好的风水，你们为他们安家出了大力了！这个世界上，除了你们，还有哪个能够这样？

武豪干爹笑道，除了我们，还有你呀！你能够这样！

杨嘎公笑道，我是他丈佬，他是我女婿，我当然得这样！

武豪干爹笑道，我是他哥，他是我弟，我也当然得这样！

杨嘎公笑道，那就扯平了，不争了！

武豪干爹还是态度坚决地说，杨爹爹，你人老钱老，这钱小辈们用不得，你留着养老。

杨嘎公生气了，什么人老钱老，人老了就不值钱了？你既然认我杨爹爹，你就听杨爹爹一回，你出屋场，我出料钱和工钱，不听也得听！

大婆大爷得知后，劝武豪干爹说，你就顺了杨爹爹的心，收了料钱，就当先替杨爹爹保管。人老钱老，说话也老，得听。

武豪干爹不再争执，就顺了杨嘎公的意，收了料钱。

这是杨嘎公全心倾注父爱的一种行为，不收料钱，等于剥夺杨嘎公的父爱权，那怎么行呢？

杨嘎公一口气给孩子们备了一个四合院的料，仿佛已经看到了四合院的模样，看到了孩子们住进四合院时幸福的场景。杨嘎公的心，也从嗓子眼落到了肚里。

爹能有这么一个丈佬，真是前世修来的福气。

准备好了木料，爹和他的几个弟兄又准备青石板。湘西的大山上，到处是青石板。大块小块的青石板，从山上背来、拖来后，修凿成大小整齐的模样，一堆堆码在那里，只等房子建起来后，用来铺在坪院里，既整洁、美观，便于打扫、晒东西，又防潮、防滑。

在这个家，爹曾经既是哥哥又是父亲，现在，他还是丈夫和女婿，再怎么苦，都得把房子建好、把家盘起，让这些骨肉至亲都能安身立命、成家立业。不然，他对不起死去的父母，也对不起武豪干爹一家和杨嘎公杨莺莺大娘的爱。

杨莺莺大娘更是把爹的几个弟弟妹妹当成了自己的亲弟弟妹妹。洗衣服，买东西，做布鞋，织毛衣……什么都是爹想到的，她想到了；爹想不到的,她想到了;爹做到的,她做到了;爹做不到的,她做到了。这么一大家子,一个人一双布鞋、一件毛衣,都够她忙上半年的。每天干完家务后,莺莺大娘就会搬一个板凳,坐在油灯下纳鞋底或织毛衣,纳鞋底时,那麻线从厚厚的鞋底上一节一节扯出来、飞出去,绵绵长长地团在地上、叠在地上,扯出的是一个女人本能的善良和贤惠。莺莺大娘织毛衣时,那细长灵巧的手指,指挥着两根竹针钩着毛线进进出出、里外穿梭,一如弹着扬琴,催着琵琶,点着古筝。映照在墙上的身影,是爹最着迷、最心疼的身影。

  爹比以往任何时候都心疼和迷恋莺莺大娘,不让莺莺大娘干这干那,是怕莺莺大娘动了胎气。武豪干爹的三胞胎让爹激起了无尽的向往和斗志,爹不舍昼夜地勤劳开垦、辛勤播种,终于也让莺莺大娘怀上了骨肉。

  酸儿辣女,看到莺莺大娘那么喜欢吃酸的,爹就知道莺莺大娘怀的是儿子。所以,爹每天都有几个菜是酸的,酸豆角、酸萝卜、酸辣椒、酸酱瓜(西红柿),还有酸鱼。甚至所有的菜都放一点酸辣椒、酸豆角之类,带点酸味。莺莺大娘是越酸越好,几个叔叔可不能越酸越好,酸菜固然好吃,但天天酸、餐餐酸,也会酸腻。几个叔叔酸得受不住时,说,哥,能不能换下口味?天天酸菜,我们都变酸菜坛子冒酸味了。爹说,酸吗?一点都不酸,还要酸点才好。五叔一吐舌头,咦!我看你也怀孕了。爹摸着肚皮笑,是,我也怀孕了,你要不要听一听、摸一摸?

  小小的五叔哪里知道爹是酸在嘴里、甜在心里。五叔是体会不到一个要当爹的人的心的。自知道莺莺大娘怀上骨肉的那一刻起,爹的心都是泡在蜜糖里的。发自内心的喜悦,变成了抑制不住的笑容,整天都挂在嘴角,把嘴角撕开了一条缝。发自内心的喜悦是有光的,那光在脸上和眉眼上洋溢着、闪烁着,看得见、摸得着。当然,那发自内心的喜悦也是有劲的,爹走路、做事,都是虎虎生气、嗖嗖带风。爹每天上床都要好好摸摸、听听莺莺大娘的肚皮,甚至像个孩子一样,蜷着身子,贴着莺莺大娘的肚皮睡。也许,爹在梦里,都想逗逗他的儿子、抱抱他的儿子。

人的一生里，摆在眼前的期待和憧憬，是最美滋滋、最幸福的。

怀着同样期待和憧憬的杨嘎公，也是美滋滋和幸福的。他没有看错这个女婿。这个女婿对他女儿的疼、对他的好，他都看在眼里、记在心上。特别是当爹告诉他，第一个孩子生下来，跟着嘎公姓杨时，杨嘎公的心里是五味杂陈的感动和感慨。他的两个儿子还没结婚就牺牲在抗日前线了，杨家自然无法留后了。不想，这个女婿居然如此懂他、疼他，第一个孩子就跟着姓杨，这是他想都不会想，也不敢想的。女婿要是不这么提，杨嘎公是断然不会提的。他是因循守旧的人，是遵守传统的人，他不会有这种非分之想。

爹说，爹，您早早地给您孙子想个好名字呗！

杨嘎公喜滋滋地说，我早就想好了，就等宝贝孙儿出生了。

爹说，什么好名字，爹？

杨嘎公说，杨见好。

杨见好。爹说好听。

莺莺大娘说，好听。

杨嘎公说，你两个哥哥牺牲后，我本来以为我杨家无后了，以为杨家一脉就在我这里断了，我是一个孤老头子了。老天有眼，莺莺遇到你，我杨高山有了你这样一个好女婿，我杨家又能够香火相传了，我杨高山又见好了，杨家又见好了。等把日本鬼子赶跑时，我们中国人都见好了，我的宝贝孙子更见好了。

世界上，每一个孩子都一样，还没出生时，好名字好愿望，都先出生了。

在爹和众人的期待中，杨见好如约而至。杨见好出生时，正是春暖花开的季节、朝霞满天的时候。那时的鲜花，正满山满坡地开，一山比一山多，一坡比一坡艳。白的、红的、黄的、紫的，粉红的、橘黄的、青紫的、花白的，一色一色，争奇斗艳。那天的朝霞来得正好，昨天和昨晚都还是细雨绵绵，杨见好出生时，那雨就提前停了，雾提前散了，朝霞提前爬上天空,朝阳提前钻出云朵,等着跟杨见好见面。

这杨见好真没愧对爹和莺莺大娘,真是个带枪带把的。爹是喜极而泣。杨嘎公也高兴得泪光闪闪。也许,杨嘎公比爹更加翻江倒海地激动和高兴。彭家那么多兄弟,可以生出无数带枪带把的,而杨家就靠这杨见好了,他杨高山,就靠杨见好这一峰一岭和一脉了。有了杨见好这一峰一岭一脉,他杨家也会重峦叠嶂、群山耸立。杨嘎公从心底感激爹把这个外孙赐予了杨家和杨姓,让见好成了能上杨家族谱的杨家子孙。

爹不这么看,爹对杨嘎公说,爹,你姓杨,是你赐予了见好杨姓,赐予了见好的未来,见好一定会托你老人家的福——见好。

这见好,就成了我第一个同父异母的哥哥。感觉好遥远好遥远却又好亲近好亲近的哥哥。

在杨见好出生的第二年,杨嘎公用尽他所有的积蓄,爹用尽他所有的木匠技能,建成了一个不大不小的四合院,给了牙牙学语的杨见好一个最好的贺礼。

说是四合院,其实只有三栋房子。一栋横的,两栋侧的,正面是一个朝门。横的两头,各连着一栋侧的。横的,四间。侧的,各三间。足够爹和几个叔父及嫲嫲姑爷住下了。四合院最见功底的是每一扇窗户。每一扇窗户都雕刻了一个美好故事与愿望。龙凤呈祥。五子登科。芝麻开花。百鸟朝凤。举案齐眉。龙腾虎跃。琴瑟和鸣。状元及第。金玉满堂。珠联璧合。不看别的,单看看爹是怎样雕刻珠联璧合的———池湖水里,几朵莲花盛开,一只白鹤衔着一块璧玉亭亭玉立,珍珠和璧玉穿在一起,吊着的珍珠搭在莲叶上,把一片莲叶压卷了。

爹在杨嘎公和武豪干爹的支持下,终于有了完全属于自己的、安稳踏实的家。

二十七

芷江是湘西的一个边远县。古代诗人屈原"沅有芷兮澧有兰"的"芷",就是言说的芷江。

沅水边上的芷江,之所以能够登堂入室进入屈原的诗句,不在于屈原对芷江有什么偏爱,而在于芷江值得人们去偏爱。走进芷江,你会发现芷江的一山一水、一村一寨、一风一物,都可以入画。那一座一座连绵起伏、浩浩荡荡的山,或嵯峨雄奇得阳刚,或蜿蜒逶迤得缠绵,或舒缓开阔得俊朗。一山把一山打开着。一山把一山遮蔽着。一山是一山的屏障。一山是一山的咽喉。一山是一山的依靠。一块块画板的背后,是看不到的神奇,望不穿的神秘。

那水,就以一条条小河的模样在山谷中弯弯曲曲地流淌,以一挂挂瀑布的姿势在山涧里飞流直下。山野田园和村寨,都因为水而灵性和温软。因为山深山重、水长水远,因为芷江在抗战后期前靠抗日主战场、背靠国统区,芷江成了"滇黔门户、黔楚咽喉",成了中国抗战的战略要冲。

1937年12月,已经迁都重庆的国民政府,预见到芷江地理位置的重要性,动用二十万民工,历时四年建成了用于抗战的芷江机场。在肩拉背扛的年代,很多民工为修机场活活累死。那长长的机场跑道,是几千人拉着巨大的石磙,日复一日地平整出来的。

世人知道芷江,不是因为屈原的诗句里有芷江,而是因为芷江有了抗战机场,有了中国和世界反法西斯战争的一个耀眼的历史地标。

其实,最先到达芷江机场的不是美国陈纳德将军的飞虎队,而是苏联名为"正义之剑"的苏联航空志愿队。1937年8月,中苏两国正式签订了互不侵犯条约后，苏联开始向中国提供经济贷款和军事援助，并派遣军事专家和志愿航空队，支援中国的抗日战争。从1937年10月到1941年年底，苏联以航空志愿队名义派遣了3665人参加中国抗战，其中包括1091名飞行员以及2000余名机械师、工程师等各类航空辅助人员，击落、炸毁敌机986架，毁伤日军舰船120艘，为中国人民的抗日战争提供了巨大的帮助。

美国的陈纳德和飞虎队还驻扎云南时，苏联航空志愿队的二十一架铁鹰就翩翩飞来，驻扎芷江。那时还是1938年10月，芷江机场还只修完了部分跑道。但就是这部分跑道，却已经是救中华民族于危亡的生命通道，从芷江机场起飞的航线，是中华民族的生命线。苏联航空志愿队的铁鹰，就是无数次地在这里起飞，将日军摧毁，将日舰击沉。

由于当时苏联尚未对日宣战，苏联航空志愿队是一个绝密航空队。苏联的所有飞机都没有任何苏联标识，全是中国标识。苏联这支空中铁骑、正义之剑历史上少有记载、鲜为人知，就不足为奇了。

这段历史虽然没有被大书特书，没有得到历史该有的篇章、篇幅，但任何一点蛛丝马迹，都会让历史现出真身、露出真容。后人，会让历史铭记历史，未来不忘历史。

爹跟所有湘西人一样，无数次地在湘西的上空看到过这些飞机，却一样不知道这是苏联航空志愿队的飞机，更不会想到自己会跟这些飞机扯上联系。

在辰溪兵工厂的介绍下，爹成了芷江机场的汽油、桐油供应商。汽油用于飞机的发动、起飞。桐油用于飞机的维修、保养。

固然，爹给芷江机场源源不断地供应了汽油、桐油，但爹肯定进不了这样重要的秘密军事基地的。芷江机场的模样，爹肯定只能胡乱猜想。可那有什么要紧呢？只要这抗日的飞机用了爹生产出来的汽油、桐油，那飞机就像在爹心里长出来、飞出来的，爹的骄傲和喜悦，就跟着飞机上了天，就跟着飞机炸日本阵地、炸日本军火库、炸日本大本营，就跟着飞机与日本飞机云里云外、云上云下翻飞着交战、较量。那冒着浓烟坠毁的日本飞机，仿佛不是苏联空军和中国空军击落，而是爹击落的。那开飞机的，仿佛不是苏联空军和中国空军，而是爹这个空军。那飞机，不知不觉地成了爹的牵挂，甚至成了爹生命的一部分。因为，爹是如此地担心某一天某一架飞机回不来，担心某一天某一个飞行员牺牲，只要一看到他的汽油、桐油，他就想起飞机和飞行员，就在心里一千遍一万遍地祈祷飞机能够打胜仗，能够平安凯旋。

这种牵挂，不是爹一个人的牵挂。只要知道芷江机场、知道芷江机场有大量抗日飞机的人，都会有这样一种牵挂。比如那些修机场的人和那些住在机场附近的人，都会自然而然地有这样一种牵挂。这不是别的情感，是与生俱来的民族情感，是融进血液和骨髓的民族基因。

事实上，芷江机场的周边人，都目睹过中苏空军与日本空军的空中决战。每一次目睹，可不是看飞机在空中交战，而是自己在空中生死了一回。飞机的每一次翻滚，就像自己翻滚。飞机的每一次俯冲，就像自己俯冲。飞机的每一次扫射，就像自己扫射。而飞机的每一次被扫射，就好像自己被扫射。当日本飞机冒着浓烟坠毁山谷时，人群一片叫好。当己方飞机被敌人击中坠毁时，那是一片叹息，就好像自己坠落，炸成碎片。

后来，美国的陈纳德和飞虎队来了，爹和芷江人民又目睹了美国空军跟日本空军的生死对决。

美国的陈纳德和飞虎队来到湘西的时候，已是1943年的8月，是湘西最酷热难耐的时候，也是湘西果木飘香、庄稼成熟的时候。山坡上，到处是桃子、李子、梨子和樱桃；坡地里，到处是西瓜、香瓜、甜瓜和凉薯；而菜园里，到处是辣椒、茄子、豆角、丝瓜、南瓜、冬瓜和被湘西叫作酱瓜的西红柿。那瓜果全饱蘸了大自然的甘露，比任何地方的瓜果都透心的甜。那蔬菜吸取了天地之精华，比任何地方的蔬菜都鲜香。

那时，第二次世界大战已经爆发，六十个国家和地区的二十亿人卷入了战争。1940年，德、意、日三国成立法西斯同盟，1942年，美、苏、中、英等二十六国成立反法西斯联盟，在全世界范围内展开殊死对决。

战争中，由于中国空中力量极度虚弱，作为同盟军的美国组建了中国空军美国志愿援华航空队（American Volunteer Group, AVG）。美国飞机机身都画有一只长着翅膀腾空跃起的猛虎，这个援华航空队又自然被称为飞虎队（Flying Tiger）。老虎代表勇猛。翅膀代表迅速。翅膀飞起时的 V 形，代表胜利。

飞虎队创建之初，落户云南。随着国内一线机场相继失守，这个由美国飞行教官克莱尔·李·陈纳德创建的飞虎队，在云南完成了其历史使命后，把指挥中心放在了湖南湘西芷江机场。芷江机场成为中美空军在中国抗日战场唯一的秘密机场。

这个芷江机场，飞机停靠最多的时候有五百多架，可以窥见繁忙的起飞降落，也可以窥见战争的惨烈与残酷。

中美苏三国空军在这里联手作战，抗击日寇，反击法西斯。芷江机场，成了东方反法西斯战争最为重要的生命线。

爹在这个时候，也是走芷江最多的时候。

那日，爹与芷江机场的人谈好合约后，往家里赶。与爹同行的，是彭武生。半路上，一架飞机冒着浓烟从头顶飞过，一头栽进山谷。爆炸声里，火光四起。爹和彭武生想，肯定是又一场恶战，那跟随飞机一同坠落的不知是敌人还是友军？爹和彭武生不顾危险，直奔火光而去。

飞机撞在一堵悬崖上，又落进一片田园，断成了几截，余烟和机油味、铁器味、焦糊味，都在空中弥散。

爹和彭武生小心翼翼地走近坠机，没有看到飞行员的尸体。彭武生说，肯定跳伞了。

果真，在另一个小山头上，爹和彭武生找到了金发、蓝眼、钩鼻、粉皮肤的飞行员。爹和彭武生第一次看到这么一个"外星人"时，都很惊奇——世上居然有这种长相的人。不过，这长相还真英俊、真好看，特别是那蓝眼睛，幽蓝幽蓝的，蓝得深邃、神秘，一眼望不到底。那鼻子，勾勾的、尖尖的、大大的，跟蓝眼睛搭配在一起，很是勾魂。

爹和彭武生找到这个飞行员时，飞行员正跟降落伞一道挂在一棵古老的枫香树上。枫香树古老得没有一千岁也有几百岁了，那皮老得铁一样硬、铁一样锈，那干粗得像一头强壮的老水牛。叶，却在霜洗霜烧之后，一派火红艳丽，有如云蒸霞蔚。这千年无语的枫香树，做梦都不会想到一个外国人会跳到它的身上，让它无意中救下一个反法西斯盟军英雄。

爹和彭武生小心翼翼地救下飞行员时，才发现飞行员已经奄奄一息了。飞行员的肩、胸，都有弹孔，血染红了整个制服。他瞪着一双幽蓝的眼睛，看着爹和彭武生，眼神里充满了惊喜和乞求。跟着龙光烈当过军医的彭武生赶忙扯了一把草药，捣碎，敷上，把伤口包扎，让血止住。爹则赶忙在森林里找来了几根结实的木棍，扯了一些树藤，把藤子一层一层地缠在木棍上作为垫子，一个简易的担架就做成了。

爹和彭武生把自己的衣服脱下，铺在藤垫上，以减轻对飞行员脊背的摩擦。然后把飞行员抬上了担架。飞行员开始可能是靠着求生的愿望支撑，一直努力微笑着跟爹和彭武生示意，见自己得救了，一下子就放松地昏睡或者是昏迷了。

醒来时，已经是几天几夜之后。在跟韭菜干娘的交谈中，人们得知，这个跳伞的盟军英雄是苏联航空志愿队的军人，叫弗拉基米尔，才二十四岁，却已经在蓝天上鏖战多次了。这次是在击落两架日本飞机后，自己也中弹坠落跳伞。他说，两架换一架，他赚了。

尽管大山里闭塞得仿如世外，但爹和彭武生救了个苏联飞行员的消息，依然风一样翻山越岭传遍了百里百乡。跟着消息翻山越岭而来的，是那些充满好奇来看稀奇的人。爹怕影响弗拉基米尔养伤，总想拦住。弗拉基米尔倒是很开心大方地跟来的每一个人打招呼和握手。

爹为了让弗拉基米尔尽快恢复身体，想尽办法让他吃好喝好。在湘西人眼里，鸡是最滋补的，只有坐月子的女人才能天天吃鸡肉、喝鸡汤。爹每两天就要杀一只鸡给弗拉基米尔。弗拉基米尔也吃得毫不客气，好像我爹欠他的，该吃。

277

湘西的山洞里，常常会有阴河和小溪，阴河和小溪里，生活着一种石蛙，我们叫蚌蚌。湘西人都知道那是比鸡肉更好的补品，是人间难得的美味佳肴，知道石蛙对清毒净疮、伤口愈合、强筋健骨、恢复体质有着特别好的功用。所以，爹和我的几个叔叔及彭武生、向立地，都会分别相约去山洞里捉蚌蚌。蚌蚌的天敌是蛇。爹他们把一种树皮很厚的灌木枝砍下来，把树皮像螺旋一样旋去一截黑皮、露出一截白杆，再旋去一截黑皮、露出一截白杆。这样螺旋一样旋削下去，整个灌木枝就黑白相间、花花搭搭的，像一条花蛇。爹他们拿着蛇一样的灌木枝往山洞溪水里的石缝里猛戳猛捅，蚌蚌们以为蛇来侵犯了，一个个死死地抱住灌木枝、箍紧灌木枝，殊死搏斗，爹他们把灌木枝取出时，常有十多只蚌蚌团结一致地箍在上面，好不壮观。

我那个天不怕地不怕的三叔，还常常会抓来一条蛇，给弗拉基米尔炖了吃。

当然，弗拉基米尔不知道他吃的是石蛙和蛇。如果他知道是石蛙和蛇，可能他不敢吃，也或许他在苏联部队训练时，也吃过蛇之类可怕的东西。弗拉基米尔吃着这从未吃过的人间美味时，总是感动地要爹和大家一起吃，爹和大家总是一口不吃。爹说，我们这山上有的是，想吃，随时都可以吃。弗拉基米尔说，你们比我爸爸妈妈还要好，我爸爸妈妈给我做不了这么好吃的东西。他不断地现学现卖"我爱你""谢谢"。

这弗拉基米尔哪能不感动呢？不但爹一家人全心全意、千方百计地照料他，武豪干爹和韭菜干娘也不时送来好吃的鱼肉和水果，就连那些素未谋面的人来看稀奇时，也常常带了礼物给他。这让异国他乡的他，得到了在家乡都得不到的温暖和温情。

闲下来，爹和大家就围着弗拉基米尔，听他讲遥远而神奇的苏联。学过俄语的韭菜干娘就是最好的翻译。

弗拉基米尔跟大家讲他们家的大农场。讲他的父亲母亲是怎样勤劳，农场里的庄稼是怎样丰收，牧场里的牛羊是怎么肥壮。讲他们家的大农场后来又怎么上交国家，变成了国家的集体农庄。讲他的父亲是怎么当集体农庄的领导，领导整个农庄的人干活的热闹和有趣。讲他的两个弟弟是怎么调皮捣蛋，两个妹妹是怎么美丽可爱。讲二战爆发时，苏联怎么号召他们参军，他怎么跟他的大弟弟唱着苏联的抗战歌曲来到了中国。他说他聪明灵活，所以当了飞行员；他弟弟勇猛英武，所以当了陆战队员。他还给大家讲苏联电影。绘声绘色的讲述，给大家带来了一个完全陌生和新奇的世界。我的几个叔叔，常常央求他重复讲述。他也爱唱歌，时不时教几个叔叔唱苏联歌曲，或跟爹学几句湘西民歌。他讲得最多的，是他的未婚妻。讲他的未婚妻是多么多情、多么漂亮。他说他最想的就是他的未婚妻，想未婚妻雨夜送别他时深吻他的情景。当然，他也牵挂他的弟弟，担心他弟弟在战场上受伤或死亡。

　　龙光烈在彭武生的配合下，成功地治愈了弗拉基米尔。离别的先一天，武豪干爹特地摆了湘西长桌宴，通宵达旦地为弗拉基米尔喝酒唱歌送行。弗拉基米尔也感动得又是喝酒干杯又是唱歌跳舞。唱到动情处，弗拉基米尔跟每一个人紧紧拥抱，抱着爹和彭武生及龙光烈时，居然号啕大哭。他说他一辈子都忘不了湘西，忘不了救命恩人，忘不了每一个待他如亲人的湘西人。他说湘西给了他第二次生命，是他的第二故乡，他一定会再回到第二故乡。在以后的岁月里，他也的确一生都念念不忘爹和这里的乡亲，不忘这片土地和这方人情。但弗拉基米尔和爹都不会想到，芷江的这次相遇，成了扣在爹后半生的一口黑锅，坚硬，沉重，直到爹死去，都没有掀开。

　　国民政府派吴点金带了一个排的人来接弗拉基米尔，武豪干爹又派了几十个人，一同护送。爹和龙光烈、彭武生，还有三叔，都在护送队伍里。上级有令：死，也要保护好苏联友人的安全。

　　湘西有一道著名的山湾，叫神堂湾。神堂湾的每一座山峰，都像竹笋一样生长，刀剑一样林立。一个神堂湾，林立着几百根竹笋和刀剑一样的山峰。但这竹笋和刀剑实在是高大挺拔，直刺天空，却拒绝了天空。几百根山峰，有如几百根梅花桩布成的迷魂阵，使神堂湾自成一方天地。山谷狭长幽深，天上的太阳，根本照不进这个山谷山湾。树木茂密得遮天蔽日，瓢泼大雨都可能浇不进这片密林。无论白天黑夜，这神堂湾都黑魆魆、阴森森的，即便是最炎热的夏天，神堂湾都是冷风飕飕、阴气层层、迷雾蒙蒙的，仿若走进了遥远的时光隧道，且一道一道又一道的，没有个尽头。风涛一过，风雨交加的声音、刀剑相击的声音、战马嘶鸣的声音、锣鼓传书的声音，还有鼎沸的人声，都一同传来。神堂湾就像上天遗落下来的一个古战场的电影胶卷，风涛的发动机一踩，那神秘的声色光影，都从地层深处钻出来，随着摇曳的树影再现、奔腾、和鸣。神堂湾，真的是神！

爹和他的战友们，选择这样一条蛮荒之路，就是要避人耳目，以便安全护送弗拉基米尔。

爹和他的战友们，各自身上背着一杆枪，腰里捆着一挂子弹和几个手榴弹，手里则拿着一根几米长的木棍。枪弹对付敌人。木棍对付毒蛇。这阴森森的山里，到处都是毒蛇，必须各自拿着一根木棍，打草惊蛇，让蛇远离。一根几根的长蛇，平时根本不怕人类或者懒得理会人类，常常或躺或伏地守在羊肠小路上拦住去路。

爹和他的战友们，做梦也没有想到，田平和麻杆子早已带着几百号人马，守候在了神堂湾。

他们像一条条吐着芯子的毒蛇，在神堂湾的路口盘踞着，只等爹和他的战友们，钻进他们的伏击圈。

当年被吴点金围剿的田平，其实并没有被剿灭。他只是变成了一个落草的流寇，流落到了怀化的麻杆子那里。麻杆子和田平，是有十多年交情的狼与狈，缺了狼，或者少了狈，都不能狼狈为奸。田平虽然被吴点金剿灭了山头，却永远剿灭不了他那颗邪恶的狼狈之心。他投靠拜把子兄弟麻杆子后，又拖起了山头，拉起了一支新的队伍。

为了表示生死兄弟情，麻杆子先是给田平压惊洗尘，后又在山中好酒好肉地款待了田平好几个月，再后，就非常慷慨地给了田平十几号人马，让田平另立山头、东山再起。麻杆子说，你是一头虎，不能虎落平阳，也不能跟哥一个虎窝，你要虎毛重新抖起、虎威重新立起，另起山头，再打江山，等你田平的虎旗再次竖起时，我们再联手大干。

麻杆子不是给田平一杆枪，让田平走人，而是给田平十几杆枪，让田平再振雄风，这让田平感激涕零。不可一世，从不给人下跪的田平，破天荒给麻杆子行了一个跪拜礼表示感激。田平说，麻哥乃我再生父母，我田平日后得志，一定来报再造之恩。

带着十几号人马离开怀化的田平，越过凤凰、泸溪、吉首、古丈、保靖、永顺、沅陵，一路潜行，到达了张家界。

在张家界，田平既杀富，也劫贫，很快声名远扬，聚集了一批贫穷而又好吃懒做的人。那时的湘西，太贫穷，太落后，只要有人拉山头，就会有人奔山头。奔山头，是有些人能够吃饱饭的唯一出路。

田平其实一直都在湘西明里暗里活动，明里是在湘西的张家界，暗里是在湘西的自治州。那时候，还没有湘西自治州和张家界市一说，整个湖南西部都是湘西。田平经常化装成各色人等，带着喽啰在湘西的自治州侦察各种情况，搜集各种情报。爹和彭武生救了一个苏联飞行员，就是田平自己侦察得来的情报。

得知爹和彭武生救了一个苏联飞行员，田平大喜过望，如获至宝。他觉得这是一个劫富的好机会。他要绑弗拉基米尔的票，向武豪干爹敲一笔赎金。如果武豪干爹不给，他就威胁武豪干爹，把弗拉基米尔交给日本人，向日本鬼子邀功请赏，拿一笔赏金。尽管他也恨日本人，不会把弗拉基米尔交给日本人，但他要把这个话放出去，以便武豪干爹拿出更多的赎金。没有比弗拉基米尔更肥的了，进一刀子，他可以吃肉，退一刀子，他也可以吃肉。这简直就是书上所讲的唐僧肉，他必须想办法弄到手。

这样的好事，田平是不会忘记麻杆子的。他一个人也搞不定这样的好事。所以，当他在武豪干爹家偷听到国民政府要把弗拉基米尔转道护送到长沙时，立马派人飞报麻杆子，让麻杆子派人增援，一起分享这块唐僧肉。当吴点金带领一队国民党军人和武豪干爹的几十个人跟弗拉基米尔一起荷枪实弹地出发时，田平就派人一路跟随，一路通风报信。等弗拉基米尔一行走到神堂湾时，他和麻杆子早就在那里布下了天罗地网。

一路上，爹的右眼皮一直在跳。无日无夜地跳。跳得爹心神不宁。俗话说，左跳财，右跳灾。爹就坚决不许三叔跟着走。可三叔是个硬性子，哪里肯听爹的，坚决要跟爹一起走。武豪干爹也鼓励三叔一起走。武豪干爹说，毛铁不打几回，哪门会成为钢？让文乾一起走，不怕，有我们呢。

三叔还有一个超强的本领，我前面未曾交代，那就是我三叔懂蛇语，会呼蛇。他几声奇怪的叫唤，蛇就会来，再几声奇怪的叫唤，蛇就会远走。寨子上的人多次见过三叔的唤蛇表演。我爹和四叔、五叔，还常常在早上醒来时，看见一条蛇跟三叔睡在一起。所以，一个寨子的人，都怕三叔，都说三叔是蛇变的。我的四叔、五叔，也不敢跟三叔一个床铺睡觉。说来，大家也许不信，民间就是有许多这样的奇人。懂鸟语的，懂蛇语的，懂猴语的，无奇不有。这是科学解释不清的，或者说这是还没有解密的科学。三叔彭文乾，就是这样一个实实在在的奇人。

爹还是不让三叔跟。武豪干爹就说，带上三叔，一路上不会有蛇威胁，安全。爹只好依了三叔。

神堂湾的蛇实在太多了。大家怕蛇不听三叔的招呼，或者听不见三叔的招呼，还是准备了棍棒，赶蛇，撵蛇。尽管三叔呼风唤雨一样唤蛇的本领起了作用，爹和他的战友们没看见一根蛇，大家手里的棍棒还是最大限度地安抚了人们的心理。

田平和麻杆子这两条蛇，却不是三叔能呼来喝去的。他们一见护送的队伍钻进了口袋，立刻开枪就打。

神秘莫测的神堂湾，成了武豪干爹和田平这对冤家再一次生死拼杀的战场。

湘西的各个民团、各支队伍，都是会打仗的。不会打仗，就拉不起队伍、占不了山头，就会大鱼吃小鱼小鱼吃虾米一样被吃掉。田平和麻杆子的两支队伍也不例外。他们事先在神堂湾的必经之路埋上了竹签、挖上了陷阱。枪声四起时，走在最前面的龙光烈一抬头就掉进了陷阱。三叔本能地上前营救，却踩着了竹签，拔出时，皮肉都带出来一块，残留在竹签上，鲜血淋漓。子弹密集，三叔只能和战友们本能地散开，藏在树后。

幸好，龙光烈足智多谋地留了一手。龙光烈和三叔带着一个小分队打前站。吴点金和彭武生带着一个小分队护卫着弗拉基米尔在中。武豪干爹和爹带着一个小分队殿后。进入伏击圈的，只是龙光烈和三叔的这个小分队。

林深草密，子弹都不知道是从哪里射来的。吴点金寸步不离地守着弗拉基米尔，喊，大家四下散开，隐蔽起来。一散开隐蔽，就没人暴露在羊肠小道上了。这样，莽莽森林不但成了田平和麻杆子的屏障，也成了吴点金和武豪干爹护送队伍的屏障。双方像捉迷藏一样，打起了游击战。

狡猾的田平和麻杆子不但在路上埋有竹签、挖有陷阱，还在他们设置的伏击圈里埋有竹签、挖有陷阱。吴点金和武豪干爹带的人，不少人被尖利的竹签扎伤，还有好几个跟龙光烈一样掉进了陷阱。

几个中弹牺牲的，都是田平和麻杆子的人从树上射杀而死的。眼尖的三叔，看到同伴在他眼前倒下，抬头看到了爬在树上的田匪和麻匪。这些爬在树上的田匪和麻匪，也是布了阵的，里三层、外三层，你打掉一层，还有一层，打掉两层，还有三层、四层。

这些爬在树上的田匪和麻匪，都是猴子变的。最先发现他们的三叔举枪瞄准时，他们像松鼠一样嗖嗖嗖地滑下树了。有的甚至像猴子一样，从这棵树跳到那棵树上。

尽管那些爬在树上的田匪和麻匪很灵活，但毕竟是在树上。没发现时，他们占据优势，一旦被发现，就成了劣势，树上再灵活，也没有地上灵活。吴点金和武豪干爹这样的神枪手，让不少田匪麻匪倒栽葱掉下树来，摔得脑浆迸裂。

很快，两边的人都各自聚集成了一道壁垒，局势变成了两军对垒，而不是一方钻口袋，一方扎口袋。两方僵持不下。

掉进陷阱的龙光烈等人，也在两军对垒中被成功地救了出来。

但有备而来的田平和麻杆子的人实在太多了，武豪干爹和吴点金带的人，再怎么左冲右杀，都突不破田平和麻杆子的防线。

田平得意地喊起话来，彭武豪、吴点金，还有彭家云、龙光烈，你们晓得我是哪个吗？我是田平，是打不死的程咬金！你们赶快缴枪投降吧！念在我妹妹的分上，我饶你们不死！

一听是田平，大家都很愕然。武豪干爹说，这个瘟神，哪门走到哪都碰到他！

吴点金更是肺都气炸了，他很后悔当时念及田平是田杏的哥哥，一时心软，没有乘胜追击，放了他一马。

吴点金自责地叹了一声，我是放虎归山呀！

吴点金喊，田平，看在田杏的分上，我还是喊你一声大舅哥。当年剿匪是我剿的你，你把这笔账记到我头上就行。你今天拦截我们，是为哪样？

田平喊，不为哪样，就为你们那个外国佬！

吴点金喊，他不是什么外国佬，是帮我们打日本鬼子的朋友！你要他干什么？

田平喊，我要他换米米①！白花花、亮瞎瞎的米米！

吴点金喊，那你就打错算盘了！他不是我私人的朋友，是国民政府的朋友，是中国人的朋友，你换不成！你要换，先要看我手里的枪答应不答应，再看国民政府和中国人答应不答应！

武豪干爹也忍不住骂了起来，你狗日的田平，哪门老跟我过不去？做一辈子的鬼缠我！我到底是挖你家祖坟了还是日你家老母了？

田平一听，也大骂起来，我日你家老母！你是个好的啊？你是好的，我天天缠你？我现在就是跟谁都过不去，哪门了？我就跟你彭武豪

---

① 米米：银子。

过不去，哪门了？

彭武豪骂，你睁开狗眼看看，这吴点金不是别人，是你妹夫，你亲妹夫！你在这里截杀你亲妹夫，你算什么人？

田平骂，他吴点金剿我的时候，哪门不想他是我亲妹夫？我现在不姓田，我姓钱，我只跟钱过得去，只要有钱我就放你们走，否则就把那个外国佬留下。不把外国佬留下，就把你们命留下！

彭武豪骂，做你娘的白日梦！

吴点金喊，我再喊你一声大舅哥，你要拿这个外国朋友哪门换钱？要换多少钱？

田平喊，一千个大洋，米有一千大洋，莫想走出神堂湾！

吴点金吼，你真是做的青天白日梦！一千大洋？一个大洋都没有！

田平冷笑，喊，那好，那我们就抢，抢了交给日本人，日本人自然会给我一千大洋！

龙光烈一听田平想把弗拉基米尔交给日本人，抢过话头喊，田平，你晓得你这是什么吗？是卖国贼，是汉奸！你这样做，不是与一个彭武豪为敌，是与整个国家为敌，你不怕将来被抓住千刀万剐、死有余辜吗？

田平冷笑，喊，龙光烈，少跟我讲这些大道理。我不懂什么爱国卖国，我只晓得钱是老大，没钱能使人变鬼，有钱能使鬼推磨！

武豪干爹说，不跟他啰唆了，打！

吴点金喊，打！打他个落花流水、屁滚尿流！

寂静的山谷，又响起一阵密集的枪声。

三叔灵机一动，告诉爹和武豪干爹说，这里不是蛇多吗？我包抄到他们身后去，喊蛇来咬他们。你们掩护我。

这不是孤胆闯敌营吗？爹怕三叔凶多吉少，坚决不让。右眼皮跳得更加厉害。

三叔哪里肯听，说，再拖下去，天就黑了，我们更被动了。人家是地头蛇，天一黑，就是他们的天下了。

说完，三叔在爹面前一跪，说，哥，你这些年养我们辛苦了。弟弟这一去，不晓得能不能活着回来，你要照顾好弟弟和妹妹。

一句话，酸楚得戳中了爹的心。爹伸手想拉三叔，说，你讲什么呢？你不去不行吗？我们这么多人，你喊什么蛇？蛇算什么救兵？

三叔说，哥，蛇就是最好的救兵。我得去，要不大家今天都得死在神堂湾。

爹说，你去就去呗，你讲什么三长两短来吓哥？你得好好跟哥回去，一屋人都等着你呢。

三叔站起来，说，好，哥，我保证活着回来。你等着我。

然后，转身往敌营方向跑。边跑边抹泪。

吴点金立即喊，往死里打他田平，火力掩护彭文乾。

跑了一截的三叔，忽然停了下来，流着泪对着武豪干爹和众人深深一个跪拜。他是不是忽然想起还未来得及跟恩重如山的武豪干爹打招呼，以跪为谢，还是知道此去凶多吉少，算是辞别？

豆大的泪水，从爹的眼里滑落。

三叔灵巧得像一条蛇，在丛林里如鱼得水地穿行到了田平和麻杆子的后面。

站在田平和麻杆子队伍的身后，三叔接连不断地吹着口哨，发出怪声，那林中的蛇就像听到了命令和召唤，从四面八方溜了过来，为三叔出征。

田平和麻杆子万万没有想到，好端端的神堂湾，居然会奔过来成千上万条的蛇！那是成千上万个取命的阎王呀，田平和麻杆子哪敢恋战，早都吓得魂飞魄散。田匪和麻匪，死的死，散的散，最终只得丢盔弃甲，逃之夭夭。

三叔，也吹着口哨越走越远，最后消失在茫茫密林里，再也没有回来。爹和武豪干爹后来带着人到神堂湾找了几次，都没找到。

三叔谜一样地消失了。

有的说，三叔肯定被田平和麻杆子打死，光荣牺牲了。

有的说，三叔可能是在神堂湾迷路，走不出神堂湾，被野兽糟践了。
有的说，三叔本是龙蛇化身，他现了原形，回到他该回去的地方了。
三叔，就此成了一个传说、一个神话，在乡野里久久流传。
爹的右眼皮，就此落下个毛病，一心慌就跳，一紧张就跳。

二十八

在爹和武豪干爹护送弗拉基米尔回来不久,县上发生了一件惊天动地的事。

彭胜虎杀了国民党县党部书记刘雨来,远走高飞了!

这个刘雨来对彭胜虎一直很欣赏,待彭胜虎也不薄,彭胜虎却枪杀了刘雨来。这在整个湘西都成了爆炸性新闻。

彭胜虎跟刘雨来之间到底发生了什么,彭胜虎为什么要杀对他有恩的人,一时成了人们街谈巷议的焦点。

彭胜虎的确是被刘雨来一路关照过来的。

自从县警备大队队长把彭胜虎招进警备大队后,彭胜虎为刘雨来所欣赏,调到了刘雨来身边。之后刘雨来又派彭胜虎去外地学习、培训,把彭胜虎一路提拔到县保安大队队长、县警察大队队长、县抗日自卫大队队长。不管警察的旗号怎么变,队长的位置都是彭胜虎的。

抗日战争爆发后,县警察大队改为县抗日自卫大队。彭胜虎任队长。

百十号人,百十来条枪,这在一个小县城,那真是威风八面,人人敬而仰之。

在刘雨来命令下,彭胜虎每天带着人去征粮、抓丁、抽税,以支援前线。可是,彭胜虎很快发现,他和兄弟们每天辛苦卖命,强抢恶要来的粮食、税赋和壮丁,都被刘雨来中饱了私囊。

要知道,这都是他和兄弟们与父老乡亲为敌换来的血汗钱和血汗粮,是从父老乡亲嘴里夺来的。尽管他很少抓丁,即便抓了,也是让他们交一点点钱就放了。在他看来,征粮和抽税只是抢食,抓丁却是要命。能不抓就不抓,能放掉就放掉。

人们尽管也知道彭胜虎心里念着乡亲，牵猪、捉鸡、抢粮，都是迫不得已，他还是没少挨父老乡亲的骂。人们骂他砍千刀剐万刀，诅咒他生儿子没屁眼，生女儿没肚脐眼，更有人骂他断子绝孙。

得罪父老乡亲不算，他还得罪了不少土匪。田平和罗汉章就是他得罪的两个最大的土匪。两个土匪都放出话来，迟早要下了他的脑壳。

麻杆子在怀化当土匪，他管不着。田平和罗汉章却就在保靖县，天天在他的地盘上横行霸道，鱼肉百姓。他不能不管。

本来田平到张家界占山头去了，但张家界毕竟不是他的老巢，张家界的土匪势力也容不得他在张家界占山为王。在神堂湾跟武豪干爹一战后，损兵折将的田平士气大减、威风扫地，又溜回了保靖县的老巢白云山。

这样，南有一个罗汉章，北有一个田平。两个匪首，两条毒蛇，把整个湘西折腾得乌烟瘴气。

彭胜虎曾带话给田平和罗汉章：只要兔子不吃窝边草，不祸害自己乡亲，他就既往不咎、来日不问。

田平表面答应得好好的，说回来就是退隐江湖，修身养性。可一到山穷水尽，就让他的手下朱疤子大开杀戒。

罗汉章则根本不把彭胜虎放在眼里，说，你那百把条破枪，打个野猪都打不死，还能把我罗老爷哪门了？

罗汉章还明目张胆地下战书，要跟彭胜虎的自卫队决一死战。

彭胜虎哪容得一个土匪如此嚣张，喊，罗汉章，只要你敢放马过来，我一定叫你五马分尸，去见阎王。

罗汉章就带了几百人马，气势汹汹地杀了过来。

彭胜虎沿杉木河、龙天坪、鸡公山、鸭婆山、天桥岭布下蛇形阵，只等罗汉章来钻。

罗汉章自恃人多势众，一路呐喊着杀将过来。

彭胜虎且战且退，把罗汉章往天桥岭引。

天桥岭、鸡公山和鸭婆山，实际上是连为一体的。天桥岭实际上就是一座天生桥。大自然鬼斧神工地凭空长出一座天桥，足有半里长。桥上宽敞平坦，灌木丛生。桥下万丈深渊、数条沟壑。天生桥连接着的两座山岭，一座像鸡头，一座像鸭嘴，鸡公山、鸭婆山和天桥岭，由此得名。

杀得兴起的罗汉章，以为彭胜虎不堪一击，挥起手枪，带头向前冲。

冲上天桥岭才知道上了大当。彭胜虎在鸡公山和鸭婆山都各自设了埋伏，关门打狗。

罗汉章只得举手就擒。

彭胜虎以为刘雨来会把罗汉章捆起来进行公审，为保靖人民除掉一大祸害。谁想，刘雨来居然把罗汉章放了。

理由非常牵强，却冠冕堂皇：现在大敌当前，大家要团结起来一致抗日。罗汉章这样的土匪，也是一支不可忽视的抗日力量，要团结。

彭胜虎肺都气炸了，罗汉章却得意扬扬地说，彭胜虎，我说了，你不能把我哪门样，信了吧？

经过暗中多方调查，彭胜虎才得知，罗汉章早跟刘雨来有勾结，刘雨来的姘头就是罗汉章进贡的。平时的钱财，更没少贡。

彭胜虎一下子明白了：为什么湘西土匪越剿越多？原来是贪官多，腐败多，官匪一家。

田平之所以回到白云山，也是给了刘雨来好处，得到了刘雨来默许。

其实，田平得知彭胜虎抓住了罗汉章时，心里也是一阵狂喜。罗汉章死了，他就独大了。不想，刘雨来放了罗汉章，要死的老虎又活了。本想借彭胜虎之手灭掉罗汉章的田平，对刘雨来也愤愤不平。于是，他让喽啰给彭胜虎放出了刘雨来勾结罗汉章的消息，爆了罗汉章的黑料。

回到白云山的田平，这下更知道巴结官府的重要。官府要你生你就生，官府要你死你就死。生杀大权其实都捏在官府的手掌心里。田平觉得，还是要买个官当才好。白云山山主，哪抵得了白云山乡乡长？当了官，就可像刘雨来一样，黑白两道通吃，还吃得光明正大、理所当然。

正好，这样的乱世，没有人愿意当这个乡长。要抓丁抓不着，要征粮征不上，要收税收不起，只要心存一点善念的人，都不愿意做这些亏心事和缺德事。

田平本就一个恶人，这些事在他眼里，都不在话下。想怎么抓丁就怎么抓丁。想怎么征粮就怎么征粮。想怎么收税就怎么收税。天底下没有他田平办不了的事。

于是，他用一大笔银钱开路，从刘雨来那里买了一个白云山乡乡长。

这又让彭胜虎吞了一只苍蝇，积了一口恶气。

刘雨来，你竟是这样的人！

彭胜虎痛下决心，递交了辞呈。

刘雨来想，辞就辞吧，多的是人想干。

刘雨来嘴上说，我真是舍不得你，你实在不想干了，走之前，跟我再下一次乡吧，算是最后一趟差。

彭胜虎很开心，总算可以离开这个老狐狸了。

彭胜虎知道，刘雨来不仅是个吸血鬼，还是个鸦片鬼，每到一地，都要先吸上一阵鸦片才开始公干。鸦片，仿佛成了刘雨来身上的一个器官，要随身带着，以防烟瘾发作。

彭胜虎想，反正是最后一次给刘雨来卖命了，那就伺候好一点吧。他替刘雨来准备好了鸦片，免得刘雨来烟瘾发作时癫狂。

刘雨来此行是想看看武豪干爹，表彰下武豪干爹护送苏联飞行员的劳苦功高，顺便在武豪干爹那里搜刮点横财。在下面走走看看，谁都不会让他空手而归。武豪干爹也是一样。

听说是要去看武豪干爹，彭胜虎当然心花怒放。他很久没有看见我爹几兄弟了，正好叙叙旧。

彭胜虎想，自己这是走亲戚了。

到武豪干爹家时，武豪干爹带着我爹和彭武生、向立地他们出去办事了。韭菜干娘在学校里上课。家里只剩下大婆大爷和四叔、五叔，还有嫲嫲。

大婆大爷见彭胜虎带了县领导一行来做客，自然很是高兴。一边杀鸡宰鸭，好好招待，一边让五叔进城去喊武豪干爹和我爹。

刘雨来坐下来寒暄几句后，烟瘾就上来了，说困，想睡觉。大婆大

291

爷怕孩子们吵吵闹闹地吵着客人，就让嬷嬷给刘雨来在对面的客房里铺床，让刘雨来休息。几个警察跟着刘雨来，彭胜虎也没有多想，放心地让嬷嬷一道去给刘雨来铺床。他跟四叔一道帮大婆大爷杀鸡宰鸭，做饭炒菜。

刘雨来看到嬷嬷时，心猿意马，色心蠢动。但他明白这是武豪干爹家，嬷嬷再漂亮，也不能造次。于是，就自顾躺下来抽大烟。那时鸦片盛行，嬷嬷见多了抽大烟的人，见怪不怪，说了句，刘长官，你慢抽，我给你倒杯水去。

刘雨来色眯眯地应了一声，不渴，你坐，我问你几句话。

嬷嬷说，我不坐，长官问吧。

刘雨来说，你嫁人了米？

嬷嬷说，嫁了。

刘雨来说，这么小就嫁人了？可惜了。

嬷嬷说，不小了，都嫁两年了。

刘雨来说，什么人这么有福气，娶到你？

嬷嬷说，都是种田的乡下人，讲什么福气不福气。

刘雨来说，那跟着我吧，保证你喰香的喝辣的，享不完的福。

嬷嬷没想到一个堂堂县大人会这样说话，脸色一变，说，刘长官，你放尊重点。

抽了几口大烟的刘雨来，飘飘欲仙，色胆上来了，说，我是喜欢你，怎么不尊重呢？你就莫装正经了，哪个不想过好日子？你今天跟了我，你以后就过神仙日子！

说完，就一把拉住了嬷嬷。

嬷嬷没想到刘雨来这样胆大包天，大喊，来人！救命！

嬷嬷刚喊了两声，刘雨来一把捂住了嬷嬷的嘴，把嬷嬷扑倒在床，说，你喊，我看你怎么喊！我办了你，你还有脸见人？还好意思喊？

嬷嬷拼命挣扎，刘雨来使劲撕扯。刘雨来想，只要他得手，嬷嬷就不敢作声了。为了名声，没有几个女人敢作声。刘雨来屡试不爽。

刘雨来想不到的是，看似柔弱的嬷嬷，却顽强得很。在撕扯中，嬷嬷使出所有力气，踢向刘雨来的下身。刘雨来疼得龇牙咧嘴，捂住下身不停地跳。

得以脱身的嬷嬷迅速跑出来求救。门外的几个警察充耳不闻，像没有听到一样。

嬷嬷只得边哭边跑到大婆大爷住的地方求救。

彭胜虎见嬷嬷披头散发、衣衫凌乱地跑出来呼喊，想都没想，就知道是被刘雨来欺负了。

彭胜虎提起枪来就往刘雨来那里跑。四叔和大婆大爷一看，也慌不择路地往刘雨来那里跑。

见刘雨来护着下身龇牙咧嘴地骂这个老娘们，彭胜虎的火，像地底下的烈焰一样，呼地就烧起来了。

彭胜虎想得到刘雨来的厚颜无耻，却没有想到刘雨来厚颜无耻到如此胆大包天、肆意妄为。彭胜虎问都没问一声，大骂几声狗娘养的刘雨来！猪狗畜生刘雨来！抬手就是一梭子弹，刘雨来几个血窟窿同时飙出血来，倒地身亡。

气昏了的四叔也一刀子捅去，捅倒了一个警察。一个警察见状，赶忙掏枪，准备射击。彭胜虎大喝一声，你吃错药了？一枪点去，警察倒地。

彭胜虎对其他几个手下大喊，不要乱动！把枪放下！冤有头债有主，我知道你们的难处，不会把你们怎么样。但你们这身虎皮真是白穿了，看着老百姓被当官的侮辱，你们见死不救，还算什么警察？你们把枪放下，都回去吧。

其他几个警察知道今天惹了天大的祸，乖乖把枪放下。

准备离开时，彭胜虎说，慢点！李三还有气，把李三包扎下，送到医院去，能救活就好，救不活是命。你们要是念在我平时对你们的好，就先不要报官府，自己回家耍几天；要是不念我平时对你们的好，米得关系，你们尽管报官府。

几个警察说，我们肯定不会报官府，也不敢报官府。刘大人是在我

293

们眼皮子底下死的，我们也揩不掉屎。

彭胜虎说，米得事，过几天你们再去报官府，就说我杀红了眼，一路追杀你们，你们也躲了起来，这样，你们这身虎皮也不得脱，饭碗也保住了。

一个警察说，队长，我们也不想干了。你去哪里，我们跟你去哪里。

彭胜虎说，不行，你们还得干事养家。我现在也不知道要去哪里，只怕要逃亡呢。

一个警察说，拖队伍上山吧！队长，我们跟你上山。

彭胜虎说，我不拖队伍，不害你们。等我跑走几天，你们去报官府，就说刘雨来强奸我妹子，被我看见，一枪杀了。不然，官府会来找我几个兄弟的麻烦，认为是他们杀的。这是我拜托你们的。你们要是还当我是大哥，就帮我这回忙。我一辈子不会忘。

几个警察连忙说好，希望彭胜虎早点逃出去，多多保重。

几天后，彭胜虎和四叔杀了县官刘雨来和一个警察的事，成了天大的新闻。彭胜虎和四叔一夜间名扬湘西。

民间拍手称快，盛赞他们是英雄。官方却发通缉，要依法严惩。

彭胜虎对四叔说，敢不敢跟我去云南？听说那里有我们的抗日远征军，还有一支一直名声很大的湘西兵营。去投靠他们！

四叔说，好啊！跟湘西兵营的老乡一起打鬼子才过瘾。

彭胜虎和四叔就沿着云贵山脉，一路找到了云南，找到了湘西兵营，成了抗日远征军的战士。

这湘西兵营本是龙山匪首施行舟一手建立起来的。早在1936年的时候，武汉行营为了吞并湘西地方武装，指令国民第二十八军进驻湘西各县，胁迫地方武装离境，接受改编。施行舟所属的地方武装，被改编为陆军第二十八军独立营，人称湘西兵营，驻扎湘东，在湖南茶陵和江西莲花交界地带监视红军。地方团练出身的施行舟任中校营长。在要开赴淞沪前线时，施行舟自知有死无生，声称抱病，坚辞营长，要求解甲归田。其他湘西英豪却纷纷请战，奔赴前线。黄埔军校出身的肖瑞禾主动请缨，担任湘西兵营营长。

湘西兵营的六百多个将士，一路北上，在嘉定、太仓、常熟、苏州、无锡、惠山、溧阳、宜兴、天目山、南浔、南昌、韶关、英德、北部湾、昆仑关、宜昌、鄂西、重庆等地转战。当转战至宜昌和鄂西时，早就隶属国民第二军七十六师二二六团的湘西兵营，已是一支声名显赫的王牌军了。

此刻的湘西兵营，正作为抗日远征军，在滇缅线上与日军鏖战。

彭胜虎和我四叔历尽千辛万苦，在遥远而陌生的云南找到湘西兵营时，湘西兵营的老乡们正在滇缅边境的龙陵平戛，与日军鏖战。

龙陵地处怒江峡谷的大断裂带，是云南保山的一个县，怒江、龙江湍急奔涌，高贡黎山高耸入云。平戛为日军在滇西的一个重要据点，上扼龙陵，下扼芒市，是日军据守云南和缅甸的一个重要军事屏障，外围的青木岭、马鹿塘、三村也辅以坚固的工事作为后援，平戛更是固若金汤。

平戛之战，是中国远征军滇西大反攻最早最重要的一战。要反攻，就得先渡过怒江天堑。要渡过怒江天堑，就得先占领龙陵。要占领龙陵，就得攻破日军最坚固的据点——平戛。

为了守住平戛这个战略屏障，日军先以一个大队的八百人马据守，后又以一个联队的几千人马增援。

为了阻击日军大部队几千人马的增援，顺利渡江的第二军第七十六师一路奉命阻击，一路奉命进攻，为的是既要撕开这个口子，也要收住这个口子。

第二军七十六师二二六团的湘西兵营，就成了阻击日军大部队增援的一堵铜墙铁壁，成了拦在平戛胸口、插入敌人心脏的一把尖刀。

这把尖刀安插在通过平戛的必经隘口——蚂蚁堆。

蚂蚁堆名副其实，那每一座不大不小的山，都上面尖下面大，都浑圆浑圆的，像一堆蚂蚁，而且是一堆堆的蚂蚁。

尽管蚂蚁堆是通往平戛的必经隘口，但蚂蚁堆并不险峻。武器精良、人数众多的日本鬼子要撕开一条口子，是非常容易的事。遗憾的是，日本鬼子碰到的是湘西人。要从湘西人的裆下穿过去，那不是想穿就穿的。

彭胜虎和四叔，正好看到了这蚂蚁堆和一堆堆蚂蚁，赶上了蚂蚁堆这场惨烈而辉煌的阻击战。

山势形如蚂蚁堆。

敌人多如蚂蚁群。

蚂蚁一样密集的敌人蜂拥上来时，那铺天盖地的炮火也多如蚂蚁。

彭胜虎虽然经常舞刀弄枪，也跟湘西土匪真枪实弹地干过几仗，但如此巨大的战场、如此血腥的场面和如此惨烈的战斗，彭胜虎是第一次看见。

我的四叔更是第一次看到炮火漫天炸、子弹漫天飞，更是第一次看到战争像一架巨大的人肉机器，把一群一群的人像绞肉一样绞得血肉横飞。

四叔从没打过枪，拿枪的手都在发抖。彭胜虎也顾不了四叔，只是一边开枪一边不停提醒：别害怕，紧跟着，别掉队，莫站起。

四叔当然害怕，枪炮声铺天盖地地响起时，四叔吓得丢下枪堵着自己的耳朵。有时候连眼睛也是闭着的，不敢看。但四叔毕竟是好样的。经过了一场战斗的洗礼后，四叔很快习惯了猛烈的枪炮，恐惧被枪炮炸飞了、炸跑了，那胆量越炸越大、越炸越壮，留下的，只是第一次参加战斗的兴奋。

看到四叔很快学会了打枪，习惯了战斗，彭胜虎欣慰地说，每一个男人的胆，都是这样练出的。

当四叔第一次打死一个日本鬼子时，兴奋得手舞足蹈地喊，哈，我也打死鬼子了！

幸好是彭胜虎及时把四叔拉进了掩体，不然四叔就吃了日本人的枪子。

彭胜虎骂，跟你说了不要站起来不要站起来！不要命了！打死一个日本鬼子就这么得意，有本事，你打死十个百个！

四叔说，好，我就打死十个百个鬼子给你看。

山里人就是灵活，在平戛这场惨烈的战斗中，湘西兵营的每一个湘西子弟，都像一只灵巧的猴子，低着头，猫着腰，灵活而机警地穿插、战斗。抢地形。炸坦克。轰碉堡。拼刺刀。湘西兵营的人，个个神勇。哪怕是第一次上战场的四叔，也义薄云天。

七天七夜的血战里，日军丢下了六百多具尸体，湘西兵营牺牲了二百多条生命。

并不险峻的蚂蚁堆，还是被敌人撕开了一个口子。

湘西兵营且战且退。

日本鬼子穷追不舍。

云南跟湘西一样山高林密，却比湘西燥热潮湿。无论临沧、保山、芒市，还是腾冲、西双版纳，全是遮天蔽日的热带丛林。丛林里的瘴气、毒气和腐朽气，熏得人晕晕沉沉、上吐下泻。一群群的蚂蟥，比蚯蚓还大，叮上身，就扎进肉里扯不出来。粗长的毒蛇，在地上、树上、藤上、路上，到处盘着、吊着、溜着，吓得人魂飞魄散。

湘西兵营，就在这样的环境中且战且退，一直退到了怒江的支流——大龙河，退到了一堵悬崖绝壁处。

后面是追兵，前面是悬崖，脚下是湍急的大龙河，湘西兵营危在旦夕。

仅剩的三百多个湘西战士，只能背水一战，绝处求生。营长肖瑞禾说，兄弟们，如果打得一颗子弹都不剩了，我们就一人抓住一个垫背鬼一起跳下去。

也许是天无绝人之路，经验丰富的肖瑞禾，在旁边发现了一处遮天蔽日的原始森林。习惯了山地与森林的肖营长心里一喜，这好！就在森林里跟日本鬼子捉迷藏。

一干人，顺势钻进了原始森林。

传奇的是，进了树林一看，这哪里是什么树林，只是一棵巨大无比的古榕树散发出的一片森林。

297

古榕树发出了无数粗壮的树枝，无数粗壮的树枝居然长成无数粗壮的树干，无数粗壮的树干，又发出无数粗壮的树枝。这样树枝成树干，树干成树枝，一片一片地连成了遮天蔽日的小树林。

其实这树干不是树干，而是气根。榕树与众不同的是，它的气根在树顶上，风一吹便会随风飘摇，密密麻麻的气根接触到地面时，就会长成树干状的板根。靠着这些板根的支撑，树枝渐渐向四周扩张，长成一棵参天大树。

这榕树的主干太巨大了，十来个人都抱不住。

这榕树的树冠太巨大了，足足有一个足球场那么大，整个山头，都是树冠！

这榕树的枝叶太茂密了，抬头望去，什么都看不见，雨漏不下来，风漏不下来，光漏不下来，人，更漏不下来。

就这么一棵榕树，再巨大也只是一棵树，也无处藏身。肖营长围着榕树转了几圈，也找不到藏身之处。急得没有办法时，彭胜虎说话了。彭胜虎说，营长，我们就躲到树上去吧，枝叶这么厚，敌人看不见我们，敌人也想不到我们这么多人会躲进一棵树里。

肖营长想，死马当作活马医，也只能这样了。于是，一声令下，三百多个人，像三百多只鸟，嗖嗖嗖地就上了树。

日军追到大树底下时，到处找不见湘西兵营的身影，站在树下望了老半天树顶，也没有望见战士的一根毫毛。中国军人居然凭空消失了！

而在树上的湘西兵营，却把树下的一切看得一清二楚。肖营长一声令下，黑乎乎的枪口就一齐朝下射向了日本鬼子。先期到达的一百多日本鬼子几乎全部丧命。

随后赶来的日本大部队，把所有的仇恨都随轻重武器射向榕树。可榕树实在太大了，无数跳跃的子弹，跳跃了一天，也只是击落了满地树叶。这云南边陲巨大的榕树和树冠，居然成了湘西兵营的保护伞。

可长久躲在树上也不是那么一回事。日本鬼子只要围困下去，也得把他们饿死。

狡猾的日本鬼子果然不再进攻，而是在几百米开外困守。

肖营长便把战士分成四个战斗队，一队留守树上观察，随时先发制人，迎战来犯之敌；一队专事偷袭，骚扰敌人，扰乱视线，打击敌人于不备；这两队的目的，都是为了另外一队在树下修筑工事，以便以榕树为堡垒，进行长期抵抗；还有一队寻找食物，以便解决温饱问题。

这工事要在敌人休息时，连夜修筑。偷袭，也只能在夜晚进行。

肖营长带一队偷袭。彭胜虎随二队在修筑工事。四叔随三队在树上警戒。其他的人寻找食物。

日本鬼子做梦都想不到，湘西兵在这种境地还敢主动出击，偷袭他们。还在梦中苟安的日本鬼子，仓促应战，草草收场。夜战，他们不是对手，只能等到天亮。

等日本鬼子天亮发起攻击时，他们惊讶地发现，那棵树大根深、枝繁叶茂的榕树，一夜间变成了一个巨大的碉堡！湘西兵营的战士们，依据榕树的天然造型，沿着榕树周围构筑了一个巨大的防御工事。

粗壮而发达的板根，纵横交错。巨大的板根覆盖在地面时，就像垒砌的一个厚重坚硬的地堡。盘根错节的板根直插地下时，空出的一个个地方，形成了一个个四通八达的溶洞。板根迂回曲折，溶洞迂回曲折，精妙得优秀的工兵都设计不出来。

湘西兵营的战士们，就利用榕树四周天然而复杂的地形，用土包、巨石和天然洞穴，改造了一个里三层、外三层、上三层、下三层的战斗工事。精妙至极，神奇至极！

一场独特又残酷的持久战，就在一棵榕树下时时展开，日日上演，成了任何一个小说家和幻想家也写不出、想不出的抗战传奇。直到中国援军赶到，湘西兵营的战士们才得以从树上下来，这棵榕树才结束了它光荣的历史使命。

而这个时候，我的湘西兵营的亲人们已经在榕树上下战斗了十多天。一百多名战士长眠在了这棵榕树周围，还有一百多名战士走出了这棵榕树，继续为国征战杀敌。

多年后，云南人民在这棵榕树的板根下面发现了几十个油桶。油桶里装的是一具具蜷缩的尸体遗骸。那是湘西兵营的亲人们为了保全战友的尸体而特意掩埋的。那是他们榕树一样的根、榕树一样的魂、榕树一样的命。

我想再交代一笔的是，当中国取得抗日战争胜利，彭胜虎和四叔走出滇缅战场时，湘西兵营只剩下了彭胜虎和四叔，还有一个叫康进来的排长。

彭胜虎和四叔回到湘西，继续做湘西人。康进来在昆明娶妻生子，成了云南人。

但不管身在何处，他们都有一个共同的名字：湘西兵营。他们都有一种共同的骄傲：中国远征军。

二十九

四叔的回归，成了爹的骄傲。

三叔的消失，却成了爹永久的痛。那是风湿一样的痛，一遇天气变化，就会扯心扯肺地痛。

三叔还小，还是青春发芽抽穗时最嫩的那一个时节，是理想梦想燃烧时最为激情生动的那一个时刻。什么都可以享受了，什么都可以品尝了，什么都知滋味了，却一下子就消失了。青春的男欢女爱，理想的美好憧憬，三叔都还没尝试过。三叔活不见人死不见尸，就这样消失了。

五叔说，爹至死都不相信三叔牺牲了，爹一直记着三叔保证活着回来的话。所以，爹一闲下来，就会走到山头，坐在山口，一边抽烟，一边痴痴地等。爹每天都盼着奇迹出现。每天都期盼有一个熟悉的、年轻的影子在霞光的晕染中，向爹走来。

五叔说，爹本想等来年开春给三叔说一门亲事的，三叔这一去杳无音信，说亲的事就成了爹永久的痛。爹一直责怪自己为什么没有给三叔早说一门亲事，让三叔有个后，有个逢年过节给三叔烧香的人。爹觉得太对不起三叔，也对不起父母。

武豪干爹和龙光烈常常安慰爹，说三叔肯定在其他地方安家立业了。三叔一直没有回来，肯定是没办法回来，回不来。

那是什么让三叔没办法回来呢？三叔到底遇到什么了呢？难道三叔真是龙蛇的化身，真的回复了原形？爹至死都没有弄明白这个问题。三叔，就像长在爹身上的一块肉，被思念的刀剑，一天天地割，一阵阵地疼。

爹更恨田平和麻杆子了，恨不得吃了他们的肉。如果没有田平和麻杆子，爹和三叔就不会骨肉分离。

爹说，总有一天，他要亲手宰了这两个天杀的。

可是家仇未报，国恨更深。爹还不知道怎么去宰了这两个天杀的恶魔时，日军的铁蹄踏到了雪峰山，真正打到了湘西人的家门口。

日军在湖南经过几年的鏖战，终于如愿以偿地打到了雪峰山，打到了通往重庆的最后一道屏障。如果这最后一道屏障破了、垮了，那国民党政府的老窝重庆就可能会被端了，整个中华民族会面临更大的危机和灾难。

雪峰山是湖南境内最长的山。广义上的雪峰山，一直从湖南西南部的邵阳绥宁县延伸到湖南东北部的长沙宁乡县，绵延三百多公里。狭义上的雪峰山，是指怀化和邵阳之间的这一段山。

为了越过这道天堑，尽快打通通往重庆、灭亡中国的通道，丧心病狂的日军发动了对湖南的最后一次进攻。砸开湘西这把铁锁，轰开湘西这道铁门，进而推倒湘西这堵铁墙，是日军要占领全中国的最后一把赌注。

要越过这道天堑，就必须先占领芷江机场，毁掉芷江机场，截断飞机起飞的血脉，割断中国抗日的动脉。

日军吸取常德失败的教训，不再取道常德，而是取道邵阳，企图从邵阳到怀化，翻越雪峰山脉天险侵入如今的湘西自治州，再从湘西自治州直插重庆。要越过这道天堑，日军必须首先摧毁整个东方抗战的运输生命线——芷江机场。日本的中国派遣军总司令官冈村宁次，出动了五个师团、两个旅团的十万兵力和一百三十余架战机，从五个方向合围芷江。在何应钦的带领下，十二万国民革命军为主力，二十万民间组织为援军，在雪峰山沿线，对日军展开了生死阻击，史称雪峰山保卫战或湘西会战。

当湘西会战的炮火在1945年4月隆隆响起时，湘西军民就投入了这场生死攸关的民族保卫战。保卫雪峰山，就是保卫大湘西。保卫大湘西，就是保卫大中华。

在湘西大会战的雪峰山保卫战中，龙光烈是湘西少数最清醒的人之一。他知道大敌当前，如果不主动出击，御敌于外，湘西人民一样逃不脱生灵涂炭的命运。他连夜奋笔疾书，写就了一份《告湘西同胞全民抗战书》，号召湘西人民全民抗战。这份油印的《告湘西同胞全民抗战书》只有短短几百字，但却声声振聋发聩、句句醍醐灌顶：

  亲爱的湘西同胞们，现在是我们中国最危险的时候，是我们湘西最危险的时候，是我们每一个父老乡亲最危险的时候！狗日的日本鬼子已经打到我们的近邻怀化了！怀化的老小正被屠杀，怀化的女人正被蹂躏，怀化的房屋正被火烧，怀化的财富正被抢夺。怀化百姓，正在日本鬼子的枪炮下流离失所、呼号哭泣！

  千万不要抱任何侥幸心理，认为日本鬼子打不到我们家里来！怀化与我们只是一墙之隔，再进一脚，日本鬼子就能踢开我们的家门！为了我们的亲人不被屠杀，为了我们的姐妹不被蹂躏，为了我们的财富不被掠夺，我们全体湘西人民，无论派系和山头，无论男女和老幼，都要主动地打到怀化去、杀到怀化去，把日本鬼子拦在家门外、灭在家门外！既然日本鬼子已经伸进了他们的狗腿，我们就打断他们的狗腿！既然日本鬼子不让我们好活，我们就让他们不得好死！以前我们的祖先一次次地赶走了倭寇，今天我们这些后人也必须让日本侵略者有来无回、死无葬身之地！

这份《告湘西同胞全民抗战书》被印成各种传单到处散发和传播，成了湘西全民抗战的宣言书。一批批湘西男儿踊跃报名、冲往前线，一批批湘西妇幼前赴后继、支援前线。武豪干爹和田杏，第一个带着他们各自的队伍，奔赴雪峰山。就连田平、麻杆子这样十恶不赦的真土匪，也带着自己的人马投入了抗战。

溆浦龙潭，是雪峰山保卫战的主战场。国民革命军七十四军就在这里顽强地阻击敌人。七十四军里的暂编第六师，依然是赵季平带领的湘西子弟兵在打主力冲锋。龙光烈和武豪干爹所带领的抗日救国军，挺进离龙潭不远的枫香岗做策应。

龙潭是一条深深的峡谷，峡谷峰峦叠翠，一峰比一峰奇秀，一峦比一峦青翠，峰与峰之间，峦与峦之间，都是一笔一笔的美连着，一层一层的景铺着，让人傻傻地分不清哪一峰更美哪一峦更秀。龙潭也是一条河，那河如一匹绸缎，碧绿而清澈地在峡谷里淌着、飘着，静谧得阳光落进河面时，听得见阳光入水的声音，微风一吹，阳光和水光就交相闪烁、相互缠绵，述说着大好河山的大好时光。

而枫香岗是一个山岗。是一座山的山顶。是山顶上的一个瑶寨。枫香枫香，枫树的芳香。一进枫香岗，满山枫树，遍地山花。昔日喋血的战场，如今处处是诗意。

当年，龙光烈和武豪干爹带着队伍到达枫香岗时，枫香岗这个千年瑶寨已被日本鬼子一把火烧了，枫香岗的男女老少已经被日本鬼子屠杀一半，枫香岗已经是一片废墟、一片尸首、一片哀号。日本鬼子将剩余的男女老少赶到一个宽敞的坪坝上，要乡亲们带路去打芷江机场。在这莽莽苍苍的崇山峻岭，如果没有人带路，陌生人是找不到方向的。这湘西人的骨头，都是山里的石头做的，日本鬼子再刀捅枪杀，就是没人肯给他们带路。用湘西人最朴实的话说，谁也不会把强盗往自己家里引。枫香岗的乡亲们，就这样一个一个被杀害了。有的被挖掉双眼，有的被割去头皮，有的被开膛破肚，有的被钉在树上活活烧死。可是杀了那么多，也没有人因怕死而带路。恼羞成怒的日本鬼子，失去了最后一点儿耐心和信心，架起机枪，一顿扫射，枫香岗的百姓成片倒下。幸好，日本鬼子的机枪刚喷吐出火舌，龙光烈和武豪干爹带领的队伍赶到了，措手不及的日本鬼子，只得掉转枪口，仓促应战，部分村民侥幸存活。

武豪干爹和乡亲们都是山里的老虎和飞鸟变的，他们且战且退，诱敌深入，将敌人引进了最狭小的一个沟谷里。把敌人引进狭小的沟谷后，武豪干爹和乡亲们迅速地四下散开，形成了一个严实的包围圈，用弩、用箭、用枪、用手榴弹，各种武器暴雨似的密集而下。日本鬼子的精锐武器还来不及派上用场，龙光烈和武豪干爹就带着人马杀进营地，展开生死肉搏，把日本鬼子打得屁滚尿流。一个下午，就把日军的一个连队全部歼灭。用武豪干爹的话说，日本鬼子活得不耐烦了，跑到湘西来送死，那就让他死个干净和痛快。

这场战役，只是龙潭之战中的一场小小的遭遇战。武豪干爹和乡亲们赢得太容易了。他们的刀还没砍碎几块狗骨头，狗就砍没了。还没杀过瘾呢，战斗就结束了。

本来日本鬼子也是信心满满的。短短几天，日本鬼子的一支队伍就势如破竹地深入到了雪峰山的腹地溆浦龙潭。分路挺进、最后合围的战术见了成效。他们知道龙潭就在芷江机场以北，往南二百多公里就是芷江机场。只要攻下龙潭，芷江机场就唾手可得。他们得意地在龙潭跳起了阿波舞。用溆浦乡亲们的话说，那张牙舞爪的样子，简直就是鬼舞。

日军不知道的是，龙潭往南一百多公里就是湘西会战的中方指挥所怀化安江，如果日军得悉情报，攻下中方指挥所，后果更是不堪设想。

而龙光烈和武豪干爹不知道的是，他们现在是孤军奋战。本应镇守龙潭的国民革命军五十师已被抽调到芷江机场去增援了。他们没想到狡猾的日军会从邵阳绕道北边的溆浦龙潭进攻芷江机场，而不是直接从邵阳直插芷江机场。芷江在溆浦的南边，离邵阳更近，日军的声东击西，使得龙潭一下子成了日军的囊中之物。本不起眼的龙潭，也一下子成了湘西会战的主战场。

龙光烈和武豪干爹灭掉的只是日本鬼子的一个先遣队，一万五千人的日军大部队，正张开血盆大口等着他们。

得知先遣队被天降神兵歼灭的日军，狂怒可想而知。立马动用飞机大炮，轮番轰炸枫香岗。枫香岗立刻被炸成一片废墟、烧成一片焦土。

龙光烈和武豪干爹带的人马，有的被炸得粉身碎骨，有的被炸得残手断腿，有的被烧成一堆黑炭。轰炸过后，人员伤亡过半。

龙光烈和武豪干爹在枫香岗老乡的指引下，退到了老鹰嘴。那些活着的枫香岗乡亲没有逃跑，而是拿起了刀斧和猎枪，跟着龙光烈和武豪干爹的人马上了老鹰嘴。他们知道，逃是没有用的，活下来的唯一希望就是拿枪战斗，以命搏命。周围其他村庄的乡亲也提着刀枪、带着干粮赶来，龙光烈和武豪干爹的人马，得到了壮大。

老鹰嘴，顾名思义，山像一只鹰，而且像一只收拢翅膀的鹰，山的最高处像一只鹰扭转九十度的头颅，有鼻有眼有喙，那喙尖尖的，伸向远远的虚空；喙下，是陡峭的万丈悬崖。龙光烈和武豪干爹退守到老鹰嘴，是因为老鹰嘴是一座孤峰，地势险峻，易守难攻。山的正面是弯曲而陡峭的九十九道弯。山的背面、侧面，都是瘦骨嶙峋的万丈悬崖。

日军在大炮的掩护下蜂拥而来。在这高高的老鹰嘴上，日军的大炮虽然厉害，那也是高射炮打蚊子——没个准。已经打了一仗的龙光烈和武豪干爹他们，除了大刀，手里没有什么弹药了。

龙光烈说，要打赢这仗，我们得往最狠最准的地方去打，像那次在常德一样，炸掉敌人的军火库。这样，我们也才拖得住日军，等待我们的军队到来。这非常危险，被日本鬼子发现了，就有去无回。我带二十个人去，哪个愿意去？

彭武生说，我去！给你做伴。

很快，二十个人的敢死队成立了。

枫香岗的老乡事先准备了几十根长长的绳子，连在一起一千多米长，这本来是为了最后的时候从悬崖上逃生用的，没想到很快就派上了用场。武豪干爹把绳子绑在粗壮的古树上，放下绳子，看着龙光烈和彭武生等一干人依次滑下去。

从背面下了山的龙光烈并不知道日军的军火库在哪。从正面强攻的日军却愈发逼近了。

武豪干爹和田杏，守在不同的山口，等日军靠近。山上全是石头，大的小的，方的圆的，都成了最好的武器。每个人前面都堆满了石头，日军稍稍靠近，石头就塌方一样翻滚着仇恨，砸向敌群。武豪干爹和田杏，还砍了很多树木，一截一截的树木，也成了一排排炮，轰隆隆地滚向日军。这是当年抗日战场常见的石头阵和木头阵。

山上还有漫山遍野的竹子。武豪干爹和田杏他们把竹子劈块削尖，做成一支支响箭，几十支几十支地连在一起，一字排开，安装在同一机关上，日军靠近时，机关一按，锋利的竹箭，就齐刷刷地带着呼啸，直插日军的脑袋、眼珠、胸膛、心脏。

疯狂的日军，就这样被我的乡亲一次次击退。

当山上的石头都被武豪干爹他们捡光砸光时，身上的子弹和手榴弹都打光时，等待他们的只有肉搏了。

可田杏是个女人，武豪干爹既不能让田杏落在日本鬼子手里，也不能让她牺牲在战场上。他要对吴点金负责，对韭菜干娘负责。田杏虽然强悍，毕竟没有男人那样强大的臂力，不能像男人一样顺着绳索从后山滑下去。聪明的武豪干爹，砍了一根小竹子，掏空一节节竹管，命令田杏跳进被日军轰炸的弹坑里，然后把她从头至尾埋上焦土，只留下竹管孔，竹管让她含在嘴里用于呼吸换气。再然后，用几个战友的尸体将她盖住。焦土都是蓬松的，没人的时候，田杏自己可以刨开焦土爬出来。天衣无缝的金蝉脱壳。

田杏当然是宁死不从的，她是个烈女子，她上过无数次的抗日战场，她不怕死，她要跟武豪干爹一道死在战场上。这样藏着苟且偷生，不是田杏的个性。武豪干爹不由分说，把田杏推进了坑里"活埋"。

敌人实在太多了！武豪干爹和枫香岗附近的两三百人马，是无论如何也抵挡不住的。在与蜂拥上来的日军一番肉搏后，剩下的几十人，被日军逼到了悬崖边上。

正当武豪干爹做好壮烈跳崖的准备时，一队人马呐喊着从日军后面杀了上来。是田平和麻杆子的人马。黑压压的一群！

本已退在悬崖边的武豪干爹这几十人，立刻看到了一条向死而生的路，全身血管陡然偾张，每个细胞再次被激活，一股强大的力气仿佛从天而来，灌注全身。他们立刻转身，往敌阵中心反杀过去，与田平和麻杆子一道，对敌人形成了前后夹击。本是身处绝境、置于死地的武豪干

307

爹，立刻因为田平和麻杆子的到来而绝处逢生。

日军见背后被偷袭，只好纷纷掉转枪口，往山下冲。日军知道，如果不掉转枪口往山下冲，就会被逼到悬崖，死路一条。日军得拼了狗命，撕开一条下山的路。

日军肯定不能那么轻而易举地撕开一条血路，田平和麻杆子能把队伍拖到现在，也不是吃素的。他们也在多次的战火中焚炼过，在无数的刀口上滚卷过，无数人的血和肉都在他们面前喷溅过。这日本鬼子的狗命，不在他们每个人的刀下留下几个几十个，他们是肯定不会罢手的。

田平和麻杆子一手拿刀，一手拿枪，对着日本鬼子又砍又射，那种杀气和凶狠，比机枪里喷吐的火舌还明艳。

其实，田平和麻杆子都不知道跟日本鬼子鏖战的是武豪干爹，武豪干爹也不知道上山来救援他们的是田平和麻杆子，直到两军会合，杀在一起时，才彼此看清对方。武豪干爹边杀边喊，田平，你总算做了一回人事，我彭武豪谢你了！田平边杀边喊，彭武豪，我不是看你的面子来救你，我是看老天爷面子来杀日本鬼子！武豪干爹喊，只要杀日本鬼子，你就是好样的！你就是彭武豪的救命恩人！田平喊，先报国恨，家仇再说！武豪干爹喊，好！先报国恨，再说家仇，杀！田平喊，杀！日本鬼子的人头应声落地。

从死人堆里爬出来的田杏，看到田平和麻杆子前来救援，悲喜交加地喊了一声"哥"后，也冲入了敌阵。田平和武豪干爹，本能地边杀边汇聚到田杏身边，保护田杏。

日本鬼子见来了一个漂亮的女人，呼啦啦就围上了十几个。武豪干爹和田平本能地挡住田杏，左冲右杀。一个鬼子端起枪对着田平，扣动了扳机，武豪干爹眼疾手快，大喊一声闪开，推倒田平，不幸中弹。见武豪干爹受伤，其他的人也呼啦啦地围上来支援，十几个日本鬼子被风卷残云地斩杀。

当日军丢下一片尸首，再一次被打退时，田平对武豪干爹说，你替我挡什么子弹？我都跟你讲了，我不是来救你的，是来杀日本鬼子的！

你救我，我也不谢你！武豪干爹却忍不住笑了，说，我也不是为了救你，是为了你活着多杀日本鬼子。

湘西的一对世代冤家，在雪峰山老鹰嘴上演了同仇敌忾的悲壮一幕和感人瞬间。当他们的血和命终于拧在一起时，会不会从此冰释前嫌、殊途同归呢？

这边的龙光烈和彭武生，也一路坎坷，并不顺利。几次都在行进途中遭遇日军。幸好，队伍小，响动小，日军没有发现。不然，这二十来个人，还不够日本兵塞牙缝的。摸清日本军火库所在地后，龙光烈和彭武生也不敢轻举妄动。日军是里三层外三层的岗哨和守卫，龙光烈和彭武生根本靠不近。蹲守了大半天后，龙光烈和彭武生才看到日本鬼子押着两个送菜的老乡到了军火库门口。等送菜的老乡返回来时，龙光烈拦住老乡问了一些情况。老乡说，已经送了两天菜了，每天下午日军都会派五六个人来村子里抢鸡抢鸭抢蔬菜，然后拿枪逼着我们送过去，送到门口。抢的牛和猪，还要我们杀好修好送过去。

龙光烈问，你们看清里面有多少人，是做什么的没？

老乡答，哪里看得清，门都不让进。送到大门口就把我们赶回来了。不晓得里面是什么宝贝，神秘得很。

第二天，龙光烈和彭武生二十人就扮成了当地村民，等着日本鬼子来收菜。五六个日本鬼子来收菜时，龙光烈和彭武生，就一刀一个结束了日本鬼子的性命。

龙光烈带着五个人，换上日本鬼子的服装，拿起日本鬼子的武器，装模作样地押着几个老乡送菜。老乡则换成了彭武生几个人。

到了门口，假装返回的彭武生几个，实则退在一边，与其他人会合，准备策应。

龙光烈他们每个人扛着一箩筐菜大摇大摆进了院子。岗哨做梦也没想到，是中国人化装成日本人混了进来，头都不抬，开了大门。龙光烈他们的每个箩筐里，都有几只鸭子的肚子里塞着一个手榴弹。为了防止手榴弹受潮，还用油纸包了好几层。装有手榴弹的鸭子，上面划有两刀作为记号。

　　院子里有四栋房子。侦察兵出身的龙光烈，一眼就看出哪栋是装军火的。因为，装军火的那栋房子，比其他的房子多了一层岗哨。龙光烈低声吩咐，等下，把手榴弹都往那栋岗哨多的楼房扔。

　　足智多谋的龙光烈还是低估了日本鬼子的狡诈。一队日本鬼子不停地在院子里走动巡逻。他们无法按原计划靠近那栋楼。只能硬着头皮，把菜扛进厨房。厨房的屋顶正冒着炊烟，这个好认。

　　他们扛着箩筐进院子时，是低着头的，谁也没有在意他们是混进来的，等他们把菜放进厨房抬起头时，厨房里的大师傅不禁有些错愕，一通叽里呱啦，大概是问怎么没见过他们。龙光烈不等大师傅叽里呱啦完，一个眼色，就一人一个将几个大师傅解决了。然后，从鸭肚里掏出手榴弹塞进衣服里，冲出厨房，把手榴弹扔向弹药库房。

　　还未等巡逻的日本鬼子反应过来，一声连着一声的震天巨响，院子里的人有的被炸死，有的被炸飞，有的被气浪冲得很远。

　　一派混乱和鬼哭狼嚎中，龙光烈几个往大门外冲，却见狡猾的日本岗哨关了大门。负责接应的彭武生急忙用手榴弹炸开了大门。

　　大门炸开了，龙光烈几个蹚开血路，冲了出来。

　　没跑多远，就遇上了闻讯而来的增援日军。前无去路，后有追兵。龙光烈危在旦夕。幸运的是，日本援军并不知道穿着日本军服的龙光烈几个人才是炸军火的人，还以为是负责接应的彭武生那十几个人炸的，只对着彭武生那十多个人开枪。当日本援军招呼龙光烈一起去追彭武生时，彭武生比龙光烈先反应过来，彭武生边跑边喊，日本鬼子还没认出你们，你们趁乱找机会快逃，我们引开他们。

　　龙光烈边追边说，不行，要死一起死！我们怎么能丢下你们逃！

　　彭武生说，你们不逃，是白白送死！不能再啰唆了！快假装向我们开枪，然后找机会逃掉！

　　龙光烈几个只好端起枪，假装边追边开枪。

　　戏剧性的是，武豪干爹和田平他们从老鹰嘴撤下山后，彭武生带领的十几个人，被日本鬼子追赶到了老鹰嘴，也被逼到了悬崖边上。

其实，龙光烈一队人马并没有借机跑掉，而是一直远远跟着，暗中保护彭武生，并一直在对前面的日本鬼子打暗枪。好几十个日本鬼子，都神不知鬼不觉地倒在了龙光烈他们的暗枪下。他是一名共产党员，他怎么会丢下彭武生这些战友自己跑了呢？他得与他的这些战友同生共死。

当日本鬼子把彭武生逼到悬崖时，龙光烈他们迅速冲到山顶，增援彭武生。日本军官还以为他们是最勇敢的日本兵，一个劲地夸吆西。不想，这群被日本军官一个劲地夸吆西的"日本兵"，到了山顶，掉转枪口，对准日本鬼子猛射。日本鬼子方才知道上当，一边大骂一边猛烈扫射。

见龙光烈不但没跑，还冲到了山顶的悬崖边来一同送死，彭武生特别生气，吼，光烈哥，你哪门跑了回来？

龙光烈说，我不回来哪个回来？

彭武生说，你回来就是送死！

龙光烈说，我们都是死过好多回的人了，还怕什么死？哥杀了那么多鬼子，已经赚了。

打完最后一粒子弹的龙光烈扔掉枪，脱掉那身日本虎皮，对着日本鬼子喊，来吧，往这打！老子赚了！

日本军官见龙光烈等人居然是冒牌货，气急败坏地举枪就射。

龙光烈仰天倒下。

望着仰天倒下的龙光烈，彭武生想上前抱住，却被日本鬼子密集的子弹挡了回去。

日本鬼子知道彭武生他们都没有子弹了，也知道前面就是万丈深渊，他们不想看彭武生他们死在枪弹下，而是想看彭武生他们怎么屈辱地投降，然后再砍下他们的头颅才解恨。或者他们就是想逼着彭武生他们跳崖，想看看彭武生他们死得多么痛苦和难堪。

面对蜂拥而上的敌人，彭武生没有一丝悲凉，而是一脸的浩气。他

311

对着十几个出生入死的兄弟轻声喊，兄弟们，准备好了，我们往悬崖边靠，越靠边越好，等日本鬼子靠近我们时，一个人抓一个日本鬼子，跳下去！死，也要拉着日本鬼子垫背！

十几个兄弟一齐轻声喊，好！死也要拉个垫背的！

等日本鬼子靠近时，彭武生和战友们一人抓住一个日本鬼子，飞身跳下。天空中，一群翻滚着飞向悬崖的身影，是湘西大地最为悲壮的剪影。

这些没有翅膀却在飞翔的鹰，落下悬崖，全部粉身碎骨。只有彭武生大难不死，活了下来。

救下彭武生的，是长在悬崖峭壁上的一棵老松树。那棵不知道什么年月长出来的松树，这时就像上天派来的一个天使，伸出无数双手臂，接住了彭武生。其实，很少有人在摔下悬崖时还会紧紧箍在一起的，半空中自由落体时，箍着的两人都会因惊恐而不由自主地松手、分开。每个人都会像半空中张开双翅不断翻转飞翔的鹰。彭武生也一样抓不住那个为他垫背的日本鬼子，一样像一只张开双翅翻转飞翔的鹰。只是翻转飞翔时，他下坠的位置正好是松树生长的位置，松树张开双臂拥抱的样子，他居然在一刹那看见了，于是，他在落入松树时，紧紧抓住了松树，抓住了那棵仿佛神仙下凡的神树。

尽管他落下时巨大的冲力，压断了好几根树枝，树枝挑破了他好几处皮肉，甚至挑断了好几根肋骨，但上天伸出的命运之手在半空中接住了他，没有让他跌入十八层地狱。

彭武生在当地采药老人的救助下，重回了人间。

人们说，那是老鹰嘴那只老鹰被感动得活了，起飞了。

伤势不重的龙光烈，也被清扫战场的老乡救下。

龙光烈和武豪干爹在雪峰山溆浦的两场战斗，爹都没有参加，吴点金也没有参加。爹和吴点金的重要任务是保障芷江的汽油供应，这是另一个战场、另一种战斗和另一种保卫。

爹无日无夜地在炼油厂指挥炼油，汽油、柴油、煤油，都是战场急需品。吴点金在来来往往地穿梭运油。

早在湘西会战爆发前的半年，为了提高榨油产量，加快炼油数量，爹在武豪干爹和杨高山嘎公的支持下，购来了两台美国造的螺旋榨油机、两台法国造的水压榨油机，再加上原来人工土法上马的榨油机器，爹经营的这座长河炼油厂，产量和质量数十倍地增长。

湘西会战爆发后，武豪干爹和杨高山嘎公做了一个最了不起的决定，那就是将长河炼油厂提炼出来的所有燃油，都无偿捐献给国家，支援给抗战前线。

三十

又是一个月黑风高的夜晚。

爹清点好一个月的账目后,起身查看厂房安全。这是爹的习惯。不查看一遍,睡不踏实。

这段时间,爹都是吃住在厂里,跟时间赛跑,跟生产进度赛跑。

厂房里养有几条狗。往常爹出来时,狗听到动静就会兴奋地跑来,前后簇拥着爹一起查看。

今天,几条狗居然都没有动静。爹感觉有些奇怪,到处看了看,都没看见狗,喊了几声狗的名字,也没有动静。这狗跑到哪里去了呢?

爹感觉不妙,赶忙拿了一把铁锹,又四处找寻了一遍。转了大半圈,看见几条狗都离得前后不远地死了。

爹本能地喊了一声有强盗,就被人一棒头打晕了。

醒来,已经在一个富丽堂皇的殿堂里了。

原来,抓爹的是日本间谍鸠山正熊和汉奸王富贵。

鸠山正熊本是日本间谍,以在湘西一带做布匹生意为名,四处搜集情报。鸠山正熊早年在满洲里坐地经营了多年,能够讲一口流利而标准的中文。鸠山正熊有一个很好听的中文名字,叫李吉祥。鸠山正熊说自己是湖北恩施人,与湖南湘西是邻居,没人不信。

鸠山正熊在跟汉奸王富贵聊天时,偶然得知长河炼油厂在给芷江机场和辰溪兵工厂提供汽油、柴油和桐油,就打起了长河炼油厂的主意。如果长河炼油厂能为日军所用,那他鸠山正熊就是日本的大功臣了。日军那么长的战线和运输线,特别需要一条最便利的、为日军飞机大炮输血的工厂和运输线。如果成功,鸠山正熊不但能解决日军的燃眉之急,成为国家的功臣和英雄，还可以大大地发一笔横财。

经过多方打听和踩点，鸠山正熊终于找到了长河炼油厂，查清了我爹就是实际的掌门人。

见爹醒来，鸠山正熊笑容可掬地对爹说，彭家云先生，我是李吉祥，久仰大名！

爹莫名其妙地看着鸠山正熊，问，这是哪里？你是哪个？我哪门会在这里？

鸠山正熊依然笑容可掬地说，彭家云先生不要怕，这是寒舍，我是请你来寒舍做客的。

爹的头又晕又疼。爹环顾了一下四周，看到塑像和香炉，说，这是庙还是观？哪门是你家？

爹摸摸还在晕乎乎的头，又说，请我做客？我们认识吗？我不认得你啊。

鸠山正熊一脸宽厚地笑，不认识不要紧，现在不是认识了吗？你不认识我，我可认识你啊！

爹纳闷，你认识我？

鸠山正熊说，当然认识，这么伟大的发明家，湘西商界无人不知，我是久仰啊。

爹说，我算什么伟大的发明家，我什么也没发明啊。

鸠山正熊摇着手说，哎，谦虚了，你从桐油里提炼出了汽油、柴油和煤油，这么多重要的东西，还不是发明是什么？

爹说，那都是我跟别人学的。

鸠山正熊说，学的，也是你的，也了不起。

爹说，是你把我抓来的吗？

鸠山正熊又连连摆手说，哎，不能这样说，不能这样说，我是请你来的。你看，我做了这么一大桌子菜，又拿出了几十年陈的绍兴黄酒，还不是请的啊？

说完，鸠山正熊伸手拉起爹，说，上桌吧，我先为你接风洗尘，赔个不是。

　　站在一旁一直没有作声的汉奸王富贵赶忙也上前拉着爹说，彭师傅，我做证，你真是李先生一片诚心请来的。你不信我，要信这一桌子菜和酒，如果不是诚心请，哪个肯这么破费，是不是？

　　爹望着王富贵，问，你又是哪个？

　　王富贵点头哈腰地说，我是王富贵，麻阳县大王庄的。

　　鸠山正熊倒满了酒杯，把酒杯端给爹，说，尊敬的彭家云先生来我家做客，真是蓬荜生辉，我们先干一杯。说完一饮而尽。

　　爹挡住酒杯，说，我不会喝酒。

　　王富贵说，彭家云，你好大的架子啊，李先生那么大一杯干了，你多少打湿下嘴皮吧。

　　爹说，我滴酒不沾，打湿嘴巴皮子做过场搞什么？

　　王富贵说，你这是给脸不要脸，得脸了。

　　爹一听，生气地站了起来，说，你是哪里来的毛猴子？我们都不认识，你给我什么脸？你又有什么脸？

　　鸠山正熊赶忙呵斥王富贵，一边去！不要这样对待尊敬的客人！

　　鸠山正熊笑着把爹按在了座位上，劝，彭家云先生别生气，他说的话，就当风过耳，不能喝酒不勉强，那就多吃点菜。

　　说完，鸠山正熊又夹了好几筷子菜放在爹的碗里。

　　爹把碗一推，李先生，你葫芦里到底要卖什么药？莫这么绕去绕来的。

　　鸠山正熊笑着说，看来彭家云先生还真是爽快人，那我就不绕弯子了。我请你来，是想跟你谈合作。

　　爹疑惑地问，你是做什么的？跟我谈什么合作？

　　鸠山正熊直视着爹说，我是做枪炮生意的。

　　鸠山正熊想用枪炮的杀气镇住爹。

　　爹说，枪炮生意？李先生这是大买卖大生意，跟我有什么关系呢？我又不打仗。

鸠山正熊说，你不打仗，你可以赚钱发财啊。

王富贵连忙点头哈腰地抢着说，对，你可以赚钱发财，赚大钱，发大财。

爹说，我这是小本生意，赚什么大钱，发什么大财？

鸠山正熊说，卖我们汽油、柴油、桐油啊，我们的枪炮要用啊！有多少我们买多少！

爹说，你跟哪个做枪炮生意呢？这么大？

鸠山正熊得意地说，这你就不用管了，你就管给我生产、送货就成。

爹想，这人来头不小，太不简单了。居然是做军火生意的！这么大的军火生意肯定不是跟政府做的，更不可能是跟共产党做的，那是跟哪个做的呢？

爹试探着问，你做这么大的生意，跟哪个做呢？

鸠山正熊想了想，说，这就不好告诉你了，彭家云先生。俗话说，车有车路，马有马路，做人做事各有各的山头，各有各的狠处，是不？

爹说，你这山头也太大了，大得可以盖庙敬菩萨了，我这凡人不敢想，更不敢挨边。

鸠山正熊急切地比画着说，只要你肯跟我联手合作，你也会有可以盖座大庙的山头。

爹问，那你说哪门合作，哪门联手？

鸠山正熊说，很简单，你只要把汽油、柴油和煤油、桐油都卖给我们，你就坐在那里有数不完的钱。更重要的是，你如果把在桐油里提炼汽油、柴油和煤油的配方给我们，我保证你子子孙孙都有花不完的钱，享不尽的荣华富贵。

爹一下子听明白了，原来这帮人不但想要这个炼油厂，更想要配方。

真是魔鬼打的歪主意呀！

爹本来想以这个厂不是他的来推脱，但一推脱，火就烧到武豪干爹

317

和杨高山嘎公那里了，武豪干爹和杨高山嘎公就会遭殃。

爹也想说自己的产品不愁销路，但又等于出卖了为芷江机场和辰溪兵工厂秘密捐送汽油、柴油和桐油的机密。眼前的这帮人会不会是日本人？要是真是日本人，那自己一家和武豪哥一家都将有灭顶之灾。不管他们究竟是谁，来者不善。

爹得想办法拖延时间，并找机会逃脱。

爹说，现在全世界汽油、柴油都紧张，桐油也只有中国才有，这三种油都是市面上的俏货，还是战略物资，我就这样卖给你们，太便宜了吧？配方给了你们，你们还会跟我合作吗？你们到时候来个卸磨杀驴，我连命都保不了。这赔了夫人又折兵的买卖，傻子都不会做。

鸠山正熊说，那你要怎么合作？开个价，我们好商量。

爹说，这事太突然了，你让我好好想几天。

鸠山正熊说，那好，我给你一天时间考虑，我好酒好肉供着你。不过，我好言好语提醒你，你的，不要要花招，这周围都是我的人，你跑不掉，跑，就死了死了的。

鸠山正熊不经意间的一句"死了死了的"，让爹一下子意识到眼前的这人就是日本人。只有日本人才会这样骂人。

爹百思不得其解，日本人怎么知道我们长河炼油厂，怎么知道我彭家云的？难道日本人已经进入了我们县？爹不知道的是，日军虽然没有打进保靖、古丈等小湘西的十来个县，但日本间谍的足迹和活动却到了这些县。

鸠山正熊就是活跃在湘西的一个间谍。

鸠山正熊早年留学中国，讲得一口流利的汉语。日本侵华后，鸠山正熊以商人的名义在湘西走村串巷、跋山涉水，绘制了各种矿脉图。湘西有大量的锰、钒、金和铅锌矿资源，一旦日本攻破湘西，这些矿脉就全是日本的财富了。

一天过去了，鸠山正熊迫不及待地问爹，你想好了吗，彭家云先生？

爹爽快地说，想好了。

鸠山正熊喜出望外，说，我就知道彭家云先生是聪明人。

爹笑道，我不聪明，但我晓得你是日本人，我不可能跟日本人做生意，用中国人造的汽油、柴油去打中国人，更不可能把配方交给你，让你们坐享其成。

鸠山正熊大为愕然地说，既然你看出了我是日本人，那我实话告诉你，我不但是日本人，还是日本军人、日本间谍，你家的情况我都摸得一清二楚，你不为你自己想，也得为你老婆孩子和弟弟妹妹们想。

爹说，你不要拿这威胁我，我不怕。你不就是想要我们的命吗？拿去就是！你们要的中国人的命还少吗？多少中国人死在你们的飞机大炮下，死在你们的屠杀里。我怕死，我就不姓彭！我怕死，我就跟你姓！

鸠山正熊说，话不要说这么难听嘛，彭家云先生，我没有要害你们全家的意思，我只是想说，你要为他们未来的日子和生活着想，不能意气用事。

爹说，有魔鬼就有阎王，有阎王就有地狱，有你们这些比魔鬼和阎王还凶残的人，我们会有什么好日子？我们现在每天都生不如死。

鸠山正熊说，所以，你们中国古人说得好，识时务者为俊杰，只要你识时务，跟我们合作，你就会有好日子。

爹冷笑，哪有人跟魔鬼打交道的道理？

鸠山正熊说，那看来，你就是敬酒不吃吃罚酒了？

爹笑，我不喝酒，魔鬼的酒，敬酒罚酒都是毒酒。

鸠山正熊说，你信不信，只要你不肯合作，明天我就可以炸了你的炼油厂？没有炸你们的炼油厂，就是想为我们所用，我们得不到的，你们也别想再得到。

爹还是冷笑，说，炸吧，没关系，你尽管去炸，总比造出汽油、柴油送给你们日本鬼子好。我们得不到的，你们也别做梦！

鸠山正熊凶相毕露地吼道，你信不信，我明天就把你家人一个不留地杀掉！

319

爹还是冷笑,不屑一顾地说,杀吧,杀了,我们是民族英雄、满门忠烈,光荣呢!

鸠山正熊说,看来,不给你用刑,你是不肯低头的。

爹笑,好啊,用吧,让我见识见识,看看你"刑"还是我行。

鸠山正熊没有想到我爹是这样一副油盐不进的样子,软硬不吃。

鸠山正熊恼羞成怒道,那好,你既然这样想死,我就成全你。来人!上刑!

一把剪刀和一把匕首,就和盘端给了鸠山正熊。

鸠山正熊拿起剪刀,把爹的衣服剪烂、挑开,然后拿着匕首在爹面前阴笑着邪恶地比画。

鸠山正熊先拿匕首在爹的脸上比画着,然后在耳根上比画着,然后顺着脸一直往下滑,滑到胸脯时,鸠山正熊鄙夷地说,彭家云身材还很结实嘛!肌肉一绺一绺、一股一股,硬邦邦的呢!

说一绺一绺、一股一股的时候,鸠山正熊是用刀顺着爹健壮发达的肌肉缝里滑的,说硬邦邦的时候,鸠山正熊是用匕首拍拍打打的。滑到腰部时,鸠山正熊突然用力,刀就把皮肉划开了,先是一道昕白的肉森森露出,继而就是一道鲜红的血湿漉漉地冒。爹疼得撕心裂肺地惨叫了起来。爹的叫声和血的颜色,让鸠山正熊异常兴奋和狰狞,他把爹的皮子用匕首一点一点地剥,一点一点地刮,动作轻慢得像用毛笔在做描红绘画。他知道,他动作越轻,爹越疼得厉害,越慢,爹越经受不住,而他越是享受这个过程。

鸠山正熊剥一点皮问一下爹,不合作吗?

爹疼得龇牙咧嘴地喊,不合作!

还是不合作吗?

还是不合作!

死都不合作吗?

死都不合作!

鸠山正熊阴沉地说,好!我看你嘴硬!你们中国有句古话叫人为刀俎我为鱼肉,你现在知道谁是刀俎谁是鱼肉了吧?你这皮子太光滑了,连根毛都没有,我帮你换一身虎皮。我不剥多,每天剥一小块,也不扯掉,留在身上,等你想通了,我再给你缝上。

爹就这样被折磨得半死。鲜血染红全身。地上一摊鲜血。

爹的突然失踪,让吴点金和向立地甚是着急,杨高山嘎公和杨莺莺大娘更是心急如焚。武豪干爹和龙光烈都随军在战场上与日军血战,炼油厂这条抗日输血供给线不能少了爹。寻找我爹,就成了他们最迫切的任务。

幸好,炼油厂还有一只叫火枪的猎狗那天侥幸逃脱,没被毒死。吴点金带着向立地和杨高山嘎公牵着火枪,沿路搜寻。这只名叫火枪的猎狗鼻子是最灵敏的,它一路跑一路嗅,嗅到一个叫小溪的地方就嗅不到爹的踪迹了。小溪是一条不大不小的河,也是一个不大不小的寨子。这河水的流淌和冲刷,也许冲刷掉了爹的气味,火枪就一直在原地打转,似乎蒙了。

吴点金几人断定,爹肯定是过了河。果真,过了河,火枪又兴奋起来,又一路兴高采烈地跑前跑后地给人引路。发现什么时,那种骄傲和得意,都在火枪摇头摆尾的一举一动里得到体现。到了老司城一座废弃的寺庙附近,火枪站下不动了,对着寺庙吠了几声。吴点金一下子就明白了,赶忙拍拍火枪,一是表示鼓励奖赏,二是要它安静。

老司城,是一座已经遗弃的土家族的土司王城。这座有着一千多年历史的土司王王宫,曾经是那么的辉煌、那么的威武、那么的荣耀,如今却衰败、湮灭了,只剩下一个破败的遗址和废墟。最完整的就是这依山而建、顺山而上的祖师殿。整座老司城,只有祖师殿的里外还保持着昔日辉煌的模样。

祖师殿在两座山涧的沟壑里。两座山莽莽苍苍,全是茂密的大古树组成的原始森林。那两座山实际上是一座山,只是被岁月从上至下劈出了一溜沟壑,沟壑里依然是一块骨架把两座山连着,窄窄的,让两座山藕断丝连,像砸断骨头还连着筋的兄弟。祖师殿就是骨架上长出的一块肉，一块很长很长的肉。山腰上。正像一块腰房肉。有筋，有脉，有皮，有肉，血肉饱满，气势恢宏。年太深、月太久、日太长，祖师殿所有的颜色都被风雨侵蚀成黑色了。黑色的屋顶。黑色的瓦片。黑色的飞檐。黑色的翘角。黑色的楼廊。黑色的立柱。黑色的横梁。就连一级一级的台阶，都是青黑青黑的石板了。山脚下的小河，碧绿碧绿的，与山的碧绿血脉相融。

土家族的土司王是世袭制，历朝历代都姓彭，都是彭家人在做土司王。作为苗族后代的吴点金和土司王皇亲贵戚后代的向立地，是第一次来到老司城，第一次见到土司王朝的背影和模样。作为四川人的杨高山嘎公更是第一次见到一个千年王朝的背影。可是，他们这个时候无法感慨和赞叹土家族祖先的伟大，无法赞叹和感慨土家族祖先选了这样一个好所在来建一座祖师殿，来供奉和祭拜远古的祖先。他们更无心欣赏这世外桃源一样的美丽景致，他们只担心我爹的生死与安全。

既然是祖师殿，必定有祖师爷。菩萨也好，祖师爷也好，都得有鼎盛香火、有人供奉。

几人灵机一动，扮成烧香的香客。

这荒山野岭的，你们烧什么香？一进祖师殿门口，一个彪形大汉就拦住了几人。

吴点金说，我们前两个月都还来烧香的，怎么没有啊？我们周边的人，都来烧香呢。

彪形大汉不耐烦地说，两个月前，那是什么时候的皇历了？早就不准烧了！

吴点金说，为什么不准烧了？

彪形大汉继续说，不准烧就不准烧，哪有那么啰唆。

吴点金说，这是我们湘西彭家的祖先，我们敬祖先，为什么不准？哪个规定的？

彪形大汉怒目圆睁地说，我们规定的，我们征用了！

吴点金说，你们征用了？你们是什么人，有这么大的权力？别人的祖庙都可以征用、都不让人进？

鸠山正熊早听见了门口的争吵，喊，放他们进来吧。

鸠山正熊想，是香客却不带香纸，来还愿却不带谢礼，来者肯定不那么简单。既然是不速之客闯进这个是非之地，一定是来者不善。他放吴点金和杨高山嘎公他们进去，是想来个关门打狗，让吴点金和杨高山嘎公他们有来无回。

跟着进来的火枪，又嗅到了爹熟悉的味道，兴奋地一直边嗅边往前跑。吴点金几人就百分之百肯定，爹是被这帮人绑架了，爹毫无疑问就在这祖师殿里。

他们现在要弄清的是，绑架爹的是什么人，为什么要绑架爹。然后要想办法救出爹。

鸠山正熊已经换了一身道袍，好像他是祖师殿的道长。

鸠山正熊双手一合问，施主来自何方？来此结何善缘？是求签还是还愿？

吴点金说，我来自本地灵溪，是来求签问卦，看我家兄弟何时会动姻缘。

鸠山正熊说，那过来抽一签、求一卦吧，希望是上上签。

鸠山正熊的如意算盘是，趁吴点金几人抽签时下手。

吴点金作为职业军人，早就观察了周边，除了鸠山正熊，站在旁边的道士模样的还有五人。如果动手，吴点金三人得对付鸠山正熊六人。吴点金想，擒贼先擒王，得先下手为强，拿了这个道貌岸然的假道长。

吴点金一靠近鸠山正熊，就掏出枪抵住了鸠山正熊的胸口，断喝一声，不许动，动就打死他！

这边，杨高山嘎公也眼疾手快地一石头砸落了一个人的枪。原来，杨高山嘎公进祖师殿时，在两个衣服口袋里各装了一块石头。他想，没带武器，石头就是最好的武器，石头总比拳头厉害。

向立地在吴点金动手的同时，也迅速靠近一个日本人，下了一个日本人的枪。

准备抽枪的鸠山正熊，没想到来者抽枪这么快，一下子就吓软了，惊恐地叫他的人不要动。

吴点金一枪抵住鸠山正熊胸口，一枪对着众人，说，都把枪放下，不然我打死他！

鸠山正熊赶忙说，放下，放下！

几人放下武器后，武器全都到了向立地和杨高山嘎公手里。

主动权一下子就到了父老乡亲们手上。

吴点金说，实话告诉你，我就是这老司城的土匪，我在这里占山为王几十年了，我跟这里的道长都是几十年的朋友了，你冒充道长，你是撞到老子枪口上了！

吴点金先用了一招先下手为强，又用了一招打退不如吓退。

吴点金把枪往鸠山正熊的胸口又狠狠地抵了一下，说，你给老子老实坦白，你是什么人？为什么要来彭家的祖师殿冒充道长？你把我们的道长都弄哪里去了？

鸠山正熊说，我就是一个做生意的，我前几天来此地时，就没见过道长。

吴点金说，不可能！道长一定被你害了！

那个叫王富贵的汉奸突然跪在地上求饶，喊，我是大王庄的王富贵，是中国人，他们是日本特务，道长前几天被他们杀害了！他们还抓了个炼油厂的厂长关在这里，把皮都剥了！

鸠山正熊一听，愤怒得原形毕露，对着王富贵一顿大骂，八嘎！你的良心大大的坏了！

一听我爹的皮被剥了，向立地和杨高山嘎公都愣住了，什么？剥皮了？

王富贵哭丧着脸说，剥皮了！

杨高山嘎公泪如泉涌。这可是他的好女婿啊！视如己出的女婿居然被人剥皮了。不会打枪的杨高山嘎公拿着一把枪一顿乱扫，那个彪形大汉居然撞上枪口，应声倒地。

鸠山正熊在吴点金突然一愣的瞬间，往后顺势一倒，躲过抵住他的手枪，然后一个鲤鱼打挺绕到吴点金身后，箍住了吴点金的脖子。

几个日本人都是练过空手道的，纷纷拉开架势扑向了吴点金、向立地和杨高山嘎公。

扑向向立地的日本人旋身一抬腿，踢向向立地，向立地迅速低下身子，扑向日本人，薅草一样，薅住了日本人立在地上的那只腿。一掰，日本人就倒在了地上。然后连续几枪托砸向日本人脑袋。行云流水，毫不含糊。

吴点金更不是好惹的，他狠命一脚踩住鸠山正熊脚背，鸠山正熊立刻感到仿佛千钧巨石压上来，疼得松开了手。吴点金旋即转身，一个扫堂腿，把鸠山正熊绊倒。吴点金从小习武，一招一式，都如雷霆万钧、泰山压顶。鸠山正熊哪是吴点金的对手，三下五除二，就被拿下了。

这边，扑向杨高山嘎公的日本特务，却毫无疑问占了上风。扑向杨高山嘎公的日本人旋身一抬腿，就把杨高山嘎公压蹲下了半截身子。杨高山嘎公慌乱地频频扣动扳机，却枪枪没有打中。杨高山嘎公对着站在那里发呆的王富贵喊，那个谁，你是不是中国人？你还不帮忙，站到看戏？

王富贵一下醒了过来，唯唯诺诺地说，我不敢，我不敢！

有时候，人还真不如狗。王富贵唯唯诺诺说不敢时，那只叫火枪的狗大叫一声冲了出来，扑向压住杨高山嘎公的日本人，一顿撕咬。

吴点金原本想活捉鸠山正熊，见杨高山嘎公这边危急，连忙一枪毙了鸠山正熊，奔杀过来，搭救杨高山嘎公。

这两个日本人，也算武功高强，但在吴点金这里，就是小菜一碟。几个回合，两个日本人就败下阵来，全部毙命。

向立地怒骂王富贵，你还不如一条狗！狗都晓得帮主人，你只晓得帮敌人！

吴点金说，不跟他啰唆，赶快让他带我们去见家云。

王富贵带着吴点金几人找到了我那被折磨得奄奄一息的爹。

爹的两个肩胛皮子被全部剥开了，下腰和左腿的皮子也被剥开了一截。全身上下都是凝固的、黑红的血。

杨高山嘎公抱着爹号啕大哭，我的婿啊，你怎么遭了这么大的罪啊！

吴点金和向立地见状，也是泪水双抛。向立地一脚踢倒王富贵，问，你说，你怎么到这里的？我哥哥怎么被你们抓到这里的？

王富贵跪着磕头哭喊，好汉饶命啊！都是我该死，鬼迷心窍，不该给日本人带路。但我也是被逼的啊。我不带路，他们就杀了我全家。我是带路抓他了，但我没想到日本人这么残忍。日本人剥他的皮子后，我好后悔，我偷偷抓了好多香纸灰、找了好多蜘蛛网，给他撒在伤口上止血止痛，要不然他早就死了。看在我良心发现救了他的分上，你们饶了我吧。我也是上有老下有小啊！

杨高山嘎公愤怒地站起来，扇了王富贵几耳光。杨高山嘎公说，你救了他就可以抵消你的罪了？你不带路抓他，他能遭这样大的罪，受这么大的苦？你这汉奸王八蛋！我要剥了你的皮！

王富贵哭着辩解，我以前也不晓得他是日本特务！他穿着打扮和讲话都像我们本地人，我哪里晓得他是日本人。

杨高山嘎公反问，你开始不晓得，你后来晓得了是不是？晓得了你还要带路，晓得了你还给日本人干事？你不是汉奸是什么？我打死你这个狗汉奸！

杨高山嘎公和向立地都疯了似的，对王富贵好一顿拳打脚踢。

爹有气无力地说，放了他吧，让他重新做人。

向立地说，不能放，哥！他这种汉奸天生贪生怕死，放出去，还是狗改不了吃屎，还会祸害别人。

王富贵连连磕头说，我对天发誓，再也不为日本人做事了，我再为日本人做事，天打五雷轰！

吴点金想了想，说，让他走吧。王富贵，不要再祸害中国人了。下次若再看到你祸害自己人，绝不轻饶！

王富贵千恩万谢地逃之夭夭。

向立地看了看我爹,又看了看王富贵逃走的背影,那个火和疼,是火烧火燎的疼,他抬手几枪,王富贵便跟着那几个日本人见了阎王。

向立地恨恨地说,我不能这样便宜了他。是汉奸,就该死。

吴点金和杨高山嘎公及向立地姑爷,无意中捣毁了一个日本人的情报点。

三十一

日本鬼子终于投降了！

日本侵略者最终未能逾越雪峰山这道天堑，而不得不选择了投降。

完全可以说，日本侵略者，一半是中国民众的熊熊火焰烧死的，一半是中国军人的滚烫热血浇死的。

1945年8月21日，冈村宁次派遣的日军副参谋长今井武夫一行飞抵芷江七里桥村洽谈投降条件。

自此，湘西的芷江城成了一座闻名于世的英雄城。湘西人民的铁血抗日，就这样随着历史长河的波涛汹涌和波澜壮阔而熠熠生辉。我父老乡亲义无反顾的热血担当，我父老乡亲舍我其谁的家国情义，我父老乡亲视死如归的民族精神，也注定会在历史的长河里留下一波一浪、一船一帆和一笔一章。

日本投降了，人们再也不用提心吊胆地过日子了。湘西到处都燃起了喜庆的鞭炮，敲起了喜庆的锣鼓，跳起了喜庆的舞蹈。土家族的摆手舞、苗族的接龙舞，还有瑶族的火把舞，把山水跳得诗意朦胧、迷醉摇晃，本就妩媚的湘西山水，被这喜庆和欢乐点染得更加生动。

彭武生虽然两次大难不死，却也留下了终身残疾，右手瘫痪不能动弹了。习惯了用右手的彭武生，只得用左手练习吃饭、穿衣、洗衣、干活。

在武豪干爹家，彭武生是最小的儿子，是全家人的宝贝和心头肉。可这宝贝和心头肉却落下了终身残疾，这让大婆和大爷十分心痛。一娘养十子，最疼幺儿子。这幺儿子的手不行了，谁能做他的手呢？这幺儿子的后半生该怎么过呢？大婆大爷想起来就老泪纵横。

面对彭武生和父母，武豪干爹也十分愧疚。他觉得自己没有尽到做哥的责任，没有保护好弟弟。他为仇人田平挡了一回要命的子弹，却没能保全自己的同胞骨肉，他不能不愧疚。

当然，充满愧疚的还有龙光烈。彭武生自参加红军起，就一直跟着龙光烈。红军长征后，彭武生又留下来，跟他一起秘密地在湘西发展革命武装。彭武生跟他，既是生死相依的战友，又是情同手足的兄弟。武豪干爹的队伍和田杏的队伍，实际上都是龙光烈和彭武生秘密发展的革命队伍——共产党的队伍。队伍有了，彭武生却终身残疾了。龙光烈不能不发自内心地反省和自责。龙光烈想，如果当时不让彭武生引开日本鬼子，如果他脱下日本军装让彭武生换上，由他去引开日本鬼子，那结局又会是怎样呢？当时，自己为什么就没有想到跟彭武生换装？

彭武生听了龙光烈的自责，诚心实意地安慰道，如果你跟我换装了，你可能就回不来了，那棵松树不见得施了魔法一样救你。生死有命富贵在天，我捡了两次命回来，已经大赚了，光烈哥。

龙光烈跟彭武生在一起，经常谈青春、谈理想，却从没谈过个人的婚姻大事。现在，武豪干爹、爹和吴点金都结婚了，龙光烈也有了心上人，只有彭武生还是孑然一身。

龙光烈也像彭武生的父母一样担心起彭武生的另一半来。他对武豪干爹说，我们当哥哥的，得跟武生张罗一门亲事了。

彭武生说，不找了，我现在这个样子哪个要？米有人要。

武豪干爹说，讲哈话①，我弟弟哪里差了？要人才有人才，要小伙有小伙。

大婆说，是，尽讲哈话，我的儿子还有差的？个个都是人中龙凤。只要放话去找，好姑娘排着队来。

彭武生说，我现在米得心思找。

大婆说，那你什么时候有心思？你现在是什么心思？

---

① 哈话：傻话。

彭武生说，就是……还不想找。

大婆说，跟你一样大的，小孩都好几岁了，你还打光棍，也不怕人笑话。世上无论男女都要找个伴，热天搓背，冬天暖被窝。

龙光烈说，是啊，你看你武豪哥、家云哥、点金哥，热天有人给他们搓背，冬天有人给他们暖被窝，知冷知热，多好！

彭武生说，光烈哥，你莫只讲我，你都三十多岁了，你才该找一个知冷知热的人。

龙光烈笑，我算过命，打光棍的命。

彭武生说，无神论者，还信命？

龙光烈笑道，无神论者也是人嘛。

彭武生笑道，是人就有七情六欲，对不？

龙光烈说，讲不过你，反正我不逼你，有人逼。

大婆说，你就没得人逼了？你一样要找，你今年不领个屋里人进屋，你看我哪门收拾你。

龙光烈想了想，不好意思地摸了摸头说，我其实……有人了。

大家都很惊讶：有人了？哪个？从没听你讲过啊。

龙光烈又不好意思地摸了摸头，说，吴玉音，韭菜妹妹的姐姐。

武豪干爹一听，高兴得一拍大腿，笑道，太好了！两兄弟娶两姐妹！有缘，有戏！

彭武生站起来围着龙光烈转了一圈，半真半假地嘲讽道，咦！没想到啊，光烈哥。你居然早就有了，藏得这么深！我还以为你跟我一样一心扑在工作上呢，原来你也在悄悄地谈情说爱。老奸巨猾，老奸巨猾，老奸巨猾啊！

连续三个老奸巨猾，说得龙光烈也像十八岁的少年一样，脸都红了。龙光烈好像做了亏心事一样解释道，所以你不要跟我比嘛，你要赶快找嘛。

彭武生说，那你还不坦白一下哪门追玉音姐姐的？给我传下经、送下宝呀。

龙光烈拍了拍脸。

彭武生不解，问，什么意思？

龙光烈说，脸皮厚啦。

龙光烈也有相好了，这让彭武生着实吃惊不小。龙光烈怎么突然就有了相好？而且是才貌双全的吴玉音。在为龙光烈高兴的同时，他突然也有了一种无形的压力，这几个天天在一起的小伙子，似乎只有他打着单身，怎么说，也有点落脚货的意思。他那原始的、青春的、一直沉睡着的情愫，似乎一夜间就被唤醒、激活，掀起满池春水，吹开满树桃花。他第一次强烈地感觉自己想女人了。

在武豪干爹家住了快两年的张青山老人这时出场了。张青山老人把彭武生喊到了大婆大爷的房间，对大婆大爷说，大哥哥大姐姐，我在这里麻烦你们快两年了，你们对我恩重如山，比待亲人还待得好，我这辈子有福。现在日本投降了，大家安生了，我得回常德了。回常德前，我还有个心愿想了，不晓得你们能不能帮我？

湘西人称呼对方时，往往会随着自家孩子称呼对方，以示亲切和尊重。七十来岁的张青山老人称比他年轻十多岁的大婆大爷为大哥大姐，就是跟随孩子称呼的。

大婆大爷听张青山说有一个未了的心愿，赶忙说，叔啊，你人老话老，不管什么心愿，只要你提出来，我们一定满足。

张青山老人说，我舍不得你们一家，你们这一家都是天下最好的人。所以，我想跟你们做一辈子的亲戚，做几代人的亲戚。

大婆大爷说，好啊，我们就做一辈子的亲戚，做几代人的亲戚。你回去了，我们就走你这个亲戚。走亲走亲，走了才亲。

张青山老人笑着说，好好好。但我的心愿可不只是走亲，是要攀亲，要做真亲戚。我有个亲孙女，今年十八，我想把她嫁给武生。我看武生是哪门看哪门好，哪门看哪门喜欢。把孙女交给武生，我放心。

大婆大爷和彭武生做梦都没想到，张青山的心愿竟然是这个。

大婆惊喜中带着惊讶说，叔，你老开口就是金口，我们晚辈照办就是。只是武生有一只手不太方便，怕是配不上你孙女。

张青山说，武生是废了一只手，但那是为了保家卫国废的，光荣，是英雄！我孙女嫁给英雄，我们祖上也有光。武生手废了，可心没废，心好着呢，是个心底敞亮、心地善良的好后生。我还怕武生看不上我孙女呢！不过，我也要夸夸我孙女。我孙女跟韭菜一样，是个老师，不说是万里挑一，也是人中尖子，又贤惠勤快又漂亮大方，以后保证孝顺你们两位老人，对武生知冷知热。

大婆说，叔，你这是给我们送仙女呢，我们彭家都不晓得哪门谢你才好。

张青山老人说，谢什么，要是武生同意，我们就是一家人了。

大婆看了看彭武生，说，我们当爹娘的都欢喜，他哪里有不欢喜的，仙女都不欢喜还欢喜什么？是不是啊，武生？

幸福来得太突然，彭武生有些不知所措。毕竟没有见过，他不敢轻易表态。

大婆却大包大揽了。大婆说，叔，你再好好在这里住几天，过几天，就让武生送你去常德，顺便也让两个年轻人见见面；见了面，我们就把日子定下来。你看好不好？

张青山一听眉开眼笑，连说，好好好，那就让武生送我。好不好，武生？

彭武生觉得趁机见见面是好事，免得双方都隔山买羊，什么都不知道。他对那个未曾谋面的姑娘还是有些好奇，充满期待。他想，张青山老人这样仙风道骨，张青山的孙女应该不会差。彭武生迫不及待地说，我送你，爷爷。

大婆大爷准备了不少礼品，让彭武生赶着马车去送张青山老人。

到了常德，张青山家人对彭武生千恩万谢。快两年了，因为战乱加路途遥远，一家人都没见上面。好在老人托人带过信给家里，家人知道他在湘西彭家过得很好，也就安心。

现在日本投降了，战乱平息了，张青山老人平安回家了，张家人自然是感激不尽,好酒好菜地款待彭武生,一再表示要他在常德多待几天。彭武生顺水推舟,在常德住了一段时日。

彭武生见到张青山孙女的第一眼就喜欢上了。这个名叫张雪梅的小女子,一出现在彭武生的眼前时,彭武生的心里就亮了,眼睛就直了。天,怎么只是人中尖子、万里挑一呢?这是人中尖子里的尖子,是几万里挑一。

张雪梅是张青山家唯一的孩子。爷爷疼她,父母宠她,家里的所有都是为了她。爷爷勤劳朴实,在家种着自己的几亩地。头脑灵活的父亲则在常德市中心开了一家小面馆。她跟父母就以小面馆为家,吃住都在小面馆里。小面馆物美价廉,生意兴隆。母亲有病不能再生育,一家人把所有的希望都寄托在了张雪梅身上。张雪梅也从小聪明、争气,一路读书读到了长沙师范学校。遗憾的是,常德保卫战时,临街的小面馆被炸毁,父亲被炸死,母亲侥幸捡回一条性命。乡下的爷爷因为跟随龙光烈和我爹毒死了日本鬼子而远走湘西。张雪梅只能和母亲相依为命。毕业回到常德教书的张雪梅,几次想动身去看爷爷、接爷爷,却因山高路远而未能成行。

如今,彭武生千里迢迢把爷爷送了回来,张雪梅自然是感激于心。

在张雪梅的眼里,彭武生的突然造访,撞开的不仅仅是她的家门,还有她的心扉。这个年轻人是挺拔的,站在那里,就像一棵笔直的树,坚实牢靠,让人感到踏实。这个年轻人是清爽的,从长相到穿着,都明亮干净得像打了一层光,不由自主地会引人注意。这个年轻人当然更是英俊的,瘦削的脸庞,平添的是男人的刚毅;发光的眼眸,散发的是男人的生动;而薄薄的、微抿的嘴唇,则透露的是男人的英气和性感。尽管这个年轻人的一只手不太利索,但当她得知这是抗日跳下悬崖留下的伤残时,她没有觉得这只手软弱无力,而认为这是一只能够改天换地的伟大的手。

在彭武生眼里和心里,张雪梅更是一朵含苞怒放的蜡梅,浑身上下都是明艳。从小良好的家教和长沙女子师范的学习,使得张雪梅言谈举止都很得体。妩媚中透着纯朴，纯朴中透着典雅，典雅中透着大方，大方中透着贤淑。一张瓜子脸，两片柳叶眉，一双丹凤眼，两个小酒窝，那么古典而新鲜地结合在她的身上。在彭武生眼里，张雪梅即便不是最美的一个，也是最独特的那一个，是他最喜欢最想要的那一个。张青山欣喜地看到，两个年轻人第一次见面就是扯雷闪电的，两个年轻人不断闪躲而又不断回望的眼神，把一见钟情和相见恨晚的秘密都泄漏了出来；两个年轻人心里散发出的光，都把对方的凡胎镀成了金身。张青山的心里比蜜还甜。孙女有了如意郎君和好婆家，一定是他张家前世积善积德修来的福报。

自然地，两个年轻人很快堕入了情网。换庚帖、择良日，两个年轻人喜结连理。

一朵雪天的梅花，在武生宽阔的怀里恣意生长、灿烂绽放。

结婚那天，张青山拉着两个年轻人的手说，两个人相遇是缘分，两个人相爱是福分，两个人要长厮相守，靠的是情分，你们要用一辈子的情分和相守，来留住这来之不易的缘分和福分。爷爷祝福你们！

在韭菜干娘的努力下，张雪梅后来进入国立八中教书，与韭菜干娘成了同事。

一个学校，两个美丽的妯娌，一时成为美谈。不过，张雪梅不在乾州的国立八中分部，而是在花垣县的国立八中分部，即永绥县的国立八中分部。花垣那时，还叫永绥。

张雪梅到了永绥的国立八中教书，彭武生也到国立八中做了一名保卫。龙光烈托陈渠珍把彭武生安排到国立八中保卫科，是为了彭武生在国立八中永绥分部开展地下党的工作。

抗战胜利后，为了抢夺胜利果实，国民党把最大的精力都放在了对共产党的围剿上。共产党只能在地下发展、地下活动、地下壮大。

国立八中永绥分部，彭武生早有耳闻，也早生向往。这个学校的师生一直思想活跃、崇尚光明、追求真理。这个学校最为轰动的事，就是为了保障和捍卫一个贫寒姑娘的婚姻自由，学生们愤怒地砸了地主老财的花轿。

那是彭武生和张雪梅都还没到永绥分部时的1944年。

学校旁边的村子里，住着一户贫穷的田姓人家。为了大儿子能娶上媳妇，田姓人家把女儿卖给茶峒镇一个老头做第三房姨太。老头六十多，是做棉花生意的富商。只十四岁的女儿抵死不从，整日整夜哭泣抗议。学生们得知后，对田家十分愤怒，对姑娘十分同情。十四岁，还跟学生们一样大，就嫁人？这个家长真是瞎子见钱眼睛开。

学生们问小姑娘，愿不愿意给这个老头子做三姨太？姑娘说，死都不愿意。学生们又问姑娘怕不怕官？姑娘说不怕，见了官，还是死都不愿意！

学生们就在老财主迎娶小姑娘那天，拦住了迎亲队伍，劫停了老财主的花轿，义正词严地告诉迎亲的人，花轿我们扣了！你们回去告诉老财主，他强娶民女，犯法了，叫他明天到城里来吃官司。

为了把事情闹大，也为了不让小田姑娘的悲剧重演，学生们在操场上当着围观群众的面砸毁了花轿，以此警告不法的有钱人，谁敢践踏妇女权益谁就是这个下场。同时，学生们印发了数百张告全城父老兄弟姐妹书，张贴在永绥县各机关、团体、学校门口，让大家都知道买卖婚姻是非法的。开庭时，学生们先是在法庭内外张贴"买卖婚姻非法""伸张正义必胜"等标语造势，又纷纷跑去旁听声援。法院判决婚约无效，彩礼不退，花轿损失由男方赔偿。

学生们自发维护姑娘婚姻自由的举动，一时成了轰动湘西的头号新闻。整个湘西都夸国立八中的学生有良知、有正义、有骨头。

在这样一个有良好风气的学校开展地下工作，对彭武生来说，无疑是一件水到渠成的事。

因为张雪梅年轻美丽，能歌善舞，学校让她教音乐和舞蹈。学校的文娱活动和文艺演出都由张雪梅负责。张雪梅年纪很轻，开始有的学生还以为她是新招考进来的同学，没想到居然是他们的老师，还是音乐舞蹈老师。当彭武生跟张雪梅成双成对地出入时，学生们更是惊讶，张老师这么年轻，居然结婚了？一个人的人生，怎么能够这么快就酿那么多的蜜、闪那么多的光呢？

彭武生作为保卫科科长，自然是要穿军装的。一个英俊挺拔的军官与一个美貌如花的教师，在校园里手挽手散步时，那该是怎样的一种风景？那该吸引多少少男少女的目光，引来多少少男少女的羡慕，诱起多少少男少女的春梦？

那些对彭武生和张雪梅崇拜羡慕得五体投地的学生，常常跑到两人的房间里来学唱歌跳舞、喝茶聊天、摆龙门阵。彭武生和张雪梅有什么好吃的，都拿出来与学生们共享。水果、瓜子、灯盏窝、糍粑、糖果，都是学生们最爱的美食。如果碰到哪天做了腊肉、香肠、鱼之类的好菜，来玩的学生就更有口福了。

经常来的几个，很快就成了彭武生最好的发展对象。

彭武生有意无意地给他们讲一些八路军、新四军抗战的故事，讲一些国民党的腐败无能，讲红军，讲延安，当然，也讲湘西和贺龙，讲赶走日本后要建立的新世界、过上的新生活。

一个个有血有肉的故事，常常让学生们热血沸腾，对延安、对新的世界和新的生活都充满了向往。

说到国民党的腐败，国立八中的师生更是亲身感受到了。学校经费困难，伙食科还常常贪污师生们的伙食费，克扣师生们的伙食，本来营养不良的师生更加吃不饱吃不好。老师们的工资也是常常拖欠。不少师生因此饥寒交迫、贫病交加，甚至一病不起、丢了性命。永绥分部和各部都有一座小山包，是专门埋国立八中病逝的师生的。

对腐败的义愤，在国立八中，也成了一堆泼了汽油的干柴，一点就燃。

这团烈焰，终于在一个炙热的日子熊熊燃烧。

起因是1946年的夏天，一场疟疾席卷了整个湘西，也席卷了永绥校园。学校却见死不救。校医说救不了，没药救，却把药拿到市面上卖高价，牟取暴利。彭武生得知这一消息后，立刻联络各校师生，掀起了一场轰轰烈烈的罢课运动。

师生们抬着病死师生的尸体，举着横幅标语，走上街头，游行示威。"还我温饱""保我工资""我要活命""打倒学阀""反对腐败""反抗压迫、反抗剥削"的声音一浪高过一浪。

看到走在最前面的彭武生，校方政府气不打一处来——这个保卫科科长，不保卫学校安全，却煽动师生闹事，那还了得？立马上报，要开除彭武生。

好在彭武生在师生们心中威望很高，得知彭武生要被开除，全校师生再次罢课游行示威。学校只得取消了开除令，让彭武生继续留任。

彭武生能继续留任，还因为他及时请来了龙光烈给师生们看病开药，救了全校患疟疾师生的命。这给了官方自找台阶的理由：彭武生已将功补过，功大于过。

那时候的疟疾往往是不治之症。

师生们不断因疟疾而病倒，学校仿佛巨大的病房，到处都是形枯影瘦、痛苦呻吟的病人。

彭武生快马加鞭回到老家，找来了龙光烈。龙光烈带着彭武生和一群师生上山采了一些草药，连夜熬成汤，每人一罐一碗地喝，喝了一天就开始止住寒热了，喝了两天就明显好转了，喝了三天，就想吃东西了。第四第五天，就开始元气恢复，活蹦乱跳了。

这一下，彭武生成了学校的大功臣，龙光烈成了师生们的恩人。时隔大半个世纪的今天，还健在的国立八中师生写回忆录时，很多人都写到了这段时光、这个细节，都说是湘西的苗医救了他们，是湘西给了他们第二次生命，只是他们不知道那个苗医是谁，不知道那个救了他们、给了他们第二次生命的人，就是跟我爹情同手足的龙光烈。

彭武生虽然继续留在学校工作，但学校对他明松暗紧，表面上他依然是保卫科长，实际上学校对他不怎么放心了。

彭武生和张雪梅依然形影相随，成双成对在校园内外出入。夫唱妻随、琴瑟和鸣，仿佛是专为他俩造的词语。

张雪梅给师生排演外来的京剧《打渔杀家》《将相和》《空城计》等剧目，也演湘西本土的阳戏、高腔和目连戏，有时候还演延安传来的《兄妹开荒》《夫妻识字》《血泪仇》。

老师们潜移默化的影响，使得国立八中的学生养成了正直、善良、疾恶如仇的高尚品格，有了一副顶天立地、舍我其谁的骨头。

彭武生在国立八中永绥分部，如愿以偿地建立了中国共产党地下党支部。

三十二

在为救治国立八中疟疾病人而忙碌的身影里，还有龙光烈的恋人吴玉音。

抗战胜利了，随军转战南北的吴玉音也终于有了短暂的探亲假。她和家人长时间都天各一方，聚少离多，甚至多年未见。

战争中有多少人家破人亡，就有多少人妻离子散；有多少人杳无音信，就有多少人生死相望。

吴玉音渴望见到多年未见的父母家人，更渴望见到她夜夜梦见的心上人龙光烈。吴玉音跟所有年轻人一样，对父母只是牵挂，对心上人则是依恋。

吴玉音休假回家的第一站就去看了龙光烈。她想把龙光烈带回家里，正式拜见父母，提请亲事。

这些年，她作为湘雅的医生，主动请缨到前线支援抗战，成了不是军医的军医。其间，不乏追求她的男医生、男军人，但都被她婉拒了。心里装满了一个人，再好的另一个人都装不下了，想塞都塞不进去。

龙光烈一早就赶到王村码头，迎接沿河而上的吴玉音。

平时穿着白大褂的吴玉音，穿着湖蓝色的旗袍出现在龙光烈面前时，真是一尊亭亭玉立、光彩照人的女神。王村码头、酉水河上的水光山色，都一下子被吴玉音点亮了，山色、水色更加清明。

龙光烈懂吴玉音。在码头吃了一顿河鱼火锅后，龙光烈说，这里离你爸爸妈妈那里近，我们先去看他们二老好不好？

吴玉音说，当然好啊，没想到你这老革命心还挺细。

龙光烈说，这不是人之常情嘛。

吴玉音说，很多人就想不到。

龙光烈说，这都想不到，还想当人家女婿？

吴玉音看了看龙光烈身边的东西说，你这大包小包的，看来是早有准备了。礼物太多了！你人去了，他们就满意了。

龙光烈说，不多不多，人家要把养了一二十年的女儿嫁给我，这点东西不成敬意。

吴玉音说，以后莫这么破费，老人有你这心意就够了。

龙光烈说，走个亲戚朋友都不能空手，何况是拜见岳父岳母。我还觉得太少，不好意思呢。

到了吕洞山，母亲梁冬梅含着泪花捧着吴玉音的脸摸了又摸，说，这么多年了，我都以为你把我和你爹忘了。

父亲吴大铁说，你这说的什么哈话？女儿是那样的人吗？玉音就算忘了我这个爹，也不会忘了你这个娘。

吴玉音笑道，娘也忘不了，爹也忘不了。

梁冬梅说，瘦了，瘦了。

吴大铁说，瘦了好，瘦了更好看。我女儿以前是小美女，现在是大美女了。

女儿随军打了五年仗，给你俘虏回来一个好女婿，你还有什么不满意的？吴大铁又对梁冬梅说。

吴大铁的话让梁冬梅忽然想起了小儿子吴赛银。赛银打仗时间更长，不晓得他能不能给我们带回来一个儿媳妇？梁冬梅说。

吴玉音笑说，会的，娘。家里有什么好吃的？我们都饿了。

梁冬梅说，早做好了，这就开席。

酒桌上，喝了不少酒的吴大铁握着龙光烈的手说，兄弟，我和你娘把玉音交给你了，你要好好待她。

龙光烈点头，您放心，爹。

梁冬梅对吴玉音说，你看你爹，又喝多了，喊女婿叫兄弟。

吴玉音笑道，酒桌上不分大小，爹高兴就好。

梁冬梅说，你们几兄妹都在外面，你爹一年也难得这样高兴几回。

吴大铁端着杯子说，我今天是高兴，比哪天都高兴，我这大闺女给我带回了金龟婿，我哪门不高兴？

吴大铁又拍了拍龙光烈，说，我这女婿话不多，但对我路，合我心。我就喜欢我这金龟婿，把女儿交给他放心。乖女婿，一切都在酒中，干了！

说完，吴大铁自己把一大杯酒喝了。

龙光烈见吴大铁把一大杯干了，把杯子里的酒倒进了一个碗里，然后抱起酒坛子，把酒碗倒满，在吴大铁面前一跪，说，爹，我干了！

一碗酒一饮而尽。

龙光烈在吴大铁和梁冬梅面前一直不多话，都是问一句答一句，不问时，就默默地做一些家务。尽管这些家务有佣人做，龙光烈还是闲不住。

吴大铁对龙光烈有一种发自内心的喜欢和怜爱。这种喜欢和怜爱也许来自龙光烈那种质朴而精干的气质，那种帅气而忠厚的模样；也许是因为对女儿的爱而爱屋及乌。龙光烈出身寒微，家境贫穷，在很多名门望族的眼里，要想结一门良缘，那是门不当户不对的。吴大铁却压根就没有这种门第观念。他觉得龙光烈作为一个苗医，是难得的人才，有难得的仁心，医者仁心，这才是最重要的。大女儿吴玉音也是医者，也有难得的仁心。这是最大的门当户对。不管是民间自身走出的医者，还是庙堂培养出来的医者，只要都是救死扶伤，只要都能救死扶伤，就没有什么高低之分，如果两人心灵契合，你想分也分不了。关键是，吴大铁觉得龙光烈沉稳、踏实、靠谱，把女儿交给龙光烈，他心里也踏实。

梁冬梅对龙光烈这个准女婿更是上心。俗话说，丈母娘疼女婿是心疼，公公婆疼儿媳是眼疼。丈母娘看女婿是越看越喜欢。公公婆看儿媳是越看越不顺眼。梁冬梅每天都变着花样，给女婿做好吃的。吃得龙光烈肉膘看长。

吴玉音对龙光烈说，我看你也没跟我爹娘讲什么话，我爹娘哪门那么喜欢你？对你比对我兄弟都好。

龙光烈笑，郎是半边子嘛，我命好。

就这样，龙光烈和吴玉音在吕洞山度过了人生最难得的一段清闲时光。

龙光烈和吴玉音对吕洞山都熟悉得不能再熟悉了。吴玉音在吕洞山出生长大。龙光烈经常在吕洞山行医问诊。但两人在吕洞山共度时光，却是第一次。一个人看风景和两个人看光景，完全不是一回事。一个人看风景，是看的景；两个人看光景，是看的人。看景迷人。看人蜜心。

两人整天成双成对地牵手进出，梁冬梅看在眼里喜在心上，看着看着，她就看出了一点担心和忧伤，她想，两人这样长期两地分居不是一回事，得让女儿回来才好。她把这想法告诉吴大铁，吴大铁也觉得不能让女儿女婿长期两地分居，应该把女儿调到身边来，对女儿对自己老两口都是好事。

很容易地，吴大铁把吴玉音调到了湘西医院。

在湘西地面上，吴大铁有的是关系。儿子吴点金在国民党军界，军界有儿子的关系可以通行。他自己常年在地方上做生意，地方上到处有他可以通行的大道。

龙光烈和吴玉音有了朝夕相处的美好时光。

在吴玉音的建议下，龙光烈开了一个私人诊所——千年苗药诊所。

龙光烈的地下党活动，就由武豪干爹的家，转移到了千年苗药诊所，千年苗药诊所，成了中共地下党的秘密活动站。彭武生因在国立八中组织闹学潮，不再被学校和官方看好，也辞去保卫科职务，成了千年苗药诊所大药房的伙计。吴玉音下了班，自然也是这个诊所的主治医生。一个中医，一个西医，中西合璧的千年苗药诊所，很快在湘西声名鹊起。龙光烈和吴玉音本是菩萨心肠，有钱也看病，没钱也看病，有钱就给医药费，没钱就免了。龙光烈常说，这药材本来都是从大山里采来的，本来就是大家的。只要能够治好病，就是积善积德。那些没钱的人，总会心里惦记着，一有钱就会主动送来。治好了病，就得千恩万谢了，还要医生贴钱，哪有这个道理？龙光烈和吴玉音善良的心地是比千年苗药还好的药方，人们看龙光烈和吴玉音就像看菩萨和观音一样。前来看病求医的自然络绎不绝。人来人往的病人和陪护，成了诊所最好的掩护。

当然，吴玉音不知道她身边的龙光烈是一名地下党，她身边的彭武生也是一名地下党。她跟龙光烈都不知道的是，她现在能够经常见面的妹妹吴凤音，也就是我的韭菜干娘，也是地下党。

苗医苗药，是自古就形成的一种医药系统。顾名思义，苗药是苗族地区的苗民在苗山苗岭采制而成的中草药。苗医，自然是苗族地区的苗族医生。在湘西，苗药和苗医其实包括了土家族的土药和土医。前面说过，解放前，没有土家族一说，跟苗族杂居在一起的土家族都统称苗族。所以，现在的湘西土家族苗族自治州，苗药和苗医跟土家族的土药和土医都是一样的。用龙光烈的话说，是一个娘生的。

苗药对常见病、多发病、疑难杂症有独特疗效，什么骨折、烧烫伤、结核病、蛇咬伤、类风湿、中风偏瘫、骨髓炎、牛皮癣、白癜风，常常是几服草药和几碗解毒汤就治好了。

关于采药，龙光烈说，苗药的采集要求很高，要善于把握。植物药在有效成分富足时采集。如根类药要在抽苗前采集，茎叶药要在生长旺期采集，花类药要在含苞待放时采集，果实药要在刚刚成熟时采集，芽类药要在娇嫩鲜美时采集，皮类药要在浆汁富足时采集。至于鱼、虾、虫、兽类动物入药时，千万不能腐烂，矿物、金属类药，一定要剔净杂质。

关于疾病，龙光烈说，人生病都是毒气所致，无毒不生病。毒有风毒、冷毒、火毒、气毒、水毒、盐毒等。诊断疾病是通过把脉、听声、观察颜色、询问病情，用手触、摸、叩、打、刮、按、扳、量等传统方法，观察人体皮肤的颜色，精神的变化，体温、脉搏、呼吸、心跳、血压、语音反射功能等方面的异常，观察身体的汗水、尿液、血气以及指纹、舌象、目色、鼻窍、咽喉、耳道、肛门、尿口、淋巴、筋骨皮肉的形态结构变化等。

关于治病,龙光烈把药物搭配、用药分量、服药方式、禁忌事项,都记在几本厚厚的笔记本上。吴玉音和彭武生有事没事,都会随时翻看,用心揣摩。

抗战胜利了,国民政府的主要精力放在了钳制和消灭共产党上。

嘉善保卫战、宜昌保卫战、长沙保卫战、衡阳保卫战、常德保卫战、湘西保卫战等抗日战场上,湘西子弟的表现,让国民党深深感受到了湘西子弟的英勇善战。而常德保卫战和湘西保卫战的爆发,又使国民党看到了湘西战略位置前所未有的重要。对湘西和湘西人,国民党是既敬又怕。尽早占领和稳固湘西,尽快招安和利用湘西,成了"国家战略"。

之前,湘西只驻守有少量的正规军,湘西的社会秩序主要靠各级政府的保安团。保安团不属于军事武装,但是军事化管理,有统一的制服、枪械、手榴弹。吃的是皇粮国税。由省政府保卫处统一管理。那个时候,湘西的每一个县都有一个保安团,狐假虎威,神气得很。

保安团是政府的地方武装。而湘西的各种民团,则是地地道道的民间武装。

为了征收皇粮国税、苛捐杂税,也为了捞取更多的油水、榨取更多的民脂民膏,保安团经常打砸抢周边百姓,弄得鸡飞狗跳、民不聊生,老百姓恨之入骨。湘西的各种民团往往肩负着保境安民、捍卫自己利益的任务,政府的保安团与湘西民间的各种武装,因此经常产生摩擦。

那天,龙光烈正给一个老者号脉,韭菜干娘带着刘清平来到了诊所。

英武雄壮的刘清平,最近不断咳嗽,日渐消瘦,那天上课时,突然咳出一口鲜血。他默默地把带血的手绢揣进口袋后,坚持上完了课。在回房间的路上,又是一阵咳嗽和一口鲜血。迎面走来的韭菜干娘恰巧看到了这一幕,怀疑刘清平得了肺结核,便赶忙把刘清平送到了龙光烈这里。

见是韭菜干娘亲自陪着送来的病人，龙光烈和彭武生不敢怠慢，赶紧给老者开了几服药后，手忙脚乱地给刘清平看病。

的确是肺结核。

龙光烈问，怎么咳出血了才来看？

刘清平说，一直都好好的，就是这几个月突然老咳嗽，浑身无力，打不起精神。

龙光烈问，晚上睡觉盗汗不？

刘清平说，盗汗，醒了就不出汗了。

龙光烈问，胸脯呢？痛不痛？

刘清平说，有时候痛。

龙光烈说，典型的肺结核，千万大意不得。

刘清平说，真是肺结核啊？

龙光烈肯定地说，是。

刘清平一听是肺结核，心里凉了半截。那时候肺结核还是不治之症，很难治好。

刘清平说，吴老师说你是神医，能治好吗？

龙光烈说，能治好，但你得注意休息，不能再劳累了。

刘清平失望而自责地说，我以为没什么事，就没在意，谁想到居然是肺结核。

龙光烈说，身体都是大意出毛病。很多人都是因不注意而小病变大病、大病变绝症的。你这来得还不算迟。龙光烈半是提醒半是安慰。

刘清平怀着希望问，真的能治好？

韭菜干娘插话说，你放心，刘老师，龙哥说治得好就肯定治得好。

按理，韭菜干娘该叫龙光烈姐夫了，但叫习惯龙哥了，一时不容易改口。

刘清平激动得伸出手想握住龙光烈的手，又想到自己是肺结核，会传染，尴尬地把手又收了回去。

龙光烈边开药方边说，肺结核不能吃辛辣的食物，不要喝酒、抽烟，也不要熬夜、劳累，注意休息。不然会加重。

刘清平说，我本来就不抽烟喝酒，但到湘西后，开始吃辣了。

龙光烈说，以后不能吃辣的。

韭菜干娘补充说，主要是再不能熬夜和劳累了，你这肯定是熬夜和劳累造成的。

龙光烈把药方递给彭武生。

彭武生抓药时，龙光烈跟刘清平和韭菜干娘闲聊了一会，得知了刘清平的有关情况，对刘清平充满了敬佩。

龙光烈说，我这辈子就想当个老师教书育人，可惜没那水平。

刘清平说，老师就是给大家教一些基本知识，没什么了不起。医生救死扶伤，要从身体的毛病里找出病根对症下药，那才是真本事。老师如果没有真本事，糊弄几下人没什么大碍，医生没有真本事糊弄人，那就要出人命。

彭武生包好药递给刘清平说，医生和老师都了不起，都是天底下最受人尊重的。像我这样二不挂五的，才是没用。

韭菜干娘说，哎，我武生弟弟哪里差了？各有各的狠，也各有各的差。

刘清平说什么都要付医药费。龙光烈说什么都不收医药费。

龙光烈说，你是我爱人妹妹的同事，我怎么能收呢？认识你，是我的荣幸。

刘清平求助似的看着韭菜干娘，说，这不好，吴老师，你快让你姐夫收下。

韭菜干娘说，那怎么能收呢？肯定不能收的。

刘清平说，那怎么行？你这么多老师同事，还有那么多学生，这个不收，那个不收，这诊所哪里有钱支撑？

龙光烈说，这你放心。你看，这不都是山上的草啊根啊，用完了，上山去挖就是。药不值钱，人命值钱。

这是几个地下党员的第一次相遇。龙光烈和彭武生不知道韭菜干娘和刘清平是地下党员。韭菜干娘和刘清平不知道龙光烈和彭武生是地下党员。彭武生虽然也曾经在国立八中当过保卫科长，发展过几个师生党员，但那是在国立八中永绥分部发展的。刘清平和韭菜干娘在国立八中所里分部。分部之间也是相互保密，互不知道。

那时的保密工作，真是密不透风。

刘清平后来又到龙光烈的千年苗药诊所抓了几服药。慢慢不咳嗽了。慢慢不盗汗了。慢慢地，脸色也红润了，精气神也足了。刘清平的肺结核，算是治好了。

刘清平没有什么好感谢的，特意送了一面锦旗：

华佗悬壶济世　菩萨医者仁心

龙光烈和刘清平，就此成了朋友。

刘清平不教课时，会经常来龙光烈这里坐坐。

时间长了，两人都有些相见恨晚。

两人对时局的看法、对世界的认知、对人生的理解和对人事的处理，都惊人地相似和契合。

一天，刘清平说，我想问你一个问题。

龙光烈说，我猜得出你想问什么问题。聊了这么多，我想我不会猜错。

刘清平笑，你说什么问题？

龙光烈笑，还是你问，怕猜错了。

刘清平靠近龙光烈，悄悄耳语，你怎么看共产党？

龙光烈笑，我还真猜到了。要我讲真话吗？

刘清平说，当然。

龙光烈竖起了大拇指，这个！

刘清平点头，也竖起了大拇指，嗯！这个！

那国民党呢？

龙光烈竖起小拇指，这个！

刘清平也竖起小拇指，这个！

龙光烈说，刘老师突然问起这个，是有什么打算吗？

刘清平点点头说，到时再说。

那我等着。

三十三

  1947年腊月，湘西富裕的人家已经开始杀年猪，置办各种年货了。不富裕的人家，也在想方设法准备一顿丰盛的年夜饭了。过年的脚步越来越近。过年的气氛越来越浓。

  随着年节的脚步声，武豪干爹和大婆大爷家响起了两个尊贵的客人的脚步声——侯凤兰和吴赛银的脚步声。

  当侯凤兰挺着大肚子与吴赛银一身风霜敲开武豪干爹的门时，武豪干爹一家人是又惊又喜。

  他们做梦都想不到，侯凤兰和吴赛银会在年关来临时，回到湘西。

  在彭武定的来信中，一家人早已知道侯凤兰，也看到过侯凤兰的照片。这个吃小米、土豆和高粱长大的陕北女子，已是他乡吹来的春风，从彭武定的信里吹拂到湘西，吹拂进武豪干爹一家人的心里。

  远方的媳妇上门，大婆大爷自然喜上眉梢，一下子年轻了似的，走路都是飘的、飞的，立马吩咐我爹和向立地杀猪、修鸡、推豆腐。

  他们要请全寨人来庆祝。

  大婆拉着侯凤兰的手，端详着侯凤兰的脸，眼里、心里全是满满的母爱柔情。大婆说，二媳妇呀，娘做梦都想看到你呀！娘以为这辈子都见不到我二媳妇，没想到今天终于看到了，娘死也瞑目了。

  大婆接着说，武定有本事啊，给娘找了这么乖这么好的儿媳妇，娘这是几辈子修来的福分。

  一说到彭武定，一直微笑着的侯凤兰眼泪唰唰就出来了。

  大婆惊慌失措地问，儿媳妇啊，你哪门哭了？娘讲错话了吗？

  侯凤兰扑通一声跪了下来，哭诉，娘，儿媳妇对不起你和爹啊，儿媳妇没照顾好武定啊!

　　大婆一听,更加惊慌,连忙跟大爷一起拉侯凤兰起来,哪门了,哪门了?是武定欺负你了吗?武定要是欺负你,娘给你做主!

　　站在一旁默默流泪的吴赛银起身拿来一个包裹,放到大婆大爷跟前。

　　大婆问,这是什么?

　　侯凤兰和吴赛银都没有作答。

　　吴赛银眼含泪水,打开包裹,从一个包了又包的信封里取出一张纸递给武豪干爹。

　　武豪干爹一看,是彭武定的烈士光荣证。

　　包裹里,还有彭武定写的一本战地笔记和几十封家书。

　　看到彭武定的烈士光荣证,武豪干爹的眼睛瞪得手电筒一样大,头像被什么东西突然猛击了一下,嗡的一声晕眩起来,整个房屋天旋地转,心也被一刀猛插似的,翻江倒海地疼。

　　一张薄薄的烈士光荣证,就如一张薄薄的裹尸布,把彭武定潦潦草草地裹在里面。彭武定阵亡通知的每一个字,都在冰冷地冒着寒气,比寒风还冷,比寒冰还冰。

　　武豪干爹的手禁不住地发抖、哆嗦,眼泪扑簌扑簌地掉下来,滴落在彭武定的烈士光荣证上。

　　大婆大爷都感到不妙,焦急地问,哪门了?

　　武豪干爹哭着说,武定不在了。

　　大婆大爷焦急地反问,什么不在了?

　　武豪干爹说,武定在战场上牺牲了,这是政府颁发的烈士光荣证。

　　大婆立刻两眼一黑,晕倒在地。

　　武豪干爹和吴赛银、侯凤兰立刻手忙脚乱地掐大婆人中,把大婆唤醒。

　　武豪干爹接过彭武定的烈士光荣证,一字一句地念:

　　填发机关:陕甘宁边区政府

牺牲将士：彭武定

所属部队：西北野战军第二纵队第五师

原任职务：营长

年龄：三十岁

籍贯：湖南保靖彭家寨

入伍年月：一九三二年

牺牲日期：一九四七年十月

牺牲地点：陕西清涧

吴赛银含泪讲述了彭武定牺牲的经过。

清涧战役，是彭武定与战友们为保卫延安、保卫党中央而进行的一场战斗。吴赛银也参加了这场战斗。

抗日战争一胜利，国民党彻底撕掉了欲盖弥彰的遮羞布，迫不及待地开始对共产党领导的抗日根据地进行殊死"围剿"。

但是，这时的共产党由于自始至终坚持抗日、流血牺牲，已经赢得了民心，有了坚实的群众基础，不是国民党想捏就捏想拍就拍的。国民党剿了大半年，也没剿灭共产党，反倒壮大了共产党。因为国民党"剿共"时，不仅剿共产党的军队与组织，也剿共产党所在地的人民群众，这让国民党更加失去民心，让共产党跟当地人民更有了血浓于水的生死情义。迫于无奈，国民党只能收紧战线，集中兵力对付陕甘宁边区和山东解放区。一场保卫延安、保卫陕甘宁边区、保卫党中央的延安保卫战就这样打响。

共产党领导的八路军、新四军开始改叫人民解放军。彭武定和吴赛银所在的部队都在西北野战军的战旗下，转战陕北，与以胡宗南、马步芳为主力的国民党三十四个旅二十五万人决一死战。解放战争的序幕也就此拉开。

彭武定在王震师长的带领下，奉命从延安出发，挺进晋西南，御敌千里之外。最艰苦的是山西中阳的一战，八天八夜的鏖战里，彭武定和吴赛银所在的五师担负着正面阻击的重大任务。彭武定率领的三营担任主攻任务。在山西中阳的遭遇战中，彭武定负了伤，左手被打穿了两个孔。首长要他下火线治疗，他说，这像蚂蚁咬了一口，不用下火线，军人怕蚂蚁咬还了得？

带伤在火线上冲锋陷阵的彭武定，又奉命从晋西南返回陕北，守卫延安。在榆林清涧笔架山，遭到胡宗南部的围追堵截。

在全国，不知道有多少座笔架山。在湘西，就有不少小山叫笔架山。在常德保卫战中，我写到过湘西石门笔架山的一战。在湘西石门笔架山，彭武定的哥哥彭武豪、弟弟彭武生与日本侵略者经历了一场生死之战。在陕西清涧的笔架山，武豪干爹的弟弟彭武定和内兄吴赛银与国民党的军队经历了一场生死之战。

清涧是榆林与延安交界的一个县，那个时候还属于陕甘宁边区绥德分区。盛产红枣，也盛产道情。清涧红枣新鲜时，是绿中透黄，黄中带红，珠圆玉润，水光发亮，清甜清甜的；晾干晒干后，饱满鲜红，这时候的甜是甘甜甘甜的，蜜糖似的甜。道情，则是清涧的一种地方戏，男声深沉悲壮，女声婉转悲凉，是穷苦人的苦情戏苦情曲。中央红军到达陕北后，陕北道情则成了穷苦人的翻身道情，男声女声都悠扬欢快，格外动听。

现在的清涧民间还有一首道情是唱清涧那场战役的：

　　一九四七年十月天
　　工农红军打清涧
　　耙子山上摆战场
　　把清涧打了个底朝天
　　红军哥真勇敢
　　猛虎一样扑上前
　　红旗插到山尖尖
　　胡宗南真软蛋

看见老虎腿发颤

　　屁滚尿流滚下山

　　歌里的耙子山就是笔架山。耙子山是穷苦人叫的，说这座山像穷苦人劳动用的耙子。笔架山是文化人叫的，说这座山像笔架。

　　毫无疑问，歌里的道情，道出了清涧人对红军战士的敬仰之情，对国民党的鄙夷之情。其实，这时红军已经更名为解放军，但陕北人民还是习惯叫红军，所以歌词里唱的还是红军。正像陕北老百姓所讲的，不管是红军还是八路军，反正都是同一个军队，都是人民的军队。

　　实际上，每一仗都不好打。清涧的笔架山也一样难打。清涧的笔架山，是横在陕北和关中的一排刀山，是扼住陕北和关中咽喉的一排尖刀。五师要从晋西南打回延安、收复延安，就得越过这把蛮横、锋利的刀笔。

　　胡宗南早就在这把刀笔上布上了碉堡、大炮、地雷。

　　笔架山的南面是最陡峭的。碉堡和机枪守住，鹰和鹞子也别想飞过。彭武定所要做的，就是率领他的三营，从山脚下飞上去，占领山头，打趴敌军。

　　可是，一堵几十米高、几百米长的石壁，横亘在彭武定和战友面前，使他们无法往上冲。无论从哪个角度冲锋，敌人两边的碉堡，都会喷吐出密集的子弹，把彭武定的红军营成片打倒。

　　急红了眼的彭武定命令吴赛银火力掩护，自己带着敢死队的十五个壮士摸到石壁下，叠起了罗汉。

　　十五个英勇的战士，十五个炸药包，彭武定站在罗汉的最顶端。

　　吴赛银一看，这是要连环炸了。这是每一个战士都要慷慨赴死了。

　　在"中国共产党万岁"的呼喊声中，十五个战士同时点燃引线引爆。敌人的碉堡炸飞了，彭武定和他十四个战友的残肢碎骨，也像枯枝败叶，在浓烟中坠落。

　　彭武定牺牲的消息，很快传到侯凤兰和侯小山耳边。在延安后勤部队做保障工作的侯凤兰此时已经身怀六甲。在绥德战役中身负重伤而回到老家养伤的侯小山,火急火燎地赶回部队,去见妹妹。他知道妹妹多爱彭武定,他得回到妹妹身边,做妹妹的主心骨。

彭武定的牺牲,让侯凤兰六神无主,陷入巨大的悲痛之中。天塌了,地陷了,侯凤兰的魂也丢了。侯凤兰的心一直在沉、在坠,沉落到了无底的深渊和无边的黑暗中。白天,她含着眼泪在后方医院帮助医生护理伤员、清点抗战物资,晚上就拿着彭武定的遗物哭泣落泪。

彭武定给侯凤兰留有几件最重要的遗物。一件是彭武定跟父母兄弟的合影照,一件是彭武定跟侯凤兰的结婚照,一件是彭武定的战地笔记,一件是彭武定尚未寄出去的几十封家书。

彭武定跟家人的合影已经发黄,并且沾有一大摊血迹,时间久了,血色也变黑了。彭武定没结婚时,这张全家福随身带着,想时看看,闲时看看,亲人就在身边。彭武定说,这张全家福就是他的护身符,那么多的大小战役,他都没有牺牲,全仗着亲人的全力护佑。他把这张最珍贵的全家福赠送给侯凤兰,一是代表他对侯凤兰最宝贵的感情,二是希望全家都保佑侯凤兰,三是给侯凤兰留个最珍贵的纪念。

抚着照片,侯凤兰特别后悔没有把这张全家福让彭武定带走,如果他把这张全家福带走,就不会牺牲,不会连一块碎骨碎肉也找不着。一想到彭武定连个尸首都没有,侯凤兰更是心疼得天旋地转,痛不欲生。

武定啊,你走了,我和孩子怎么活?

你还没见上你的骨肉,还没听孩子叫一声爹呢!

连续多日的悲伤和忧郁,侯凤兰急剧瘦了下来,侯小山和吴赛银赶忙请示首长,让侯凤兰退伍回到湘西。他们要替彭武定保存那一支血脉,不能让彭武定的血脉因侯凤兰悲伤成疾而断送了。彭武定没了,彭武定的后人,他们得想法留住。

吴赛银带着侯凤兰和侯小山返回清涧笔架山,让侯凤兰和侯小山看了彭武定最后一眼,然后带着侯凤兰踏上了回湘西的千里归途。

侯凤兰趴在新垒的坟包上哭得撕心裂肺。那冷硬的坟包就是彭武定温暖的肉身。侯凤兰搂得越紧，彭武定就贴得越近。那曾经是多么温暖和踏实的肉身啊，如今却只化成一捧土、一堆泥了，侯凤兰怎能不撕心裂肺？

侯凤兰说，武定，我来看你了，我要把你带回家去，带回到爹娘身边去，我要让你跟我一起伺候爹娘、给爹娘尽孝道。

武定，我会做一个好儿媳、好妻子，不给你丢脸，不让你操心。

武定，我知道你最牵挂的是我们的孩子，你放心，我会把我们的孩子抚养成人，孩子长大后，我会给孩子讲你的故事，会让孩子给你上坟、烧香和挂亲。

说完，侯凤兰包了一包坟土放进行囊。

当带血的黄土和带血的全家福都展开在大婆大爷和武豪干爹面前时，大婆大爷再也忍不住，大放悲声。

大爷从衣柜里翻出彭武定的衣服，对大婆说，老婆子，你养了个好儿子。我们给武定修一个衣冠冢，让儿子天天陪着我们，等我们老死了，我们就埋在武定身边，天天陪着武定。

武豪干爹在后山上立起了一个衣冠冢。彭武定那张带血的全家福、彭武定和侯凤兰的新婚照，还有那一包从陕北带来的带血的泥土，都连同他的衣物，埋进了那个空空的坟墓。

侯凤兰把新婚照放进衣冠冢时，深情地说，武定，我也在这里分分秒秒地陪着你，我们一生一世不再分离。

安顿好侯凤兰，吴赛银到吕洞山跟父母待了几天，就归队了。

侯凤兰留在湘西，看湘西的山水，沐湘西的民风，吃湘西的饭菜，成了一个地地道道的湘西人。

怀了彭武定的骨肉，大婆大爷把侯凤兰当女皇一样供奉。衣不让她洗，菜不让她择，地不让她下，什么活都不让她做。她的任务就是好好养胎，把小彭武定生下来。

这让习惯了劳动的侯凤兰非常不好意思。在陕北，她是天天种地刨地、小米、高粱、土豆、蔬菜，她是一样不落地伺候出来。现在，一家人都围着她转，大大小小伺候着她，她实在难为情。

侯凤兰说，娘，我没那么娇气，也没那么金贵，我什么都干得了拿得下。

大婆说，你不娇气，但很金贵，你就是观音菩萨给我家送来的宝贝，金贵得很。你从小没娘，现在就让爹娘好好疼你、护你。你要记住，凤兰，你是我儿媳妇，更是我小女儿。

一句话，说得侯凤兰泪眼婆娑。

从小失去母亲、父亲枉为人父的侯凤兰，在这个大家庭里，得到了前所未有的关爱、前所未有的温暖。一棵濒临枯死的禾苗，一下子得到了太多的阳光、雨露和甘霖，侯凤兰变得更加丰盈和滋润。侯凤兰给哥哥侯小山写信说，彭武定给我的是爱情与甜蜜，这个家给我的是温暖和幸福。她盼着哥哥到湘西来看一看。

大婆说，不能只是看一看，你哥哥退伍了，也接到湘西来，你们兄妹永远一家、永不分开。

三十四

吴赛银与哥哥吴点金相差三岁,哥哥吴点金在云南陆军学校讲武堂毕业那年,吴赛银也考进了云南陆军学校讲武堂。吴赛银上云南陆军学校,完全是受了哥哥吴点金的影响。当哥哥穿着笔挺的校服,威风凛凛地回到家乡时,那无数羡慕的目光、好奇的眼神、仰慕的表情,深深触动了吴赛银。父亲吴大铁期望吴赛银将来从文,当个大学教授,哥哥已然习武从军,弟弟最好就不要再习武从军了。两个儿子,一个武将军,一个文曲星,多好。吴大铁甚至有意培养吴赛银继承他的衣钵,跟着他从商。但吴赛银对经商一点兴趣都没有,天生不是经商的料。母亲梁冬梅则觉得吴赛银最好哪里都别去,就跟父母待在家里,守着这份家业。都出去了,这份家业谁守?老两口总有守不动的时候。

吴赛银的心思都在哥哥吴点金那身军装上。吴赛银渴望的就是成为哥哥那样的人。好男儿就得当兵。真男人就得打仗。成为跟哥哥一样的人,是吴赛银最初的理想和最强烈的愿望。

让去当兵,吴赛银就好好读书,上课认真听讲,下课自觉看书,成绩直线上升;不让当兵,吴赛银就不好好读书,上课吊儿郎当,下课到处闲逛,成绩直线下降。这是吴赛银对付吴大铁的绝招。

吴大铁只得依了吴赛银,让他考军校。

在军校的几年,吴赛银先是接触了一些学校的进步人士,后是接触了学校的中共地下党员,被他们坚持的执着信仰、被他们描绘的美好未来和他们的言行深深吸引,期待成为跟他们一样的人。

曾经,吴赛银是那么为自己的家庭和父亲骄傲。跟他的同龄人相比,他没受过一天苦,没吃过一点亏,要什么有什么,想什么给什么,冷、饿、穷，这些词汇和滋味，跟他的成长毫无关系。

接触了一些地下党后，他才知道光为自己活的人不一定是坏人，但肯定不是伟人，伟人都是胸有大志、心怀天下，都不会为自己的一点点快乐而满足。自己活得好，也不一定是真好，如果只你一个人活得好，大家都活不好，你也别想活好，大家不会让你活好。天下大同，才会天下太平。天下太平，才会你我太平。于是，他写信给父母亲，要他们把家产分给那些受苦的人。父母说吴赛银脑子有病，凭什么分给别人？吴赛银回信说，我们家的财富都是剥削劳苦大众来的，本应归还大家。气得父亲破口大骂吴赛银不孝——我们一辈子为你们勤扒苦做、喰苦受累、攒家置业，结果在你眼里变成了剥削，真是岂有此理！吴赛银说，你就是剥削阶级，你们不把浮财分给劳苦大众，我就要跟你们决裂！

吴赛银说到做到，尚未毕业，突然失踪了。

多年后，他才写信告诉父亲吴大铁，他怀着对瑞金的无上向往，与几个志同道合的同学，悄悄地去瑞金参加了中央红军。

吴大铁千算万算，也算不到吴赛银去了瑞金。他不明白瑞金有什么好，不明白瑞金为什么有那么大的魅力和吸引力，为什么儿子跟那么多人一样甘愿去受苦。他觉得吴赛银不争气，觉得儿子脑子有病，居然放着大好前程不要、放着幸福生活不要，稀里糊涂地奔到瑞金吃苦受罪，真是病得不轻。

不管吴大铁怎么看吴赛银，吴大铁自己却添了心病。他不敢告诉任何人吴赛银去了瑞金，只能打落牙齿往肚里吞。他不能因此给这个家庭招来杀身之祸、灭顶之灾。

一家人因此与吴赛银断了联系。

吴赛银这次回乡，对吴大铁来说，又意外又惊喜。

吴赛银在武豪干爹家住了几天后，就马不停蹄地赶到吕洞山来看父母，陪父母过一个久违的年节。

因为吴赛银的到来，韭菜干娘带着武豪干爹、吴玉音带着龙光烈，特意来到沅陵跟父母一起过年。吴点金作为儿子，本来就必须带着田杏回家过年。

按照习俗，湘西人过年都是在夫家过，女儿只是带着丈夫回娘家拜年。这是第一次一大家子聚齐了过年。

吴大铁和梁冬梅老两口激动得悄悄落泪。

短短的几天里，吴赛银详细地给父母家人汇报了这些年的情况。

吴赛银跟随中央红军到延安后，就在王震的三五九旅。张学良和杨虎城扣押蒋介石的西安事变爆发后，国共联合抗日拉开序幕。吴赛银被编入八路军一二〇师，跟彭武定分在了一个旅。两个老乡和亲戚，就这样美好相遇，成为战友。

作为云南陆军学校讲武堂的高才生，吴赛银正是延安急需的人才。但是由于延安时期的武器落后、装备落后，吴赛银所学的东西全部用不上。吴赛银除了行军、打仗，还有一个重要角色，就是战地宣传员。每到一处歇脚，战友们打扫卫生时，他就四处写标语，在纸上写，在墙上写，在石壁上写。

　　停止内战，一致抗日
　　有钱的出钱，有力的出力
　　打倒汉奸汪精卫
　　当了汉奸，不得好死
　　宁做战死鬼，不做亡国奴
　　收复失地，还我河山
　　打倒日本帝国主义
　　民族解放万岁

这是抗日战争时期的标语。

三五九旅大生产时，吴赛银就写：

　　自己动手，丰衣足食

发展经济，保障供给

生产做得好，才能吃得饱

粮食装满仓，抗日打胜仗

解放战争时期，吴赛银就写：

人不犯我我不犯人，人若犯我我必犯人

一切反动派都是纸老虎

下定决心，不怕牺牲，排除万难，去争取胜利

打倒蒋介石，解放全中国

听说吴赛银整天写标语口号时，吴大铁说，那你这不是大材小用，浪费了吗？

吴赛银说，可没有大材小用和浪费呢！你不晓得，这标语口号管用得很，鼓舞士气，深入人心！誓师大会上，千人万人高呼标语口号时，真是提神、来劲，热血沸腾，所有的胆子和力量都会被这些标语口号激发！

吴大铁不信，问，真有这么神奇？

吴赛银说，有啊！我就是这样浑身是胆冲上战场的。

吴大铁不由得感叹了一声，你们还真了不起啊！

你毕业那年为什么连个口信都不带就去瑞金了？吴大铁终于说出了埋在心中已久的疑问。

吴赛银说，我要是事先给你讲，你会让我去吗？肯定不会。

吴大铁说，那时要是晓得你去瑞金，我肯定打断你的腿。

吴赛银问，那现在呢？

吴大铁说，现在不会了，一代有一代的想法，一代有一代的路子，只要你觉得好就好。

吴赛银说，你总算清醒了，爹。

你是不是又要动员我分什么浮财？吴大铁警惕地说。

吴赛银把头摇得像拨浪鼓，没有没有没有，那是你的私有财产，你想怎么处置就怎么处置。

吴大铁说，长水平了？

吴赛银说，只要减租金减息、不放高利贷剥削，我就不管你。

吴大铁说，你在屋里时，不是米看到，我年年都在给大家减租减息，我也从米放高利贷，我都是靠自己在外做生意。

吴赛银说，我知道的。问题是你要那么多钱财干什么？我们几兄妹哪个都不缺什么，哪个都不需要你的，你死了带到土孔里去啊？

吴大铁说，你的意思，还是想让我把财产给人家分了？

吴赛银不置可否。

吴大铁有些生气地说，我就搞不懂，我清清白白、辛辛苦苦赚的钱财为什么要分给别人？我喰不完用不完，就该分给别人喰别人用？

吴赛银说，你就当积善积德。

吴大铁说，我一辈子都在积善积德！水灾旱灾，哪次我米开仓发粮？哪家有难有病我米接济？国家有灾有难，我也米少出一分力。我还要哪门积善积德？我这辈子就是积善积德多了，菩萨看到的，我才好人有好报。我跟你讲啊，你要我做多少善事好事我都做，你要我把祖祖辈辈积攒下来的家业全分给大家，我不会，你趁早死了这条心。

吴大铁跟吴赛银的对话，龙光烈在旁边听得一清二楚。龙光烈走到吴大铁身边说，爹，赛银也米有逼你给大家分家产。赛银说了，那是你的财产，你喜欢哪门处理就哪门处理，共产党、国民党都不会分你的。要是划阶级，你现在是民族资产阶级。民族资产阶级是国共两党都要团结的对象。你就把心放落实了。

吴赛银说，对，我没有逼你老人家捐和分，我只是提一个建议，小小的建议。建议嘛，可听可不听。是不？

吴大铁说，这还差不多。

护送侯凤兰回湘西后，吴赛银得以跟家人短暂地相聚，这是吴赛银

361

这些年最幸福的时刻，也是全家人最幸福的时刻。令吴赛银欣慰的是，在这个特殊的时刻，他和武豪干爹、龙光烈、韭菜干娘解开了一个共同的秘密——这一大家子里居然有四位中国共产党党员。武豪干爹和龙光烈得知韭菜干娘是共产党员时，都惊讶得说不出话来！韭菜干娘得知武豪干爹和龙光烈是老党员时，也是惊讶得说不出话来！这个秘密，因为延安来的另一个共产党员而相互知晓并继续相互保守。

临行前，吴赛银与武豪干爹、龙光烈和韭菜干娘握手时，那手格外有力，一切的嘱托和话语，都在有力的一握里了。

吴赛银长跪在父母面前磕着头说，爹，娘，孩儿不孝了！

吴大铁说，在那边好好干，爹等你好消息。

梁冬梅抹着泪说，下回转来，给娘带个儿媳妇转来，不要一个人来一个人去了。

吴赛银从延安护送侯凤兰回湘西时，是从陕西安康的汉江坐船到达长江口，再从长江坐船到洞庭湖，然后从洞庭湖坐船到沅江、沅江到酉水，一路水路到达湘西的。

侯凤兰怀有身孕，坐船平稳、缓慢，相对安全。坐车的话，山高路险，一路急剧颠簸，会动了胎气。

虽然一路艰辛，却也顺利平安。

吴赛银返回延安时，就一个人直接走山路了。他从吕洞山走吉首、花垣，进入重庆秀山，然后从秀山、黔江、酉阳、万州、云阳、城口，进入陕西。

这是最近的路，也是最难的路。

湘西长大的人，个个都身轻如燕；当兵出身的吴赛银，更是健步如飞。

荒无人烟时，他白天赶路。

穿城过镇时，他昼伏夜出。

只为躲避国民党岗哨的盘查。

也许是一路太顺利了，在云阳出了岔股子。湘西人讲岔股子，就是问题。

云阳是重庆的一个县。但民国时还属于万县行政公署。

云阳城在长江岸边,长江繁忙的水运给云阳带来了繁华。石板的街道。石板的码头。石板的城墙。还有石板的门楼。都与苔藓一道显示着云阳的古老和沧桑、阅历和过往。尽管码头上船只云集,人群熙攘,却依然遮蔽不了民不聊生的惨淡愁云。那一个个破衣烂衫的身影,就像江边滩涂的烂泥和江中翻涌的污水。

疾走了一天的吴赛银,实在太饿了,抱着试一试的心态,想到云阳城里买点东西带着。

刚在码头附近的一个面馆里吃了碗面,就见人们慌里慌张疯狂逃窜,边跑边喊,快跑!抓壮丁了!

喊声过处,一群荷枪实弹的追兵骂骂咧咧地追来。

面馆老板见状,也慌里慌张地催促吴赛银,年轻人,快跑,抓壮丁的来了!

吴赛银急忙从身上搜钱给老板。老板连忙上前推他,哎呀,快跑!往那边跑!不要你钱了,保命要紧!

吴赛银还是扔了一张纸币在桌上才跑。

十多个荷枪实弹的国民党士兵在一个军官的带领下,边追边喊,站住!站住!都给我站住!再不站住,就开枪了!

跑到巷子尽头,他被另外一群抓丁的国民党士兵堵住了。

吴赛银想,坏了,今天凶多吉少,得拼死杀出重围,否则后果不堪设想,狭路相逢勇者胜。

吴赛银直直地迎上去,迅雷不及掩耳地抓住一个士兵,缴了他的枪,喊,谁抓我壮丁,我就把他杀了。

这帮人见惯了逃跑,没见过抵抗,而且是这种迅雷不及掩耳的抵抗,一下子蒙了。

一个士兵准备举枪射击,被一个军官模样的人制止了,别开枪!开枪了,我们怎么发财?

军官模样的人说，放下武器，有话好讲。

吴赛银说，没什么好讲的，放我走就是。

军官模样的人说，有话好讲，何必动刀动枪的。

吴赛银说，不动刀枪？你们拿着刀枪。

军官模样的人看了看他的士兵，命令道，都把枪放下！

士兵们有些纳闷，面面相觑，没人放下。

军官模样的人再次命令，放下！我们这么多人，还怕他一个？放下！

士兵们这才把枪放在了地上。

军官模样的人说，你看，我们都放下了，你也放下。

吴赛银说，我不能放！我放了就完了！

军官模样的人说，兄弟，你身手这么敏捷，当过兵吧？

吴赛银说，我没当过什么兵，世道这么乱，谁还喜欢当兵？

军官模样的人说，我不信，你身手这么敏捷，没当过兵，也习过武。

吴赛银怕露馅，就说，是，我习过武，祖祖辈辈都是习武的。

军官模样的人笑，我就说嘛，身手这么快，一定是高人。

军官模样的人接着说，跟我们走吧，我们部队需要你这样的良才。

吴赛银说，我一个种田人，是什么良才？我只会种田种地，不会打枪打仗。

军官模样的人说，这还不简单？学啊！我教你！

正说着，那一队人马押着几十个人走了过来。

每个壮丁都被绳索捆绑着，然后用一根绳子把大家一个连一个地牵着。

吴赛银心里咯噔一下，想，完了，这么多国民党兵，绝对跑不出去，只能拼死了，拼死一个，够本，拼死两个，赚了。

吴赛银想着想着就一枪托砸在那个士兵的头上，那个士兵倒了血霉，应声晕倒。

见吴赛银根本不怕死，真动了武，国民党士兵一哄而上，把吴赛银扑倒，一顿暴打。

军官模样的人说，放了他，捆起来！

吴赛银便被五花大绑，成了壮丁。

走过来的另一队人马讽刺道，抓了老半天，你们才抓了这么几个？

那个军官模样的人反讽道，那你们发横财了！不过，我这一个可抵你们几十个！

说着，他指了指吴赛银。

一个士兵赶忙恶狠狠地把吴赛银往前推了推。

军官模样的人继续说，这可是一块打仗的好材料！练过武，武术世家，你是没见到他的稳准狠！

这个国民党的小军官，看样子不但爱财，也很爱才。吴赛银打了他的一个人，他居然没有处置吴赛银，看来是真想留着吴赛银在战场上替他拼命。

几十个人刚被关进一座营房，就有人来宣布了，若不想当壮丁也可以，让你们家人带钱来赎，我们找人替你们当壮丁。

怕有的人不交钱赎身，还特意嘱咐说，我们这是为你们着想啊，拿钱赎命，消财免灾，不然一进来就送到前线打仗当炮灰了。谁想好了，就告诉我，我给你们家人带信。

挨在吴赛银旁边的一个小孩子模样的人，哭了起来。

吴赛银安慰道，小兄弟，你叫什么名字？莫哭，莫怕，越怕越来鬼。

那小兄弟说，我叫刘刚，我哥哥就是抓壮丁被抓走的，现在不知道死活。前年抓壮丁时，我跑到深山老林的山洞里躲壮丁，过了两年野人日子。今天偷跑回家换一身衣服，一来就被抓了，还是没跑掉。我娘是瞎子，我爹又有痨病，我家里哪来的钱给我赎壮丁？

话音未落，哭得更凶。

蹲在墙角的一个中年人骂道，这狗日的是什么世道啊。

这个中年人起身来到吴赛银旁边说，我刚才看到你跟那帮杂种干仗了，干得好，有骨气。你看，我这块疤也是跟他们干仗干的。说完，他用手摸了摸自己的额头。额头上，一长条刀疤闪闪发亮。

我这是前年抓壮丁时被狗日的"刮民党"刺伤的，当时，追我的三个"刮民党"兵，我打死一个后跑了，那两个不敢再追。我在跟被我打死的那个拼命时，他一刺刀刺过来，我一闪，正好从我额头划过去，我就破相了。不想，这次还是没跑掉。

吴赛银欣喜地握住中年人的手说，你也是英雄啊，大哥。认识一下，我叫吴赛银。

中年人有点不好意思地伸出手说，我们农村人，不习惯握手。你一个人敢对那么多个，才是真正的英雄。我当时要是没有被他们绑着，就跟你一起干他们了。我姓谢，叫谢长天，就是云阳镇子上的人。

吴赛银说，这国民党公开喊交钱赎人，交了钱就抓别人替，抓个壮丁都这么黑呀！

谢长天说，比大粪还黑，又黑又臭。开始是抽丁，抽不上丁了，就抓丁。抽丁时，为了不被抽上，大家砸锅卖铁给保长、乡长送钱送礼，莫将家里的男丁登记造册。我两个儿两个女，大儿子十七，小儿子十四。把家里的田和两头架子猪卖了给保长，才没给我两个儿子登记造册。一年下来，他们要发多少不义之财？

吴赛银说，是啊，那些没钱的，就只能当壮丁，充炮灰了。

不想，我这四十多岁的老头子被他们抓来了。谢长天愤愤不平地说。

吴赛银问，那你还交钱赎吗？

谢长天说，交个屁！已经被他们盘剥得倾家荡产，连根针都买不起了！带个信，让老婆看看我，给她交代一下，算是交代后事了。

吴赛银长叹一声道，这世道迟早会变个底朝天。

见小刘刚还在哭泣，吴赛银摸了摸他的背说，小兄弟莫伤心，有大哥保护你，不怕！

谢长天也拍了拍小刘刚说，不怕，还有我这个叔叔呢，我也会保护你！

为了防止吴赛银和壮丁们逃跑，国民党士兵白天搜身，晚上把衣服裤子全都拿走，让他们只穿个短裤。小刘刚穷得短裤都没穿。吴赛银身上带的几张银票，自然被搜走了。幸好，他和父亲都早已预感一路上的风险，没带太多的钱物。

吴赛银千算万算，就是没算到会被抓壮丁。

吴赛银误入敌营。

抓他们的国民党连长叫姚长喜。

抓来的几十个人，只有两三个人被赎了回去。一次次的抽丁、抓丁，那些羊毛、油水，早就被一遍遍地薅完了、揩干了。

不几天，云阳各地的壮丁都集中在了云阳城。加起来，一两百人。

几天的射击、投弹和拼刺刀集训后，一两百人即将开赴陕甘宁边区，与共产党军队作战。

吴赛银想，国民党一下子多了一两百人打自己的部队，那怎么行？他得想办法阻止。

自己人打自己人，这是什么鬼仗？吴赛银故意不断地发牢骚，有意引导这些壮丁。

是啊，自己人打自己人，算什么本事？谢长天应和。

吴赛银不断地发牢骚和引导，使得壮丁们都有了一种强烈的厌战情绪。他们本来就害怕打仗，这种引导就像火星点燃了炸药包引线一样，引爆了壮丁们的仇恨和胆魄。

吴赛银说，与其我们上战场送死，不如跟他们拼了！战场上飞机大炮都不认人，我们必死无疑，这里我们还能拼出活路，九死一生。

谢长天也说，拼了。

几百个壮丁都咬牙切齿地在心里呐喊，拼了。

在云阳去城口的路上，一场壮丁暴动发生了。

国民党军官克扣士兵伙食费是公开的秘密。从军到师到团到连，军官没有不克扣士兵伙食费的。壮丁的伙食费那就更不用说了。军官没把士兵当人看，更没把壮丁当人看，在军官的眼里，壮丁就是去送死的鬼。

　　一路上，吴赛银和壮丁们吃的伙食跟猪食一样，饭里常有沙子、老鼠屎，菜像猪草一样，一瓢水煮，没油没盐，吃在口内一包渣滓，嚼不烂，吞不下。几天下来，人都瘦得皮包骨头。

　　一天中午吃饭的时候，趁着国民党士兵解开了捆绑的绳索，吴赛银找到连长姚长喜说，长官，我伤了你的人，你没杀我，我看你是个好人，想给你提个建议，不知道可不可以？

　　姚连长说，什么建议，你讲。

　　吴赛银说，你看，我们是到前方打仗去的，大家都讲这个伙食猪狗不如，没法吃，已经饿得路都走不动了，还怎么打仗？恐怕走到半路上都饿死了。你们抓壮丁，不就是为了上前线多杀敌人吗？能不能改善下伙食，我们吃饱点，战场上死了，也是饱死鬼，是不是？长官千万不要误会我，我这不是为了自己，是为大军着想。

　　姚连长说，你说得对，这我做不了主，我只是一个小小的连长，我跟上面反映一下。

　　很快，姚连长带来了一个满脸横肉的胖军官，说，这是我们宋团长，你跟我们宋团长反映。

　　吴赛银就又跟宋团长说了一遍。说完，吴赛银还补充了一句，我是真心为你们好，怕时间长了出事。

　　胖团长怒气冲天地说，能出什么事？你们还能翻天？有吃的就不错了，还挑食！

　　谢长天一听，也吼，什么叫有吃的就不错了？吃得猪狗不如，我们是人，不是猪狗！

　　大家吼，对！我们是人，不是猪狗！

　　谢长天说，你看你们吃的什么，我们吃的什么！你们天天吃肉和大米饭，我们天天吃米糠饭和猪草菜！

胖团长拿枪指着谢长天说，天天吃米糠饭猪草菜怎么了？再说，我就米糠饭和猪草菜都不让你们吃，让你们天天吃屎！

谢长天一听怒了，兄弟们，这狗日的没把我们当人，把我们当狗要我们吃屎，跟他们拼了！

一把就把胖团长推倒在地，碾压上去。

其他的壮丁全都像愤怒的巨浪，排山倒海地压了过来。

壮丁和士兵扭作一团。

有的扭在一起，滚下了山坡。有的扭在一起，摔进了沟里。

一仗下来，拿枪的士兵死了好几十个。手无寸铁的壮丁死了一半。耿直而可怜的谢长天，也死在了胖团长的枪下。令人高兴的是，胖团长在混战中不知道怎么就死了。

胖团长死了，姚连长就是最大的军官了。抓丁的队伍里虽然有一个团长，但并不是有一个团。胖团长和姚连长其实只奉命带了一个排的人来抓丁。姚连长本是一个穷苦人，对这些壮丁不像胖团长那样凶狠，甚至对那些穷人有些可怜和同情。再说，他还靠着这些壮丁和穷人去前线打仗卖命，所以，他也没有再去追究参加暴动的人。他整理整理衣襟对吴赛银说，吴赛银，看来你还真是为我们着想，早听你的，就不会有这场暴动了。

吴赛银说，我现在吃着你们的饭，肯定要为你们着想。

姚连长说，这样吧，我现在把这些壮丁都交给你，你帮我管好带好。

吴赛银说，这可不敢，我哪管得了带得了。

姚连长说，你是带兵的料，管得了带得了。

吴赛银急切地说，我真管不了带不了。

姚连长说，管不了也得管，带不了也得带，跑丢一个，我拿你是问。

吴赛银说，姚连长，我真管不了带不了。

姚连长说，这样，从今天起，你不用再捆了，我给你一把枪，谁跑你就打谁！

无意中得了一把枪，这让吴赛银很是意外。有枪就有后路了。吴赛银压住心里的狂喜，故意说，我才学打三天枪，哪里敢打人？打鸟都不敢。

姚连长说，打多了，你就不怕了。再说了，我是让你帮我们管，又不是让你一个人管。我们这么多人在这里，你怕什么？

吴赛银装出无可奈何的样子，说，那好吧，听姚连长的指示。

一场暴动，吴赛银得了一把枪，这让小刘刚佩服得不行。小刘刚说，大哥，你真了不起。

吴赛银小声对刘刚说，给下面传话，先好好的，到时候再想办法逃跑。

刘刚心情云开雾散，说，好咧。

进入陕西安康后，这些壮丁被分成几拨人马编入了胡宗南的几个部队。分开他们，就是怕他们抱团闹事。

吴赛银和小刘刚他们继续由姚连长带着。每个人发了一套军服、一杆枪。有了军服和枪，这些壮丁马上心里踏实了。军服和枪，有一种无形的魔咒和心理暗示，让他们觉得安全，吃得再差，也比他们在路上吃得好。

在安康休整几天后，吴赛银和一百多个壮丁被编入国民党正规军，随着队伍直接开进了榆林宜川。

在宜川等待着的，是一场共产党与国民党的两军恶战。

这个时候，还是年关过后的初春，春寒依然料峭，大地却已颤动。这个时候的战局已经开始逆转，中国人民解放军开始转守为攻，拉开了解放全中国的序幕。打宜川，就是解放全中国的一个序曲。

吴赛银所在的这支国民党军队，就是去增援宜川，与西北野战军对垒的。

对吴赛银来说，这是天大的好事。只要到了宜川，他就可以伺机回到自己的军队，回到组织的怀抱。

他悄悄给跟他来的几十个壮丁传话说，那边的军队都是解放军，是我们自己的军队。自己人不打自己人。开战时,你们都看着我,绕着点,躲着点,对天放枪。等到了两军拼刺刀的时候,我们就赶快举手投降,跑到解放军那边去。

刘刚问,解放军会要我们吗?

吴赛银说,当然会要,我们本来就是被抓壮丁的穷人,解放军是我们穷人的军队,肯定会要我们。

刘刚又问,万一不要呢?

吴赛银肯定地说,没有万一!你们要相信我,就听我的,不相信,现在就可以找姚连长把我出卖了。

刘刚说,你带我们逃跑,是救我们,我们出卖你,那我们还是人吗?

吴赛银说,那就一个个悄悄传话,我怎么打你们就怎么打。

刘刚说,好的,听大哥的。

到了宜川,战斗已经进行两天两夜了。

姚连长带着吴赛银和国民党士兵,星夜兼程,赶到了宜川瓦子街,增援友军。

瓦子街其实不是街。瓦子街只是一个小堡子。山高而多,谷深而险,圪圪梁梁,沟沟峁峁,全是刀削斧劈似的,直上直下,莽莽苍苍。瓦子街因此成了陕北通往关中的咽喉。解放军要一路南下拖住胡宗南,策应中原野战军解放中原,就得切开瓦子街这个咽喉。为了扼住这个咽喉,胡宗南派了一个军的兵力守卫。

吴赛银和侯小山所在的三五九旅二纵五师,也是切开瓦子街这个咽喉的一把尖刀。

吴赛银不知道侯小山和五师具体在哪个位置作战,但吴赛银想象得到三五九旅的战友们正在某个地方冲锋陷阵、奋勇杀敌,想象得到敌人被一片片杀倒、战友一个个倒下的场景。每一次打仗,他都期待着听见他熟悉的冲锋号,因为那意味着曙光在前、胜利在望了。

瓦子街也是明碉暗堡林立。战壕、铁丝网、地雷,一应俱全。多年经营的工事固若金汤。

国民党正规军还是能打仗的，国民党也有敢打敢拼的将士。瓦子街战斗注定是场恶战。编进正规军的这些壮丁，也只得在正规军的督战下，往狠冲，往狠打。

面对督战的指挥官，吴赛银两眼冒火，趁人不注意，抬手一个冷枪，指挥官倒地身亡。

指挥官一死，大家乱了阵脚，急急忙忙逃跑撤退。

在之后的冲锋与反冲锋的阵地争夺战中，吴赛银如法炮制，先后干掉三四个连长、营长和团长。他觉得姚连长待他不薄，人也不坏，就没有从背后打冷枪。

姚连长之所以对吴赛银和壮丁们心存同情和善念，是因为他自己也是被抓壮丁抓来的。当吴赛银打伤他的一个兵时，他也没有动杀机。他觉得，被抓的每一个人都是无辜的。

在战场上，他看到解放军铺天盖地的攻势，预感到了瓦子街的凶险，他不想让他的这些士兵白白当炮灰，就在瓦子街战役最激烈的时候，果断地撤出阵地，跑到了宜川城。

到了宜川城，当姚连长得知胡宗南麾下的一个军在瓦子街全军覆灭时，十分庆幸自己的果断。他对吴赛银说，刘戡的一个军全部覆灭，刘戡也自杀身亡了。整整一个军，两万四千多人，被解放军像踩蚂蚁一样踩死了！我们这点人算什么？再往前，就是死人堆里多了我们这些尸体！

他接着对吴赛银说，我也是被抓壮丁的，跟日本人打了几年仗，我打成了连长，还侥幸活着，我哥哥都不知道被抓到哪里了，不知道活着没有。我一路上都在想，放不放你们走，现在宋团长死了，没人再管你们了，你们各自悄悄跑吧，不要留在这里送死，到了城里，跑起来也方便。

吴赛银没想到姚连长两兄弟也是被抓壮丁的，更没想到他会放大家走。他惊讶地瞪大眼睛，问，你让我们走？

姚连长肯定地点头，是的，走得越远越好。

吴赛银问，就我们这些壮丁走，还是大家都走？

姚连长说，大家都走，部队解散。你看，几仗下来，我们也只剩下几十号人了。

吴赛银问，我们走了，你怎么办？

姚连长说，我也找机会走，走到哪是哪。

吴赛银觉得这是争取姚连长的最好时机，说，姚连长，你真是个好人！

姚连长说，我本来就是好人。不是好人的话，你都在我手上死几十回了。

吴赛银点头笑，是的。我记着你的好，我们大家都记着你的好。

姚连长说，抓你们当壮丁，我是身不由己，千万不要见怪。

吴赛银说，你是对士兵最好的了。我麻起胆子问你一句话可以不？

姚连长说，什么话，还麻起胆子问？

吴赛银说，怕讲错了被你砍头，才要麻起胆子。

姚连长说，你讲。我这在战场上有一天没一天的，还砍什么头？只要对我好，就不会有那样的事。这么多天了，你看我像乱杀人的人吗？

吴赛银笑，正因为你不是，我才敢麻起胆子讲。

姚连长说，别再兜圈子了，有话快讲，有屁快放。

吴赛银说，那我讲了。你……你就没想过投诚或投降吗？

姚连长惊讶道，投诚到解放军？

吴赛银说，是啊，你现在把我们解散，我们一个个还不知道去哪里，也不知道哪里是个活路。你还不如把我们都带到共产党的队伍，去参加解放军。这样我们大家也有个出路。

吴赛银的一席话，让姚连长着实一惊。他想，这个吴赛银果然不同凡响。他想反驳，却找不到一句反驳的理由。他想动怒，也没有动怒的丝毫原因。吴赛银说的话，不无道理。那么强大的国民党，一天天地把自己输掉了。那么弱小的共产党，一天天地把自己赢回来了。国民党失去的，迟早是天下。共产党赢来的，也迟早是天下。与其解散大家，让大家各奔前程，还不如把大家带到共产党队伍里去。

姚连长说，我们投诚，他们会信吗？

吴赛银说，怎么不会信？战场上跟他们真刀真枪干的俘虏都还优待呢，何况我们不放一枪一炮地投诚？

姚连长说，有道理！那就这么定了。兄弟你有勇有谋，将来必成大器。那我们先去找宜川城的守备军，在国民党部队再干几天，等解放军一打进宜川城，咱们就找机会把队伍带过去。

就这样，吴赛银带着姚连长和剩下的几十名壮丁，加入了人民解放军的队伍，有了一个新家。

远在湘西的侯凤兰，也在此时千辛万苦地为彭武定生下了一个儿子。

彭武定有后了，彭武定这一房一脉也将烟火鼎盛、人丁兴旺。侯凤兰没有辜负彭武定，可以告慰彭武定的在天之灵了。侯凤兰的余生将因为儿子的出生而不再孤单、有声有色有滋味了。

把侯凤兰母子平安送回湘西的吴赛银，也可以在彭武定的坟前，问心无愧地告慰战友和兄弟了。